作家出版社
青新基扶持基金项目

永恒海岸的夏天

Summer on the Timeless Coast

周睿智   著

作家出版社

|目录

世界一直游动

一

　　那艘船上所有的东西，好像除了外壳和甲板以外，大多都是可以拆卸的，或者可以腾空的，一件东西有些时候又可以用作别处，只要它们被需要，比如厨师自己洗脸、洗脚、剥鱼鳞共用一个铁盆；比如两根天线中较旧的那根，总是被摘下来用作赌桌上的分牌器；比如某个救生圈是轮机手的枕头，用于治疗他的颈椎病；当看到船长室的窗板上用记号笔画着许多方正的格子，不用奇怪，因为那块窗板是随时可能被拆下来当作象棋棋盘的。再比如余雨霖平日里表演用的玻璃大鱼缸，在船上的确发挥着它看起来更应当发挥的作用——里面装满了船员们航程中要吃的鱼和贝类等其他的海洋生物，有些人还会偷偷丢一些可乐罐进去。只有等船靠岸以后，船长才会派遣几个人把鱼缸里的鱼、鱼的粪便和所有的水一股脑全都倒进海里，然后让人把生出苔藓的缸壁里外刷干净，刷成一尘不染的样子，以便余雨霖能够在里面表演。

　　对此她曾提出过抗议："这简直就是让我在鱼的粪桶里跳舞嘛！"但是在船长的调解下，她后来也放弃抗议，毕竟这艘船不大，而这个巨大鱼缸占据了太多的空间，没有地方给船员们装大量的鱼了。不过这船长也是个好人，很体恤她作为一个女孩子的顾虑，因此每次在表演前刷鱼缸的时候，他都要求放足够多的消毒剂对鱼缸进行彻底的清洁，并且他会守在那里，亲自督促那几个可能偷懒的工人做这件事。

每当这个时候，假如正巧是夕阳西下，那个欢快的大副就会领着大家去当地的酒吧痛饮狂欢。

不知道是在世界上哪些角落，那些黄昏的礁石、退潮的沙滩、稀拉的树林、海上金红色的晚霞、岛屿上恢宏壮观的教堂和堡垒的高墙，以及那些在石头路上走来走去的游客，都是余雨霖最想念的，尤其是漂荡在远洋，看不见大陆的时候；而当她久处在内地，远离那艘船，远离漂泊的生涯时，她又会感到厌倦。所以那时候的生活是最适合她的，她和这个马戏团一起，前往世界上的任何一个地方。

如今，在这张黑铁长椅上倚坐了很长时间以后，余雨霖依然没有要离开它的意思。她的头发随意向后散着，姿态慵懒，眼神中没有焦点，很明显，她已经陷入一定程度的思考当中。但若是要说她在思考什么要紧的事情，倒也不是，她只是在回想当初的自己罢了。这位全身穿着紫绿色美人鱼服饰的女士，三十七八岁的年纪，身形苗条且修长，脸上看不出有什么表情。她穿的这身衣服很长，双腿处没有开口，是一条鱼尾的形状，包裹起来，就像人们在电视里看到的那些扮演的美人鱼那样，不同的是，那身服饰像是已经和她生长在一起，很难看出衣服和皮肤之间有什么间隙。她双臂的皮肤裸露着，呈现出淡青色的光泽，从远处看，仿佛真的长出了鱼鳞一般，颇有质感，而她的脖子纯净如瓷，仍然可以看到当初的纯白。她的眼睛和常人有异，像是已经长出了一层蜡状的膜，附在眼球的外面。

"又要开始回忆在新几内亚附近的环游了吗？还是苏门答腊岛的奇遇？"

"你又不是不知道，那是昨天和上周内容。"

"总之离不开那艘船。没有船，你哪里也去不了。"

"是的，没有船，没有海洋，就没有从前的我。但我今天却想起了更早些的事情，我小时候的那些故事。"

余雨霖没有张嘴说话，她是默默地在和自己说话，一个自己，和另一个自己。有些人会有这样的经历，当她不知道和谁说话的时候，内心就成为两个部分，或者更多的部分，它们善于自我沟通，这也许是一种天生的技能，和精神分裂无关。

"小时候？那时候你还不是鱼。"

"当然，我还是一个山村里的小泥巴姑娘，背着橙红的书包每日跑在长满野生棕榈树的小道上。"

许多年前，余雨霖还在村里上小学，在跳课间操的时候，邻居家的中年女人冲进学校小小的院子，高喊了一声。这时她才得知父亲乘着一艘船出海了。她听说以后，略微迟疑了几秒，然后一路跑着，冲出学校，把书包丢到狗的旁边，那条狗愣愣地看她朝着那座父亲总带她和弟弟欣赏晚霞的山坡上冲过去。她大口喘着气，在山上望着那艘船，但她看不见父亲的影子。那船鸣着温柔的汽笛声，在葱郁又闷热的丛林港口里驶出，进入一场蓝海鸥围绕的热闹航程里。那时她还不知道，她的父亲将再也不会出现在这个熟悉的村庄，以及所有故人的面前。

有一天从镇小学放学回家，她说，她想要学艺术。那是海南岛上一个善于养鸡的村庄，每年从这里卖出的土鸡不知有多少万只，是很有名的文昌鸡。

"可以，但你要知道，你现在学什么都是一样的，长大了以后都是给别人打工。"她妈妈说。

"学艺术可以让我变得有气质。"她信心满满，"同学和老师们都这么说。"

不知道她从哪里听来的这些话，不过小孩子不总是需要对自己善变的理想负责，所以说些不着边际的也不是什么大不了的事情。然而年幼的她并没有看出正在熟练地给烫得半熟的鸡拔毛的母亲脸上的复杂表情。

"那当然好，那你想学什么？"

余雨霖想了想说："画画我不会，也画得不好。读书写字我很讨厌——那，那我就去学音乐吧。音乐课的老师说我肺活量大，吹圆号时比别人吹得都响。"

"学音乐得买很多乐器，要花很多钱，还得请音乐老师来给你上课。"

"好像是这样。"

"这太贵了，我们负担不起，而且这村里也没有像样的音乐老师。"

"那怎么办，妈妈？我现在也没有别的梦想了。"余雨霖好像很委屈，她准备给妈妈撒娇，以获得支持。

她不知道，此时母亲心里早已有了打算。

"孩子，你若是真想学，倒可以干点和音乐相关的事情。"妈妈慈爱地看着她。她的这副神情，像是自己盘算已久却不知怎么开口的心思，终于被撞上枪口般的不谋而合击中了一样。从妈妈沧桑的脸上看不出喜忧。

于是，余雨霖便在妈妈的陪同下，被送去了几十公里外，一所市舞蹈师范学校的下属小学。市里那几年正在抓紧对舞蹈生的培养，学校有补贴，那里不收学费，还包吃住。她天生身段好，柔韧性也好，虽然模样算不得最突出，但还是有些天分，学校经过一番考量，便把她收下了。那时候她迷迷糊糊的，就为自己选下了未来的道路。对这个结果，母女俩都很满意。对余雨霖而言，跳舞这件事看起来真的很艺术，使她的虚荣心得到大大的满足；对母亲而言，家里少了一个人的开销，余雨霖两个弟弟未来上大学和娶媳妇的经费又可以存下不少。最重要的是，在减轻负担以后，母亲在以后的生涯里可以少拔很多鸡毛——每次想到这一点，母亲就喜笑颜开。所以，无论学舞蹈是件多么辛苦的事情，这对全家人来说，是件大好事。除了舞蹈的基本功以外，在成为一条鱼之前，余雨霖曾经有很多机会为她的人生做选择。假如她不在大三暑假去沙滩做兼职模特时，和海边认识的潜水教练谈恋爱，那么她也不会习得如此精湛的潜泳技术，这样她也不会在毕业以后到水族馆里工作。不过这样一想，潜水这件事很适合她，至少没有浪费她天生巨大的肺活量，在遗传基因和适度变异这二者形成的博弈结果中，这比她的不太充分的舞蹈天赋对她更为重要。

那时候，水族馆里的美人鱼表演刚刚从国外被引进到海南，随后在全国各地的海洋馆里流行开来，一些有实力的海洋馆会请到这样的团队进行表演。自从有了这样的表演，游客们不仅可以通过水下玻璃隧道观看各式各样的深海鱼群，还能在水底大厅高达十米的玻璃幕墙前，看到几条身着漂亮服装的美人鱼，在海里漫游，随着音乐在玻璃前跳起曼妙的舞蹈。

很多时候，那些巨大的鲨鱼，张着血盆大口，瞪着呆滞的小眼睛，就从她们身边穿过，观众们忍不住发出惊呼，尤其是那些小孩子，像是全身绷紧了一般，紧紧依偎进父母的怀里。这样惊险的时刻，配合她们舒展的舞姿，为这样的演出增加了极大的感染力。越来越多的人带着猎奇的心态来看演出，海洋馆原本岌岌可危的经营状况有了一定幅度的好转。美人鱼表演几乎成了每一个大型海洋馆必备的项目，但招揽一条合格的美人鱼，却不是那么容易的事，正由于竞争不激烈，这个行业的收入也相当可观。

毕业即失业的余雨霖，曾经在朋友的舞蹈培训工作室里当了一段时间的兼职老师，教那些和她当年差不多大的小孩练基本功。这是一件枯燥的事情，对她而言，练舞从来不是一件有趣的事，更不用说教别人练舞。她的生命太张扬了，太有活力了，不是那种能够沉下心来练习功底的女人。她并不怕吃苦，只是她需要更有热情的生活，骨子里总有一股窜来窜去的劲，她也说不好这是好事还是坏事。

在看到市南那家海洋馆的招聘启事之后，余雨霖几乎没做过多思考，就放弃了原先的工作，准备去那里试试。

跳舞她会，潜水她会，但是她猜想，在水下跳舞，不是那么容易的事情，尽管如此，她也没有丝毫退却。

海洋馆里现在有三个美人鱼演员，都是水性很好的年轻姑娘，但她们和余雨霖不同，她们原先是潜水员，后来为了做这一行，才粗略地练了练在水里的舞姿，这也是大部分美人鱼演员的经历。

于是余雨霖来了之后，人事科长亲自接待了她，并把她介绍给馆长助理，说："来了个专业跳舞的。"

"下过水吗？"

"下过，我有潜水证。"

"你跳舞科班出身，又有潜水证？"

"是的。"

"那你太适合这一行了。"馆长助理很高兴，人事科长也很高兴。

他们没有想到的是，余雨霖在水下的表现比他们设想的还要好，甚至令他们震惊无比。在训练员的陪伴和守护下，余雨霖在淡水池里第一次进行潜入式训练，她在水下行动自如，毫无拘束感，更重要的是，她憋气能力极强，可以在水下连续游动一分半钟左右，而平常演出的时候，演员们的换气间隔最多不过是四十五秒而已，也就是说，每过四十五秒，她们就得浮到水面上去换口气，再沉下来继续演出，这当然也是出于安全考虑。

余雨霖的换气间隔甚至比训练员还长，这肺活量和韧性在女性潜水者当中实属少见；她此时才惊讶地发现，原来自己的真正优势竟在这里，她又想起自己抱着音乐教室的圆号大声吹奏，而吓坏同学的情景。

馆长助理最担心她的潜水功底，没想到她有着超水平的发挥，如此一来，进展就变得十分顺利了。

余雨霖很快学会了基本的水下动作，然后加入美人鱼群的合练当中，这是件枯燥无味的事情，每天不停地浮起来，沉下去，整齐划一地做那些设计好的动作，她们在水下听不清音乐的节拍，因为阻力的原因，动作也迟缓很多，大家要保持高度的一致，确保演出时候的美感，就需要不间断地练习，来帮助几个人之间形成默契。

到了实景训练那一天，她们要下潜到海洋馆的主展区里去，那里的水有十米深。

"以前潜过这么深吗？"

"没有。"

"那你下潜之前一定要吸饱一口气，并且下潜和上浮的速度都不要太快。你先让身体适应几次，不然容易得减压病。"教练员叮嘱她说。

余雨霖听说过减压病，但目前最令她紧张的并不是这个，而是水里不时游弋的、货真价实的大鲨鱼。

"别怕，海洋馆的鲨鱼都是精心挑选过、几乎没有攻击性的鲨鱼，经过训练以后，它们只吃饲养员定时投喂的特定食物。你看，它们连身边的小鱼都不吃，否则的话，这里面那些珍稀鱼类早就被吃光了，人们还看什么呢？"

"对，它们不咬人，就当作身边游来游去的小伙伴好啦。"一个人鱼姐姐说。

于是，在众人的鼓励下，余雨霖壮着胆子，一头扎进了水中。

透过潜水镜，她看见无数的鱼儿自由自在地漫游，巨大的魔鬼鱼缓慢地从头顶掠过，投下一大片阴影，然而从下望上去，却像在对她微笑。这时，其他三个姐妹也陆续游了过来，引着她来到玻璃幕墙前面，这是她第一次从水里透过玻璃观看外面的世界，那是一个大厅，中间有一根高大的柱子，层层的梯级上有许多椅子，除此之外，她什么也看不清，人的眼睛在水下视野很差，又隔着厚厚的玻璃，但她知道，那外面的人一定能十分清楚地看见她。四姐妹和训练员一起进行了水下各种练习，她很勤奋，很快进入了状态。

前后不过花了两个星期，余雨霖就正式开始了她的水下演出生涯。那一天，演出开始之前，大厅里已经座无虚席。美人鱼们按照惯例，在进行舞蹈之前，会有一套入场巡游的动作。四人头朝下同时跃入水中，身姿婀娜地来到玻璃幕墙前面，犹如四个徐徐游来的仙子，向观众们招手。其后，她们围成一个圈，向观众们展示她们漂亮的裙子和鱼尾巴，随后上浮深深换了一口气，便开始正式的演出。

演出很成功，室内掌声雷动，但隔着厚厚的玻璃，余雨霖什么声音也听不到。尽管是第一次表演，余雨霖的专业舞蹈功底所带来的柔软身段、动作间轻盈的连接、举手投足中的张力，一颦一蹙间都让人看得如痴如醉，水中飘扬的长发，在星星点点的光线中闪烁，仿佛深海神话中的美人鱼真实地来到了人间。接下来的几次演出同样精彩，余雨霖心里十分高兴，馆长也亲自看了演出，对这个新来的姑娘赞赏有加——她刚来此处不久，就已经远远超过了其他几位有演出经验的姐姐。最后她被安排到了玻璃幕墙最中心的演出区域，还签下了长约。

那是一段极有意味的岁月，在人们的记忆中，她穿越过水下的无尽蓝色，无声地在海洋馆的鱼缸中游弋，对着那些稚气未脱的小孩和他们好奇的父母微笑，细腻的尾巴在水中抽动，发出闪闪的微光，像月亮照亮深海的光线，她是一个真正的公主。

尽管很多人喜爱她，可她的性子仍然像之前那样安静。有时候，她下了班，坐在堤岸上看着外海那些往来的船，一直到夜幕把它们都遮掩起来，才去买些甜甜的点心来吃。

二

沿着滨江的公路开了很长时间，不仅穿过夜色，还从许多生长着爵士乐的石头旁边经过，到了城市外面一个相当安静的地方，那辆外表看起来普普通通，内饰却装潢得十分奢华的轿车，才在一所很大的房子前面停下来。这时候，余雨霖便把播放着爵士乐的耳机摘下来，从长途奔波的疲惫和慌乱里定了定神，跟随着那人下了车。

那个弹棉花的人引着她走了进去，坐电梯上了三楼，然后推开了一扇门。进到这个房间的时候，她才发现，把所有的印象囊括起来——即使包含电影里的那些场景，余雨霖也是第一次看到这么大的私人书房，甚至可以称作一座博物馆，当然，这个世界上一定有更大的，但眼前这个已经足够使她震撼了。这屋子只有一层地板，却有四层楼高，它的高大和空旷给人很强的庄严感。

相比起它的规模，更令余雨霖惊讶的是它的比例。这所修在长江边上的房子并不算太大，但是三分之二还多的空间，就是这间书房了。怎么会有这么奇怪的房子，她此时还无法理解。除了一排排的书架，还有各式各样的其他的东西罗列其间，就像是展品一样，但它们似乎不仅仅陈列在那里，而是曾经有过各自的切实用途。这屋子里光线很暗，房顶上还挂着许多星星一样的吊饰，屋子里也到处摆满了天文观测工具，以及许多星象类的工具，既有中国传统的浑天仪，也有西方的天文望远镜。那望远镜极大，镜筒也很长，从一扇特制的窗户那里穿出去，斜着对准头上的星空。

那个弹棉花的人从后面轻轻推了推她，示意她往前走，于是她十分谨慎地走了几步。这时候她的眼睛也逐渐适应了这里面的光线，她定睛看了看，发现屋子正中央的地方，正坐着那个老人，他鼻梁高挺，眼窝深陷，头发枯黄，穿着一身得体的西装，看起来很干净、很体面。这就是她来的目的吧，那个老人要和她聊聊。

"你就是那条鱼吗？"老人声音有些颤抖地问。

余雨霖能确认，这种颤抖不是出于惧怕、紧张以及其他任何情绪，事实上，他的声音冷静无比，听不出任何感情，只是他已经太老了，老得缩在巨大的椅子上，就像一颗干枯的无花果。

"是的，老爷，这就是您二孙子叫我找来的那条鱼。"弹棉花的人回答道。

那条鱼，余雨霖不反感这个叫法，也知道他们为什么这样叫她，只是略微惊讶她被叫作鱼的巧合。但她还是不敢说话，这个环境给她的压迫感太强了，比她第一次进入鱼缸里时还要强。

跟我到书房的内室里来，老人说。弹棉花的人把老人抬上轮椅，推到一个房间里面，余雨霖顺从地跟了过去，屋内光线柔和，东西摆放得整整齐齐，原木的书桌躺在正中。老人指了指其中一个书架，弹棉花的人心领神会，从那里拿出一个笔记本，老人翻到其中一页，摊开递给余雨霖。她拿过一看，尽管纸张略有些泛黄，但字迹工整，排布清爽，从他的神情猜想，应是出自这位老人之手，像是一种调查笔记，这一页上面抄写了两段话：

其一："有异国者，着一蓝白色僧袍，自称为传教士，其国号为格里克，又号曰希拉斯，善汉文，乘蒸汽船自南京至汉口，遂至夷陵，欲往渝州。因涝期三峡水道奇峻，无船家敢往，后其一人泛舟独行，沿三峡而上，颠簸几日，数次脱险于礁、涡之处；及至奉州，过夔门，水势顺缓，不复有难，自称曰天主庇佑，当地属民皆奇之。其至渝州，善施金钵，济民众，传术数，布道数年，乃建一祠庙，名曰'重庆府东正教堂'。此僧乃格里克国登渝州首人，后人记其国号为希腊（Greek、Hellas），其名为格里高利。"——记于《重庆府轶事传》，此书无人见其真身，亦无法证其存伪，该内容见于老村长书房笔记，或为笔记者杜撰。

其二："蜀地东南，有一地名曰涪陵，涪陵多大龟，其甲可以卜，其缘中又似瑇瑁，俗名曰灵。"——《异物志》，其作者为三国时期蜀国著名占星术师、杂史学家，《三国志》作者陈寿的老师谯周。

余雨霖仔仔细细地读完了，但是不解其意。老人语速和缓地细说着一段往事，大意是，在二十世纪初，曾有一个希腊传教士来到重庆布道，他和当地一个有钱人家的女儿结识后相恋，因此他解除了教职，跟她偷偷结了婚，不久就生下一个孩子。这在当地是件大事，他带着她离开了重庆，沿着江到了一个叫涪陵的地方，最后两人都失去了消息，没人再见过或听说他们，只是留下一个女儿，是个混血的小孩子，那时只有几岁，样貌十分好看，被陌生的船夫捡到，卖到一个临江而居的村民家里，后来嫁给了这个村民的儿子。

"这个村民的儿子就是我父亲，是个酒作坊的掌柜。"他说，"后来他当了村长。他能当上村长，是因为他家酿酒特别好喝，在十里八乡都很出名。"

"那个女孩子，也就是您的母亲——如果我没有理解错的话，没有说过，她的父母去哪里了吗？"

"说过，她说她的父母坐着一只大龟，去当神仙去了。"

"西方人也信中国的神仙吗？"

余雨霖对这个故事感到疑惑，她不知道老人和她讲这些东西是为了什么。老人显然明白这一点，似乎他也知道自己所说的虚虚实实的故事令这个年轻姑娘摸不着头脑。他接着说，他母亲被卖到他爷爷家里来时，身上藏着一块石头，兴许是她父亲给她的。他小时候见过它，它全身泛着酒红色，晶莹剔透，硬度很高，但是表面并不光泽，形状也不规整，像是一块水晶，但闻起来却有股酸酸的味道。这块石头就是他们家酿酒好喝的缘由。有一次，他母亲不小心把这块石头掉进了院子里的水井里面，再也没能捞起来。一开始他们并没有发现什么异常，因为那水喝起来和之前没有什么区别，江边的井水本就有一股泥腥味；可若是将那水烧开以后酿酒，这个时候的区别就非常明显了。大家慢慢意识到那不是一块普通的石头。

"说到这里您明白了吗？"

"明白什么？"余雨霖认真听着讲述，有些出神，她被突如其来的问题打断了。

"这块石头的来历。"

"假如我花儿分钟时间理一理思路的话，我想我应该是可以弄明白的。"

"没问题。你一会可以仔细想一想这些话。不过相比于你要做的事情，它们也没那么重要，你只需要知道我叫你来做什么就可以了。你得去把那块石头捞起来，给我。"老人语速很慢，但是吐字还算清晰。

余雨霖侧头想了想："您是指，从井里捞起来吗？"

"是的，但是你肯定会想，这种事好像并不难。当然，如果只是这样一件事情，我也不会特意找您来了，现在这个情况比较特别。"

"愿闻其详。"

"我的儿子以前是做房地产生意的，现在想要转行经营一家酒厂。他不知从何处听说了这块石头的传说，认为拿到这块似乎拥有魔法的石头，把它放到生产车间里，就可以酿出闻名世界的酒。但是那个地方如今早被淹没了。"

"淹没了？"

"我的老家，江边的那个村庄，在三峡移民的时候就废弃了。后来大坝落成，江水涨起来，村庄早已随之沉入江底。"

说到这，余雨霖一下子明白了。

"我猜想您是要我潜到水下，找到那口井，把石头从井里捡出来。"

"正是如此。"

"那块石头会不会早就被江水冲走了。"

"不会，当初混血长相的母亲被村里人赶出村子时，我父亲为了保护她，一起离开村子去流浪，我则被抱养给了村西一个寡妇，我和她的女儿成日里在一起，多年后我跟她成了亲。那年我父母走后，村里那群人把我家的祖屋拆了，其中一面砖墙就倒在那口井上，压得严严实实的。前些日子，我差人开船找到那个地方，潜下去看过，那砖墙仍压在井上。为避免你说的那种事发生——也就是石头被江水冲走，我们会派工程船在你潜进水里的当天再把砖墙吊开，然后你立即就进去。这件事如果办成了，我将会付一笔很高的报酬，足够顶上您在那艘船上漂荡几年所挣的。不过我也要事先告诉您，那井里又深又狭窄，一般身体强壮的男人根本进不去，进去以后也很容易被卡住出现危险，这也是找您来的原因，只有像您这样身形苗条修长，又精通水性的女子有可能完成这个任务。"

余雨霖思考着这件事的真实性，难道世上真有这样一块有魔法的石头，值得他们如此大费周章地打捞？

"那酒被称作月亮酒。"老人说，同时示意那个弹棉花的人到酒柜那里去。他拿出一个水滴形的玻璃瓶，瓶子晶莹剔透的，甚是好看，拿近一看，余雨霖发现原来不光是瓶子好看，最主要的是里面的酒液非常清澈，灯光穿过瓶身以后，泛出一点淡黄的光泽，洒在桌面上，真像是月光一般。

"家里人都说那块石头不是地球上的东西，很可能是一颗彗星的残骸。但是他们从来没有对村里的其他人说过这块石头的事情，不然它或许早就被人偷走了。"老人说。

余雨霖不太懂酒，但喜欢喝酒，老人打开瓶子给她倒了一小杯，又给自己倒了一小杯。她闻了闻，芬芳四溢，抿了一口，酒非常香，口感馥郁又润滑，还带一点点果子的香气，她又喝了一口，不知道怎么回事，她喝了一点这酒之后，身体渐渐放松下来，心里升起一股子酸楚和忧伤，甚至有着想要流泪的冲动。果然让人难忘。

老人端着酒发呆，像是舍不得喝似的，他说这酒是他父亲当年留下的，已经没剩下几瓶了，如果那块神石不能现世，这酒最后也将变成传说，被所有人遗忘。他让那个弹棉花的人把他推回了大书房，也让余雨霖回去休息了，再也没说别的了。

余雨霖从老人的家里出来，送她来的那辆车一直等在路边，她在那里张望了一下，那辆车便靠了过来，司机下来为她打开车门。

已经是深夜了，回去的路上，她望着车窗外的江水，一言不发，她开始怀念那艘船了。

那艘破船看起来能去任何地方。它去过北半球那些人迹罕至的冰封海岸，也去过水面辽阔、激流汹涌的亚马孙河入海口。有一次她在专属于她一个人的船舱里休息时，甚至梦到船开进了荒漠之中，身旁有很多沙棘树，天上不时飞过一些岩鹰。船上只有四个客舱，余雨霖长期占据其中一个，除了船长有单独的休息室以外，船上所有的男人都挤在大船舱里睡觉，包括那个身材魁梧的船长以及极胖的二副，剩下的三个客舱留给搭便船的客人睡。他们总是喜欢打牌，太阳刚从海平面上掉下去，他们就举起牌开始打，同时也喝点酒，但是喝得不多，因为船长禁止任何人在船上喝醉，否则就会在下一站靠岸时被赶下船去。船长发起脾气来的时候非常可怕，他会开始抱怨船上的一切，总说要把所有人都丢到海里去喂鱼，然后自己回到山东内陆的一座农庄里种菜、养老，没事揍一揍那几个不听话的孩子。他就像船上的大家长一样，没人敢惹他，但也没人相信他会真的厌倦船上的一切，因为他是属于大海的，只有他自己从来不承认这一点，他说自己只不过是干好自己的工作而已。一到深夜，男人们的鼾声震动海面的所有空气，除了轮值的两个人清醒着以外，其他人都早已睡去，除了警报器以外的任何声音也叫不醒他们。即使是白天，船舱里也全是男人们的体臭味，除非有事找船长，余雨霖几乎不到那里去。

即便是她自己，也很难回想她是如何在船上度过了十年。船上的时间漫长又沉寂，白天除了在甲板上看书和听音乐，就是和大副打桥牌，她只和船长和大副打牌、聊天，她喜欢听他们讲那些稀奇古怪的故事，有些故事她知道一定是被他们夸大的甚至不合逻辑的，但她相信他们是好人，极少数时候还会一起喝上一两杯，那时她会开始欣赏极其干净的夜空。她觉得，船上其他人并不见得是坏人，只是她信不过那些陌生人，毕竟她一个女人在远洋的船上，自我保护的本能是胜过一切的，就连吃饭她也是带回房间里吃的。可是洗完的衣物只能挂在门口甲板的一根杆子上，不雅观是一方面，若是起了大风，衣服有时候会被吹跑，卷到海里成为一件浮漂，对于不便购买新衣的船上来说，这是一件麻烦事。船员们时常轮换，有些年轻人受不了长时间出海的寂寥，跑上一两回就辞职了。她尽量不在那些妻子不在身边的男人面前招摇。船长的确是一个很好的长官，他是一个纪律严明的人，他不允许任何人到客舱那一层去骚扰她。在余雨霖的记忆中，那些日子有时候海风很大，尤其是在印度洋西侧的也门附近，那时候他们接了新加坡雇主的送货订单，把一批红宝石、猫眼石从斯里兰卡送到沙特阿拉伯的达曼港去，船刚驶进亚丁湾，来自阿拉伯大陆的北风就把它吹得摇摇欲坠，最后所有人都在惊魂未定中靠岸，与船长和大副冷静而坚定的指挥密不可分。她还记得那次的雇主想要私下塞进十几条偷猎得来的象牙一同送去，却被船长拒绝了。

这条饱经风雨的货船并非那么坚不可摧，比如这次，它从上海沿着长江逆流而上，将要开到重庆港去。它在安庆短暂停留几天后加速前进，在行驶到九江的鄱阳湖口的时候，二副发现甲板有水渗出来，一开始没在意，以为是谁不小心洒在那里的。等船开到岳阳的时候，那水已经越来越多，于是他到下面去看，原来是船底漏了一个小小的洞，有水从那里缓慢地冒出来，这个渗水的速度短时间内不至于沉船，他们可以想办法补上，但无人触碰的情况下，船就开始漏水，这是一个不好的信号，放任不管肯定是不行的，若是他们正处在远洋，麻烦可能会很大。由于这件事的发生，大家这才意识到，它已劳顿多年，为避免以后出现类似的情况，应该全面大修一下了。船长下令靠岸修船，做整船维护，连船体外壳的钢板也要换一遍，船厂的人说这需要至少三个月的时间。船长发了一点钱给大家之后，就让船上的人各自解散，自寻去处落脚；三个月后若是还想回来的，全都可以回来，他在这里等大家。

余雨霖也和大家一起下了船，她带上了行李，有些船员则嫌麻烦，把行李留在船上。她许久没有在陆地上停留这么久，一时间不知该去哪里。她原本有个念头，想回海南的老家看看，可是这里离家太远了，再加上她仔细想了想，似乎也没那么想家，所以就放弃了这个打算。她在船靠岸的岳阳城里找了一家宾馆，付了些钱给他们，把那些体积较大、较重又不太值钱的行李寄存在那里，便轻装出行，开始了她的长江沿岸游历之旅。

她起初跟着大副他们一起走，继续向西出发，想要进行一次巡演，可是马戏团的成员们似乎意兴阑珊，刚走了两座城，就已经有人怨声不断，走到半路时，大家已经几乎散得差不多了。

"我也不走了。"大副说，"我对陆地感到的眩晕已经再也无法克制，每往前走，都是对我意志力的考验。你知道的，我恰巧不太有那玩意儿。我打算先住下来，不管死活地睡上一段时间，或许对我有好处。"

面对众人的溃散，余雨霖始料未及，也进退维谷。她没有多少钱。十年以来，她几乎没存下什么钱，靠着那份奇怪的工作，挣得不多，花销却不少。她怎么度过这三个月呢？她像是从一场梦境中突然被丢到现实里的人。在无助中，最后她到所在的秭归县城的游泳馆里找了一份业余游泳教练的工作，这个工作很少有女人去做，由于身体机能的原因，也少有游泳馆愿意招一个女人当游泳教练，毕竟每个月里她们都有一个星期无法上班。很幸运的是，她还是应聘成功了。她不是游得最快的选手，也不是姿势最标准的模范，但没有人不被她在水下的从容、轻快、优雅所折服。

她仅仅工作了一个月，已经成为馆里人气最高的教练，她像是拥有魔力一般，所有人都愿意找她教学，有人只是想在她身边近距离游一会，就花钱报了名。

就在那个时候，她认识了那个弹棉花的人。那个老头坐在池边的塑料椅上，看她很久，每天都来，一连四天，每天买票进来，什么事也不干，泳衣也不换，就坐在那里看她。

"你有什么事吗？"第五天，余雨霖总算忍不住问他。

"你就是我要找的那个人。"

"你是谁？"

"本来我已经无用，也早到了退休归乡的年纪，但是你或许可以让我在那之前再挣上一点钱。当然，你会比我挣得更多。那是一个非常有钱的老头。假如我能拿到那些钱，那我的肺病或许还能治一治。"他没有直接回答她的问题，只是自顾地说。

余雨霖拒绝跟他回家，于是他邀请她去了他的棉花铺子，就在峡江路的街尾上。他的老伴也在店里。店里的生意，是把成堆的棉花用弓一样的东西，弹压成一床床棉被，或者床垫，这是一门很古老的传统手艺，余雨霖压根没见过。由于过去十年里面，她去过太多想象不到的神奇地方，所以她此刻也没有讶异于自己的经历——在三峡工程大坝所在县城里，进到这样一个没有生机的店铺，和一个神道道的陌生老头谈论另一个陌生老头的事情。

弹棉花的人说那个有钱老头曾是他的发小，那发小早年落魄，后来发了家，他就一直跟在发小身边混吃混喝，帮他做些杂活，摆平一些不方便亲自摆平的事情。后来他挪用了那家人一大笔钱，就被发小他儿子赶了出来。

老头一边干活一边唱着歌，那柄弓一样的工具发出砰砰的清脆声音：田头的谷子舍，好得起坨坨哟喂，搭斗儿装不下舍，快拿箩篼来抬……

"我那个发小和我差不多，都是快要入土的岁数了，但我晓得，他还有一个心愿未了。"他唱完一段，又说。

余雨霖这才慢慢听懂了他的意思。

"不，你不懂。"老人说，"你不知道那个人的人脉有多广，更不知道他为了等一个人，可以花费多少心血。"

"所以说，你并不是突然冒出来的一个老头，像有偷窥癖一样，到游泳馆里直直地看了我好几天。"余雨霖调侃道。

"当然。实际上我已经等了很久，一个像你这样的女人，才有可能完成那个任务，所以我不会错过任何消息。即使我不找你，其他地方的人知道你的存在，肯定也会赶过来。"

"这么讲来，你有很多同伴。"

"是的。但是看起来，我好像比他们幸运。"他说。

老人本来又想唱歌，但好像吸入了棉花的飞絮，于是只熟练地咳嗽了几声。

三

已是秋季了，江面上的风有些凉，余雨霖望着月亮的墨色与江面的孤白，一幅油画的晕染，船与江面一分为二，恍若悬浮。

她神情庄矜地站在船尾，没有看旁边的老人，迟疑了片刻，一头扎了下去，船上的两个强光探照灯也立即刺穿水体，直指河床，把那一片区域照得如同白昼。白天的江水因为浑浊，无法看清下面的东西，反倒是夜晚对水中的繁杂形成一种过滤，假如那块石头在井底被光照到，一定会闪着微弱的荧光，这时候就可以让余雨霖看见它，这是所有人事先的设想。

当她的脸接触水面的那一刻，大量的气泡从黑暗中生成，包围了她整个身体。这是她第一次在夜里入水，为了防止她在狭窄的井里行动不便，她的头发被泳帽紧紧地包住，氧气面罩后面的脸上露出些许惊恐。她已经很久没有潜到那么深的水下，这里有十几米深，十年以来，她的表演都只是在那个鱼缸里，或者在浅海的沙滩上、岛屿的花园里。而且这里的地形她完全不熟悉，黑夜则给了它神秘的外壳。

半小时前，井上的石墙已被吊船拖走，在探照灯的照射下，虽然杂草丛生，但老人父亲家后院当年的院坝赫然可见，不远处还有一口石磨。那口老井的入口隐约能寻，黑乎乎的，像一具尸体，摆放在水草中。余雨霖小心翼翼地游过去，伏在井口往里张望，不知道它以前就是这样，还是岁月的冲刷让它发生了变化，它不是一口竖着的井，而是斜着的。井口和平常的水井没什么区别，但是里面不知道是出于什么考虑，却是与地面斜着挖下去的，余雨霖来不及细想他们从井中取水的困难，只是从旁边捡了一根很细的棍子，轻轻地投了进去。那里面黑洞洞的，太让她害怕了，她担心里面会住着什么不知名的生物。她把头凑近洞口往里张望，已是鼓足了所有的勇气，更别说头朝下钻进去了。此时她非常确信，那对她来说是一个根本不可能完成的任务。

她以前经历过几次不可能完成的事情，在十年前的一次表演中，她差点救了一个王子。

回望自己的演出生涯，余雨霖说不上充满怀念，但至少对她来说，那是自己最惬意的一段工作时光。在这里有很多观众喜欢她的表演，甚至有外地的人专程多次买票来看，自己别具一格的舞蹈才华也在水中得到充分的施展。在传统的舞台上，她从不是最亮眼的那个人，即便是在学校里，她相貌不够突出，天赋也不是顶级，当不了主角。她不是那种循规蹈矩的人，而作为一个配角，自己的艺术上的许多想法没有地方得到施展，于是她毕业以后只好选择做一个培训老师，而不是职业舞蹈演员。在她过往的生活里，从未想过自己在水下能成为一个真正的艺术家。能够在水下跳舞的人也不少，然而她的特别之处在于她对于水的了解。有时候，看她的演出会让人产生一种幻觉，她不是在表演什么给你看，她是在水下做她自己，闪转腾挪，腰身和鱼尾间的丝带一起缠绕、漂荡，和海水融为一体；再加上她超长的滞留水下的时间，那些细小的泡泡成串地从她嘴角向上跑去，多情的眼眸似乎流转着少女的某种思恋，恍惚间，让人不得不相信，那是一条真正的美人鱼，她从那些珊瑚、海葵和彩色的鱼群中来，假装化作了一个少女的模样。

到后来，海洋馆别出心裁地设计了新的演出环节，他们搞来了一条沉船放到"海底"，又聘请了一位男演员来饰演王子。他们在原先的舞蹈基础上，新编排了一场情景剧，余雨霖就是那个穿越沉船的甲板通道，救出王子的人鱼公主。馆里只有她能演这个角色，因为那里面的地形又黑暗又狭长，对肺活量、泳技和胆量都是一个巨大考验，其他女孩没有敢尝试的。

这场精心策划的演出只进行了一次，演出的过程很惊险，当余雨霖进入沉船里面，许久没有出来的时候，观众们全都屏住了呼吸，就连工作人员的心也提到了嗓子眼里，所有人都非常紧张，害怕出现什么意外状况。

时间早已超过一分半钟，几乎到了余雨霖身体的极限，训练员很清楚这一点，并且现在每过一秒，都会增加很大的风险，他已经做好了跳入水中救人的准备。就在这时，余雨霖独自从里面出来了，算起来她憋气的时间已经超过了两分钟。大家后来才知道，原来是马虎且对新环境不熟悉的王子进错了船里的房间，间接导致余雨霖在里面迷了路。他的这一失误导致了一场惨剧。余雨霖在那个船舱里看到了他，他的右脚卡在一块木板的缝隙里，已经失去了意识，余雨霖想过去救他，但她自己早已憋不住了，整个身体都像要爆炸了一般，几乎快晕厥过去。那天也很奇怪，像是水下有什么特殊能量似的，正在余雨霖憋着最后一些力气，离开沉船，拼命往水面上游的时候，一只鲨鱼从旁边不远的珊瑚礁后面地方突然出现，一口咬住了一只正在水下游泳的大海龟。那可怜的海龟，它的一只后脚几乎被鲨鱼整个撕了下来，鲜血瞬间喷出，海龟受了刺激，拼命往水面上游，紧接着，鲨鱼又咬住了海龟还没来得及缩回去的头。事件发生了许久，血液仍在水中缓慢弥散。

它的这一举动，令在场的所有人都炸开了锅，人们不再只是惊呼，而是全都慌乱了起来，他们都在担心那只突然失控的鲨鱼会攻击水下的人类，这场近在眼前的杀戮，也让大家切实感到深海里的恐惧。此时的余雨霖已经接近水面，并没有注意到旁边的水下发生的事情，直到她浮起来，还没来得及回到陆地上，便大声嚷道："快救人！"

她换了口气又喊："他困在船舱里了！"然后一阵晕眩袭来，她差点又沉进水里，众人赶紧跳下水，把她拖到岸边休息。等那王子打捞上来，已经没救了。

接下来的一整天，她都心有余悸，心神不宁，这一天发生的事情，令余雨霖感到深深的害怕。她甚至还分明记得自己在船舱里看到有几只海龟在分吃一只小鲨鱼，这是一件多么离奇的事情。尽管后来被确认是她在极端压力下产生的幻视，不过她也只是半信半疑，觉得是医生安慰自己而已，那时候开始，她才知道自己低估了海洋。那天以后，她就患上了减压病，呼吸不畅，偶尔还会咯血，奇怪的是，当她在水里憋气的时候，反倒全身舒适。这毛病很久很久以后才痊愈，那时候她已经乘船环游好几年了。

这一事件的发生，也让海洋馆无限期地暂停了美人鱼表演。没有演出以后，余雨霖闲了下来，这对于她来说还有一个更大的现实影响，那便是她失去了收入来源。余雨霖正是这时候认识了那个马戏团长，他是那个王子的哥哥。他听到消息专程过来替那个可怜的弟弟收了尸，也把馆里付的补偿款收进了囊中。在葬礼结束的时候，他和余雨霖攀谈起来，说他俩很早就成了孤儿，否则也不会丢下父母不管，满世界这样漂着。余雨霖问他在哪里漂着，他说他在一艘货船上当大副，同时也带着几个杂技选手周游世界。

"他们平时就在船上当船员，靠岸的时候，就表演些光怪陆离的东西给当地人看，挣些外快。都是些好家伙、好兄弟，吃饭特香，总是不分场合地大笑。"还记得那时他一脸正经地介绍说，余雨霖看他的样子特别滑稽。

"船上全是男人，没有女人？"

"有女人，船上那个工程师就把他老婆一直带在身边，他俩住在尾舱。嗯……那里面环境不太好，不过假如你要上船，我可以说服船长，给你一间客舱住，那里面就好多了，角落里甚至还有一台小型的留声机。"

大副是个很瘦的人，那时候三十来岁，话很多，总是穿着牛仔裤和短袖衬衫，他皮肤特别黑，人很热情，和她心目中船上大副的形象大相径庭，一开始她还以为这是个导游。在正常的情形下，余雨霖是不可能答应他的邀请的，主要是那种漂浮不定的生活对她来说太过陌生了。她原先租住在海洋馆附近的一栋小洋楼里，如今没了工作，身体状态也不好，本该回家休养一段时间，可她上大学以后，母亲很快改嫁给了其他男人，她一点也不想回去。

那天两人在椰子林下喝完一碗清补凉，他说的南太平洋那些魔幻的小岛她一点也没有听进去，只是侧脸望着远处。她已经很久没有想起父亲，然而此时她却突然幻想起来，父亲也许在某座满是珠宝的岛屿上生儿育女，也许乘着船在某片充满谜题的海域里永恒地漂泊着，也很有可能早已像大马哈鱼一样洄游到了陆地上的河流里，只是找错了家乡所在的地方。父亲退出她的生活已经很多年了，她对他谈不上有什么感情，除了年幼时的只言片语，也没有留下多少可以怀念的东西。可不知为什么，她突然间就有了一种强烈的好奇，想要看看那些海上到底有什么。这种好奇似乎不是来自父亲，而是埋藏在天性中的一些什么东西，她说不清楚，有一刻她甚至也在想，父亲是否也是因为这种东西，才登上了那艘船——尽管他们都从未去过离陆地那么远的地方。

一股力量在她的沉思中升起，过了一会她突然问他：

"船什么时候出发？"

"在海口只停五天，主要是上下货物和搬运补给品。现在已经停靠了三天，后天就走。"

"后天就走。"

"是的。"大副还以为是个疑问句。

"哪个港口？"

"在城外，曲口渡。"

"后天见。"余雨霖说。

"好的好的。"他没想到她答应得这么干脆，"记得带上护照，你有护照吗？"

"有。"

"好，我过会就给船长说，他给你办理船员登记以后，就可以在很多国家靠岸时领到临时通行证，上岸表演再玩上三五天都是没问题的，就是不能久留。"

余雨霖想出去转转，她带的东西不多，心想哪天坐船坐够了，就从当地下船，再想办法飞回中国。直到登上船的前一刻，她心里都还是忐忑不安的。当她登上舷梯，在甲板上看到船长时，这种感觉才稍微好了一点点，他穿着整齐干净的制服，眼神透彻明亮，讲话声如洪钟，胸前戴着一个小小的徽章，举手投足给人十分干练的感觉，不知道从哪里出现的一种正义感，似乎一直包裹着他。看到这样的船长，余雨霖悬着的心放下了许多，大副引她来到她的舱室，又把东西搬了进来，就这样，余雨霖在仓促中开始了她漫长的旅行。

她小时候刚从山里来到海边的城市，对海洋深处有很强的兴奋感，会仔细观察那些海龟和鳐鱼，看海葵如何制造出天然的气泡；如今她患上了深海恐惧症，却永远漂浮在海面上，摇摇晃晃，没有尽头。

她爱趴在甲板上的胸墙上看云，白云、火烧云、羽毛云，看它们如绸缎般已经成型，但风还是疾步而来；它们不奔腾，只是越过宇宙即将沉入深海的心思包藏不住。她也看哪些岛会突然在某个坐标出现，如竹笋一般长高，然后她就会去岛上跳舞。她的时间太多了，当她习惯了忍受炎热的海岸线和枯燥的静默以后，每天不用操心任何事，那是她最快乐的十年。她不挑剔，船上的人们吃什么，她就吃什么；船上吃什么是由厨师在港口买到什么决定的，买到鸡肉就吃鸡肉，买到豌豆就吃豌豆，然而过年的时候船上还是会包饺子，饺子馅是什么做的就很难保证了。她的船舱不大，只有几平方米，里面除了一张床、一张固定在墙上的桌子、一把固定在地上的椅子、一个矮小的柜子以外，还有一张茶几，上面有一个茶罐。她和船长都会买茶，然后互相赠送品尝。她还喜欢喝气泡水，但是船上很难喝到。墙角放着两个行李箱，她几乎把所有的个人物品都塞在里面。她时常思考自己的生活，尽管这十年的开始显得有些意外，但是快乐总是意外开始，意外结束，那些平安顺利的总是庸常，生活给你的庸常是无法拒绝的，给你的快乐也是。"以后漂泊得厌了，就去靠岸生个孩子。"她想，"男人倒是丝毫也不重要的物品。"随后又沉到无限的阅读中去，她不攒书，看完一本直接扔进大海，越喜欢的书扔得越远，这种行为匪夷所思，除了常伴枕边那两本。她不经意间谈到过这事，大副试过用开玩笑的方式打听那是哪两本书如此有幸，但是失败了，只知道其中一本的作者是加缪。谈起她最喜欢什么，她只会说，还是喜欢热带的阳光和沙滩，胜过北地海岸的严寒与峭壁。当他们穿过地中海，去到奥林匹亚科斯山外的时候，分明听见海面下有众神发出低沉的嘶吼。黄灿灿的夕阳正盛大地洒在酒红色的海面上，余雨霖曾梦见她和大学时的男友爬过那座种满橄榄树和荆棘玫瑰的山区，来到阿波罗祭坛附近的山顶，捡起地上的一块石头，朝着山的对面用力地扔过去。石头划出一道有限的弧线，毫不起眼地跌入眼前的深渊里去了。

"看，一块石头掉进了历史。"她说。

四

时间流动的方式对于余雨霖而言，似乎与他人有些不同，否则她也不会做一条私人的鱼做那么长的时间，就像当年在海上的十年，对她来说时间过得太快了，有时候又太慢了，连她自己也很难理解这种相对性。得益于这种非线性的时间认知，她的思维方式似乎也和别人不同，或者说得到了进化。

余雨霖很害怕那口井，她鼓足了所有的勇气也没敢进去。那种幽闭感给人带来的压迫不是谁都可以克服的，更何况是在黑暗的水下。她放弃了，浮出江面登上船，没顾上倾诉自己的恐惧，只是一个劲地向老人道歉。

"耽误您这么大的工夫。真的对不起。"她深深地鞠了一躬。

弹棉花的人看起来很失望，老人则挥挥手，表示不要紧，然后就让驾驶员往回开。这艘船很新，外观也好看，整个外甲板漆成干净的青灰色，船舱的每扇玻璃都擦得干干净净。他们一路上都没说话，默契地保持着一种安静，只听到发动机的声音。

尽管她没能把那块石头捞起来，但是第二天老人还是让自己的儿子设了一个简单的宴席款待她，带她到渝中半岛一家最有名的火锅店吃饭。她虽然心怀愧疚，但火锅实在太好吃了，她因此还是没忍住吃了很多。望着那热气腾腾的锅底，她的眼泪差点和着毛肚和肥牛一股脑流下来，这个时候，不知道她是否对以前的生活产生了不同的想法，只知道她默默无言地吃完饭，就向老人的儿子和其他几个人告辞了。老人的儿子给了她一小笔钱，当作旅费。后来她回到秭归县城，回到了那个游泳馆。

因为在当地有了些名气，有人来找她，想让她做一条"私人的鱼"。

"什么私人的鱼？"

"就是把你装进鱼缸里，只给我们老板一个人看。"

听完这话，余雨霖没有过多考虑便拒绝了。

面对这些奇怪的邀请，她并不觉得烦，反而已经习惯了这种情况，认为那是自己在当地名气的延伸，正如她在世界各地巡回演出时，每到一处，这条来自中国的美人鱼就会令当地人赞叹不已。

船上那个大玻璃鱼缸，有三米高，直径也有五六米，那是她的移动舞台，需要机械的帮助，才可以把它弄到岸上，那是在她最初上船的半个月以后，大副托人在福州定制的。每当她在里面盘旋起舞，无不令人拍手称赞。她会动画片里的美人鱼舞，在海洋馆里学会的水下舞蹈自然也是她的拿手好戏，她偶尔会像海豹一样做出憨憨的行为讨人喜欢，还从视频里学习中国飞天舞，在水里飞向大漠。她是一个明星，尽管在一个地方她只能待上三五天，但是一定会让很多人记得她。她去过那不勒斯，去过希腊的比雷埃夫斯，以及太多忘记名字的地方。她吃过大部分所到港口的美食，在肃穆的教堂里看过迷人心神的晚霞，还谈过两段短期的恋爱，尽可能不错过她想要的美好的事物，当然，由于各种原因，也不得不错过了一些；但是美酒极少错过，因为大副和二副遇到好喝的酒，假如它们不那么贵的话，一定会成箱地搬上船和大家分享。船员们高高兴兴地在码头上的酒吧里喝酒时，有时候还会一起高声唱着歌颂船长的歌谣，称赞他是一位多么优秀的领导者，有远见卓识，严守纪律且足够自律，虽然如此，心底里对船员们足够包容。大家都很爱他。

她的生活是游动的，所以她怎么会答应做一条私人的鱼。在县城游泳馆工作的日子里，她没有跟任何人联系，也没有跟人联系的习惯，在海上的时候，手机没信号而失联是常态，她总是到了岸边，才用当地的网络看一看外界的消息，所以船上反倒像是一个移动的孤岛。

在县城里干了两个多月的时候，余雨霖找上司结算了工资，准备回岳阳去，那艘船好像在召唤她，她不能错过预定好的登船时间，这时候，三个月的期限还剩下一个星期。

她花了两天时间赶回岳阳，心想着还有五天时间，那些懒懒散散的船员一定不会这么准时赶回来，当她到了修船厂，果然如此，那里一个人也没有，什么东西也没有。

包括那艘船。

余雨霖一下子慌了起来，她快步走出船厂，正不知如何是好，她在船厂的外面见到了喝得醉醺醺的大副，靠在一截半人高的水泥墙上尿尿，便上去问他。

"怎么回事？船呢？我以为船开走了，可是你作为大副怎么还在这里？"

"都没了。"他说，"大家都来过了，啥也没了。"

"什么意思，都没了？"

"我和几个弟兄在陆上实在闲得无事，提前一个月就回来了，想看看能不能给修船帮上点忙。可到了船厂一看，压根没有那艘船的踪影，起先我也以为是船长把船开走了，后来找船厂的人一问，才知道船长把船卖了，连带船上所有的东西包括货物全卖了，拉货的卡车来拉了整整两天，人已经不知道去了什么地方。"

这件事对余雨霖来说太突然了，以前的生活如今被粗暴地隔离开来，而她尤其讨厌这种被外力强行改变生活方式的事情发生。上船的时候，她为自己的未来十年做了决定，下船的时候，却不能。但是她怎么能自暴自弃呢，当然不能，于是她只能选择接受。所以在接受这件事以后，她后来接受成为一条私人的鱼，看起来引人侧目，但实际上也并不离奇，生活的方向被完全打乱的时候，它本身就有很大风险会倒向另一个前途不可知、不可控的领域。

她的工作场地是一个典雅的会客厅，算不上很大，进门一侧是红木的酒柜，上面摆放着许多她叫不出名字、外表陈旧的酒，另一侧是一张很大的长方形茶桌，每边能坐至少八个人，地上铺着精致且柔软的草席。那茶几靠在一整面高大的落地窗边，窗外则是假山、翠绿的园林、小池塘和灰色的墙，让这间屋子有一些郁郁葱葱的采光，又显得神秘。

会客厅的中央，就是盛装余雨霖的地方，也是全场最重要的陈列。这是一个圆柱形的玻璃容器，四米高，直径大约两米，余雨霖在里面躺下也完全没问题，容器底部有一张黑铁做的椅子。鱼缸的水虽然装得很满，但顶部没有盖子，余雨霖可以随时浮出水面换气，这是最初的设计，但因为她每天要在里面待好几个小时，反复上去换气实在太累，所以后来雇主允许她随身带着氧气面罩，就挂在她的胳膊上，以便随时从缸外呼吸新鲜空气，每不到一分钟，她就会打开阀门用力地吸上一口。她上午不用上班，到了下午和晚上，她就穿上自己的美人鱼衣服，坐在鱼缸里，成为这个不知名富豪的私人展品。

她不排斥水下的生活，不知道是否因为得过减压病，对她来说在水下吸纯净的氧反而很舒服，像是一种肺部按摩。鱼缸里的日子是无聊的，她在水下听不见外面的任何声音，每日的浸泡却让她眼睛发炎，后来不得不戴上水下的护目镜，但这大大影响了她作为美人鱼的美感，因此在老板皱了皱眉头以后，她换成了每天下班以后滴眼药水消毒，于是她在鱼缸里的大部分时间都选择卧在黑铁椅子上闭目养神，这不影响她身体美感，无意间还造成了一种人鱼似有似无的慵懒味道，像是在浅海的暖阳里午睡，老板很满意。

这位富商每天都会在会客室里会见不同的客人，从他们的衣着可以看出，他们都是当地有头脸的人物。这里既是会客室，也是他的主要办公场所，他是个很忙的人，但他总是显得气定神闲，有条不紊地处理各种事情。从屋子错落有致的陈设和一尘不染的整洁程度，可以看出他是一个对人对己的要求高到有些偏执的人。所有初次来的客人都对这条美人鱼感到惊奇，尽管是由人类扮演，但是能在家里真的养上这样一条鱼，这种将幻想变成现实的魄力和行动力让所有人都印象深刻。余雨霖逐渐认识到，他做这件事或许也是富商自我形象建设的一部分。

为了让自己在工作的时候显得不那么单调枯燥，余雨霖买了一副防水耳机，每天就在水下听那些外太空的故事。她喜欢那些遥远的事情，关注那些巨大到无法形容的星星，这让她随时意识到自己的渺小，也意识到身边那些烦心事的渺小，这种比例上的巨大，比鱼儿和海洋的差距还要大多了。

实际上，余雨霖慢慢习惯了水下的生活，频繁的吸氧动作已经成为肌肉记忆，吸氧面罩的带子在她手上留下了一道勒痕。有时候她甚至有一种不可靠的幻觉，似乎自己身上已经长出了真实的鳞片，而不停地吸氧则让她的幻觉随时破灭然后重生，直到最后成为一种生活在人类世界里的非人类；有时候她想：我目前也算是一种两栖生物吧。余雨霖显然比很多人要更加适应水下的生活，这已不仅仅是她自小在海边长大的缘故——与大众的误解不同，她认识很多小时候的朋友甚至都不会游泳，也对海洋带有恐惧，这里面有人的不同天性使然。余雨霖曾经认为自己是一个自然主义者，她对岩石、动物和水流有着天然的亲切感，也深爱着岛中那些沉静的火山。但这一切不足以使她最终完善当下所做事情的自我认同，她的工作就像是在完成一个展品，而自己并不是展品的核心，整个鱼缸如同一个舞台装置，置于这座"剧院"的中央，负责给事先不知情的观众带来唐突的惊奇，它更像一个雕塑，自己既是作者又是雕塑本身。她为什么觉得自己不是展品的核心呢？因为她颇有些智慧地认识到，其实自己在这里面并不重要，重要的是这个角色，倘若换作其他人来当这条人鱼，也没有什么差别，若只作为一个陈列品来讨论的话，自己并不比那些精致的女孩漂亮，她心里是很清楚的。

她没把这些想法太当回事，只看作是她长期在水下胡思乱想，她没办法说服自己爱上正在做的事，只是为了生存而做的适应罢了。她此刻依然不明白，自己作为一个艺术从业者，她靠着自己独特的表演取悦着观众，但在许多人眼中，作为一个女人，她只不过是一个讨好者，并且一部分看似有高尚情操的人，似乎只对她的身体本身感兴趣。余雨霖不是一个完全沉浸在艺术思维里的人。尽管她迄今的学习、职业生涯都与艺术有关，但她和那些从小备受宠爱、衣食得体的小姑娘比起来，显然更加清楚来自现实生活的残酷。她当下苦心积累起来的一点点体面，是那么脆弱，禁不住任何冲击。那个老板按天付费给她，也没有做任何触碰她底线的事情，所以这种状态就形成了薄如蝉翼的平衡。她想攒一些钱，然后就可以开始新的生活。她心底里还想跳舞吗，她已经很少去考虑这个问题了。

　　直到有一个晚上，她真的跳了一场舞。尽管这个鱼缸不如先前船上的那个宽敞，令她有些缩手缩脚的，可那个晚上的灯光柔和，气氛静谧，起先她一反常态地活动起来，让老板和客人们的目光聚集了过来。她轻轻摘掉氧气面罩，离开铁椅，上浮到水缸中间，跳了一支旋转舞，她的头一会朝上，一会朝下，像是在水里飞。她的舞姿曼妙，一边跳一边想起了母亲手里的鸡毛。她还想起前段时间的某一天，那个老人的儿子打来电话，说老人去世了。他的声音算不上悲痛，因为他说，那块石头找到了，老人心愿已了，走得十分安详满意。他儿子派人把那块石头送去做鉴定，原来它不是什么有魔法的石头，而是欧洲人酿葡萄酒时桶底自然形成的酒石，主要是菌群和葡萄果肉、木头纤维形成的坚硬结晶，有酒香气，在酿酒的时候那些菌群的确能够提供一些带有特别气味额外的发酵。本来酒石不是什么稀罕的东西，但是这么大的酒石确实也很少见，估计老人的那个希腊祖父出远门难以割舍家乡的味道，就一直把它带在身边。如今这块石头在江水里浸泡了太长时间，早已失去香气，个头也比当初小了一整圈，已经没什么用处。余雨霖这场舞前后跳了不到十五分钟，但是这场意料之外的演出，还是让在场的人们感官上受到冲击，尤其是当他们看见她的眼睛。或许这个晚上会成为他们多日的谈资，直到又有别的新奇事物把它掩盖和遗忘掉。

在那以后，余雨霖就再也没有跳过舞了。她发现自己身材已经不如从前，心气也彻底没有了。她现在就只是一条鱼，一条懒得动弹的咸鱼，如今，在这张黑铁长椅上倚坐了很长时间以后，余雨霖依然没有要离开它的意思。她的头发随意向后散着，姿态慵懒，眼神中没有焦点，很明显，她已经陷入一定程度的思考当中。她习惯了和自己对话，仿佛之前的所有经历都是一场梦境，或者说是她把它们主动变成了梦境，那场舞就是梦的结束。她像很多人一样，回忆着过去，构想着以后，但是束缚于现在。岛上喷发的火山，和那些扇动鱼鳍在水面上飞行的鱼，再也没有了。她依然能感受鱼缸里水纹轻微的颤抖，也知道世界一直都在游动，又或许意识在水中自行流动。到后来她甚至不知道自己是不是被困住，只觉得身体轻快极了，那些海面上的无垠星空实在太明亮太斑斓了，海豚、鲸鱼也时常遇到，船随着浪花高低起伏已经是最习以为常的节奏，像大副那样的人，比她在船上生活得还要久，所以他们在陆地上会觉得无比难受，头晕目眩，甚至连脚下也站立不稳，更别说深入大陆进行演出了，就像极北之人突然到了南方生活一样水土不服。他和那些船员最后失去了船，就像弃儿一样，被海洋扔在了陆地上，任其自生自灭。他们中的一些人，最后也许会寻找另一艘船，在那里生活直到死去，那些已经足够老的人可能很难得到那种机会，也许会唱着南洋的渔歌，在新加坡或者澳门还是某处，经营一个卖茶的营生，聊以度日。有时候她分不清那是回忆还是臆想，也并没有什么恼人的事情值得思量，过往的生活就像虚影一样似乎并不真实存在，那个王子苍白的尸体也没有出现过，而是她和另一个自己聊天时共同编出来的故事。而且这很有可能就是那样。

尾　声

船头上那些浪花，被劈开，然后散落，又在地中海的碧波中被卷起，其命运就像神明的内心一样难以捉摸。岁月的沉淀在她的眼角留下了一道道淡淡的皱纹，而眼睛却是一片波澜不惊的宁静。她在一艘新的船上度过了许多个黎明和黄昏，那里还有一个新的鱼缸。在很长的岁月里，她渐渐认识到，自己身上长出的鳞片状的东西，是长时间水下生活导致皮肤发生的衰变，因而她每天都需要足够长的时间待在水里，不然皮肤就会发痒、发红，有时也会感到疼痛，还有一些不太招人喜欢的气味。尽管如此，她每天都会趁着没人的时候，在船的几处甲板上行走，以便到各个展厅里面仔细端详那些来自不同时代的器物。监控器能看到她的行为，但是没人管她。船每到一个港口停留，她也会穿上厚重的衣物下船去参观，尽可能了解所有她能够了解的事物。时间是流逝的，却又似乎是一种独特的固体。这艘船是一座巨大的移动博物馆，里面有不计其数的各国奇珍，以及艺术巨匠们的杰作。余雨霖也成了其中一件。她极少再用舞蹈来表达自己，但她的存在，在一些人眼中却成了一件奇怪的艺术品，散发着特别的韵味。很多上船来的人，都会顺道来这个叫作"神话"的展厅观赏她。有人称赞她的美，说透过外貌可以洞悉她的内心，如同一幅印象派的油画，把内在的结构外化开来；有些人无法接受这样的同类，称她为"奇怪的变异"；有些人则干脆称这是一场骗局，完全不认为这样一个泡在水里的活人是一件艺术品。

余雨霖完全不在意别人的评价，她很少与人来往，在下班时间尽量避开人群。但她喜欢喝一些酒，与人说话的时候，多半是为了托人去寻购各地难寻的酒，她有不少的钱。她喜欢在所住的舱室里，对着舷窗，举着剔透的水晶杯自斟自饮。每天醒来，她都能感受到海风的轻抚和船体缓慢摇晃的节奏，仿佛整个世界都被海洋的歌声所包围，渐渐适应了这种孤独而又充满诗意的生活。她早已忘记了远航的父亲，那杯令她忘却烦恼的月亮酒，以及自己在对母亲说要学艺术时，满屋子烫熟鸡毛的气味。在夜晚的时候，她喜欢静静地望着星空，她的心境逐渐变得平和而深邃，仿佛与整个海洋融为了一体。有一次，船停靠在马耳他岛，岛上有许多医院骑士团盘踞时期留下的遗迹，她在一个中世纪修建的行政公馆的墙上，看到一幅壁画。那画少说也有几百年的历史了，就算经过修复，一些地方也已经变得斑驳。但画的主体是依然清晰可见的，这是一幅极其庞大的画，不仅大，而且画面非常拥挤，色彩艳丽而诡谲。画上全是鱼，左侧是密密麻麻的小鱼，至少有几十个品种，几千条鱼，它们混乱无序地挤在一起，像是在逃命，而所谓的逃命，也不过是挤进另一条鱼刚刚腾出的位置，而它的位置顷刻间就被另一条鱼占据。画面越往右，鱼就越大，纷纷张着血盆大口要吞食掉左边的鱼，仿佛只有不停吞食左边的鱼，才能变得更大，以使得自己尽量不被更右边的鱼吃掉。到了画的右侧，那些鱼已经非常大了，大到身体失衡，长着奇异的鳞和鳍，神情越来越可怖，到了画的边缘，只剩下寥寥几条巨骨鱼了，那看起来比最大的远古鲸鱼还要大。画面的尽头没有身体，只有一张嘴，准备吞掉画中的所有一切。看到这幅画以后，虽然回到了船上，但那些鱼像是钻进了余雨霖脑中一样，令她大病了一场。病愈后的余雨霖似乎突然老了很多，皮肤软塌塌地垮了下来，那些鳞片状的病斑颜色也淡了许多，四肢变得浮肿，饮酒的量却大了很多。她仍住在船上，每天还像往常那样去上班，展馆开放的时候，她就去那样静静地泡在水里，很少有人注意到她的变化，但她的精神比以前疲惫得多，她经常在水中困得一塌糊涂，整个身体都不听使唤起来。终于有一次，她实在太过疲惫，于是在水里紧闭双眼，睡着了，睡眠中的她，自然忘记像清醒时那样用力从氧气管里吸氧，所以这次睡眠变成了永恒。那之后的她，身体变得无比轻盈，在鱼缸里悬浮起来，停留在玻璃的中段。在她做的最后一个梦里，自己变成了那幅画中的一条鱼，在庞杂的簇拥中，想要吸到更多的氧气，同时不被别的大鱼吃掉，但她究其鱼生，跨越所有大洋，也不知道自己处在画中的什么位置。

那艘船继续满载着它所拥有的艺术瑰宝们，摇摇晃晃，到许多地方展出。在一个风景幽雅的地方，它却停下来举办了一场沉寂的葬礼，一小瓶泛着荧光的酒和她埋在了一起。那时候正好到了冬天，许多雪被海风糊在船上；在港口停靠的一晚，船体则全部被包裹住了，像浴缸里的一团泡沫，看起来浪漫极了。

逻　辑

一

　　郑平原的父亲还活着时总是一身黝黑地回到家里，不光是身上的煤灰黑，他本身的皮肤也是极黑的，尽管久居地下，没怎么晒到太阳，但那煤灰像是长在身上了一样，即便在他仔仔细细地冲完澡以后，全身上下也是乌黢黢的，用他女人的美白沐浴露也抹不掉。

　　作为一个煤炭工人的儿子，郑平原长得十分白净，身高腿长且又瘦弱，这些都是和矿工扯不上关系的，可他真就生长成了这样。

　　父亲经年累月都在矿里，只在轮休时才回来住几天，他则从未下过井；父母的愿望是他以后能找到一个可以见到天日的工作，不用每天待在土层和石头下面。后来郑平原上了大学、读了研究生，上学的时候可以在明晃晃的日光灯下学习、谈恋爱，从未想过地下黑暗的日子。他毕业后到电力公司上班，几年下来发展得还不错，父母当初的愿望如今算是已达成了，可是父亲却去世多年，再也看不到了。

　　在不久之前，郑平原还对母亲疯病的治愈抱着些许幻想；而随着自己即将提拔的消息传开，那必然光明万分的前景就逐渐变得确切起来，他似乎对母亲的病状慢慢失去希望和耐心，后面也不再挂怀了。

这一天，他终于把母亲送到山上的精神病院去了。院里的环境远比他想象中要幽静，庭中有花草，还有石头茶桌和用铁丝围起来的池塘。院里正在放风，看护人员散在周围，心不在焉地观望着。病人都在中间走来走去，其中多是老人，也有少数年轻人；很多人的精神状态从外表看起来就有些问题，有些则表现得不那么明显。这一比较起来，他母亲算是看起来还正常的类型。他牵着母亲进到楼里，在内务科长的陪同下参观了几间尚有空余的房间，他给她挑了一间还算干净整洁，室友看来也比较安静的。然后他们一起下到办公室，郑平原给院长出示医院开的诊断证明，签了一堆表格，交了钱，就把母亲转交给了院方。办完手续，看护便把母亲带走了，她很顺从，什么话也没说，只是不停地回头。这些事情办理得格外流畅，院里的人看起来也很熟练，他心里轻松了许多。那晚他很轻松地睡了一觉。

第二天早上起来，他精心梳洗了一番，就去女友家楼下等着，他们约好一起前去参加女友表弟阿志的婚礼。他早早就到了，还一直催女友快点下来，好像比女友还要着急似的。他准备提前一些时间到会场去，想看看自己作为女方的亲戚，能不能帮上些什么忙。

"你倒是挺会抓机会、争表现。"女友小阿音笑话他。

"那是，我今年只有一个目标，那就是你妈妈早点答应把你嫁给我。"

"我都还没答应呢，怎么就轮到我妈了？"

"你会答应的。你表弟都结婚了，我们也得加快进度。"

"这么有信心？"

"当然。"

"那就看你表现咯。"小阿音嘴上虽然犟着，心里早已暗自流淌着幸福。

郑平原一直都知道，她有个很漂亮的表弟。自从表弟离开家乡，就很少回来，他也没见过这个表弟的模样。尽管如此，关于这个表弟的传闻却没有在坊间停止过。

婚礼上，鲜花铺满了夏日的午间，彩色的地毯让拥挤且快活的大厅变得更加热烈起来。阿志的确形神英朗，虽然皮肤略黑些，却更显得高挑挺拔；新娘小阿桐尽管外貌逊色一些，但眉眼温善，笑起来十分娇俏可人，二人实属佳配良缘。那天大家都喝了很多酒，人们都很快乐。

筵席结束后，在场的亲人们一起拍了很多照片，尤其是小阿音和小阿桐两位一见如故的姐妹。先是新婚夫妇以及父母拍了大合照，然后两个云朵般的姑娘又走到各处，穿着礼服跟那些漂亮的花儿合照，和平日里经常一起玩耍的朋友们合照，端着气泡酒杯的她们收获了很多祝福。镜头里全是女孩子的时候，郑平原会被女友推开，除此之外郑平原几乎全程陪在女友身边，两人形影不离，而郑平原也第一次出现了小阿音整个家族的全家福中。以他的认知来看，这或许代表着他已得到女方家人的认可，因此那天他也格外高兴。晚宴上大家互相走动，又喝了许多酒，新郎没有喝醉，反倒是他醉得不省人事，是新郎陪着小阿音把他送回了家。女友没有留下来陪他，把他扶到床上就回去了。

晚上独自醉卧在床上，郑平原觉得身旁冷清，阿志的帅气与生活的幸福令他有些嫉妒。

二

阿志姓赵，是个农民。结婚以后，他没有立即安生下来过日子，反倒是很快出了海。

他是一个农民，这令郑平原无论如何也没有想到，因为他不管怎么看都不像是一个种庄稼的人。当然，在当一个农民之前，阿志曾在外地辗转干过很多行业，中专毕业以后做过汽修工，开过煲仔饭馆，也在电子零件厂的流水线上做过装配工。

"再后来主要是给电线上安装星星。"阿志笑着说，"就是广场上闪闪发光那种。"

阿志读书不多，但他本质上十分浪漫和阳光，与他相比，尽管郑平原有硕士的学历，整个人却沉郁了很多。这是小阿音最不喜欢他的一点，觉得他老是心事重重，并且充满了焦虑感。

这次出海，阿志是去送南瓜，要送到欧洲去。

阿志已经离开西南那个乡下的村庄很多年了，但他从来没有怀疑过一件事——他爷爷曾经种出过世界上最大的南瓜。尽管爷爷的这一成绩很不幸地没有得到世界的认可，也不妨碍他很爱吃南瓜——不过家里的其他人却不怎么爱吃。

事实上，除了村里人以外，并没有太多人知道这个伟大南瓜的存在。在阿志小时候，父亲早先提起这个南瓜时，母亲默不作声；时间长了，她似乎也听烦了。阿志曾听过父亲和母亲就这个问题发生争吵。无非就是时间过于久远，谁也不能证实这个南瓜真正存在过。

"而且，就算真的是一个很大的南瓜，你怎么就能说它是世界上最大的南瓜呢？世界上稀奇的玩意儿多得很，就连首富还整天换，你们赵家那个老南瓜还有什么好提的呢？"母亲说。

但是父亲对这话不以为意。他引用见过那个南瓜的村民们的描述，来为自己的父亲正名。当然，如今他们全都已经年过古稀。

村民甲说："很大。"

村民乙说："格老子的，我就没见过土里长出过这么大的东西，就像个小土丘，也可以说像座小山，有两个人那么高，软塌塌的，灰不拉叽的，那个荒瓜（即南瓜）是真大，如果有同样大的两个荒瓜，那就算工程队来了也把它们运不出去，那种解放牌卡车，车斗里装下一个，就再也塞不下第二个咯。"

村民丙说："南瓜赛大象，只是没鼻子；老赵种一个，全村吃八年。"

尤其是"全村吃八年"这话，父亲颇为受用。早年里阿志的父亲听说过"一头大肥猪全社吃半年"这样的口号，他作为一个长在农村的娃子，说："我觉得那很夸张，绝无可能。"

可是，"一个南瓜吃八年"这样明显的谎言，怎么他又相信了呢？阿志不理解。不过父亲说，这事情是有依据的，因为那个南瓜救了不少人的命，正是大家都来吃它，山里闹大荒的时候，村里人才没有饿死。也正是因为这样，天降英雄大南瓜救世人的传言，到现在村里依然有老人家记得。尽管大南瓜很大，但是吃南瓜的人也多，后来很快就被瓜分掉了。那个时候，阿志的父亲还没出生，但是他记得，在他自己小时候，周边有几户人家，每到过年还会送几个小南瓜来他们家里，说是为了报当年的南瓜救命之恩。这时候，他母亲就会熬了南瓜粥，分给大家喝。阿志的父亲没有挨过那种饿，但他看到其他经历过的人，谈起那种极饿的滋味，都咬牙切齿，于是他也咬牙切齿。不过一会之后，他就安静且温顺下来了，因为母亲熬的南瓜粥，很甜。那时候糖少，这种清新的甜味让他沉浸其中，像是炎热夏天里有凉风习习拂过胸膛，还有蝶儿和蜻蜓在旁飞舞，他很喜欢。

"为什么村里人到我们屋来，都送南瓜呢？"阿志小时候，曾经问父亲。

"这就是以恩报恩,以瓜报瓜。"父亲说。

"兴许你奶奶也想他们能送点别的,那是因为村子里面,后来到处都种满了南瓜。"母亲不屑地说,"就那个东西最不值钱。"

"我觉得南瓜很好啊,很好吃。"年幼的阿志单纯地说。

过了很多年,没想到阿志带着他的积蓄和女朋友还真的回家种南瓜了。一开始种得不像样,真正称得上是歪瓜裂枣,但是过了一年多,他已基本掌握了种植的规律和技巧,这时候地里开始长出正常的南瓜了。为了种出巨大的南瓜,他去找城里的农业专家学习了一些理论,又在网上和书上研究,怎么才能让南瓜在特定的生命周期当中长得更加巨大。

他确实成功了。

三

有一天,郑平原跟女友小阿音一起在十八梯的蒸菜馆吃饭的时候,听说了阿志带着老婆去欧洲送南瓜的事,他当即就讲,你这个弟弟呀,好好的日子不过,这折腾的方式倒挺离奇的。

"疯了吧。"他说。

阿志没有读过什么书,而且喜欢瞎折腾,郑平原心里是看不上他的。

小阿音什么也没说,她知道他心情不好,这段时间从不跟他发生任何争执。

前些日子,他收到来自单位的任命文件,这个文件让他眼前一黑,差点就要破口大骂起来。他打电话给小阿音说这事,女友听了,也替他感到气愤。郑平原果真是提拔了,上级领导让他到一个变电站里当站长,听起来是件好事,并且这个变电站建在市中心,在繁华地带当领导，听起来更是件好事。然而市中心的地盘金贵，当初建设的时候，没有批地表的空间给他们电力公司，于是这个变电站就修到了地下，在一个商业区的正下方。这个变电站规模很大，可以说掏空了半条商业街，地下几十米深的方形空间里，全是各类大型设备，由于城市一刻也不能断电，所以那些设备一刻不停地嗡嗡响着，像是用自己沉稳的呼吸，给人类的文明提供能量。这就是郑平原以后每天要上班的地方。

"这不是又回到地下了吗？"他心想，"父亲生前在地底下做了几十年矿工，最后我也到这下面来了。"

父亲去世以后的某一年，郑平原刚刚毕业，他曾经央求父亲以前的工友，带他去他们工作过的矿洞里看过。那个煤矿洞极大，藏在山里，他可以想象出，人们在挖掘那个巨坑时，大山喊出的一声声疼。

他们坐着升降机进入那个黑洞，机身吭哧吭哧的，响个不停。下降了不到百米，他们离开升降机，走进一个很大的斜井，需要步行往下继续走。走了大半个小时，已是两百层楼深的地方，299号矿洞，那是父亲待过的最后一个矿洞。那下面虽然不大，但是也没有他设想的那么狭窄，高度也够，只要略弯着腰，人们还是能够正常走动的，父亲身材矮小，走起来应该更是方便。只是里面特别黑，伸手不见五指的黑，他头顶戴着矿灯，跟着父亲的工友摸索着往前走，里面充斥着一种黏糊糊的味道，似乎空气都是黏稠的。

"你爸爸病重以后，不像年轻时候力气那么大了，干不了重活，就是在那个角落里，管着抽水机和报警器。"工友指了指一块黑色岩壁。

郑平原轻轻地靠近了些。他看到岩壁上有许多仪表和管道。

"他这个工作很轻松，抽水机只需定时进行开和关的操作，报警器更是形同虚设般从未用过；但同时这也很无聊，工作时间又长，老郑就一直在这坐着看书，就着洞顶上冷光灯微弱的光，连更连夜地看，一坐就是好几天，直到交接班，然后出去。"

经他这么一说，郑平原回想起来，父亲生前最爱读诗，不仅读诗，还自己写诗，这也是和他的煤矿工人身份毫不搭界的。他曾在整理父亲留在卧室的遗物时，找到父亲写诗的笔记本，这是一个很旧但保存完好、一点没有漏页缺角的小本子。上面写着很多诗，都是手抄上去的，父亲字写得不好看，诗行间的安排也毫无结构感可言。这些诗有些是他抄来的，大部分是他自己写的，多是些散落的句子，不见得都能叫作诗，但是他从这些句子里看到了父亲的一生。他后来把其中一些诗工工整整地誊抄了一遍，至今他还记得一些。

　　　　在地下，我从不敢大声喊你们的名字
　　　　我害怕这黑乎乎的巷道悄悄地记住你们
　　　　因为我就是被这黑暗扯住的
　　　　在煤矿，风和我们一样：都是从斜井
　　　　走入六百米深的地下。唯一不同的是
　　　　上井时，我们原路返回。它们从回风巷走
　　　　因为，风是不走回头路的

　　　　白三爷的媳妇
　　　　在井口等三爷出井
　　　　因为最近刚发了工资
　　　　队长在井下常常骂我们：
　　　　能干就干，不能干就滚蛋

这么多年里我们没一个滚蛋的

郑平原回忆以前读这些句子时的情景，抚摸着父亲以前每日坐在上面的石头，他此刻更加深切地理解了父亲为何一定要让他在地面上工作，也更能感受父亲为这个家付出过什么。而如今，他也被安排到地下的变电站里工作，他开始感叹这是不是命运开的玩笑，但他还没有从这个玩笑当中回过神来，便接到了精神病院打来的电话。

"您母亲出了点事，需要您来一趟。"电话那头说。

四

阿志和妻子在开往英国朴次茅斯港的轮船上昏昏欲睡，这是他第一次坐海船，因此这种摇摇晃晃的时光令他极不适应。

他和他的大南瓜一起，沿着南亚的海岸线缓慢地进发。这个南瓜从他的家乡用卡车运到北海港，再从那里包下一艘货船的其中一个船舱，于是他们便踏上了这漫长的旅程。途中，他们穿过马六甲海峡，越过印度洋，在科伦坡停靠以后，经过索马里进入红海，通过苏伊士运河来到地中海，再通过直布罗陀海峡一路向北，在葡萄牙的海岸短暂休整后，总算到了英国。

对于只学过初中地理的阿志来说，这些名字充满了十足的新鲜感，他的妻子十分耐心地给他讲解着这一路的风土人情，当然，她也是从书上看来的。她给他讲北欧神话，有些细节她忘掉了，就编了一些，混在一起告诉他，反正他也不知道，同样听得津津有味。她给他讲维京人和北极光以及那些海盗和鲸鱼。他喜欢听这些故事。

事实上，如果没有妻子小阿桐在身边，他根本到不了英国，到了英国也无法与任何人交谈。妻子用蹩脚的口语和海关的人交谈，费了许多波折以后，最终如期到达了他们的目的地——哈德斯菲尔德。路上的一切对于夫妇俩来说都是新奇的，他们惊讶自己真的完成了这趟旅行。

哈德斯菲尔德对于阿志来说，只不过是一个小镇，和国内的小镇比起来大不了多少。不过他并不在乎，因为他是来参加比赛的。这个小镇有一个南瓜大赛，这个比赛是具有一定国际知名度的农产品大赛，阿志一直想要把自己种出的大南瓜带到这里来，让大家看看。

早在轮船上的时候，他就已经把获奖感言想好了，他当然要感谢妻子的支持和自己的努力，并讲述自己是如何科学地种植南瓜，在那个大棚里，在南瓜每天生长最快的几个小时里给它们补充足够的阳光和养分，又让它们在应该睡觉的时候得到休息。不过他最终要感谢的，自然是祖父传下的南瓜种子，那是中国大山里的优秀基因，正是它成就了这个巨型南瓜。

阿志和他的南瓜在赛场上的出现，的确引起了不小的轰动。不是因为他的南瓜是场上最大的南瓜，而是第一次有南瓜从遥远的东方来到这里比赛，这之前，参赛的主要是英国各地的南瓜和欧美其他地方的南瓜。他们惊讶于这高超的保鲜技术——竟然有人能够把数吨重的南瓜从海上花几个月运过来。

最终他们没得到"世界上最大南瓜"的奖项。实际上他们连前十都没进，不过倒是进了前二十，最后得了第十九名。

"这也很不错。"阿志对小阿桐说，"毕竟我们才种了两年南瓜，这说明我们还有很大的进步空间。"

夫妻俩的确也没有空手而归。南瓜大赛主办方为了对他们参赛的诚意表示肯定，向他们颁发一个特殊的奖项：最佳南瓜保鲜大奖。

他很高兴，总归是在英国拿到了一个大奖回国。可他同时也想不明白，他的保鲜技术不过是从村里农技站的老专家（那个老专家以前是做母牛培育和牛奶保鲜的）那里学来的，到底有什么特别的呢？

五

郑平原几乎就要骂出声来了，脸上又感到窘迫。

据护理人员陈述，那一日他的母亲看起来力大无比，她摆脱了看护的控制，从病房里冲了出去，跑到隔壁楼房间，狂笑着骑在一个惊慌失措的老头身上。那个看护叫来了四个人，围上去，才将她架走，把她带回她自己的床上，打了一针镇静剂，她才渐渐安定下来。

这件事情令他大受震撼。因为他知道自己的母亲有性瘾的症状，如今她发了疯，在这个地方待久了，在没有理智束缚她的时候，不知道她还会做出什么事。一个人精神失常的原因，通常来自许多方面，而一些方面的社会性认知发生错乱时，一些本能性的特质就会被释放出来。对于母亲来说，环境的长期压抑又使得她本能里的欲望被数倍地放大。

这件令人感到羞耻的事情，让郑平原回忆起自己年少时期。由于父亲不常回家，每次从矿里回来，她都会向父亲大肆地索取。在郑平原的印象中，每次父亲回来，母亲都会做很多好吃的东西，让一家人饱餐一顿。吃完饭以后的晚上，他总是缠着父亲带他去看电影，可母亲也总是拦着他，说父亲工作很累了，需要早点休息，说罢就早早带着父亲洗漱回房间了。第二天，父亲看起来总是更加疲惫。

如今母亲闹出的事情已在院里各个病区和房间里传开了，可是这又如何呢？有谁会体面呢？郑平原想着，也沉了沉心。

"这件事是你们的责任啊。"他板着脸对护理人员说，"我母亲既然是一个确诊的精神病患者，那么她就没有法理上所说的自我约束能力。你们应当做好对她的监护才是。"

看周围的几个人都没有说话，他又补充道："我是交了钱的，我们也签了协议的，你们自己没有尽到管理的职责，叫我来做什么呢？"

未等其他人反应，也不容院长分说，他说罢就迅速而果决地离开了。他回家以后，把这件事告诉了女友小阿音。女友听说他母亲的事，立即和他提了分手。

"只因为我到地下工作，没有达到你对我升官发财的预期，而且还知道了我妈妈是个精神病人。你看不上我了，我明白。"

"不是，不过我已经不想和你多解释了。"小阿音有些决绝。

第二天，他梦游般地回到自己工作的地下变电站。由于绝大部分设备已经实现了自动化的运行和控制，因此这里的工作人员很少，除了他，只有四五个技术员轮流值班。现在正是白班巡视的时候，大家都去了其他楼层例行检查，值班室只有他一个人。他把值班室的电脑打开，放起了音乐，音响开到很大，大到在外面的走廊里也能听到。这个走廊大概有十五米高，显得极其高大宽阔，两边铁网的围栏里都是嗡嗡作响的带电设备，在这闹市的地下，它们保障着整个繁华街区的运转。

走廊里灯火通明，空无一人。郑平原就在这里随着音乐唱起歌来，唱得回声四起，唱到动情处，甚至还跳起舞来。他有一副很好的歌喉。在他看来，这个变电站的结构就像一个巨大的音乐厅，到处都有蜂窝状的回音构造，他想着父亲在地下逼仄的生活，他比他父亲要轻快从容多了。他一边翩翩起舞，一边用手像指挥家一般舞动起来，似乎身边的东西就是一整支交响乐队——他完全沉浸在其中了。他的腹中有着火山一般的激情，时而隐忍不发，时而喷薄而出。这又让他想起父亲本子上写的句子，那是他肺病已很严重时，形容自己身体感受的句子：

> 每次对着儿子微笑地呼吸
> 就在肺里炸出一座矿山

郑平原觉得自己心里有太多压抑的情绪需要发泄出来了，就像胸腔里住着一头野兽，于是疯狂地唱着、跳着。待到他唱得、跳得累了，也估摸时间，技术员应该快要从各处回来了，便回到值班室，把刚刚这段时间里的监控记录删除掉，然后心情十分平静地，仔细地检查值班日志，校对设备们的各项运行数据，并总能找出那些关键的隐患，做到防患于未然。

他工作做得挺不错，他一共在地下干了三年，这三年他都过得很快乐，尽管后面的两年里他成了单身汉，和前女友以及阿志都逐渐没了联络。至少他看起来很快乐。

"郑站长是个尽职尽责的人。"同事们都说。

不过那几年，站里一直有个传言，说这座地下工事里，时不时地会有人听到怪兽的叫声，他们一致认为，那是楼上商业区里KTV客人唱歌的声音，城市生活的压力过于巨大了，使他们开始嘶吼，而声波通过固体的谐振，以奇妙的方式传到了这里。

六

从英国回来以后，阿志的积蓄已经花得差不多了，不过他并没有放弃种植世界最大南瓜的伟大梦想。

为了维持生活，同时支撑他的梦想，他和妻子一起成立了一家农产品保鲜公司，凡是具有长途运输瓜果蔬菜需求的人，都是他们的潜在客户，在英国南瓜大赛上获得的证书就是他们的金字招牌。阿志生得帅气阳光，和大家心目中的农民形象有些出入，可不知为何，这种反差反倒成了他们公司受欢迎的地方。

由于和前女友分开以后，便断了与她家人的联系，郑平原对阿志的生活也失去了兴趣，只知道他生意做得还算不错。

郑平原最终还是回到了地球表面上班，这不是因为他工作完成得好，而是因为一次见义勇为。

那是一个休假的日子，一个晴朗的黄昏。他在散步路过单位后门时，目睹了一次盗窃。一辆小货车停在院墙外面，几个人像是从后院里偷了一些废弃的电缆和铜线要装到车上去。他走过去扭住其中一个小偷，却被他们其中一个人抄起铜制的电缆线头，在腹部捅了一下。这一下没有伤到他的要害，但他流了很多血，加上强烈的疼痛，很快晕过去了，恍惚间只觉得其中有些人的脸是似曾相识的，和单位里几个不太熟悉的同事有些相像，尤其是那个总戴着黑色帽子的人。

"这人确实是个疯子！"那人对郑平原恶狠狠地大喊。在他倒下之前，他很清楚地听到了这句话。

明明被捅的人是他啊。他很疑惑，但没有说话，主要是因为太痛了，说不出来。

他记得那天的云的形状和颜色像是一团火，在猫的背上燃烧起来。

后来，单位里的领导到医院来探视他，决定把他调到机关里的后勤部工作，从此他远离了技术岗位，离开了地下。

在他住院昏迷的这几天里，除了他的前女友来看望过他两次以外，并没有其他人在身边陪着，可他神志不清，所以也没有觉得孤独。获知得偿所愿也是后来的事情了，那时旁人已不知他是否会感觉到高兴，照常理来看，他应该是觉得兴奋的吧，可的确没人知道他的真实想法。

大家唯一知道的事情，是他在醒来的时候，嘴里大喊了一句："妈妈！"

可能他是真的想妈妈了。后来他出院了，单位没有让他立即回去上班，而是给了他两周假，让他养好了伤口再回去。

郑平原没有报警，于是他能感觉到大家对他的态度明显地好了起来，同事见到他也都有了微笑。

他出院的第二天，就去精神病院看望了妈妈。走进那个病房里，阳光很透彻地从窗外晒进来。他看见母亲胖了许多，这才想起来自己已经很久没见过母亲了。她形容忧郁，眼窝比往日更深地陷了下去，气色倒没有很差，或许是因为变胖，使得皮肤被撑开许多，看起来更加白净了。听护工说，她胃口不错，吃东西总是狼吞虎咽的，吃得也远比别人多。唯一没变的，是郑平原只要出现在面前，她还是会一直怔怔地盯着他看，视线一刻也不挪开。

母亲的样子令郑平原感到心酸，她像充了气一样迅速地膨胀起来，当一个人失去一切的寄托之后，除了每日胡吃海塞，还能做些什么呢？听说她每日所服的，抑制欲望的药，也会导致她激素水平紊乱，使身体发福。

郑平原偷偷去厕所抹了把泪，心里愧疚难安。他回到房间里，摸了摸母亲的头发，当即走下楼去，告诉院长，他要把妈妈接回去。于是他又签了一大堆的表格，也同意所缴纳的费用不必退回，但当天还是没能顺利把母亲接走，他还需要市级医院和管理机构出具的、表明她可以被家人带回家里监护的证明。

这比入院的时候要麻烦多了，可以说是送神容易，请神难。不过郑平原接下来几天毫无怨言地辗转着办完这些手续，把母亲接回了家。

他去市场买了很多菜回来做，忙碌了小半天，思前想后，还是打了个电话，准备邀请小阿音过来吃饭。

"听说我昏迷的那几天，你来看过我。谢谢你。"几天前，他就发信息给小阿音，表达谢意，同时也是一种试探。两个人是否还能再续前缘呢？他说不清楚，当下只是当作老朋友相处一下。

她果然应邀来了。他们没有寒暄，他给她留了位置，三人坐下来便开始吃饭。

吃饭的时候，小阿音一直望着窗外发呆，她看着外面的一片城区，那地下是郑平原曾经工作过的地方。

"你还知道把阿姨接回来。"她说，"我当初离开你，有很大的原因就是觉得你这个人没有良心，谁知道老了以后，我要是得了老年痴呆或者什么病，你会不会把我也送走。"

郑平原只是苦笑着。

"这杯酒敬你。"小阿音接着说，"敬你如愿以偿，终于调了工作。"

"是啊，读那么多书，没用；认真工作那么久，没用。现在都这样，要想成事儿，真是非得挨这一哆嗦才行。只是这一哆嗦不一定都得捅在身上，有时候得捅在心坎上，有时候甚至把你的梦想全都捅没了，但是生活确实一直在往前走。"

"你这是想明白了？你觉得值不值？"

"谁管它值不值，日子无非就是这么过呗。"

这天晚上郑平原自己喝了很多酒，他已经很久没有喝酒了，这次又喝醉了，醉得跟阿志结婚那晚一样，扶都扶不起来。只是这晚上小阿音没有回去，容许他满身酒气地枕在自己腿上睡着了，这才把他的头放到枕头上侧卧着，自己去浴室洗了个澡。打开衣柜，发现自己的睡衣还在，她把睡衣换上，就这么安安静静地躺在他旁边。这晚上他多次伸手来抱她，也不知道他是不是有意的。她没有反抗，就让他搂着，只是在天亮之前，她又起身穿好衣服离开了。郑平原醒来的时候已是中午，但他翻身看见身边整整齐齐地叠着小阿音的睡衣，一股暖意涌上心头，乐呵呵地傻笑起来。他一下子就不再嫉妒阿志了。

再次见到阿志，是小阿音提议带着他妈妈出去散心时。

那天他们来到阿志承包的农场，天气极好，阳光不急不躁的，颇让人感到温暖，又正好把天空和田地都照得很宽广。两年不见，郑平原觉得阿志变化很大，比以前更黑、更瘦，皮肤粗糙了，衣服也穿得朴素，现在已经彻彻底底是一副农民的模样啦。可是不知怎的，现在的阿志，让人一看到他就觉得非常快乐，浑身都散发着一种快乐的气息，尤其是他纯真地笑起来的时候。

农场里漂亮极了，蝶儿啊、鸟儿啊，飞个不停。一条小河从草地上斜穿过去，像是流到天的尽头去了。

"你看看，我弟弟变丑了，但是依旧很浪漫，这种东西是在骨子里的。"小阿音指着那片花田喊着。

"那个呀，那是他种来酿酒的。"小阿桐说。

阿志走进厨房，拐角有两个葫芦，上面连着条红穗子，挂在柜子上，里面装着自己酿的花酒。他把葫芦取来，递给郑平原一个。

"能喝吗，姐夫？"

"能喝。"

"能喝个屁！"小阿音说。

"南瓜呢？"郑平原问，"带我妈妈去看看南瓜。"

阿志带他们来到大棚里。一走进来，他们都被震惊住了。这个南瓜有三个男人那么高，十几个人才能环抱过来，上面的瓜藤都快戳到大棚的顶了。

"当初我也低估了它呀，我也没想到它能长到这么大。"阿志解释说。

"这也太大了。"小阿音连连叫绝道。

郑平原显然还没有缓过劲来，不过他妈妈却非常开心，一直在南瓜身上摸来摸去，似乎好奇着这个东西的质感，又好像在确认这个东西真的存在似的。

"姐夫，你觉得这个南瓜能得奖不？"

"我个人觉得肯定能得奖，不过你不是去过英国比赛吗？那些南瓜的个头你应该比我清楚。你可以初步预估一下这个南瓜有没有超过他们的。"

"对，虽然不知道他们现在有没有种出更大的南瓜，但是我有信心。"

"那么你又要坐船把南瓜运到英国去？"

"不！我为什么非要把南瓜千里迢迢运到英吉利去呢？"阿志说，"我们要办一场属于自己的南瓜大赛，让全世界的南瓜都到中国来比赛，我们也要给别人的南瓜品评，谁的瓜娃子生得娇俏些，谁的其貌不扬；谁的大而无用，谁的大而有用。早先既已发下这个宏愿，我已努力三年了。"

郑平原听得一愣一愣的。阿志的古怪想法比他想象的还多，有了聪明伶俐的小阿桐之后，阿志的眼界也变得更广了。

"有人来吗？"

"正在联系。目前已经有几个国家的南瓜，包括斯里兰卡南瓜和吉尔吉斯斯坦南瓜报名参赛，国内各省也都有人愿意参加。预计后面还会有更多国外的南瓜参与进来。"

"疯了，都疯了。你们比我妈还疯，不过我喜欢。"郑平原大笑着。

阿志蹲下来，轻轻抓了一把南瓜旁边的土，安静地观察它的湿润程度和颗粒感，以此判断此时应该给它施以何种养料。

在这个大南瓜面前，母亲喜笑颜开，像是燕子回到岩石里的巢穴，找到了真正的归宿一般。这天是郑平原看到母亲最开心的一天，比出院那天还要开心。

她的这种反应很符合她的逻辑，也就是完全没有逻辑。她真的能够因为一个奇怪的事物感到真实的快乐，这令郑平原竟然有些羡慕。他好像觉得母亲在这个时刻得到了短暂的治愈。

后来他突然就理解了母亲，理解了阿志，也理解了自己。阿志就像灵魂中缺失的另一部分自己，一个不必焦虑天空，并且可以拥抱土地的人。于是郑平原更加思念起了他的父亲。

永恒海岸的夏天

一、酒精与少女

去年的夏天，我在房间里用不愿回顾的方式尝试结束自己的一生，我失败了，这不是我第一次尝试，自然，也不是第一次失败；我试过很多方式，最后或机缘巧合，或因我自己不够决绝，都没能成功。然后，我被母亲送到外公所在的城市，青岛。

"女儿，什么都别想。散散心。"母亲对我说。

外公住在退休干部疗养院里，疗养院在青岛西南方，沿海岸线而建，两侧是低矮的山坡，一侧是公园。穿过公园的另一面是热闹的街市。疗养院周边的区域，都被生长旺盛的大片针叶林遮盖，夹杂着一些高高低低的阔叶树和灌木。我到这里几天之后，在一个闷热难眠的深夜，我的母亲给我托了一个梦。梦里，她告诉我，我没有犯罪，我杀死自己不是我的错，只是迷了路。这个梦的情境和语言都过于真实，而我的现实生活过于虚幻，以致我几乎真的相信这是一个梦——我把所有趋近于真实的事件都归结为梦，而所谓现实，不过是徘徊在梦境边缘的东西。我把那称作入夏的第一个夜晚。是夜大雨，湿气满屋。清晨时分，我在床上辗转，在半梦半醒间喃喃自语，我透过窗户看外面的大海，再往远了望去，似乎彩云正吞吃大烟囱，我似乎嗅到两条彩虹双双坠入海里，随鳞片流逝的声音和气息。我突然很想去游泳，去追逐彩虹。我喜欢游泳。

在不停闪回的梦境片段里，有披头散发的勇士，还有装着四种药丸的蓝色透明小盒子反复在眼前出现。这是我连续坚持吃药的第六十八天，但深度抑郁的症状并没有减轻分毫。他们说我有病，但我没有，只有我自己才知道，我反倒担心药物控制了我的脑子。丙戊酸钠 2 粒、曲唑酮 2 粒、脑力静 6 粒、顺气安神丸 12 粒，品类既含中药也有西药，这是每天的剂量。我在意识混乱的空间里胡乱数着，在对副作用的隐忧当中恓惶而泣，直到我母亲的电话把我吵醒。

"你正给我托梦呢，怎么又给我打电话。"

"托梦？你是盼着我早点死吧！"她说，"你休学的手续我托人办好了，你暂时不用担心任何事情，好好陪陪你外公。"

"谁说活人就不能给人托梦。"我丝毫没有耐心，"先挂了。"

"哎，在外面要好好照顾自己，医生开的药，记得按时吃，吃完就去告诉你外公，让他带你去医院拿药。赵医生上回开的药，你按时吃了吗？"

"吃你妈。"我说，但其实我有每天按时吃。

"赵小可，你就不能好好的吗？"她用近乎乞求的语气说道，带着哭腔。

"我吃。挂了，拜。"

我从卧室出来，看了看正默无声息吃早餐的外公，然后蓬散着头发开始刷牙。但他只"嗯"了一声，并没有理会我。

你希望小限度地行走于时光中吗？

每当我想起这句话，脑海里总会响起夜晚四下无人时，海岸上潮汐的声音，以及不知名亡灵的哀号。

若干年前，我曾经问过父亲这个问题。彼时我刚从小学升上初中，山城重庆炎热的夏天，我、他、叶子三人坐在冷气十足的客厅里聊天。他坐在叶子身旁抽烟，叶子坐在客厅沙发上，用平板电脑看着韩剧。叶子长得甜美，自从他俩结婚以后，除了忙工作的时间以外，几乎总是形影不离，琴瑟和鸣，而且从不拌嘴，因为不管他讲述什么人间道理，或吹嘘往日荣光，叶子总会微笑地注视他眼睛，似乎在用真诚的目光去体验他所说的从前的力量。即便两人偶尔起了争执，叶子也永远都让着他，不跟他吵；而父亲也十分懂得其中的奥秘，妻子处处给他面子，顺从他的心意，温柔体贴，因此他私底下十分宠爱她，对她的各种需求总是尽力满足，甚至比叶子自己想得还要周全。若把这与他跟我母亲在一起时的状态相较，可称云泥之别。

　　"你可以去今天之前或之后的一段小小的时间，这个幅度很小，以至于你仅仅能去那里回忆一下之前的事情，或者看看未来的那一小会儿发生了什么，你可以带回一样东西，或者把现在的一件东西放在那里，除此之外你不能改变其他所有的事物。你会怎么选择呢，爸爸？"

　　"你这又是哪里来的奇思妙想，小可？我会把你放到昨天，看你现在是否还能出现，来问我这个有趣的问题。不过你现在太小，可能还不明白，你只要稍稍改变一点点时间的脉络，整片森林的结构都会发生变化。"他笑着说。

　　"你呀，你要是真的一不小心把你的宝贝女儿弄丢了，别说一点时间的脉络，就算过三五十年，你的眼泪也不够流的。"叶子嬉笑着，从盘子里切好的西瓜里，挑了块最水最甜的部分给我，然后继续投入到了和欧巴的约会当中。

　　我喜欢叶子。我原本以为这是一种轻松舒适的相处方式，爸爸终于在中年找到自己的精神依靠，可以用更加自由的方式活着。可当时的我过于年轻，分辨不出掩藏在自由脚下土壤里的窒息。

"我多么希望拥有这种能力啊，"我自顾地说，"这样便可以轻快如流地获得我随时想要的东西，避免不希望发生的事情，又不至于改变整个生活，打乱时间的序列。"

三天以后，他们两个人携手杀死了自己，也可以说，杀死了对方。在深夜，他们翻到长江大桥的栏杆最外侧，颤巍巍地站在那仅仅能容纳三分之一身体的水泥平台上，桥上极少行人，稀稀拉拉的车流也并未发现他们。父亲和叶子紧紧拥抱，深情拥吻，两人将嘴巴对在一起，互相吸入对方呼出的气体。十几分钟后，他们的肺里充满了二氧化碳，意识逐渐模糊，最后终于陷入昏厥，无力支撑身体的平衡，于是双双坠入江底。我用了很长时间来寻找这种死亡方式的来源，直到发现阿布拉莫维奇在 1978 年创作的叫作《呼吸》的行为艺术作品，终于得寻出处。

轻浮。行为艺术本身并不轻浮，但我父亲这样一个人，年轻时做工程师，无所建树，后来又当了一个商人，平平无奇，尽管攒了些钱，但也没有做出太大成就，过了铜臭、烟酒、无聊的一生，却选择这样一个过时的行为艺术来终结性命，还要附带上别人的性命，这便是比轻浮本身还要轻浮的愚蠢行为。

"我吸收完你身体和灵魂里的最后一丝氧气。然后我原谅你。"这话是警察在父亲手机里找到的，是他发给叶子的最后一条短信。

我十分庆幸父亲没有留下什么遗言给我，这令我稍稍释怀，没有给我留下永世不得解脱的束缚，也许这是他给我的最后关照吧。我设想过，假如他说出"噢，我的女儿，我爱你，尽管我抛弃了你"类似这样的话，那他便是彻头彻尾失败的父亲，比失败的现在还要失败。

从那时起，死亡的种子在我心里深深种下了。它顽强地从身边的环境中吸收着肥料，不管是家庭生活还是学校生涯，一天天长成黑暗的森林，把一切美好的事物阻隔在外，并令我过早地领悟到一件事：人生来就是为了失去。

由于家人不允许我出门，这几天，我频繁地尝试从外公的酒橱里偷酒。其实酒橱就在饭厅的墙上，我有很多机会从里面拿出一瓶来，而不被他发现，但最麻烦的是外公每天晚上都要喝酒，如果他看见酒橱里的酒变少了，我很难解释——屋子里除了我和他，只有每天来收拾屋子和做饭的保姆。保姆将近五十岁，跟我母亲一般年纪，她阳光爽朗，外婆还未过世时便来这里干活了，如今已经做了三年多。即使我费尽唇舌也没办法让外公相信是她偷喝了酒的吧。

我现在的心情非常糟糕。尽管打开窗户就能看到大海，闻到那股腥咸的气息，但在我被禁足的生活里，连手机和电脑都被没收了，只留下一个接打电话的老式诺基亚手机。另外除了一个不愿跟我多说话的外公、一架外婆留下的钢琴、一个生了灰的皮质书箱、一只每日酣睡的狸花猫以外，什么都没有。

当然，如果有酒的话，会让我轻松很多。令我没想到的是，那个保姆——我只知道她的名字叫作笛兰，听口音是个本地人——早已看出了我鬼鬼祟祟的行径，并给我带了一小瓶酒。

外公在午餐前，照例出院子去海边跑步，我则被独自反锁在家。

她按时来家里做饭。

"喝一点点青梅酒吗小嫚儿？我家那位自己酿的。你尽可尝尝，在家里待久了，人反倒容易疲乏，喝点小酒可以解解乏，这酒度数低，不打紧。"

她进来后，倒掉了屋子里昨日的垃圾，去厨房把米饭蒸上，把鸢尾花插在外婆生前睡的床头，那个小箱子上的花瓶里——据说这是外公特意嘱咐的。我傻傻地捧着酒，一只小小的褐色陶罐装着，大概只有半斤青梅酒。

我原本想对她说声谢谢，可是一联想到她出于礼貌又会对我说"不客气"什么的，这让我感到厌烦，于是我捧着酒回了房间，关上了门。望着窗户，一边小口呷着酒一边发呆，不知道时间的流逝。

这个城市有干净的阳光和清爽的海浪，由于历史原因，城里除了现代建筑以外，还有许多殖民地时期留下的德式、日式建筑，过往的灾难虽令人悲痛，但这座城市从破碎中站起来，如今这多种风格的混搭显得格外迷人；红砖、绿树、碧海、蓝天，是一个标准的度假天堂。

不过对我而言，以上内容仅来自母亲的讲述和我自己结合旅游网站介绍所形成的碎片记忆进行的想象。来到这里已经将近半个月了，外公去机场把我接回来以后，除了机场和外公的家，我哪里也没去过，所见也无非这三平方米大小、千篇一律的大海，还有几根铁棍立在上面，颜色、质地和窗框截然不同，一定是我来之前刚焊上的，是怕我从这里跳下去吧。我想出去吗？也许是吧，可我断然无法向任何人开口说出我的心事。我这么一个多余的、破碎的、毫无价值的生命为何要苟活在世间啊，我就连正常的、去死的权利都没有，以至于被耽误了一段时间之后，我现在连死亡的勇气都被磨得散去了，这使得我更加自暴自弃，不知要花多长时间才能重新找回那种勇气。

我翻看着日本的漫画书，外公回来了，笛兰招呼我吃饭。记得小时候，尽管机会很有限，但我也是受过外公宠爱的。他有一次回乡，带着我和我同样年幼的表哥，去县城的铁路上玩耍，还给我们讲故事。表哥喜欢看火车，我不喜欢，但听故事是我喜欢的。那时候的火车没有现在这么快，每当有火车驶来，在进入视线之前便能听到呜呜的鸣笛声，我们便拼命从轨道跑、跳到旁边的长满芭茅草的土坎上去，我总被火车巨大的车轮声和鸣笛声吓得惊声尖叫。

外公退休四年多，我必须承认，他曾是个真正的男人，说话硬派、掷地有声，如今仍存有些往昔之风。他自年轻时便远离家乡，先是上山下乡，娶了当时身为官家小姐的我外婆，又辗转各地，从县里的科长干到省里的厅长，后来退休，他依旧是精神矍铄的样子，革命热情丝毫没有减退。我以前十分崇拜外公，并非因为他在家里的权威，而是因为他的习惯和身材。他数十年来一直坚持锻炼，即便进入中年、老年以后，体形也保持得比更年轻的我父亲还要好。外公说话中气十足，脸部线条清晰而硬朗，双眼炯炯有神，而且关照起人来面面俱到，我们一大家人皆受其恩泽庇佑。

他如今变了，变得沉默、胆小畏事、郁郁寡欢，连一向腰板笔直、来去如风的他，身躯也愈发显得佝偻了，只是每天跑步的习惯没变，以前是在干部大院的操场，现在是在海边。笛兰说，他的变化是从外婆去世的时候悄然开始的，我起初也以为是这样，但后来发现不全是，我又觉得他的变化源自退休，也来自家人接连的离世，后来发现这也不全面。

我要吃的药当中，有两种是要饭前吃的。医生说，吃药切忌喝酒。我今天喝了酒，那么我不能吃药吧？于是我便没吃。事实上，从那时候开始，我便再没有认真吃过药，时断时续，为了避免被发现，我总会把没吃的药偷偷扔掉。

我和外公同桌吃饭，却相对无言。他的脸上隐隐带着些往日的坚毅，更多的是一种捉摸不透的担忧。我觉得他失去了他的安心，一个人一旦失去安心，就会变得孤独，甚至形销骨立。我不是也一样吗？

这种烦闷无聊的生活发生些许改变，是从我母亲的短暂到来开始。

二、海盐的秘密

　　我无法真正地面对现实世界。恐惧。打开一道陌生房门时的恐惧，和人交谈时他直视你双眼的恐惧，以及不靠墙站立时，后背时刻感受到的透骨寒冷。

　　只有背对大海的时候，我不感到恐惧。面对着不行，如果我把脸朝着大海，那么后背就留给了这个世界，我害怕这个世界；假如背对大海我就不怕，就算大浪来把我吞没了，怪鱼来把我吃掉了，我也不怕。大海是另一个世界。

　　记得很小的时候，父母还没有离婚，曾在带我去旅游的时候到过秦皇岛，抚摸了山海关那古老的城墙，也看到了大海。那是出生在内地的我第一次看到海。海洋很宽阔很了不起，但我们人类终究是要站立在土地上的，这使我感到愧疚。

　　我的愧疚起于一个在酒店私人沙滩上玩耍的傍晚。那酒店的费用昂贵，沙滩也游人稀少。由于距今过去太久，我已忘记父母当时正在做的事情，于是在头脑中形成一个他们不知所终的印象，只记得当时的天空一片金黄。我把腿伸直泡在水里，趴在沙滩上玩沙子，享受海浪冲刷双脚的感觉，我喜欢这种感觉。猛然地一个大浪扑上来，把我小小的身体整个吞噬，浪像迅猛龙一样迅捷出击，又很快往后撤退，裹挟、拉扯着我朝着海中退去。我双眼被海水包裹，嘴里喊不出一个字，只得把双手死死抠进沙里，但依然无法对抗那种力量。据父亲回忆，直到他一把将我捞起来那时，我已经沿着海滩向下滑行了十几米，我整个人已被呛得没了气力，只在沙面上留下两条不太清晰的、时而平行时而交会的、双手挖出的痕迹。

"退潮的时候，不要去海边瞎逛。"父亲让我谨记。不过自那之后我便回去上学，再没到过海边了。在我记忆当中，死亡总是同我形影相伴，而父亲这次把我从海潮中救起，是我第一次被迫直面死亡，自那之后，家人便遭了许多厄运，在我看来，我像如今这般无生无死地活着，倒不如当初让海浪把我领了去，或许还能免除些家人的灾殃呢。

"你小姨和你姨父这次从黑龙江回重庆看我，带了许多新鲜的野生黑木耳，还有野生蓝莓干，是你外公喜欢吃的，一会你就给他拿进去，他会开心的。"我妈对我说。她下了飞机直接来到疗养院。她坐的是凌晨的飞机，然而她和外公已经吃完早餐，外公回房间练字了，我才刚起床。

"他们自己为什么不来？"

小姨的家庭是除了我家以外，家族里最早出现变故的一个。她的前夫是个警察局长，在他们的孩子七岁时坚持与她离婚，并坚称小姨出轨在先。我不知道他们俩事情的具体细节，只知道她离婚后被同学骗去湛江搞了几个月传销，却在那里不可思议地遇到了"真正的爱情"。后来那个传销窝点被捣毁，她随着他北上回到他的家乡，黑龙江佳木斯，他和他的家人都是地道的农民，但对小姨很好。

"你知道的，你外公看到你小姨，他又得生气。"我妈摇摇头，"你最近和外公相处得如何啊？"

"还行。"我说。

"你有什么需要就告诉我。还有啊，你外公年纪大了，整个人可能有点怪怪的，你有什么事情一定要好好地跟他交流，多交流，外公还是会很喜欢你的。"

"他人不怪，我也没什么需要。"

我俩沉默了一会。继而她又问："上回买的漫画书看完了吧？

走，我带你去买些新的。"

"都是些无聊的东西。"我说，"你这次专门过来，是为了什么？"我看着她的眼睛。

"当然是看看你，还有你外公。"她在我的房间里踱着步，打量了一下房间的陈设。

"你打算什么时候走？"

"怎么，刚来就想让我走？"

"没有。你爱在这里就在这里吧。反正我也不在乎。"

我妈的到来，对我而言也非全无好处，比如，经过她和外公的郑重商议，我恢复了使用智能手机和电脑的权利，当然，这也是需要定期接受监督的。我打开电脑，登上社交软件，里面的联系人被清理得干干净净——我曾经加入了数个自杀交流群，如今都全无踪影了。我看着空空如也的屏幕，退出程序，合上电脑，透过栅栏，望着窗外发呆。我在窗台下面摸出小酒瓶，抿了一小口，趁母亲没发现的时候，把它藏在了我的枕头下面。

不出意外地，在母亲到来的第四天晚上，她又和外公吵了起来。我正在电脑上玩回合制游戏，突然听见外公加大音量地喊了一句：你别说了！

我关掉游戏声音，悄悄走到外公房间门口，听到了几句他们的谈话。

"您只要再给那个负责人打个电话，事情或许还有回转的余地。"母亲乞求道。

"我说了，我老了，你们的那些事情我不会再管了。"

"您虽然退休了，但是您以前在县里的下属，那个陈华，现在也提了正处，他的老婆跟那负责人是老乡，您要是打个招呼，多少还是有些用处的呀。"

"我都调到山东多少年了，又退休了几年了，我手哪里伸得到这么长嘛！你不要再说了，你再说，我只有喊你出去。"

"你老咯，你是老咯，你看你现在的样子，你晓得你没有以前的力量了，你想逃避，你躲在这儿享清闲，把我们全部都丢咯，不管咯。"

"阴阳怪气。滚，你给老子滚出去。不要再跟我提你那个啥子园林集团，做得下去就做，做不下去就散伙。"外公拍桌怒骂，他的普通话练习得很标准，但他用重庆话骂人的腔调同样有盐有味。我赶紧回了卧室。

我听见母亲推门出去的声音。我不禁回忆了一下，自我来到这里以后，外公对我的冷漠态度，并对母亲将我送到这里的动因产生了巨大的怀疑。我怀疑她只是想通过我，拉近与外公早已破裂的关系，以达到她所想要的目的。又或许，在外公看来，我只是个寻死觅活的早已堕落无用的晚辈，与他半生拼搏的精神毫无关联，甚至背道而驰，完全不像是他的血脉。我猜想，我留在这的时间应该不会太长了。母亲待了几日，便因公司有急事要处理，赶了回去，说再过段日子，抽空来接我。

令我没想到的是，自那以后，外公非但没有对我更加冷淡，对我的关心反倒多了起来，甚至还介绍新朋友和我认识。

我后来回想外公那时对我态度的转变，试图分析这缘由，甚至在他逝去后多年还能忆起那个夏日的海滨，以及他的面容，我猜，外公看到母亲待我虚伪的样子，结合我父亲的死，他或许是突然重新认识了我，认识我性格的偏执和生命的卑微，理解我错失的童年以及拧巴的青春，他甚至还有些可怜我。

"跟着你妈没什么出息。"他说，"听说你休学的假期还很长，那这段时间你就在这里好好休息，好好玩，回去之后你好好读书，虽说是老生常谈，但考上一个好大学，对你来说还是很重要的。"

我的新朋友是笛兰的侄女。一个比我大一岁的短发姑娘，尽管比我大一岁，却与我同级，也读高一。

"这是槿姐姐。"

"槿姐姐。"我仔细观察眼前这个女子，高高瘦瘦，大眼睛，齐耳短发，她笑着看我，我一眼便看出她和我是不一样的人——她举止轻快爽捷，身上有许多阳光，与我的阴沉大相径庭。外公和笛兰的用意我明白，他们想给我找个年纪相仿的伙伴，可以陪我说说话，顺便把身上的阳光晒到我身上来一些。

槿对我来讲是个陌生人，但我没有太排斥她。她生在青岛湾对面的胶州，来青岛读书，寄宿在笛兰家里。每天下午放学，她都会来到我家，笛兰此时做好了晚饭，我们四个人就坐在一起吃饭。吃完饭她会拿出手机和我一起打游戏，或者挤在电脑前看一会电视剧，直到笛兰收拾好屋子，八点左右，她们俩便一起回家，槿到家之后才开始写她的作业。

在我和槿渐渐熟悉之后，外公又给了我更多自由，他准许我和槿饭后出门，去海边走走，或到公园散步，甚至会给我些零钱，让我们到那边的街市上买些小吃和海鲜。槿是个懂礼貌、讲分寸的女孩子，她得到外公的信任是理所应当的，这也给了我很多好处，自从有她陪着，我的生活渐渐变得明朗起来。

我们在出去随意走动时，途经疗养院外出必经的小公园，那条小路有一段延伸进密林中，水汽十足，路面有青苔，我在那滑倒过两次，但我很少听人提起过有老人滑倒，因此我推测外公他们平日里基本不会走出去。

后来，在一个混合着湛蓝海水和青草气息的周末，笛兰说服外公，允许槿带着我去城里逛逛。那是我第一次离开疗养院周围，也是第一次去青岛市区里玩。那天的天气真好啊，一大早，充足的阳光洒在皮肤上，我穿着紫色碎花的长裙，槿穿了一条牛仔吊带裤，上身一件白T恤。她带我参观了栈桥，又坐公交去八大关遛弯。我俩一人吃了一只烤鱿鱼和烤玉米，然后穿过一片巨大的草坪，踱步走过汇泉湾广场，到中山公园看梧桐和荷花，可惜错过了樱花的花期，据说这里的樱花是双樱，花瓣满山满海。已是下午时分，许久没走这么多路，我累得腿软。

"带你去个好地方。"她说。

我们坐车到五四广场，这里是五四运动的发源地，广场中央有个巨大的红色雕塑，盘旋错节，似一个火炬，名为"五月的风"。广场正对着海湾，左手边是奥林匹克帆船中心，里面有一条长长的栈道伸向海湾中央，两侧停着上百条大大小小的帆船和游艇。槿领着我在海边的咖啡店里买了杯咖啡，沿着栈道一直走。

尽头是一座灯塔，灯塔四周是防波堤。我们俩在防波堤上坐下来，听海浪凶狠地拍打在水泥底座上，四下无人。六月的青岛，阳光再恰好不过了。我看着槿的侧脸，海风吹着我们的头发。我可以在这样静谧和平静的时刻，带着对世界无限的回忆，却毫无痛惜地死去。我脑海里甚至隐隐浮现过一头扎向海浪的念头。

但此时此刻我更想做的是亲吻槿带着笑意的侧脸。她的皮肤比我还要细滑，金色的阳光下面，她脸上的光芒就像神明一样拂在我的手上和发梢。

我亲了她的脸。她转过头来，似乎并没有太多惊讶。

"怎么？"她声音很低。

我摇摇头。

她伸手摸了摸我的头，顺着我的后脑勺捋了捋我的头发，静静靠近我，吻了吻我的额头，眼睛里露出带着关爱的笑。

我死死地盯着海，我的脑中能清晰地记得那一刻每朵浪花的形状，甚至想给它们都取一个名字。

"你知道吗？海水里的盐是有气味的。我能闻到，那种咸，带着苦涩，可是无法从生命中抽离。"我对槿说。

三、海岸之一见

当晨光从松针缝隙之中穿过来的时候，山的翠影又变得隐约可见了。那时候槿已经放暑假，我俩便整天在一起。外公说，槿平时要陪我，又得学习，很累，于是要带我们俩去青岛郊外一个有山泉的小镇上待上三五天，什么也不用做，连假期作业都不用带去，算是休假。

有一天清晨，她把山里的花瓣做到米糕里给我吃。

"花香扑鼻，而且满嘴香甜，又酥软。"我由衷地称赞。

"昨天一个老婆婆巡巷来卖槐花，每枝小秆上开着密密的几朵粉白小花，实在可爱，我就买了几枝。可是今天花却纷纷开始往下落了，若是不管的话，就只得都扔掉。可是吃花的话，我又不忍心。所以做给你吃，我不吃。"

她这么一说，反倒是把吃掉鲜花的负罪感丢给我了。

我给她一小块让她尝尝，她不肯，只是坐在桌子对面看着我吃。她今天穿了一条格子裙，碎花布的上衣，那些小花就跟米糕里的槐花那样清爽，而她整个人就像花的精灵一般，朝气蓬勃的样子。

外公便坐在宽敞的阳台上，眯着眼望山间的云雾，品着茶，那小茶碗是外公随身带来的，晶莹剔透，玲珑有致。我曾偷偷望着外公英俊的侧脸出神，这是一个多么伟岸的男子啊，尤其是与我那毫无责任感的父亲比起来，他满是男子的气概。外公现在似乎很宠溺我们两个，更是把槿也当成了自己的外孙女一般对待。连笛兰都在我们四人一起吃饭的时候，在饭桌上说，自从和我们两个在一起，外公的精气神都更足了。外公只是不语。

我探究过我家庭中的种种过往。可所有人都在欲盖弥彰中暗暗表现出了对我母亲的责备，包括我舅舅，连他也说：是我母亲先背叛了我父亲和家庭。外公虽然对母亲感到厌恶，同时对父亲也从无好感，我作为他俩的女儿，自然也是长期受着外公的冷落，直到当下。

自从槿放了暑假，几乎每天都来找我，外公说我俩就像后天长成的双胞胎似的。由于我俩的感情升温，又出于对槿这个乖巧孩子的信任，外公对我病情的管控也稍稍松了些，除了每天敦促我吃药外，不再过多限制我的活动。我便是那时认识了王一见。

"你呀，没见过这般漂亮的夜空，才会有那么多奇奇怪怪的幻想吧。"槿说。

那天下午槿带我去的并不算是什么好地方，一个废弃的海边游乐场。这个地方离外公家很远，几乎就要离开青岛了，倒是离黄岛很近。这个游乐场建在一片向游人开放的公共海滩上，靠近海滩的一角。这片沙滩沙质细腻，海水干净，在喜欢日光浴的游客当中口碑颇好，被称为银沙滩。

我看到那座游乐场时，并未想到它已经废弃了，因为许多常见的游乐设备——比如旋转木马、小型摩天轮和碰碰车，设施齐全，看起来不算陈旧，直到走近才发现，这里确实无人运营，且旋转木马彩色的顶棚已开始掉色，摩天轮的座椅上积满了灰。我对游乐场无感，但这一个废弃的，却让我觉得有些特别。

"一会还有个朋友要来。"

"朋友？男的女的？"我问。

"男的。"

"你男朋友？"

"不是。我没有男朋友。"

"好吧，他什么时候来？"

"他就在这。"槿指了指海滩，"他在这里工作。"

我顺着槿指的方向看过去，那边有不少人，大部分是游客，还有一些出租游泳圈、卖泳衣的商贩，以及一些拉客的快艇驾驶员。

"他是开快艇的？"

"不是，他是拾荒的。"

"拾荒者？"我有些惊讶。没想到槿还有这样的朋友。

"他倒也不是捡垃圾、矿泉水瓶去卖钱的个体拾荒者。准确来讲，唔，他的工作就是这个，就是管理处请他来清理沙滩上的垃圾，保持这块区域的卫生。"

其实在我看来二者的区别不大，不过我不在乎这些，只是问她怎么认识的。

"他是我一个初中同学的表哥，以前跟我住一个院子。我在胶州读书那会，他到黄岛来读职高，后来他爸妈都不管他了，也便没继续读书，就出来打工。寻常的名字，寻常的人家，寻常的坎坷，寻常的人生。和我一样。"

"也和我一样。"我说。

"你和我们还是稍稍有些不同的。"槿摸了摸我的头发。

"没什么不同。"

我和槿去商贩那里买了两支冰淇淋，我们把凉鞋寄放到那里，去沙滩上走走，我还去海水里踩了踩。

"这里的沙滩很干净啊，但一定不是因为游客的素质比别处高些，想必管理者花了不少力气来整治吧。"

"你相信吗？这沙滩就只他一个人打扫的。"

"哈哈是吗，那他可真是不容易呢，这海滩也不算小，只算面积的话，起码得有一个半足球场那么大吧，游客也挺多。你补点防晒霜吗？"

太阳不太大，晒得我懒洋洋的，沙里也暖暖的，我躺在槿身旁，居然睡着了，她则静悄悄地坐着看书。直到太阳将要落山，海风吹来有些凉意了，我才醒过来。

"醒了好，一会别着凉了。"槿说，"我们回去那边游乐场吧，那是我们每次约好见面的地方，一见下了工就会过来。"

听槿这么讲，我原本以为王一见会很快就完成工作，过来和我们相会。可直到我饿得双手双脚发软，王一见还在沙滩上仔细地捡着垃圾。

"你之前和他约好了吗？"我问槿。

"是啊。不过他都是这样，一定要把最后一个易拉罐、最后一个塑料袋捡完，才会离开那片海滩。我都习惯了，也不再催他，随他去吧。"

"可是我很饿。"

"一会让他带我们去吃好吃的。"

"这不好吧，我才和他第一次见。"我言下之意，觉得他赚点钱过生活挺不容易的，没必要令他破费。槿似乎懂我的意思，也便没有再说。

我们两个坐在废弃游乐场无人管理的沙滩椅上各自玩着手机，不时抬头凝望王一见的背影。落日在海滩上投下红光，海浪一层层地拨弄着沙滩的表皮，不厌其烦地将其抚平、弄皱，永恒循环。王一见勾着腰，由东往西走，左手拿着一根铁扦，刺探着半埋在沙里的隐藏财宝，右手拿着一把手柄极长的像是火钳一样的工具，极熟练地把海边的垃圾夹到斜挎着的、暗黄色的小铁皮箱子里。每当小箱子装满了，他便把铁扦用力地插进沙里，用来标记他已经走过的位置，然后返回大垃圾桶那里把里面的东西倒掉，再走到铁扦那个地方，继续前进。如此反复四五次，直到他的身影覆盖完整片沙滩，他才去管理处那个小房间把工具放好，又去隔壁小房间不知道做什么，过了一会出来，已经换了身干净衣服，这才向我们走过来。

"喂，你真的很慢啊！"槿朝他吼。

"对不起啊。让你们久等了。"

"这是赵小可，这是王一见。"槿介绍道。

王一见皮肤很黑，如我所想的一样，又瘦又黑，但他身高不算矮，估摸着在一米七八到一米八之间。这些是在稍远处我看出来的，待他走近了，我便仔细观察，他左脸下巴到脖子的结合处有一块明显的白斑，半个巴掌大小，这块白十分耀眼，与他黝黑的肤色形成强烈的对比。后来听说，他得过白癜风，治好了，但有一些患处留下了永久的痕迹。除了脖子上这块，他腰上还有一块更大的。这是槿告诉我的。

"想吃什么？"他看向我问。

我摇摇头。

"那就去烤点海鲜吃吧。走吧。"见我俩毫无主张，于是他直接拿了主意，并带着我们去。

天已经黑了大半，我们穿过沿着海边修建的马路，我们走过一条清冷的小街，看这小街的风格，定是专门为游客而建的，小街上有许多家没有开门的小酒吧，我们经过一家时，我看见店外的墙壁的油漆暗沉，门口还有些海风吹来的沙子，似乎已经关门很久。这整条街的生意似乎都不太好，除了零星几家小商店外，只有一家烧烤店开着门，店里的炉子不温不火地往外冒着些烟火气。

"这家吗？"我问。我实在饿得走不动路啦。

"这家虽然临海，味道却不好，东西也不太新鲜。我们去背街一家我常去的店。"

经过灯光昏暗的巷子，我们进到一个十分朴实的店里，陈旧的招牌上只有"海鲜""啤酒"四个字，面积不大，几乎没怎么装修，隔壁是家房屋中介，门口张贴着许多招租广告。

他问了我的喜好，拿着菜单点了些吃的。"喝酒吗？"

"不喝。"槿说。

"喝。"我坚定地说。

槿看了我一眼："行，那就喝。"

"今天喝崂啤还是青啤？"老板问。

"三瓶青啤，只要一厂的，二厂、五厂之类的就别拿了。今天有客人。"

老板先上了盘花生，然后拿了酒，王一见盯着酒瓶的颈部看了看。

"的确是一厂的。这位妹妹，看你这样子，不像是能喝酒的啊。"

"谁说的。我常喝。"我装作很有气势的样子。我尽管不常喝，但我喜欢酒，我不常喝的缘由是我没有常喝的条件，外公那么敏锐的人很容易发现的。我想起了我枕头下面那一小瓶被我珍藏着的青梅酒。

王一见看着我的样子，笑了笑："行，不管怎样，反正就这一瓶。"

老板陆陆续续地把食物端上来，很平常的东西，味道却不错，我们吃了烤扇贝、烤北极虾、烤豆角、烤韭菜、芥末蛏子、辣炒嘎啦。喝着啤酒，吃着海鲜，我感到自由。两杯啤酒下去，眼睛里居然冒出泪花来。

我逼着王一见，陪我把瓶子里剩的大半瓶酒干了。

"再来一瓶。"我打了个嗝，对老板说。

王一见正要阻止，没想到槿却说："让她喝。我送她回去便是。"

他用严肃的眼神看了看她，又把眼神移开，对老板说："再来三瓶。"

喝酒的时候，听王一见讲，这整块街区是一个开发商承包和修建的，本是卖房给投资人，再租给旅客；但或许是时运萧条，也或许是其他什么原因，很多人买了房装修完之后却几乎找不到租客，于是除了面朝海湾那一排房子之外，其他的房子租金一降再降，反倒比城里的住房租金还要低一些。这吸引了许多到岛城的打工者过来租住。起先，那些业主不愿租给打工仔，直到有人不甘心房屋长期空置，领头把房子租给一名菜市场的搬运工，之后业主们纷纷降价，也降低了门槛，不再只租给游客，于是便有大量的小工人和小商贩住进来。这里头鱼龙混杂，除了靠力气正当谋生的人以外，也有些人做着些偷鸡摸狗的勾当，还有廉价妓女专门和那些单身民工做买卖；甚至有无家可归者，偷偷把空置房的锁弄开，大摇大摆地住进去。有些业主不是本地人，是外地的投资者，遇到这种情况很难发现，直到发现时，人已经搬走，去了别家，只留下一堆生活垃圾和满屋子狼藉。

即便这样，也不影响这小区有个十分好听的名字：永恒海岸。

"我就住在这里面，也是租的。"王一见说，"你们要是愿意，下回有时间可以到我家坐坐，我做吃的给你们。"

又上了几瓶酒，此时我已不知究竟喝了几瓶，总之已大大超出我以前喝过的酒的上限，但我并没有醉，说明我的酒量远不止那些。槿从她的小包里拿出来一盒烟，是那种细细的女士烟，她点着一根，仰在座椅靠背上，跷着二郎腿，深吸了一口烟雾，然后缓缓地吐出来，她的短发披散在椅背上，双眼失焦，似乎在注视这些逐渐散去的烟，又似乎什么也没看。她的这般模样，像是一幅画，日后一直深深埋藏在我的脑袋里面。

我之前从未见过槿抽烟，也从未见过她这副神情。我忽然发现我一点也不了解她，不了解她的家世，也不了解她的故事。

那晚从永恒海岸出来，我偷偷去把单买了，王一见十分不解，这一点和槿不太一样，槿已经习惯等我付钱。我和她在夜里无人的海边马路上走着，路灯倒是很亮，王一见远远跟在后面，他不放心，一定要看我俩坐上出租车才肯回去。

"今晚同我一起去我姑姑那睡吧。"槿说。

"怎么？"

"你这一身酒气，回去你外公不骂你吗？恐怕以后再也不让你跟我出来了。不如让我姑姑给你外公打个电话，就说今晚在我家玩耍得晚了些，就住我家，明早回去罢。"

"好。"我说，"你平时也抽烟吗？怎不见你身上有烟味。"

"不能来海边的时候便不抽。若是来海边，海风一吹，味道也便消散了。"

她说着，又点了一支。

"我也要。"

她不给。我只觉得，她打火机的式样倒是很好看，她抽烟的样子很好看，烟头那点点星光也很好看。她哪里都好看。

夜晚安静极了，除了海浪的声音震耳欲聋。我在该上学的年纪，沦陷在不知名的自我消沉当中，挥霍着自己的青春，遇到一些不太完美的人。时间就是这样混账的事物：当你停下脚步逡巡，你也许错过这个时候本应出现的痕迹，人们把这种行为称为浪费；而当你昂首向前走，你却不知道有多少本真会溜走，自己的、别人的。人们称之为不完美。不，那才是真正的好东西。

四、少女与油画

王一见的家跟我想象中男生住所的完全不一样。他没有住在后面廉价的小区里，而是住在临海的这一排小高层公寓里，旁边是一家四星级酒店。

"你居然租这里的房子。很贵吧。"我语气里全是惊喜，因为这屋子有直接面海的大阳台，与这个相比，我那间装着小窗户和铁栅栏的小房间显得十足压抑。这里太敞亮了。

"是挺贵的，哈哈，比后面那些屋子每月租金贵一倍，每月三千块呢。我每个月工资超过一半都花在房租上了。"

"你家真干净。"我说，"这景色对得起你交的房租，然后你又把这屋子收拾得对得起这景致。"

"对嘛，我原本也想租住更便宜的屋子，但对我而言，反正我这一辈子也在青岛买不起房子，生活已经如此无聊，且没有多少阶层上升的希望，所以只想住得舒服一些。"

"是啊，这海滩还是您亲自捡干净的，每天看着特有成就感吧？"槿打趣道。

王一见笑笑，没有说话。槿在催促王一见，把答应她的画像给她，而我还是喜欢他家的阳台，我欣赏着他种的石榴花和三色堇。城市里的人们总喜欢开辟点空间，用来种点什么，不是种菜就是种花；门前有个小院那是最好，若是楼房，往往就是在阳台和楼顶上。我凑近闻了闻，石榴花是没有香气的，三色堇有些淡淡的香气。光凭着花一点淡淡的香气，不足以使我诚心爱它，可是像我这样绝望的人，如果心里连一朵花也再住不下，那活得就太过于辛苦了。

"你这画得也不像我啊!"槿对着王一见吼，"你根本没用心嘛。"

我凑过去看，槿却一下子撤走，像只机敏的松鼠一般，转过身去，不让我看。她的动作令我感到意外，不过我还是瞥到一眼，是一个背影。王一见说，这恰恰是他眼里最美的角度。我看了看他们俩，像是个局外人。

"好了，你快去做饭。"槿命令王一见。他去了。

可是我一点也不饿，我走到沙发那里，坐下来，心情莫名有些糟糕。槿看我的样子，过来挨着我坐。

"你那晚到我姑姑那过夜，第二天回去，你外公跟你说什么了吗？那时候我忙着上补习班，也没来得及问你。"

"没说什么，外公很信任你姑姑，也很信任你。"

"是吗？"槿喃喃自语，"看来我在大人面前是这种样子啊。"

"你值得信任吗？"我盯着她的眼睛问她。

"不，完全不。"她用看一个可怜鬼的眼神看我，"你才认识我几天。你不明白的。"

我被她说得迷瞪了，想，你比我也大不了多少，能有多少了不起的秘密呢？我才不信。

王一见在用黄酒来泡花蛤，泡开之后上锅蒸。那些用黄酒都泡不开的花蛤，也不一定是死了，我们称之为"壳坚强"。我们没喝酒，喝可乐，如果唐代有可乐，诗仙李白还有举着酒杯对影成三人的诗吗？他会不会长成大胖子，仰首将一瓶肥宅快乐水一饮而尽？

小小的客厅里挂着几幅油画，还有两张素描，都是王一见画的。我看他画得挺好看的，但是没办法从专业的角度评判这些画。

"你有想过当画家吗？"我认真地问他。

"有想过，我以前就是学美术的。"

"后来呢？"

"后来没上学，也就没机会进到与美术有关的大学继续学习了。"

"那可惜了。"

"不可惜。其实我也一直在跟着几位年长一些的师父学习。但是呢，现在已经完全放弃这条路子了。"

"怎么呢？"

"我没进入那些圈子的能力，更没有在其中左右逢源的机巧，也没有欲望。可那种圈子里的个人和团体往往是各个重要机构的重要人物，把持着文化圈的主要出入口，没有他们的提携，就几乎没有参展的机会，这令我完全想要放弃做一个职业画者。再说，你知道的，我没学历，没学历就啥都没有。当然，我自己画的东西也没有很突出吧，所以也没有能让自己获取自信、坚持这个职业的理由，如今也就是自娱自乐罢了。不过呢，当下的年轻人不都是这样孤独地活着吗？人们在平凡的生活里寻找出口，寻找赖以解决自己心灵孤寂的依托，绝大多数人勉力维持着为人的尊严，美其名曰：'努力生活得更好一点'，但又有几个人真正找到自己生命的意义，并且拥有希望呢？我们都在无爱的环境当中长大，这是平庸者的体面。"

"没有哪个人是独立存在的，每个人都做好一些事情，世界就会变好的吧。"我说。

"你瞧瞧。"槿用不可思议的眼神看我，"这像是你说出的话吗？"

王一见不置可否，他又讲："圈子文化还另有一些奇妙的特质，即零和一百定律，例如，当你身边没有一个同性恋者时，那么便一个也没有；如果你某个朋友是同性恋者，那么你必然会接二连三地认识许多同性恋者，男男女女，并且各有各的故事。"

不知道王一见去哪抄来这些说辞，但说到这里，我望了望槿，还是脸颊发热。槿顺着我的眼神看了我一下，随即移开，但我从她的眼睛里什么也看不出来。我一下子就变得十分不开心。我猜想，王一见不知道我和槿的关系，他兴许是无心说出这样的话。

那天不知为何，我心情极其消沉，只记住了食物——黄酒蒸蛤蜊及凉拌秋葵，其他东西一概忘记；我甚至不知道原因，我一方面猜测是不是我停药太久的缘故，一方面又极力抵制这种想法，药，我根本不信什么药，也讨厌药，治精神病的药！是吗，我是否真的神经不太正常，我是否已经无药可救？我的心理状态愈发混沌。我丢下他们两个，独自先行离开，走出来，也不想回家，一个人在沙滩上徘徊，又是黄昏时分，又是退潮时刻，游人逐渐散去。兀地，父亲那句话在海面上铺陈开来：退潮的时候，不要去海边瞎逛。我把鞋胡乱扔到地上，一步步朝着海中走去，即使是夏季，双脚泡在海水里，依然有些冰凉，这就是北方的海。海水逐渐往后退，同时潮汐又有种力量把我的双腿往海里拉扯，这种力量既柔软又不可抗拒，像章鱼的触手。海水退得很快，我一边向前追赶着，一边平衡身体，尽量不让自己摔倒。已经没过膝盖，淹到大腿。我转过身，把背朝向大海，就像我喜欢的那样。海水湿了裙子，此时我很想说脏话，妈的，爽。一个浪打上岸去，又猛地退下来，以前没有发现，海浪的噪声真大，力气也很大，我有些站立不住。

"哈哈。"我笑出声。随即身体顺着海浪回流的方向仰躺下去，在海水淹没我眼睛之前，我确认岸上已经有人注意到我的奇怪举动，而且不止一个。

"他们会救我起来，一定会的。"这是我身体深处本能的声音。

"就算这般死了，那也挺好，没什么大不了的。"这是我的意识告诉自己的话，不可否认，十分矫情。幼稚的行为和愚蠢的做法，若我真要寻死，为何不在绝无人能发现的地方独自腐烂？"你就是一只矫情而卑劣的可怜虫。"正如比我大三岁的初恋男友曾对我说的那样。那男孩是另一个干部大院的，有次带我出去玩，他还曾让他的几个朋友隔着校服"玩"我。他们倒是很温柔，缓缓地，触感和力道也很恰当。我的确不是什么好女孩，尽管觉得耻辱，从拒绝到接受，只花了很短的时间。

但那一瞬间我的确是发自内心想要仰躺下去的，尽管在海中溺水的感觉令人绝望，那些腥咸的液体涌入你的嘴里、鼻子、耳朵，还有眼睛；最终当眼睛进水时，世界不再清醒，也没有模糊，而是一种慌乱，慌乱下潜藏着平静。

不出所料，我失去意识后，不知何时，在床上醒来。那件事让我完成了一次自我消解，也让我失去了自由。我进行了一番自我剖析，潜意识里我希望被人发现，也完全发自真心地让自己沉入海里，我是一个巨大的矛盾体。

我许久都没有出过门，也没见到槿。我有些愧疚，因为我最近总看到外公失望的眼神和疲惫的神情。那是难熬的日子，我还因为呛了不干净的海水，导致肺部感染，得了一场肺炎，时常呼吸困难。治疗抑郁症的药正式停了，因为和治疗肺炎的药有冲突。并且我还发现，外公早已知道我并没有好好吃药，只是他也不太信任这些精神药物，故意不提罢了。

后来槿来看我，我既早盼着她来，又有些恼她。但当她说，我今晚在这陪你，我听完却是十分愉悦，满心欢喜地接受了。

她非常礼貌地告诉外公，她晚上会给我讲故事，希望可以住在这里，和我一个房间。外公看了看我俩，答应了，然后默不作声地回去自己房间。他睡得越来越早，身形却愈发瘦弱，像是经历了一场雨夜的倾颓。

"你可真是不顾后果啊。"槿在床上搂着我，我在她怀里像只听话的小兔，我们俩耳语着。

"是啊，我痴傻，幼稚，怯懦。是的，我知道，不用你说，所有人都这么说，我活着又有什么用处呢？你就是来告诉我这个吗？"

"净说胡话。"她讲。她吻我的脸，还爱抚我的身体。她细滑娇小的手悄无声息地在我全身游走，另一只手却停留在某个地方。

"嗯。"我不由得哼了一声。

"嗯？"她故意逗我。

我紧紧搂住她，她逐渐加快了动作。我气息愈发急促起来，她像是受了鼓励一般，更加卖力。最后我俩全身都大汗淋漓。我出汗更多是因为全身紧绷。

"你好香。"她说。

黑暗包裹着我们，我们俩什么也看不见，只在凑到眼前时，才略微能看到对方的部分面容。

直到那种蚂蚁啃噬骨髓般的浪潮过去，晕厥与羞耻的感觉逐渐占了上风，这时我有气无力地问她："你怎么知道王一见腰间有一块白色的、白癜风留下的痕迹？"这是我强忍了许久的问题。

"他换衣服的时候我见过啊。"她回答得很坦然。

"在哪？"

"就在海边。怎么啦？"

"你在撒谎。"

"为什么这么讲？"

"我能看出来。以前有人说爱我，我总是会相信，他们得手得太容易了。我没有得到足够多真诚的爱，因此极度需求，这却被人轻易利用。没有人告诉过我，这个世界是如此不善良，也没有人告诉过我应该做一个怎样的人。"

"睡吧。小傻子。"她哄着我。我默默地流着眼泪，我知道她在骗我，但感受着她的体温，哭得也累了，我既想推开她，又想牢牢抱住她。后来我竟然真的很快睡着，进入安静的梦乡。

五、嗜狗者家族

以前我很小的时候，外公、父母都在外地工作，无暇顾及我，于是有段日子我是和爷爷奶奶住在一起的，这段时间大概有八九个月。爷爷奶奶住在乡下，我也在乡下的学校念了半年书。爷爷家附近有一座采石场，由于采石场的工人流动性很大，因此治安一直是一个隐忧，为了心里踏实，爷爷在院子里养了一只大黄狗，它成了我的好伙伴。大黄狗是喜欢我的，我也是爱大黄狗的。大黄狗体形魁梧，长得很健硕，我看见动画片里的人们有马骑，于是总想把它当成小马来骑，可是爷爷总不让，大黄狗也不让，每次我做出要骑上去的动作的时候，大黄狗就会跑开；我若是拽着它，强行要骑上去，它还会冲我嚷嚷。正因如此，骑狗便成了我一直以来的愿望，只是直到父亲来把我接回到城里读小学二年级，这个愿望也没有实现。

后来过年再回去，听说大黄狗咬了邻居家的小孩，我家赔了医药费不说，狗还被打得半死，后腿都瘸了一只，走路一拐一拐的。我二叔父说，这狗算是废了。我看着趴在院门口的大黄狗，它也看着我，只不过那眼神里除了悲戚，还多了几分陌生。狗废了也便罢了，二叔父还提议要把大黄狗吃掉。

"冬天里，热气腾腾、香喷喷的狗肉汤。"他说。我似乎能听见他说话时，暗暗吞咽口水的声音。

或许是因为狗咬人，不仅让家里赔了钱，还丢了名声，惹得爷爷十分不高兴，他竟没有提出反对。这让我陷入震惊。大黄狗腿瘸了，身子骨也被人揍得瘫软，骑狗是绝不可能了，看家护院也再难胜任，只是这狗给老赵家守了这么久的门，如今竟要将它宰了、剁了、煮了、吃了，这未免太不近人情。可我家里却没有任何人有异议，包括我。大黄狗蜷缩在院角，时刻战战兢兢的样子与往日雄壮的样子比起来，让我感到陌生，仔细一想，我对它似乎也没什么情分了，再一想到这狗总不让我骑，我便觉得生气，因此他们杀狗吃狗的时候，我没有去阻止，只是不愿吃那肉，我爸妈也不吃。

我和我的家人，对待生命的态度大抵如此。

连着四五天，我都没见过槿。

槿自杀了。

"你喝过龙猫屎搅拌的大麦茶吗？"

王一见在向我展示那幅预备送给槿的画的时候，随口问我。上次来他家，尽管槿问他要，但王一见说画稿还有一些色彩没有上好，便暂时留下了，还未给她。

"什么？我不是很明白你说的意思。"

"你知道槿受过那种欺凌吧，这是她告诉我的。她有段时间胃不好，便从家里带了大麦茶去学校喝，本来是为了清理一下肠胃的油腻，班里的同学却把自己家里宠物龙猫的屎用瓶子装来，趁她不在座位上的时候，偷偷放进她的大麦茶里。因为这两种东西都是颗粒状的，颜色大小都差不多，她根本没看出来，便泡水喝了。"

"她难道喝不出来吗？"

"据她说，一开始的确没喝出来，因为大麦茶本就有一股浓浓的烤麦子味。但是泡得久了，玻璃保温杯里的茶汤却显得十分浑浊，这是不正常的，她这就隐隐发现了不对劲，但没多想，再喝的时候，便尝出了味道的变化。"

"天哪，她还真的喝了呀！"

"她那时候还不知道是什么原因，只是把水杯放下不再继续喝。可她因为口渴，之前一口气已经喝掉大半杯了。那时在上课，她发现她死对头那几桌，压抑不住自己的狂笑，又不敢发出声来，表情显得十分扭曲。直到她收到一张纸条，上面写着：龙猫便便味的大麦茶味道如何？看你一饮而尽的样子，定是十分享受吧。这已是明目张胆的羞辱了，然而令人惊叹的是，槿居然一直隐忍不发，下课后便把那个杯子扔了。"

我无言以对，仔细观察王一见画的那幅画。同我上次的印象一样，画上是一个背影，槿裸着背，站立着，看腿的姿态像是在往前走；她侧着头，似在回头看，但头的角度却在视线即将投到后方时定住，因此目光似在看后面，又似在看侧面的窗外。她赤裸的臀部线条紧致，脚上却还穿着一双白色的袜子，她一头栗色短发被斜面投来的光线照得很有质感。

"她经常被同学欺负吗？"我问他。

"是，而且她不敢吭声。她是胶州人，对青岛人来讲算是来自乡下，刚过来这边上学，也没有朋友。而且，她没有父母，你知道吧？"

"我只知她一直寄宿姑姑家，没听她提起过父母。"

"她的姑姑为了让她能转学到青岛城里来，托了你外公的关系；你外公住的那个疗养院里，几乎都是厅级以上的退休干部，有一个恰好是省里以前管教育的，因为住在一个院里，大家或多或少有些接触，还偶尔就子女的一些事情互相帮衬。就槿转学这事，她姑姑一直觉得欠了你外公很大的人情，这是槿告诉我的，她姑姑以为她不知道，其实她心里很清楚。因为转学手续办下来是在学期当中，为了配合学校的课程，本该读高二的槿还不得不留了一级，多念一次高一。要我看，她们这样大费周章并不是很有必要，但为了让她有机会得到更好的教育，她姑姑让她几乎没有什么退路可走了。学校的压力令她崩溃，在家里也不敢让她姑姑太过于操心，须得随时摆出一副乖乖女的姿态，至于再转学，这更是不太可能的事。"

听了这些话，我陷入了沉思当中。

可是即便这样，那又如何呢？谁不是在摇摇欲坠的人生中寻找"希望"这种黏合剂，把那些四分五裂的自尊和人格拾起，缝合，在这个过程中，有一些碎块遗失了，那便是逐渐丢掉的自我。但我又有什么资格评价她的怯懦呢？我不仅多次做过她那样的选择，而且与她一次成功的果决比起来，我才是彻头彻尾的软弱之人。我目不转睛地盯着这画，像是很专注似的，其实我思绪不在此处，联想到许许多多的事情。王一见说，小可，你要是喜欢这画，那便送你。

我想，也好。我便收下了。临走前，还加了他的社交号，我没有任何社交的欲望，加他只是出于礼貌。我以前的昵称叫作"非同小可"，现在是一个空白，由三个空格打出，没有字，也没有符号。

当我回到家，收到王一见发来的一条消息：我大部分的精力都在思考跟死亡相关的事情。不是我想死，我不想，一点也不想，但人若不去思索死亡，就永远无法真正地活着。

我不知如何回他，只是问他一些跟槿有关的事情。他许久没回我，午饭前，手机响了，他发来一段话：

"我的阳台上以前摆放的其实是假花，花的色彩是我精心选的，搭配合宜，我以为槿会喜欢，但那却是我们第一次发生严重的分歧。我不喜欢会凋谢的东西，她却讨厌表面上的永恒。"

面对槿的死去，照理来讲，我应该感到伤心难过，可我脑子里满是王一见和槿疯狂做爱的场景。我神志不清，头脑总是嗡嗡作响，我接连睡了好几天，只在醒来的时候，简单吃一些东西。

那半个多月，笛兰都没有来，外公也总是沉默不语。我整个人颠来倒去的，毫无精神，却睡不着觉，吃不下饭。直至某天深夜，我发了个自言自语般的签名：你好呀，亡灵。我自己也不清楚这亡灵是谁。槿是死掉的人，我却是活着的亡灵，那海岸上又有多少飘摇着的灵魂呢？意外的是，立即就有人在下面评论：他娘的总有些人喜欢说现代人的精神是一片废墟，可你翻翻历史，人类的精神啥时候不是废墟过？

我扑哧一笑，紧接着眼泪突然就出来了，于是独自躺在床上哭了好久。过了不知几时，我哭完了，然后拿起手机，像是一个伟大编辑家一般，给了他四个字的点评：

具有神性。

再过几天就要开学了，但是槿再也不会回去了。早上起来，我给王一见发了条信息，问他的画是否写实。

"写实。"他许久才回。

"那她胳膊上、背上、腿上的伤痕，谁是凶手？她以前的父母、她姑姑，还是她同学？"

"我不知道。"

王一见这次倒是回复得很快。

六、一小半夏天

盛夏的热力和梧桐树的叶子一起摇晃。

家里这个乱糟糟的样子我还是第一次见。小姨抱起那只每日不是睡我床头，便是睡外公床头的狸花猫，放进装猫的箱笼里。

这是我四五年来，第一次见到小姨，她多年未曾回过家，即便是春节，往往也只是一个电话了事。我想若不是外公出事，这时间可能还会继续延长下去。

外公被带走那日，笛兰不在家里，自从槿离世，她来疗养院的日程便断断续续，不再像往常那般规律，有时甚至连着四五天不来，即便来了，也是匆匆把事务处理完就走，不在这吃饭，也只在脸上保持礼节性的笑容，除了与外公寒暄几句，几乎不与我有什么交流。我不清楚她的变化是因为槿的事情，还是她预感到什么，抑或她一开始就知道外公的事。在我日后的回想和猜测中，一直认为外公不仅知道自己的结局，而且曾对笛兰吐露过什么。

那日，两名穿着浅蓝色制服的中年人上门。我打开门，充满疑惑地放他们进屋，外公颤巍巍地从他的书房里出来，那个高个子的中年人绕过茶桌，走到外公身前，从公文包里拿出份文书，递给他，外公接过，眼睛只在纸上瞟了一眼，没有细看，便对着那人点了点头，跟着他们走了。出门前，外公回头看了我一眼，什么话也没说。我在震惊和迷茫之余，一直愣在原地。我脑中浮想，此刻应该做点什么，我是否应该哭喊着冲上去从后面抱住外公的大腿，扭打那两个法警，不让他们把外公抓走。没有，没有那些戏剧化的演出，我只是愣在原地，注视他们离开，同时努力地去记住外公的背影。这是我的怯懦与迷惘，也是我天性中的冷漠。

"小可你是不是没认真吃药？"在人群中，我妈悄悄把我拉到一边，问。

"是。许久没吃了。"我有气无力地回答，连谎都不想对她撒。

自外公被带走之后，家里乱成一锅粥，舅舅、舅妈、小姨、姨父、表哥、表妹、我妈，还有我妈现在的男人张叔，几天内相继而来。我母亲是忙完公司的事情，最后赶来的，没承想她前一晚刚到，第二天我们就被疗养院下了逐客令——外公已经失去继续住在这里的资格，所有家属也必须离开。他们抓走外公的第二天，两个检察官和三四个警察一起，把所有角落都搜查一遍，平日里被收拾得整整齐齐的屋子变得一团糟，还把外公卧室里的那个外婆的小箱子给带走了，只有外婆床头的鸢尾花还一直开着。那时候，家人们都只得知了消息，还未来得及赶来，我独自一人在家，为了不杵在那儿眼睁睁看着这些事，我离开屋子，想要出去走走，没人管我，任我离去。

我六神无主般地走着，想要到海边透透气。此时，疗养院周围茂密的树林简直像是一座监牢。当我走到那个密布着湿滑青苔的池塘边时又摔倒了，我蹲坐在地上，看着身上带着青色的污泥，再次讶异这个主要由老人居住的疗养院竟无人维护这段必经的道路，难道平日里从未有老人进出吗？我再联想起窗户上那些焊上去的铁栏杆，那究竟又是为了困住谁呢？这个问题直到现在，我也不知道答案。外公与我见的最后一面不在于此，是在葬礼上；但我和外公最后的交集和相处时光从这个疗养院开始，也在此彻底结束了。我猜想，外公那般谨慎硬朗的人，定不会像我这般在湿滑小路上狼狈不堪地摔倒吧。他会倒在明处。

"小可，跟妈妈回家去吧。张叔叔是个好人，自己又没有子女，你要相信，他肯定像一个亲爸爸一样待你好的。"

"你不过就是想让我叫他爸爸吗？可以，我叫就是了。"我刻意丢掉平日的倔强，这种反向示弱，其实是更深层次的示威。

"你有必要这么针锋相对地敌视我吗，我真的没有那层意思。"我妈急得快哭了。

张叔替我们家人在青岛城里的一家五星级酒店开了几个房间，我们这被赶出来的一家人，算是有了个落脚处。这酒店位置不错，可以看海，对于家里那几个内地的亲戚来讲，海是个稀奇事物，并不常见。张叔是个生意人，我母亲就喜欢生意人，精明、识大局，必要的时候也有财力。我曾思考过这个问题，我爸从一个钟情研究机械的工程师，转行做一个他并不擅长的商人，或许也有母亲潜移默化的影响在里面。

"你爸爸是个很好的人。"小姨对我说，"我们一家人都欣然接纳了他，包括你外公。"

许久以来，这是第一次有人谈起我父亲。小姨把猫从笼子里放出来，关好了门窗，任它在房间里活动。家人们都外出奔走，有人去找关系，有人打听消息。小姨和新姨父留下照顾我们几个小孩。

"猫可是不能长期关笼子的，不然性格会变得很坏。我家院子里有两只猫，每天上蹿下跳的，你小姨可欢喜它们了。"姨父操着浓重的东北农村口音，笑着说。

小姨比印象当中那个警察局长夫人的模样要瘦了不少，但她的状态闲散，眼神平和，与以前截然不同。那时候，前姨父工作特别忙，而且除了回外公家的时候以外，只要他在家里，总是端坐不动，稳如泰山，小姨则忙上忙下地伺候着；而现在，小姨仅是闲坐着与我聊天这阵，新姨父不但去外面买奶茶回来给她喝，还不时剥葡萄喂她。小姨和我妈妈她们两姐妹，从小时候起，外公就一直很忙，后来又在外地当差，没有时间宠她们，一直是外婆和舅舅照顾她们。于是我母亲嫁给了宠爱她的我父亲，而小姨却依旧没有得到那份来自男性的关怀。如今小姨四十来岁了，倒是在黑龙江省广袤而寒冷的土地上做起了幸福的小公主。

那只狸花猫从我脚下走过，我把它抱起，它有些挣扎。这是我第一次抱它，在疗养院住了这么久，它每天都在我的生活里走来走去，但我竟然对它视而不见。

"你对我爸爸了解多吗？"我问小姨。

"你爸爸呀……真是可惜啊。"小姨的语气中似乎带着许多伤感，她和我父亲，因为我母亲的缘故，做了许多年的亲人，又因为他和我母亲婚姻的破裂而成为路人，直到现在，谈起这位故人，她依旧充满惋惜，这份情绪轻易地传染给了我。

"他遇到你的叶子阿姨，是种幸运，也是种不幸啊，从幸运开始，以不幸终止。不过，他和姐姐在一起，那是彻头彻尾的不幸。"

"可我认为我父亲是个极度软弱的人。"我说。

"叶子很爱你父亲，却又亲手毁了他啊。"

"但是，叶子阿姨她，她是一个很好的人哪！"

小姨迟疑了片刻，似乎在思考是否应该对我这样一个小女孩说这些事情，但从她的神情上来看，她好像又觉得，话都说到这个地步，若是遮遮掩掩，有所保留，那是对我的伤害。

"你知道叶子，跟你爸爸结婚以后，还和别的男人睡过吗？"小姨抿着嘴，轻声地说。

我瞪圆了眼睛。我不知道，我的确不知道，我年龄太小，见识也是如此粗浅，可我不知道这个世界上的人们都是如此没有新意。这种没有新意就像是所有的事情不管发生或者不发生，都是那样平平无奇；这种平平无奇就像是不管你是一个什么样的人，只要你活得足够长，你就会发现，男人们不都是那样吗？女人们不都是那样吗？那些小说、电影、戏剧，哪有什么新鲜别致的故事可言呢？不过是万变不离其宗的一潭死水罢了。这样的事实更让我无法坚持活下去。

可这不代表我没有好奇心，我追问小姨，想要知道这个和叶子有过关系的男人是谁，是什么样的人。但小姨坚持不肯细说，她只讲："叶子是一个不懂得拒绝的女人。但是她又很诚实。"

这便是所有悲剧的起源吗？我想到父亲临终前发给叶子的短

信，仔细想来，那种死亡的方式，那份矫情里面，竟带着许多的无奈和酸楚。

在那天和小姨谈话之后，我寻死的念头又找到了更好的理由，大人们没有做好的事情，小孩也没做好，那不是更加理所应当吗？我又想到了槿，只是心里更加荒芜了，亦觉出人生的无意义。那几日，尽管外公的事情是笼罩在所有人头上的一朵阴云，但一大家人坐在一起吃饭、说话的时间却比以往数年加起来都多。大家除了商议对策，并对每天的进展做简单的信息沟通之外，谈论得最多的，就是我。他们变着花样地劝说我，既讲述我母亲多年生活的不易、创业的艰难，也劝说我放下心里的执念，回到家乡，回到学校去上学。令我自己不解的是，我似乎渐渐被说服了。我把自己这种被说服视为变态。不是心理的变态，是生物学上的变态，就如原本十三根花蕊的花朵，长出了第十四根；六只脚趾的小鸟只有四只脚趾，却有两条尾巴。这是一种旷日持久的内心演化之后，出现的形态上的变异。我似乎是两个我，但又只是一个我——我既渴望被爱，又想要做一个特立独行的人——终归我只是一个寻常的女子。

回归家庭是好的，与母亲和解重新得到母爱也是好的，如果她真的能像她说的那样的话。可是她的表现极真诚，我没有不相信她的理由，我想，这也是跟我自己和解吧。后来舅舅说，这边的事情渐渐有了眉目，马上就要公布外公被抓捕的缘由，也托人递了话，说假使能用钱解决一些问题的话，那便希望能够帮衬一些。在上大学的表哥开学了，他坐飞机回了学校。表哥走后第二个星期的周四那天，舅舅又说，我也应该尽快复学，大家都在这里耗着没有意义，让母亲也带我回家，去学校办手续上学。舅舅是家中兄长，他为人严谨，安排好了事情，大家就分头照做。于是母亲和张叔打算周六晚上带我回重庆，安顿好了之后，正好能赶上周一开学，到时候再找校长慢慢商议完善复学手续的事。于是就这么谈妥了。母亲还答应，若是我不愿，便不再强迫我吃药。有了家人的陪伴，我的心情渐渐舒缓了许多，也不再觉得所有旁人都是错的，只有自己那个小世界是正确的、完美的，回过头来看，那确实是短暂逃避现实的手段，不过结果只会让自己更加痛苦。我决心从那挣扎里走出来，我的病，也会好的吧，我不知道。

那天晚上下了小雨，空气清新，第二天清晨，我醒得很早，推开窗，雨停了，湿气很重，太阳照在海面上，竟有两道巨大宏伟的彩虹横跨在海天交接的一线上，其中一道比另一道要略矮一些，似乎快要沉入海中，就像我梦中见过的那样。

我心情大好，起床洗漱完毕，穿好衣服，拿上手机，兴冲冲地去海边拍照、喂海鸥，吹一吹海风，任那万千细手拂乱我头发，撩起我的裙角。再去帆船码头边的小店，买一个羊角面包，一小碗树莓酱，就着咖啡，吃一顿早餐，最后坐车去中山路卖珍珠和饰品的小街逛一上午。

手机响了，是张叔打来的。

"小可，你在哪，赶紧回来一下。"一向沉稳的张叔声音里带着些磁性，但竟有一丝慌乱。

刚挂了电话，我还未来得及反应，小姨又打来。

"小可，你快回来。"

"怎么回事？"

"你妈妈被抓走了。说是因为你外公的事。也可以说外公是因为你妈妈的事。"

"好，我马上回来。"

我一边站在路边打车，一边接着问她，具体是什么事。

"电话里说不清楚，你回来再细说。"

"我在等车，你先说说，好吗？求你了。"我感觉全身的力气都被抽走。

"我简单讲讲。今天检察院那边说，爸爸被带去调查，是因为有人长期对姐姐的公司提供利益输送，让人举报了。举报人是爸爸以前一手提拔起来的部下，他因为犯事在任上落马，审讯的时候吐了一干人，其中就有爸爸。他知道的事情很多，这事挺严重的。"

"家里多花点钱还有用吗？"我还在天真地问。

"这事虽是因钱而起，但哪里还是钱能解决的呀！你在哪呢，快回来吧！别让家人担心。"

就连母亲也进去了吗？我把手机塞进包里，只觉得脑子里发出一阵阵怪响，眼睛像失明了一般。

长江大桥上的父亲和叶子，画里的槿，海边跑步的外公，吵吵嚷嚷的母亲，甚至在沙里捡垃圾的王一见，都在我脑子里不停地跳舞，节奏越来越快，甚至成了披头散发的样子，让我觉得惊惧。有那么一瞬间，我把海鸥错认成了乌鸦，在眼前掠过。亡灵啊，这片海岸没有永恒。但凡这世界上有一个真正爱我的人能陪在我的身边，也能让我觉得实现了永远的自由。我想把这个夏天拆成两半。

我向海边走去。我想游泳。我喜欢游泳，自由自在地，去把那道彩虹从海里捞起来，哪怕永远到不了彼岸也没有关系，只要一直一直地游下去。

进化者记

一、没有边缘的旅途

我一觉醒来已是下午。起床收拾行李，草草洗漱，准备出发去下一站。我在楼下大堂结完了这几天的食宿费用，把打包好的行李放进轿车的后备厢，准备到酒店旁边的加油站里加点油，然后继续出发。可我如此健忘，以至于一转头就忘了加油这回事，驶离县城之后，才发现油表的指标萎靡不振，立不起来。也正因如此，我才会遇见老马。

那日雨过天晴，我开车走在路上，全是湿润的鸟粪味道。

我从那小县城出来，沿着长江往东，没过多久，天已黑了，车里油也剩下不多。所幸在通往下游古镇的乡道上，有个加油站。加油站修在江边，没有名字，我停车加油，看见油桶随处摆着，桶边还有些浑浊的油污，按这样子，似乎国家汽油标准在这里没了用处。我摸出一百块，只够油量加到油箱的三分之一，但我想，只要这些油能勉强撑到镇上就好，因为我并不想往油箱里塞太多劣质燃料。这时我遇到这个男人，加油站老板，三十多岁，烟不离手，叫作马吉克，完完全全的乡土习气，谈吐却有些见解。在遇到马吉克之前，我尚不知道有这么一回事；然而当我看着他神智似乎不太正常的样子，脑子里浮现出以下这句话，并且毫不犹豫地自我相信了：

"每个人的生命中都会遇到一个男人，叼着烟，跷着脚，大肆地跟你谈论听不懂的哲学和地缘影响论，如果没有，那只是还没有遇到。"

"我们生活中的一切都是受哲学支配的，因为你所有带目的的行为，都取决于你怎样认知这个世界。"他说，"嘿，住手，不要碰墙边那棵胡桃，它的花粉会让你过敏。我是马吉克，你可以叫我老马。"照他自己的话来分析，可以得知，马吉克对世界的认知显然是有问题的，因为加油站向来禁止吸烟；尤其是这乱糟糟的地方，简直像个随时会爆炸的弹药库。

"马吉克？"我说，"这名字够魔幻的。"

"听说重庆城里最近下了雪？"他问。

雪化得很快，比我想象的快多了。如果不是亲眼所见，我甚至不相信这座炎热的南方山城会下雪。当时雪下得很大，一夜间笼罩全城——却在另外一夜间消失无踪了。现在是五月，小满时节刚过，正是渐渐脱下春装的时候。雪是白色幻象，来得仓促，去得更是爽快。许多铃兰花从枝头上被压落，雪水和着花粉，化成香气的泥浆。后面几日，是连天的暴雨。长江水暴涨淹没朝天门码头的那一天，泥沙俱下，江面漂浮着千奇百怪的东西。城市先是混沌，再是一片粉红，是淋浴后的肌肤；长江是下水道。

五月的雪，以及洪峰过境，成为娱乐新闻在城内弥漫，但除了孩子，以及打扫路基被淹没后那一地狼藉的清洁工，没人真正在意这些。孩子，我这一路沿着长江向下，是要带走一个孩子，而有人在后面追逐着这个孩子。

二、我的使命

我从山城重庆的夜色中出发，挥别那些层次丰富的灯光和星空，那其实有点赛博朋克的味道。我和大大小小的桥梁和娇媚的姑娘道别，开车前往长江的下游。这一路走来，我从未在同一个地方待上超过一天。

除了毫无观赏景色的兴趣和心情以外，我还急于逃脱家人的追踪。我本可以从高速路上通行，会轻松和便利很多，但那样一来，我的行踪就过于明显——我退休在家的父亲以前是个交警支队长，他能在单位内部找到关系调取信息，现在警察系统全国联网，只要是车上了高速，通过车牌号就可以查到我去过的所有地方，还能智能分析出完整的轨迹。所以我选择了各种小路，间或一条国道、几条县道，这样一来，一个退休在家的老头想要通过私人关系找到我，难度就大了很多——我毕竟也不是被警方通缉的犯人。

正因如此，我一路走来，总是要经过各种各样的小镇。当我到了这个重庆与湖北交界的古镇时，我开车开得既疲乏又无聊，一股倦意和顿感人生一切皆无意义的那种顽固病状又一下子涌了上来，我这时才意识到我的抗抑郁药没有带出来，已经十数天没吃了。于是我一反常态地连续住了四天。这个古镇在人文、景色、地理位置上都没有丝毫特别之处，就跟那些开发出来的商业古镇如出一辙。我也不知自己为何在此停留，只是心中过于疲惫，停下来歇口气。

我这口气歇得十分踏实——整整四天，除了每天出门将已经装满了的垃圾袋丢到走廊的垃圾桶以外，我没踏出客房门半步，包括吃饭的时候。第一天我叫了客栈的饭菜送到房间，食物清汤寡水，如同这奔逃的生活；第二天开始点起了外卖，但依旧乏善可陈，后来意兴阑珊，没了兴致，只想凑合吃饱，于是一只寻常的酸辣鸡我能连着吃两顿，没吃完也懒得扔，再叫来一碗热干面，也极不正宗，还不如吃碗小面；后来实在没忍住，也没管禁酒的医嘱，买了瓶酒，几口就喝完了。生活极其混沌。

第五天，我从客栈结完账出来，坐进车里，刚点着发动机，手机响了。

在我开始这趟旅途之前，我借着帮我妈的手机支付软件绑定银行卡的机会，在她手机里安装了一个程序，只要她的手机与我手机的直线距离小于一定数值，我的手机就会报警，而她全然不知；我把这个数值设置为十公里。因为这个，我把我的手机戏称作"母子距离鉴定仪"。当然对我而言，这个距离越大越好，即便是撕开东非大裂谷那样的鸿沟，也不足以填充我对家人的憎恶。早在给亲妈装上这个软件数周之前，我后妈、我亲生父亲的手机里都被我装上了这个软件，后妈的数值是六十公里，而我父亲，是一百。这个数值深刻体现了我和他们的心理距离。

我拿起手机看了看，有两条报警消息，是来自亲妈和后妈的。也就是说，我的父亲尽管数值最大，敏感程度最高，但他丝毫没有向我接近，依旧在一百公里之外。其实在这趟旅途中，我父亲的警报从未响过，据我猜测，他和我的距离远不止一百公里，他应该还稳坐在重庆的家中抽烟喝茶，还和往常一样偶尔跟朋友开车去郊区的鱼塘钓鱼。

反倒是我后妈的警报响得最为频繁，我亲妈其次。我仔细思考过，我妈和后妈肯定都在找我，只不过后妈的数值更大，敏感度也更高，而且她的孙子在我手上，内心十分焦虑。她只要稍微靠近就会被我发现；而我亲妈只在离我仅有不到十公里的近处才会被我知道。

这两条报警信息说明，在我停留的四天里，她们从未停止搜集线索，并且已经推断出我离开的方向，悄无声息地沿着318国道往东追来了。

后面的人越追越近，我一下子警惕起来，尤其是我亲妈，她现在就在我附近，而附近就这一个镇子，她一定会来。若我顺着原来计划好的路线，继续沿着长江南岸的国道、县道向东去往武汉，似乎不是个好选择，因为她们会一直追下去。我打算在这个镇上甩掉她们，然后渡过长江，从北岸继续前行。我把车开到停在古镇外面一块不起眼的、满是尘土的平地上，旁边是一个建筑工地。我停好车，将它混杂在游客们胡乱散停着的汽车堆里，以免引起注意。随后我又重新跑进镇子里。

我在一家米粉店吃早餐，同时东张西望地观察镇上来来往往的人群，这个古镇的游客总是那么多。我远远看见，有个中年女性从土地庙后面那条卖旅游纪念品的街拐角处，慌慌张张地蹿出来，依照体形来判断，那就是我妈。她穿着平日常穿的那件七彩的丝质连衣裙，戴着墨镜，是我亲妈。

"果然来了。"我一下子紧张起来。

我妈进入中年之后，身材发胖许多，她的腿脚也明显没我矫健。可是，她一旦靠近我，我能怎么办，我能打她吗？我能丢开她哭泣着拽住我胳膊的手一溜烟跑了吗？我不能。所以我不能让她看见我。而且我不用费力去想都能知道，我弟弟肯定也在找我。尽管他和我妈并不熟悉，或许不是同路，但他说不定现在已经从另一条路包抄过来——这个弟弟倒不是亲的。

为了甩掉她们，我有点慌不择路，我观察着前面的大街，那边视野太开阔，不易隐匿；况且作为一个母亲，我妈能从万千人群中轻易将我认出，就像鼹鼠能从几百颗草籽里面精确地找出那颗汁液最饱满的，这对我来说，风险太大。我只好和她兜个圈子。我侧身进了旁边一家打铁匠的商店，假装看了几眼，装模作样地摸弄了几把没开刃的刀具，便从他家的侧门出来，拐入屋后的小路，一头扎进老码头边那条又深又陈旧的巷子。

"看你这方向，是要经过那古镇？还有六七十公里，你顺路捎上我的话，油钱不收了。我正急着要去见个朋友。"老马一边说，一边提起加油枪硬生生把油给我加满了，我阻止他，他却让我不要不好意思。其实我只是心疼我的发动机，他那破油，看得我是干着急。他加完油，立马收拾东西，关好进站的铁钳子门，不由分说地上了我的车。顺路带个人不会给我增添额外的成本，但这件事来得过于蹊跷，况且乡间说不定有歹人出没。尽管我自信异常，从不认为有人能打我的主意，我也对这奇怪的陌生人提高了警惕。然而，见他这稀里糊涂的样子，又让我少了几分戒心。于是在矛盾当中，我不大情愿地载着他上路了。

车经过一片枇杷林时，马吉克招呼我停下。

石头表面像是垂暮老人的皮肤，因为湿气过重生些青苔而显得斑驳。一丛野花银白得耀眼，他扒开江岸边上那些齐人高的荒草，看到枇杷树，树上传来小孩子的声音，竹篾里装着些枇杷，又红又大，将要带回去给妈妈。

"十块。"

"八块嘛。"

"要得嘛。"

马吉克花八块钱向那群小孩买了篮枇杷解渴。

"挺甜。"他尝了一个之后塞给我一把，"枇杷是'独备四时之气者'，吃一些可以润肺。"

"他竟知我肺不好？"我想。我在大学时期，得过一场颇为严重的肺炎，因此在病床上躺了五个星期。治好后，这些年虽未再发作，但肺里有时会分泌大量黏糊糊的痰，通常连唾几口也唾不干净，而且非唾不可，否则那感觉就像被人掐住喉咙一样，会瞬间憋得脸色发紫。因此，我也特别讨厌别人在我面前抽烟，那使我感到窒息。

枇杷真的很好吃，我一连吃了十好几个，才翻出纸巾擦擦手继续前进，车灯照着前面的路，弯弯曲曲的、黑漆漆的，行程不远，但路难走。至少还有两小时车程，我想提速赶路，马吉克却一边吃枇杷一边给我讲些家长里短的废话。他讲话没有逻辑，嘴里碎碎念，令我心烦，在这黑暗中行驶，听着他的故事，我愈发紧张。这时我又庆幸油加得充实，否则怕是撑不了那么远。

马吉克长我几岁，我问他："您有儿子吗？"

"有。"

"那您很走运。"

"这是基本要求。我没有重男轻女的想法，但一辈子若连个儿子都没有，那是不完整的。"

"我赞同您的看法。"我说。

"车后备厢里面那个婴儿不是你的孩子吧？"马吉克突然问我。

我一惊："你怎么知道有孩子？"

"我开始给你加油的时候就听见了动静。哭了几声又停了，这孩子怕是饿傻了。你也真的忍心。"

马吉克一番话，说得我冷汗直冒。我既担心他报警抓我，说我拐卖幼儿，又担心孩子真的饿出毛病来。转念一想，既然他都知道了，一不做二不休，干脆停下来给孩子先喂奶，半天没给他喂奶了，是挺惨的。

我把车停在路边，打开后备厢，把孩子抱起来，后备厢里一股尿臊味猛然涌出。马吉克看了这场景，说，你是真的心狠，把一个小孩像农村人装鸡鸭一样，丢在后备厢不闻不问，也不怕他闷死。

"闷不死，后备厢和车后座是连着的，有很大的缝，能通气。"

我用保温瓶里的温开水，倒在奶瓶里，给他冲了奶粉，使劲摇晃奶瓶，摇匀后给他喝了。这小子像是饿急了，不仅喝得快，两手还抱着奶瓶不放。倒也奇怪，这孩子喝奶之前一点声音没有，喝完了反而哭闹起来。我心烦，准备又把他塞回后备厢去。

马吉克赶紧接过来，说："你开你的车，孩子我来哄。"

"行嘛，你来哄。"我说，"但是你注意点，不要让别人看见这孩子。"

"可以，走嘛。"

于是我们又继续上路。

说来奇怪，尽管我认为生儿子一点屁用都没有，但我一定要有一个儿子，这是我的使命。对我而言，这个说法是不完整的，因为我不仅要有一个儿子，而且还要让他没有爸爸；尤其是后半句，让他没有爸爸，这才是关键所在。儿子只是前提，让他没有爸爸，这是目的。自我曾曾祖父那一代开始，到我父亲为止，每一代都生了儿子，且每一代都遗弃了自己的儿子，这种遗弃，或是物质上的，或是精神上的。他们放弃自己儿子的原因各不相同，或精神分裂，或家庭破裂。但他们又都是幸运的，他们的老婆总是能给他们生下一个儿子（他们都能找到老婆也是一种幸运），因而便十分凑巧地将这一传统延续至今。所以，我身上有着强烈的使命感，我必须为我的家族传承这一伟大悲剧，甚至我并不满足于此，我还要将其发扬光大，我要从物质上和精神上都彻底将其断绝，使我的儿子成为一个真正的无父之人。在我儿子出生的那一刻，我就要他直视我的眼睛，让他看清楚眼前这个父亲，是如何亲手将他这一生最伟大的使命根植在他的内心，并一代一代地继承。这会比我的祖辈们做得都要更好，比如我的父亲。尽管他必须为家庭破裂导致我童年毁灭这一惨剧承担主要责任，但他在主观情感和意愿上，并没有真正想坑害他的儿子；在这一点上，我自然胜过他，因为我有自由思想，也有将思想转化为行动的能力。因此，我是家族基因真正的固化者和集大成者，从某种意义上讲，我是我父亲的父亲，也是我家族的父亲。

当然若是有人知道我这个想法，定会说我是个疯子，所以我从来不说。

在达成这个目的之前，我换了不少女人，做了不少生孩子要做的事，却都没让她们给自己生孩子——在我的潜意识里，还是要给自己的儿子选个合宜的母亲。我的妻子梧桐，便是那个合宜的人选。

三、第二个孩子

梧桐生下第一个孩子的那天早上，我异常兴奋，我的心里话终于有机会说出来了，我要将我的儿子遗弃。我要抱着儿子，当着虚弱的她的面，高声宣布我的使命，我已经准备好应对她的惊讶、沮丧、楚楚可怜，并由此提前心生怜悯。可那又如何呢，她的痛苦是暂时的，而我的使命是最重要的，是超出人类情感的。

但她最终生下一个女儿。这使我所有到嘴边的话，不得不活生生憋了回去；我一度非常绝望，我已经伪装了太久——人们还认为我是个踏实可靠的男人咧。

等过了大半年，妻子身体调养好，我又想偷偷再生一个，当个超生游击队员，可她只当了两年基层公务员，就因为能力强、学历高，提拔成了局里最年轻的科长，前途似锦。她出于职业束缚，万万不敢；后来我还想过代孕，毕竟私生子也是儿子。若不是妻子对于我将跟其他女人性交这事提出严正抗议，甚至不惜和我撕破脸皮，要闹离婚，我差点因为这事被代孕团伙骗去三年积蓄。幸亏她拦住了我，不然我就是人财两空。

好在后来国家开放二胎的生育政策，不仅不禁止了，还鼓励生二胎，这真是天大的好消息，彻底把我从绝望悬崖边拉回来，给了我重新做人的机会。

我无数次梦想着我心爱的儿子早日降世。我要笑着对他说："做我的儿子，你没得选。我们都没得选。"

我的这个梦想比我见过的其他许多梦想都要伟大得多，因为我无法靠自己一个人的力量生下儿子，我还得征服一个女人，使她从心底里接受我的观点，然后和我一同实现。母爱是上帝赐予的，因此我要做的这是超出上帝给予人类生命极限的努力——这比那些仅依靠着天赋和个人才华就能创造出绘画、音乐、文学等艺术作品的人还要强大许多倍。说到艺术，我现在是敌视艺术的，十分痛恨这虚无缥缈的东西，但在以前，我不仅不敌视它，甚至希望热情拥抱它；那时候我认为艺术是上帝在人间存在的唯一证据。高更说：接近上帝唯一的方法就是做神圣的主所做的事：去创造。我既爱写，且善画，还爱摄影，梦想做个导演，也和许许多多一无是处又不愿脚踏实地的年轻人一样，深切地厌恶婚姻和孩子。但后来由于际遇不佳，我的职业与我当初做一个艺术家的愿景相去甚远。我才华有限，也没有祖传家财可以挥霍，因而经人介绍进了一家公司当一个会计师的助理。受困于这个职业，我与极不擅长的数字打交道，总有愤懑在心，却无济于事。我只能蛰伏，虽然说是蛰伏，也不代表我不在这期间继续做蠢事，只表明没有人真正关注和在乎我的存在与我的行为。无人关注是件令人痛苦的事情，而目的未达成的痛苦与之重叠，于是形成双重的痛苦，在我心中犹如千斤重担。这便是我这一生最为难挨的时光。

直到梧桐再一次被推进产房的那天，梧桐踩在阎王的领土线上生下我们的第二个孩子，而她在手术室里九死一生，几乎丧命。

早先她做孕检时，便查出了问题。医生在确诊她是疤痕妊娠后，强烈建议她放弃这个孩子。医生说："你生上一个孩子的时候，采取的是剖宫产，这回这个孩子孕囊着床的位置，正好是在上次剖开子宫后留下的疤痕那里。也就是说，这孩子长在了子宫脆弱的疤上。"

产科的护士长说："这是个小概率事件。我在这行干了十几年，以前仅遇到过两次这种情况，这不常见，但却很危险，在怀孕过程中，随时可能会出现大出血；尤其是在生产的时候，甚至有子宫壁破裂的可能，这比宫外孕还凶险，可能要了母亲的命呢。"

梧桐只问："孩子能要吗？"

"能要，但是风险很大。"

"那我要。"梧桐淡淡地说。

我对医生说："我们回家再想想吧。"

回家后她依然非常坚持。她一向是个坚持己见的人，她所认定的事，别人动摇不了，至少我动摇不了。况且，万一她生个儿子呢？于是我顺从了她的意思，心里既暗喜又有几分担忧。喜的是，这娃是她自己坚持要生的，不是我逼她的，我可以在丈母娘那里为自己开脱；忧的是，即便我是一个多么不负责任的男人，这毕竟是我老婆啊！

她又生了一个女儿。

我看见梧桐从手术室被推出来，瘫软在病床上不省人事，像只被人切割、奄奄一息的鸽子。我忘记了自己那天是怎样一种复杂的情绪，只记得我那天忙着照顾羸弱的妻子，而心疼女儿的丈母娘一直哭到深夜才入睡，睡前还在啜泣。我则不知如何进入昏沉梦境，当晚经历了难缠的梦魇。醒来后，我大笑一场，竟然释怀了，老子这辈子就只能当个没有儿子的窝囊废了。

有子弃如纸，求子不得子，这也许是家传的命运。我以为我的心魔终于得了解脱。第二天，梧桐面色苍白地醒来，护士捧着女儿给她看，梧桐给她取了个名字叫：漓。

"周漓。"我看着这肉嘟嘟的小可爱，轻声唤她。

四、曼妙之音

我清楚记得，梧桐生第二个孩子那一天，全家人都在忙碌。我忧心忡忡，四处转悠，不经意地走到隔壁病房，探望来进行产检的弟媳。

"你感觉怎样？"我关切地问她。

"挺好的，谢谢哥。"

我弟弟的老婆王妙音正坐在隔壁病房的病床边上发呆，眼神空洞。病床太高，高度大于她的腿长，因此她两脚百无聊赖地来回甩着，看她的神情，异常平静，不像个已经怀孕六个月的准妈妈，倒像是个跟着亲友来探视患者的陪衬似的。是的，在我老婆怀孕四个月的时候，我弟媳也怀孕了；在梧桐临产时，王妙音的肚子也已经挺得鼓鼓的。

漂亮的碎花裙子并不能挡住王妙音干枯瘦弱的腿，尤其在这白色病床床单的映衬下，她的双腿不仅纤细，而且丝毫没有血色，使之失去了一个人躯体理应拥有的质感和光泽，犹如惨白的蜡像。

我是家中独子，我弟弟是我父亲现在的妻子即我的后妈带来我家的，跟我和我父亲都没有半点血缘关系。王妙音是弟弟的高中同学，读书时，弟弟单方面迷恋她，她成绩不算好，但长相出众。弟弟迷恋她会画画的巧手和那双光滑的长腿，可她彼时并未将弟弟放在眼里。没承想，弟弟高考失利，又不想复读，结果高中就成了弟弟的最高学历。他高中毕业后，因为没有大学可上，就随三爸去广东打工。

王妙音文化课成绩虽不太好，但艺考分数很高，她考上了山城艺术学院美术系。一个是打工仔，一个是漂亮精致的女大学生，照理说两人的生活轨迹截然不同，不会再有实际上的交集，可弟弟并未忘记王妙音。

王妙音上大学的时候，起初音讯全无，与同学们断了联系。后来她却突然在网上出现，并时常找以前的同学借钱，弟弟也是其中一个。他对她有求必应；直到后来王妙音陷入绝地，弟弟才偶然知道，他是唯一一个每次都借钱给她的人。在这个过程当中，弟弟也问过她借钱的目的，她很坦诚，说要给男朋友开一间画室。

说起这段往事，弟弟曾在酒醉后跟我说："我现在反倒他妈有点感激那个男的，但凡那混球有点人样，都没我什么事了。真的，完全没有。"

王妙音大学时那个男朋友是大她两级的学长，才华横溢。他不仅将她借来的钱挥霍一空，还要求她瞒着家里退学，把学费用来补贴他在画室的开销。"艺术是天赋与实践的结合形式，不出三年，我就能把你带成顶尖的画师。哪里用得着天天学那些漫无边际的理论课。"他对她说。王妙音顺从了她所崇拜的人的旨意。她并未完全被他洗脑，她依旧想上学，但她更爱这个男人。

王妙音退学一年后，他已毕业，此时她怀孕了。

但王妙音并不知学长早有了新欢，待她发现时，还未来得及哭闹，他的新女友便和他一起将王妙音赶出了画室，就像清扫过期的、质地不再清澈的颜料一样。

走投无路的王妙音尝试过自杀。"你希望自己死之后还让父母受到街坊的鄙夷吗？"弟弟安慰她。的确，她如果这样做，那她退学和怀孕的事，在父母那里都捂不住了。她死了全然不知，但却给父母留下无穷的绝望与孤独。

这个时候，弟弟从广东赶回来，带她打掉了孩子。之后，还给她租了间屋子，使其暂时安顿下来。他自己则找了份零工，住在公司的宿舍里。他在她最脆弱的时候，对她百般照顾和宠爱，每天下了工就去她那里做饭，还给她洗内衣。王妙音那段时间身体和精神状况都极差，也不工作，每日蜷缩在屋里画画。她脾气不好，还羞辱过我弟弟。有一日，他煲汤时，她说："你别整天往我这里跑，别以为我堕过胎就会随便找个男人，我照样有选择爱情的权利。"

可是半年后，万念俱灰、身体虚弱且没有生活来源的王妙音，嫁给了我弟弟。"原本我嫁给他，是因为他有令我感动的地方。可这是我所有悲剧的开始。"王妙音曾对我倾诉，"前一个人把我彻底撕碎，伤口崩坏，腐烂生蛆，即便如此，我仍有及时止损的机会。可我紧接着又选错了路。"

"那很正常。"我轻描淡写地说。人类都是愚笨的砖瓦匠，你永远都会有拆不动的东墙，和补不完的西墙。

五、深巷与花蝴蝶

进了那巷子，我顺着青石板路往下走。由于着急，刚刚差点把嘴里的口香糖咽进喉咙里去，口香糖是在米粉店收银台上的碗里拿的，免费的，很劣质，不到十分钟已经嚼得没味了，嘴里反倒发酸，此刻我非常厌恶它。我路过一个看起来没人在家的小院子，门口有两个花盆，盆里栽着叶子绿油油的黄桷兰。我把口香糖吐在右边那个花盆里，看了一眼，觉得不对称不好看，于是从衣兜里摸出一坨早先用过的餐巾纸，扔进左边那个盆。

"这下对了。"我说。

我继续往前走，巷子变窄了，紧张的情绪也慢慢消解。这两边都是三层四层高的旧民房，稀稀拉拉还住着些人家。这些老房子，光从房子外墙，就可以看出房子里面的样子，甚至可以看出里面人的生活轨迹：有的落了墙皮，有的一看就是前些年才刷过漆；很多墙上都画着涂鸦，一看就是哪户家里喜欢嘻哈的年轻人干的，还有些单纯骂人的和表白的骚话。但是有一些墙，涂鸦和话到那里突然没有了，就像小少男的初夜一样戛然而止——这明显就是被住在房子里面的人刮过的——当然无论是刷墙还是刮涂鸦，唯一的共同点是各扫门前雪，各擦自己脸；最大的区别是有人爱擦脸，有人连脸都不擦。

抬头看，巷子很窄，除了一楼装了防盗铁栏，楼上都没装，楼间距本来就小，这门对门、窗对窗的，格老子的，不晓得多少人在这搞过破鞋。

我一路走过，顺便从一楼的每个阳台往里面张望。我看到第七个阳台，里面暂时没人，阳台上却挂着内衣裤，我伸手穿过带着些许铁锈的防护栏，从晾衣架上扯下一条女士内裤，拿出来端详。我仔细观察，看起来是十分年轻的款式，上宽下窄，到了最下面极度变窄，就像我妻子偶尔会用的那种款式。

"真变态。真爽。"我十分兴奋地想，"我真变态。我真爽。"

我鼻子凑上去闻了闻，没有味道。这个女人身上怎么没有香味，没有香味算什么女人。我很失望，但我想着给她塞回去似乎又不太合适，因为我没法原样给她晾上去，顶多放到阳台上，她肯定能看出来被人动过。对于一个女人来讲，看到自己的内裤被人玩过又放回来，还不如干脆被偷了。我怀着这种处处替人着想的心态，把内裤揣进怀里，走了。

我想，说不定她根本不知道少了这么一条内裤。但是我又不能确定，因为有些女人的记性就是惊人地好。我妻子梧桐就是这样，她能记住发生过的和应该发生但没有发生的所有事，比如记住十一个月零两天前，在楼下包子铺吃稀饭时，我对她说过一句狠话。

"那天吃包子花了多少钱，你有本事给我说出来。"我狡辩。

"十二块三，结账时老板给零头去了，收了十二。你别跟我瞎掰，我现在是告诉你，你周某人连我吃早饭的时候都能凶我。一大早起来就凶我。"她语气并不激烈，但说后半句时，她一字一顿。

"那天我们吃了肉包子，各自喝了一碗稀饭，还有咸菜，老板泡的豇豆、萝卜，好吃得很。我都记得。"

"你这叫记得吗？哪次在那家店吃早饭不是吃这些，吃了几年了。"

"那你说，那天我对你说了什么狠话。"

"我不想重复那些东西，你自己说那些话，我嘴里说出来，会让我感到难堪。"

"为什么？"我刚问出口，就后悔了。

"为什么。为什么。哪里有这么多为什么，我在说什么重点你明白吗？这么久了你还是不懂我，你为什么永远想证明你是对的，我是错的。你一个男人，一点担当都没有！"

争吵起来，我是处处比不过她的，我只能不跟她吵。妻子记忆力惊人，这让我极其苦恼。在认识她之前，我自诩聪明；认识她之后，我才明白最简单的道理，在女人面前，男人全都是傻子，除非她爱你。在和她认识的时候只觉得这女孩机灵、会来事儿，这只是粗略的印象，不足以深入了解一个女人；而通过和梧桐旷日持久的争吵，我终于明白，她是如何拿到清华大学研究生毕业证书的。她在所有的方面都天赋异禀，无论是吵架还是生女儿。跟她比起来，我只有两个长处，一个是令女人无法拒绝跟我上床，一个是令女人和我上床后再也不想下床。因此我得以娶她。

我不知道弟弟的特长是什么，但他婚后，倒是非常疼爱他妻子，也不再出去打工，两人在城郊的综合商贸市场开了家小建材商店，晚上收了摊，便回家和我父亲、继母住在一起。

继母在他俩的婚事上，全顺了弟弟的意思。可我继母心底里并不真正喜欢这个媳妇，认为她除了画些没用的画以外毫无用处。"不挣钱就算了，生个崽也行。"她说。有一次她偷偷问儿子，你俩行房的时候都戴套了吗？弟弟说，没有啊，我每次都弄里面了。继母便要求儿媳妇去医院做检查。起初她并不愿意，后来拗不过，只得独自一人去了，检查结果出来：因有堕胎刮宫史，再次怀孕的概率会明显降低。

王妙音拿着报告想了很久，她想隐瞒大学时候的那段往事。她准备以医生说她目前体质欠佳，不适宜怀孕为借口，回家搪塞过去。她让医生开了中药，拿回家熬了调养身体，再拉着老公多试几次，毕竟概率降低也并不代表完全无法怀孕。

"既然你妈妈这么想要孩子，那我们也要拿出态度来，这段时间，我们晚上就早点关店回家。"

可她没有想到，医院妇产科有个中年女医生，是继母多年的熟人，她央求这位熟人调出了王妙音的检查结果，于是真相大白。

起先继母疯狂地辱骂弟弟，骂他愚蠢，并称他是"没有底线的接盘者"。但毕竟是她的亲生儿子，后来，她又将所有怒火集中到王妙音身上，骂她是不洁之人，是个让老实人背锅的妓女，自那时起从未给过她好脸色看，并总是恶语相向。

我弟弟是亲自陪着她去堕胎的。他虽然介意，并且痛心，可那时为了赢得她，他刻意压住此事不去多想，婚后两人不提，心照不宣，倒也没有造成多大困扰；如今东窗事发，两人在家中生活，媳妇与婆婆朝夕相见，倍感压力，加之继母不时冷嘲热讽，弟弟也渐渐对妙音生了嫌隙，不再像以前那样维护妻子。甚至有一次，在妙音和继母的争执中，他突然怒发冲冠，朝着妙音咆哮："再怎么样也是我妈，骂你几句听着得了，你怎么说话呢，还顶嘴。你再整天弄你那破画，老子就把你的画具全扔出去。"

弟弟还有半分理智，终归没说出"把她也扔出去"这样的话。可在王妙音心里，前面那话听起来跟这也没什么区别。

"哥，你弟弟他不是最后能保护我的那个人，我又信错人了，我该听我爸的，不该嫁给他。我走了。"

自从我结了婚，早已不在父亲家里住，但家里的事情时有耳闻。在她离家出走的前一天，她发短信给我说了这番话。

王妙音出走后，我弟弟早先不以为意，以为她回了娘家；一个月过去，妻子始终未归，他便打电话到老丈人家中，得知妙音并没有回去，老丈人这才晓得女儿不见了，反倒着急得团团转。

"这花蝴蝶就这么从我的窗户飞走了，我可追不上。"弟弟非常气馁，继母在旁边添油加醋："指不定又被多少男人放了炮！"

又过了两天，弟弟气不过，冲到岳父母家兴师问罪。老两口住在佛图关老社区的三栋二楼，楼下有很多老人聚在一起打麻将、下象棋。弟弟把他们女儿如何在大学不顾一切地谈恋爱，如何退学、怀孕，又被人弃之如敝屣，一五一十地全告诉她父母。

"你们以为自己女儿是什么正经大学生，其实早就是半途而废的破鞋，这些年要不是我替她兜着，你们觉得她算个什么东西。"
他这一通闹，把丈母娘气得捂着胸口跌坐在沙发上直喘气，老丈人
提着菜刀就把他往外赶，弟弟飞也似的跑了。屋外围了许多老人，
这事很快就在街坊四邻中间传开了。

不久之后，在双方老人的调停下，王妙音还是回了家。弟弟口
头上也原谅了她的不告而别。继母起初嘟嘟囔囔，但想着家丑不得
外扬，也便没再多提。

后来，每当说起这事，王妙音眼里的泪水总是止不住地往外
涌。她说，前任那么烂，是她少不更事，爱错了人；可发誓要保护
她一辈子的老公，却在她父母面前撕烂她的底裤，让她这辈子没法
好好做人。所以我弟弟是她这辈子最恨的人。

这件事又过了数月，我得知王妙音怀孕了。这本来是件好事，
不管是她老公还是她婆婆都很高兴，但她表现得异乎寻常地平静，
就像夜里的凉风一般冷漠。

六、因缘寂灭

我摇下车窗，吐了一口浓痰在乡间道路上，老马递给我一支
烟，我淡淡说了句"没抽烟"。他收回去放自己嘴里，点上。我皱
了皱眉头，问他，今年刚开春，这长江水就这么大，是好兆头不？

他说，如果梦到涨水了，那是好兆头，但梦和现实往往貌合神
离，它们的共同点在于，你若是溺水了，都需要有人拉你一把，否
则就会呛得死去活来。

"溺水的是城市，而不是我。"我毫无来由地说。

他和我都没说话。我一手扶着方向盘，一手草草扒了个枇杷塞
进嘴里。马吉克温柔地抱着孩子，盯着他看，眼睛里放着奇异的光。

"给你出个主意。你把这娃儿卖给我，我再卖给有需求的人。也省得你带着娃到处跑。你看这是个男娃子，这能卖个好价钱。"

马吉克的话令我醍醐灌顶。我终于明白他为什么非要上我的车，他就是为了要这个孩子。

几个月前，我陪我妻子，还有我的两个女儿去父亲家看望肚子圆滚滚的王妙音。她依然极瘦，丝毫不似许多其他女人，怀孕后体形迅速膨胀；她脸色也很憔悴。

我许久没回过家，继母依旧上上下下操持着事务，父亲仍然不言不语，坐着看电视。

他一个劲地抽烟，并不宽敞的屋子里始终弥漫着烟味，也不管家里还住着孕妇。这烟味呛得我的肺一阵阵地难受，嗓子里发出吸痰的巨大动静，然后一口浓痰吐在地板上，我故意让他看到。

父亲见状，怒发冲冠，噌地站起来，睁着小眼睛瞪我，我毫不示弱，回瞪着他，气场丝毫不输。

他老了，打不过我了，不敢贸然动手。继母一言不发地过来把地拖了。

那天，王妙音关上卧室门，对我和梧桐两人悄声说了一个秘密。"哥，嫂子，这话我只对你们两个人说，我不说出来，我心里永远过不去，但你们听了，得烂在肚子里。"

我和梧桐面面相觑。她接着说："我这孩子不是你们家的，你弟弟的传宗接代那东西，质量不稳定，我俩很早之前去做检查，医生就说过的，我只是不好意思跟他妈直说，想在老人面前给他点面子。唔，也不能这么说，也许是，也许不是，他私底下吃了不少补药，他后来偶尔行，偶尔不行。"

"怎么讲？"

"我躲在外面的那一个月，住在一个老同学家里。他强暴我，我也没有太多抵抗。那个说要保护我的人，我的丈夫，在外面掘地三尺也要把我找出来收拾我，我又躲在别人家里，我没有去处，我能怎么办？反正男人都一个样。我回家之后，还跟那个人见过几次。当然，我回来后的那段时间，我老公也跟我弄过。"

我听了这话，心中并不太在意，反倒梧桐十分震惊。我嘴角带着些不怀好意的笑，故意说："就算你怀的不是我弟的孩子，那跟我，跟我家也没太大关系。我本来就跟他没血缘关系。孩子嘛，照我弟弟的性子，他甚至无所谓要不要孩子，倒是我继母十分想要个孙女，说是这辈子亏欠儿子太多，希望我弟弟有个贴心的女儿，能照顾他那贫瘠且无助的晚年。你若是生个女儿，她兴许会很高兴。"

"嫂子，我害怕，其实我很害怕生孩子。尤其是看了嫂子当时……那种痛苦的样子。"

"没事，别害怕。"我说，"对了，你那同学是不是比我弟弟厉害多了。你干脆跟我弟离婚，去找他得了。"

我说这话时，保持着一贯的戏谑冷漠态度。

梧桐狠狠地掐了我一把。

没想到，王妙音似乎是曲解了我的用意，倒像抓住了救命稻草一般，眼睛里露出感激涕零的神色，她尽管知道我帮不了她什么忙，可她似乎觉得我能理解她的苦衷，或许她这个时候只是需要有个人能理解她的心情而已。但其实我根本毫不在意。

接着，出乎全家人意料的是，产期将至的王妙音再一次消失，而且这一次，她消失得十分彻底，产期已经过了，可弟弟家里没一个人知道她的去向。继母除了每日隔空骂她娘以外，便剩下无边的焦灼——她家的血脉，被这贱女人带去了哪里？

媳妇跑了，弟弟也不是不着急，他想过报警，继母不许。又过了几日，他带着茅台酒和茶叶去找过岳父，好言相求，希望他能透露一点他女儿的踪迹。

"妙音这刚生了孩子，您就让我见见她吧，她还在月子里，正是需要人照顾的时候，总不能让她一个人吃苦受罪吧。我以前脾气不好，不懂事，得罪过您老人家，但还求您看在一家人的情分上，不要跟我计较了。"

妙音的父亲额上两指处，有一块半月形的秃顶，这一次，那秃顶显得更油光水亮了，还有向周围扩散的迹象。但她父亲却表现得十分冷静，他说："我不知道她在哪。如果我知道，就算让她引产，也绝不会让她生下你们家的种。你们能把我女儿在怀孕已九个月的时候逼得离家出走，已是把事情做绝，你，我，这一家人的情分算是尽了。你走吧。"

弟弟知道撬不开岳父的嘴，恨恨地离去，出门后，把酒和茶一股脑扔在了小区的垃圾桶边。可他踏出小区没几步，又倒回去把东西捡起来，回家了。"可不能让院子里那些只晓得看热闹的老东西捡了便宜。"他想。

回去之后，继母先是一言不发，后来又说，随她去吧，也不知道怀的谁的种。

七、喜得贵子

"我这辈子没生过儿子。但其实我要搞出两个私生子，也不是做不到的。"我用这话打断马吉克。

他此刻正在谈论他愈发突出的小肚腩。他说，他事业越发进步的时段，也正好是他不断长肉的阶段，他因此说：我的智慧是长在我肉里的。并宣布，智能源于肥肉。我并不想听关于他的事业的鬼话。

"你这个事业损阴德哦。"我说。

他说："可以想见，你婚内出轨的次数比每天到洪崖洞打卡拍照的十八岁外地女大学生的人数还多。你不损阴德吗？你这一直往东跑，也没个目的地。你以为自己在体验大江东流去的豪迈吗？不是，你只是个偷儿贼。"

"你少扯那些没用的。"

"是，所以不如来谈谈价钱。"

王妙音消失四个月之后，也就是半个月前，一个周末的上午，她突然带着自己刚生下的儿子出现在我家门口。

那一天阳光温柔。梧桐带着我的大女儿出门，和孩子的外婆一起逛街看电影去了。我留在家里照看小女儿。

我把她请进屋，王妙音开门见山："哥，我知道您一直想要一个儿子。这个小男娃子，送给你。"

我盯着眼窝深陷、印堂青黑的她，一时语塞。我盯着这个男孩，眼睛长得像我弟弟，单眼皮，塌眼角，并不好看，鼻子却不太像，也或许因为孩子太小，看不出像谁。孩子皮肤倒是跟他妈妈结婚前一样，雪白透亮，吹弹可破。

我想起他俩结婚前，弟弟跟我说，我这媳妇，啥都不好，就是长得好看，我这辈子没什么本事，能娶这么好看的媳妇，我在兄弟、邻铺的街坊们面前，也能抬着头做人了。

其实我很理解弟弟。父母离婚后，我自小被彻底放弃，自上初一开始，我便从家里流落出来，每周拿着父亲施舍的十五块生活费，独自在母亲离开前留下的小公寓里生活，开始了我放任自流的童年和少年。没有父母撑腰的我，每每被高年级的学生抢走当日身上的两块钱，便只能独自忍受半日饥饿，或者在没钱挤公交时，步行整整两小时去上学。如若不忍受这些，便只能忍受毒打。大人的恶总是很复杂，多半掺杂着各种人性；但小孩的恶不是，他们很纯粹，就是纯粹的恶，杀人不眨眼的那种恶。

从高中开始，随着我体形愈发高大健硕，再不被人欺负。翻身农奴把歌唱的我，便也开始伙同死党收起保护费来，有时候还顺便揍一些低年级的小孩。揍他们不为别的，就是为了酷和爽。直到被警察抓去教育几次之后，我幡然悔悟，现在时代不同了，这个营生干不得了，不然早晚得去蹲班房；像我这样聪明的人绝不能让自己落到那种境地。

彼时正逢荷尔蒙旺盛的年纪，我开始不停结交漂亮的小女友，迎着人们异样的眼光，高调地走在学校人群中，通过这种趾高气扬的方式向世界炫耀，并且竖出我的中指。可我天生记忆力超群，自从文理分科后，在文科班颇占优势，考试成绩总能排在前面。再加上我家里人都不太管我，老师虽总想因为品行问题请我的家长，却从来请不到他们。久而久之，也无计可施，只能任我胡来，只盼我早点毕业，离开那学校。

我弟弟的青春和我截然不同，他是被我继母宠溺坏的孩子，身无长处，至少我认为是这样。

同时，我也很理解继母。我是个很善于理解别人的人，就像我善于吹牛一样。

在她儿子还是个小不点的时候，她便带着他离开原先的家庭来到我家，可以说，弟弟是她唯一的坚守。她心中有愧疚于他，补偿的心态使她加倍保护着自己的儿子。她也许没有料到，身处在这种幸福宠溺中的儿子，人生却像生殖器一样，随着年龄的增大而逐渐疲软，这是一个悲剧，也似乎是个必然。

当然，我也不是什么好东西。我曾望着弟媳令人垂涎的肉体，在脑中闪过无耻的幻想。

我真的能理解我弟弟。

王妙音这个无辜的娇人，身材曼妙。她小小的手，细细的腕，翠绿的镯子，清冷的夜，雪白冰凉的皮肤，温热的气息；那种揽入怀里的柔软，是他独享的生命之灵。与王妙音在一起的这两年，是他人生的高光时刻。

我愣了愣神。我能感觉到那个孩子在看着我。人的眼睛能看到东西并不是出自偶然，人的眼睛有种特别的能量；这也是为什么即使人处于最混沌的黑暗当中，依然能察觉到在某个角落盯着你的那双眼睛。

我从王妙音手中接过了孩子。这像是一个无声的仪式。我的伟大梦想终于有了受难者和传承者。他的来临就和耶稣的殉道一样伟大。

"儿子。"我带着旁人绝无法理解的笑容望着他。那一刻，他的命运就这样被决定了。

"你把我的小女儿带走，交给我弟弟。我跟他换，跟他妈换，你就说你生了个女儿。我们给她换身衣服，头发剃光，这婴儿嘛，小时候长得都差不多，他们也看不出来。不过我女儿比你儿子大了几个月，这体形……倒是大了些，就说……是发育得早吧。"

王妙音看着我的眼睛，嘴角含笑。

其实那时候，我没有想过这根本瞒不过去吗？我想过。但是我在乎吗？我不在乎。

我做出这个决定就是顷刻之间发生的事情。我理所当然地认为，这人世间所有伟大的决定，不管有多么漫长的铺陈，最终不都是在某一个瞬间突然做出的吗？

八、狭路相逢

弟弟和我亲妈，把我堵在江边。此刻我已经从巷子里走出来，以为他们不可能追到这来，于是正坐在码头外面的茶馆坝子里，喝坝坝茶。夕阳挂在江上，他们已经在镇上找了我一天。

我无从了解他们的行踪，怕上去开车的话，反倒被他们看见，于是干脆悠闲地坐在这里喝茶，静待他们没有收获，离开镇子。但当我看到他们在江岸上有气无力地走过来的时候，我丢下五块钱转头就跑。弟弟见状，立刻飞奔过来，我妈跟在他后面，弟弟一边跑一边高喊："哥，我日你妈，把儿子还给我。你想得出来哟，拿你的娃儿跟我换，你女儿九个月，我娃儿五个月，你以为我真的是宝批龙，这个区别都看不出来吗？"

我跑到码头尽头，那里有很多船，但是没有路了。那些船太笨拙，不够轻盈，不能健步如飞。我纵身一跃，一头栽进江水里，先是一眼黑，随后江水咕噜咕噜地灌进耳朵。我把头昂出水面，抹了一把脸，把我的T恤脱了，调整一下，顺着江水，朝着下游游去，希望找个没人又江岸平坦的地方上岸。我在游泳的时候，看不到他们的脸，只听到母亲气喘吁吁地一直嘶喊我的名字，还有"儿子""儿子"，可能还有别的，但江水声音很大，听不清；没过多久，我被冲远，就连弟弟喊的"日你妈"也听不见了。

"母子距离鉴定器"肯定完全进水了，我把它摸出来，丢了。

在我脱上衣的时候，一条女士内裤从衣兜里掉出来，浮在江面，皱巴巴地漂着。我希望我母亲没有看见它。

我冒着呛水的风险回头，看了一眼母亲在夕阳下的码头上蜷缩着的身影，就像是一道彩虹。母亲是个最普通不过的劳苦女人，起先在一家国营石油公司做合同工，到了法定生育年龄就生娃，到了法定的退休年龄就退休，过着法定的一生。跟我爸离婚后，她嫁了那家公司的一个男工，比她小一岁，也就等于要比她晚十一年退休，因此他能养她。她的退休金实在太低，不足以支撑她退休后全国各地旅游的开销。现在看来，我母亲在她退休以后，终于有了一个幸福女人应有的样子，自由自在，那个男的对她也着实不错，肯为她花钱。对于中年女人和老女人，有男人肯为她花钱，那绝对是好事。对我母亲而言，退休是个分水岭，在那之前，她经历了太多孤独凄苦的日子，且长时间被疾病困扰；对于我而言，母亲这个角色在我的生命中绝大部分时候都是缺失的，这不仅和我母亲的羸弱相关，也和我父亲有关。

　　父亲和我母亲第一次离婚的时候，我六岁，在一个秋日周末的早晨，虫鸣一如往常，我亲眼见证了母亲被父亲按在床上打得血流满面的场景，她哭嚎着在床上翻滚求饶和躲避，以至于后来她鼻孔和嘴里流出的血使她的头发凝固，成为一缕缕黑红色 502 胶水粘成的铁丝，像极了一条肮脏的狗。

　　他们第二次离婚，是两年以后，我八岁。那之前，我拿着一把水果刀，用扭曲的笑容看着我父亲，说："你再打我妈，我就去你们单位割掉自己的耳朵、鼻子、舌头，然后自杀。"

　　母亲搬走，父亲只给了她两百块钱车费，她便净身出户了。她丝毫没争，只是抱着我哭。我至今不知道他们之间的恩怨与纠葛，但母亲走后的日子里，父亲除了上班，每天都有两件重要的事要做：打牌，打我。他把我母亲曾买给我的所有玩具扔出家门，我跪在地上一边哭一边捡，他便用穿着皮鞋的脚来踩我的手，在水泥地上摩擦。喝醉酒、酒没喝够、打牌输钱、赢了很多钱，都是他打我的动机；除此之外，母亲无力向他支付我的生活费也是他打我的主要理由。他曾半年不让我见我母亲，也曾用棍棒让我跪在电话前，通过话筒亲自告诉她，我不要她了，我不要这个妈了。

我曾无数次设想，总有一天他会跪在我面前哭着求我，求我把他的孙子还给他。

那时候，他可能会哽咽着说，我宁愿没有你这个儿子。那刻，我才取得了人生的终极胜利。可这老头子脾气跟驴一样犟，从不说类似的话。自从他老了，无论我做什么，他或者选择动手，或者猛烈抽烟、一言不发。

我做决定换掉女儿的那一刻，来不及去想，当梧桐回到家中，发现小女儿周漓已经离去，她会如何跟我发一通脾气，或是陷入怎样的癫狂。

我只在头脑中闪过，梧桐产下周漓的那个午后，以及她自己讲述的，那天深夜独自醒来时的浓厚情绪。

分娩手术结束是在下午，产科的主任亲自操刀，尽管她经验丰富，但当她从手术室出来时，依然满头大汗，手术风险太大，她太紧张了。梧桐在难以名状的疼痛和虚弱中醒来时，已是深夜。她为了生下这两个小不点，三年内让全身最脆弱的器官被切开两次，甚至连自己的命都是从阎王爷那里抢回来的，以后也难免留下些难以启齿的后遗症。

可当我岳母告诉她，她又生了一个可爱的女儿，她想象着自己熟睡的女儿时，释怀了。

恍惚中，她已经开始联想两个女儿同时把头埋进她怀中乞求母亲爱怜的样子，想起了家里为两个小孩准备的两张小床和两间卧室，其中一间还曾是家里的书房。为了满足我再要一个孩子的愿望，她怀孕初期，便开始处理书房堆的那些书和杂物，尤其是她的书，扔掉、卖掉又舍不得，可让她头疼了一阵子呢，后来全让我拿去捐给希望工程了。

她默默地想着。尽管我们有了两个空房间，但我现在改主意了，她俩小时候，就住在一个屋子吧，姐姐睡上铺，妹妹睡下铺，感情多好啊，两人晚上还能说悄悄话呢，但是说悄悄话又不能说太晚，免得第二天上学的时候总是又困又偷懒。我还要给她们穿漂亮的裙子，冬天就穿漂亮的袄子，拍美美的照片，让别人都来羡慕我家两个小宝贝才好呢，等她们长大些，那时候我可又得担心了，最怕被那些只动嘴不负责的小男孩轻易哄去了，我肯定每天每晚都担心呢；现在有了两个女儿，相比起一个女儿，那可是两倍的担心。可话说回来，还是女儿好，女儿总是喜欢黏着爸爸妈妈，她们可不要那么快长大才好呢。

她在欣慰和疲惫当中又沉沉睡去。

"这个男娃叫啥名字？"我问。

"遥。"妙音说。

"周遥，你是我第一个儿子，请多包涵。"

孩子瞪着眼睛端详我，像是在理解我的话。

在王妙音把周漓抱走之前，我一手搂一个娃，看着他们俩。这个男孩太小，从面相上看不出是不是我弟弟的儿子，就算是，由于我和我弟毫无关系，因此这俩娃在血缘上也毫无关系，但他们今日在这里产生交集，又从此驶向不同的港湾；究竟谁得解脱，谁将成魔，不得而知。

王妙音拖着疲惫的身躯，来到我父亲家门外。按照往日里最平常的作息，此时弟弟在店里，父亲出去钓鱼，继母在和老姐妹打麻将，家里应是没人。妙音敲了敲门，的确没人。她把小女儿放在门口，头也不回地离开了。

从此我再也没见过她。

其实我同意我后妈的说法，这女人也不是个好东西。这一家人，包括我，没一个好东西。除了梧桐。梧桐来了我家，最是无辜。

后来我知道，妙音在小女儿的衣服里放了一封信，上面写着所有事情的来龙去脉。那封信是她写的，笔迹如人一般清秀。

我再也没回过家。我的心里下了一场雪。

九、使命终结

我从一场漫长的睡梦当中醒来，发现我躺在医院的病床上，身边坐着两个警察。

虽然我在很长一段时间里面失去了知觉，但我还是很快就回想起来，我在长江里面游泳，被呛得人事不省，还差点淹死在那些暗中回旋的湍流里面。据说是江上路过的游船把我捞起来的。

"醒了？"那个年纪大一点的警察说。

我虚弱地点点头。

"那行，你先好好休息一下。等你稍微缓过神了，我们要请你跟我们回局里去一趟。你应该很清楚，我们为什么在这里，找你什么事。"

"我清楚。"

听说我醒了，弟弟急吼吼地从外面过来，红着眼睛站在病房的门口死盯着我，胸口剧烈地起伏，感觉像是因为愤怒，连气都喘不过来了一样。然后他几大步跨到我跟前，恶狠狠地问我："我儿子呢？"

"卖了。"

"卖了？卖了！你把我儿子卖了！"他瞪圆了眼睛，感觉像要往后仰躺下去一样，别说，他暴跳如雷的这个样子，竟跟我爸有几分神似，虽然他不是我爸亲生的，从小长大，肯定沾染了他的习性。我看了他的样子，毫无悔过的心思，只暗自好笑。

听说我把孩子卖了，警察也惊讶地站了起来。

"你卖给谁了？"那个警察的神情明显比刚才严肃了很多。

"我不认识，路上遇到的一个姓马的人。叫什么名字来着，哦，叫马吉克。"

"Magic？"那个年轻一点的警察听了这名字，居然冷笑了一声，凑过来，大声对我吼，"魔术师吗，我还万花筒哎！你晓不晓得你现在的问题有多严重，贩卖儿童，你还有心情开玩笑。"

是，他们之前对我还算和气，因为大家都以为我只是把孩子藏起来了，但毕竟都是一家人，只要把孩子还回来，家人若表示谅解，那就是可大可小的事，说不定拘留一段时间就完了。现在知道我把孩子卖了，这就不是谅不谅解的问题，肯定是要坐牢的了，判得肯定也不会轻。

在我从重庆离开之前，我带着那个小儿子，周遥，去看了南山上的老虎，去南滨路看重庆的夜景，还去较场口听了说唱歌手的音乐狂欢会。他或许看不懂这些东西，但毕竟也当过几天我的儿子。他应该很爱我，虽然我把他卖了。

后来等到我可以下床了，警察就把我抓进所里询问、调查，看能不能找到那个老马的线索。我把他的样貌描述了一遍，警察根据我的叙述画了张图，在网上挂了出去。

至于能不能抓到人，我就不是很清楚了，也再与我无关。世界不规则流动的方式令我困扰。不吃药的这些日子里，我感受到了梦寐以求的、如死亡般的平静。说不定哪天真的把他抓了回来，一问，他甚至根本不姓马，那太正常了，我看什么事都觉得正常。

我在石板坡看守所里，安静地等待法院的判决结果下来。其间我妈来看过我一次。她从见到我的第一秒开始，就一直哭，眼泪积在下巴那里，一个劲地往下滴。我看到她哭，心里很难受，但我哭不出来，我是个没有眼泪的人。我让她不要来了，她果真就没有来了。至于梧桐，她没来过，是我不让她来，来了也不知道该跟她说什么，其实要说的东西太多了，但她应该又都明白，不如不说，不如不见。我以为我爸会来，来骂我，他也没来。

可就在我判决书下来的前一天，有个令我完全意想不到的人进来了，是我弟弟。

但他不是来探监的，而是被关进来的。因为我在看守所里，信息流通极慢，这事我当时并不知情。

直到第二天开庭宣判的时候，家里人全来了，只有后妈、弟弟没来。所有亲人看我的表情都十分复杂。法官宣告判决结果，判了十二年。在被法警带下去之前，我在门口驻足了一下，望向梧桐那边，看她抱着大女儿，坐在旁听席最边缘的角落那里，她埋着头，光线很暗，我看不清她的表情。我没看到我的小女儿。

"周漓呢？我想见见她。"我朝她嚷。我自己都觉得可笑，自己抛出去的女儿，这时候又想见她。

听到我的喊声，原本默不作声的梧桐，突然就崩溃大哭起来，声音震彻当庭。我当时即知大事不妙。

"你女儿被你弟弟扔到江里面去了！冲走了！舒服不？我日你妈！"我父亲扯着嗓子吼，还把手里的茶杯朝我扔过来。法警扯着我的胳膊，把我带离了法庭。

我听罢，整个人像是中了《天龙八部》里面那种叫悲酥清风的毒。悲即涕泗横流，酥即全身瘫软无力，清风即无嗅无味，伤人无形。这一刻，我才知道自由的可贵，特别想要自由，但那已经是不可能的了。我的世界里面，时间线轴已经完全紊乱了。

你知道那场在五月下的雪吧，还有那场洪水。

"你看这场洪水啊。我的小女儿睡在襁褓里，跟着江中漂流着的千奇百怪一起，顺流而下。我想要随着这江水往下，看看我的女儿会在哪里靠岸，长成一棵树。也许她停在岳阳楼，醒来就认识范仲淹；也许到了外滩，张口就是吴侬软语。"

我被分到了重庆九龙监狱，那天，我看见淡紫色的光横划过地平线。我不知道弟弟会被判多久，他的刑可能比我还要重，也许不会跟我关同一所监狱。

日你先人。

我感到极度的愤怒。这种愤怒不是来源于一个儿子或者一个女儿，而是来自我爹。

自从我把儿子卖掉，让他永远失去完整的家庭；即使有朝一日他被找回来，也时过境迁，物是人非了。我认为我终于完成了我的使命，和对这个家庭的报复。可是如今却发现，我的父亲又超越了我。他的亲儿子、后儿子，全都进了监狱，这辈子算是完了。论养儿子和坑害儿子，他在最后时刻展现了极其华丽的演出，给出了完美的收官。

在狱中，我时常想起他那张老脸，还有他年轻的时候，在家里穿着警服，当着我的面打我妈的样子。我最后还是输给我父亲，这使命或许永远都无法完成了。或许他才是真正继承者？只是他的计划过于完美，我一直以来都是被他摆弄的棋子罢了。我能想象他黑暗中的狞笑。

又或许他没有什么计划，那只是我停药后的受害臆想。我无法求证，但至少他过去的所作所为是无法抹去的。在那个山城炎热的夏天，那种进化戛然而止，我的世界早已画地为牢，这身囚服就是我真正的宿命。

超好运勋爵

　　屋内的海风比外面小多了，但还是有一些从敞开的酒吧大门那里傲慢地踱步进来，经过初夏暖阳的加热，把酒吧各处吹得暖烘烘的。岛城最好的日子来了。独臂的那位船员坐在那里，他每次来都坐在靠窗的角落那张桌子，点一瓶崂山啤酒，用仅存的左手抽烟，跟旁边有兴趣和他搭话的酒友讲述着他当年只有十几岁时，在太行山某县城的工厂里做工如何失去右臂，又是如何来到岛城开起了帆船。他个子不高，说话的时候，阳光只有一小部分洒在他的鼻头上，别的全是粗犷的阴影。他的这个故事我略有耳闻，自从我前夫周先生的酒吧在帆船口岸这边的街区开起来，他就不时光顾。我和周先生虽然离婚了，但酒吧仍然有我的股份。周先生是个文质彬彬且有责任心的男人，与他离婚完全是我的选择。我和他没有孩子，结婚数年以后，医生检查确认是他的问题，并且很难治愈，而我想要生个孩子，所以我提出离婚，他也很尊重我的想法。就是因为这样，我们在离婚以后仍然能像老朋友一样相处，我从航海学院下班以后，若是没有和俊朗挺拔的现任男友约会，那么偶尔会来酒吧里坐坐，周先生依旧会把他新认识的朋友介绍给我认识。我的性格向来直率又洒脱，经常把那些好酒的男人喝得七荤八素的，这样也变相给酒吧增加了不少收入。

我知道那些喝了酒的男人总会有意无意地吹嘘自己几句，尤其是那些假话夹杂在大部分真话里的时候，的确让人很难辨别。因此那个独臂船员讲的东西我也总是只当作故事随便听听。直到有一天晚上，我做了一个极不妥的梦。梦境的构成如果有公式，那大概是被压抑的欲望与假装的满足按照某些不均衡的比例混合，加上若干从记忆深处散落出来的碎片调制而成。在那个湿润的梦里，我和独臂先生在船上彻夜缠绵，甲板坚硬冰凉，船帆却一直在头顶震颤，发出风的呼喊声。梦醒后，我只记得他的左臂十分粗壮，力气极大，像是上天把右臂的力气都叠加在了左边。我不知道是不是因为这个让我心动又羞愧的梦的存在，让我不自觉对他的事迹多了几分关切，后来我才发现，他不仅很少说谎，而且相比起他的事迹，他本人已算是相当谦逊了。他在岛城的名气很大，因在家中排行第四，航海界称他为船痴老四，据说曾独臂驾驶着单桅帆船环游过整个中国海，从山东出发，向北到了盘锦后返回，一路向南直到广西，然后折返，到达福建以后，在泉州城外一个叫作山霞的小镇靠岸，才总算完成这次远航，时间长达数月，除了停靠港口城市补给的时候以外，吃喝几乎全在船上，这事在电视台和报纸上也有过报道。在知道这些消息之后，我对这个健硕、机敏的男人的印象大有改观，甚至在想起那个淫猥的梦时，心里的内疚和自责也减轻了不少，于是往后同他的交谈也逐渐多了起来，他每次来酒吧，我总要和他打个招呼。他这一年以来都没怎么出海。有人问过他原因，他说，在等一个赞助商。他说出海航行需要不少钱，之前已经把积蓄花得差不多了，那样的航行纯粹为了追寻梦想。而如今他还想再出去，则需要得到一个品牌的赞助，这样他可以把那个品牌的巨大商标印在船帆上，沿着海岸线在各地航行。驾着帆船巡游不是一件容易的事，独自巡游更是困难，在海上他会遇到无数的麻烦，并在深夜面对无边的孤独。更何况他还是一个独臂的人。这件事会得到一些媒体的关注而获得曝光度，他自己则可以得到一些钱。

"这是一桩不错的生意，一定会有人给你那笔钱的。"我真心地对他说。

"是的，从我家族的基因来看，我一定是幸运的那一个。"

"我倒是第一次听说，好运气和家族基因有关系。"

"我很少跟人谈到关于我家族的事情，但假如你足够了解它的来龙去脉，就一定会确信它所言非虚。"

"您祖上是哪位先贤？"我调侃道。

"不不，恰恰相反，我可以追溯的先祖一共也没有几辈，并且几乎全是不起眼的人。不过要把这件事说清楚，非得把我的族谱拿来不可，否则我很难条理清晰地把故事讲完，你也定然会怀疑它的真实性。假如你明天还来的话，我会把它带来。"

他是一个较真的人，我之前从未想过有人会为了把自己的故事讲明白，而将族谱拿来给别人看，我一直认为那是一个很有仪式感但普通人很少会接触的东西。这次我同样没有太当回事，只是顺着他的话打了个哈哈。然而我确实毫不怀疑他是一个幸运的人，我在帆船学院教授理论课程，虽然我没有那样丰富的航船经历，但我清楚那样的远航没有足够的运气是很难实现的，对我来说那几乎就是一个奇迹，他独自能在这样的航行里活下来，这绝对有好运的成分，而且比重不小。到了第二天，他果然把族谱带来的时候，我才想起这件事，然后接过他的族谱看了看，才发现这和我印象中的族谱确实不一样。这族谱不像别人家的那般，追溯到几百甚至数千年前的某位先祖，这先祖一般都是皇亲国戚或者某地的名门望族、高官名流、才子大贤，才有足够的家世支撑，被后人记住、血脉相传、开枝散叶；有些族谱厚重得像是一部史书，有些族谱则分为很多部，其后人早已遍布各省，各有需要一座宗庙祠堂才可以承载。他的这族谱只有寥寥几页，装帧得就像一份小提琴乐谱，最离奇的是，从家族的先祖（也就是族谱上排在各个分支上的第一人）的生平简介里，可以看出他是从海外回来的。

"你们家族还是海归？"我问，把族谱递还给他，我不太好意思仔细翻阅，担心冒犯对方。

"是的，严格来讲，几乎可以算是中国最早的一批海归之一了，那时候还是清朝。"他说。

"你不是说你来自山里吗？"

"没错，这正是奇妙之处。"他笑着说道。

"说来听听。"我来了兴趣，"晚饭想吃点什么？"

我请了他一箱啤酒，又准备点几个小菜。

"我不吃鱼，以及所有的海鲜。"他说，"别的随便点。"

我很纳闷，一个在海上漂泊的人竟然不吃海鲜。

"在海里吃得太多了，有些反胃，航行的时候总是在海里抓鱼，浅海的时候会抓一些螃蟹，有时候甚至从船底抠一些寄生的牡蛎来吃，当用来煮饭的燃料用完的时候，就那样生吃，一切都是为了生存。所以在岸上的时候，我只吃岸上吃的东西，当然还得喝些酒，那使我觉得活着有足够的意义。还是聊那个故事吧。"

说完这些，老四从窗户望向大海，开始回忆那个遥远的故事，我则让周先生从旁边的餐馆端来一份烤排骨、一碟糖蒜，以及一大盘驴肉饺子。

1749 年，一艘来自大不列颠的军舰在南亚与西班牙的海盗发生海战之后，船身受了些损伤，摇摇晃晃地来到澳门，想要在这里补给一下船上已经完全耗竭的生活物资和药品。那时候澳门被清政府租借给了葡萄牙人，在闭关锁国的政策之下，除了广州以外的绝大部分海域是不对外开放的，即便是葡萄牙总督，由于身在清朝的土地，在接待英国人之前，还得事先向两广总督申请批准才行，因此，这艘叫作"百夫长"号的战船一直没有获准靠岸。英国船长安森不得不离开军舰，随葡萄牙总督派遣的办事员坐小船前往广州办理手续。两人到达广州港以后，那位办事员就因为犯了痢疾，无法再跟着安森继续走了。这时候，安森就迫切需要一个懂英语的本地人来给自己做翻译。那时会英语的中国人极少，直到他在大街上拿出装金币的袋子，举过头顶晃了晃，发出清脆的声音，加上他洋人的面孔，这才引起了一些路人的注意。莫先生就是这时候过来应征的。他原先是皮革商人家的次子，他们一家都是福建泉州人，他从小便跟着父亲来广州做生意，由于少时在学堂里有个同学的父亲在洋行里当差，他就跟着在洋行周边混，那里整日有不少洋人来来往往，因而学了一口不太标准的外语。本来他正在学习父亲作坊里制作皮革的手艺，可是几年后，他家里犯事、生意失败，父亲坐了牢，平日喧闹的人们都散了，自己就开始在商馆街周围游荡，在本国商人和外国人之间做掮客，赚些银子糊口，这个时候他才十六七岁。

　　这时候的莫先生还不知道自己和船长安森的结识，会完全改变自己的人生轨迹，就像人们已经不知道他后来是如何幸运地帮助安森办好手续，成功让船员们获得充足的补给，又跟着船长安森上了"百夫长"号，并顺利返回英国。在船长的引荐下，他在英国登记得到了劳务居住许可，但苦于没有稳定的谋生出路，差点在异国他乡沦为乞丐。直到一个月后，英国皇家海军的辅助舰队试图在朴次茅斯港征召一些雇佣军作为后备兵，他才凭着在"百夫长"号上的经历当了一名水兵，次年跟着英国皇家舰队去到北美大陆——那时的北美十三州还是英国的殖民地。他所在的那支小舰队一共三艘双桅快帆船和一艘三级战列舰，他们被分派到加勒比海附近巡逻，以保护英国商船免受藏匿在牙买加和背风群岛的海盗侵扰。这支舰队的火力不算强大，但足以击溃任何遇到的海盗，因此他们获得了不错的战绩，莫先生，按照不确切的记载，此时他已经更名为摩里森，因为作战英勇，还获得了准尉的军衔。然而就是这一年的末尾，他们在海上偶遇了正和英国开战的法国舰队，那是一支法国的主力舰队，拥有两艘三层甲板的"皇家路易"级重型战列舰，它们各自拥有一百零九门侧舷舰炮，以及十余艘各级别的护卫舰。毫无悬念地，摩里森所在舰队的旗舰被击沉，三艘双桅快帆船只剩下一艘仓皇地脱离战场——就是摩里森所在的那艘，船的左翼挨了一炮，十几人战死，其中包括他最好的朋友多尼，而他本人毫发无伤。那只船经过古巴的哈瓦那，遭到西班牙人的驱逐，最终向南逃到格林纳达的圣乔治港。英国人驻当地的长官，也是一位经营着巨大肉豆蔻庄园的领主，他是一名难得的宽仁的总督，他听说这件事，并没有把他们当作逃兵，反倒是接受了摩里森他们，并派人把他们送回了北美大陆。由于法国人正短暂地统治着海域，他们只能从陆路出发，穿过整个中美洲闷热的密林，前往美国南部的路易斯安那。许多人在途中感染瘟疫或被毒虫攻击，命丧雨林；摩里森尽管同样染上热病，并且上吐下泻瘦了将近二十斤，但最终还是活着到达了目的地。他被英国军队重新分配到北方的波士顿，那之后的日子里，摩里森准尉一直驻扎在波士顿，直到退役。假如多次大难不死是莫先生幸运人生的佐证的话，那么他到达美国之后的生涯则像是开启了加速器一般，把幸运星这个光环无限放大。那时候大概是 1767 年，他从部队领了一笔不多的退休金之后，便离开波士顿，前往费城郊外一座名为纽伯里的小镇。

此时的摩里森先生已经三十四岁了，他之所以要去这座小镇，是因为他在海军服役时认识的一位至交战友，他名叫多尼，腰杆挺拔，刚猛无畏，长得非常帅气，可惜当年海战中那颗炮弹正好落在他左腿处，他同木板一道被炸得四分五裂。摩里森回想几年前，两人在甲板上巡逻时，多尼曾对他说，自己虽然是一个英国人，但几年前在北美大陆驻防的时候，曾娶了一位漂亮的印第安姑娘，他们定居在纽伯里镇，假如他在战争中牺牲了，那么就请摩里森去那个小镇，帮忙照顾他的妻子。假如按照中国人的思维，照顾死去战友妻子的方法绝不包含娶她为妻；而美国人似乎并不这么想。当摩里森到达纽伯里时，他已经一贫如洗，像个流浪汉一般，衣衫破烂，身上的财物只有从经过的农田里捡来的一根橡木长棍。他询问镇上的人以后，来到战友的屋子前，见了那位姑娘，她叫雅万塔。此时他发现了两件事，第一，这位朋友的妻子远比他想象的要富有许多，这座三层高的小洋楼带着一个华丽的别院，种有很多的花草，还有几名仆人打理着这一切；同时这位姑娘继承了她酋长父亲的产业，名下有一座杜松子酒厂和一座锡矿场。第二，这位姑娘远没有他想象中那么美丽，她皮肤黝黑，身材瘦弱，头发也略显干枯。但她很善良，听闻摩里森的来历之后，才确信出海后一直未归的丈夫沃特森果然是阵亡了。她想起几年前死去的丈夫，忍不住又哭了一阵，她收留了穷困潦倒的摩里森，并且在三个月后嫁给了他。镇上的青年，尤其是男青年们得知这个消息，都十分不理解，其中有两个人这几年一直在追求雅万塔，但她心里知道，那些人并不是因为真心爱上了自己这个相貌平平的寡妇，只是惦念着她家的财产。那些人也同样没想到，正是因为他们的骚扰，使雅万塔不胜其烦，才暗自想要找一个靠谱的人结婚，以断绝他们的念想。摩里森的到来，不仅抚慰了她的内心，还时常给她讲他和她丈夫一起战斗的故事，雅万塔在听的时候总是流泪，但在接触中逐渐爱上了这个忠厚老实的黄皮肤男人——和她有着接近的肤色也是他们相爱的重要因素。于是，摩里森就成了这位富家小姐的上门女婿，两人在街上买下一个明亮宽敞的铺面，摩里森拾起当年父亲的手艺，做起了皮革生意。雅万塔是个很有耐心的妻子，摩里森也是个勤快的人，按理说他们的生意应该做得不错，但事与愿违，自从和雅万塔结了婚，这个异种人就成了镇上男性的公敌，人们不仅联合起来抵制他，还有人故意到店里来捣乱。那时候大多数人都没有见过中国人，只有个别去过印度的人把他当作印度人，他们中很多人起初是瞧不上他的，再加上妻子作为印第安人，在当地的地位也不怎么高，所以他俩结合以后，共同成为许多人嘲讽的对象。不过，在摩里森看来，那些人不过是嫉妒他没有经过个人努力就得到大量的财富而已，他皮革的供货对象主要是费城做高档皮具的商家，而不是镇上的居民，所以他对此也没有太在意。他没有想到的是，时下的大环境却变得越来越复杂。当时英国在和法国、西班牙、普鲁士等国家争夺殖民地控制权的七年战争当中元气大伤，于是加紧了对北美殖民地的剥削，对各行业加征重税的同时还要提高对殖民地的贷款利率，并延长服兵役的时间。此举引起了殖民地人民的强烈反对，有一些大庄园主畜养的步枪队甚至开始公开和英国的征税官发生武装冲突。英国国会得知此事，立即派遣军队进行镇压，这也使得殖民地人民和英国人的关系彻底破裂，局势愈发混乱。

嗅到不安气息的摩里森认为，现在绝对不是做生意的好时机，于是默默关掉了皮革店，还一口气变卖了那套漂亮的庄园以及酒厂、锡矿，把它们全都换成黄金，带着妻子回到了他熟悉的波士顿，花部分钱在那里的富人区买了一套别墅，正是在这里，雅万塔为他生下一儿一女，全家人每天生活在一起，那是一段无忧无虑的快活日子。摩里森为人谦虚谨慎，尽量不招惹任何可能给他带来麻烦的事情，希望小家庭能得以平静地度过乱世，然而时代的洪流裹挟一切，哪里是平民可以躲过去的。1773 年，正是在摩利森所居住的城市，发生了震撼全世界的波士顿倾茶事件，正是这件事引发了两年后的美国独立战争。在这个震荡不安的时期，所有的货币飞速贬值，工业和商业都受到了巨大冲击，不过已经把资产全部变成黄金的摩里森没有受到任何影响，他就这样幸运地帮助雅万塔保住了所有财产。

　　与此同时，有一天他突然发现，由于居住的地方是波士顿有名的富人区，社区里住着各路名流，尤其是他隔壁的邻居，绝不是一个普通人，他的名字叫作约翰·汉考克，是的，正是那个在日后的独立宣言上第一个签字的人，是美国的开国元勋之一。当然，此时摩里森还不知道汉考克会成为那样的人物，只知道他不仅非常有钱，而且声名在外，才华横溢。这样的邻居让摩里森敬重不已，经常带着礼物去拜访他。约翰·汉考克每次也都客气地接待，然后用一些古朴华丽的辞藻向他致意。作为一个小学没有毕业的中国人，尽管他在英语的环境下生存了多年，但接触的大多是文化程度同样不高的一群人；像汉考克这样高深的学问，他从未领教过，对于这些上流人士的语言，摩里森虽然无法理解，却也扬扬得意起来。直到有一天，他把这些话学给一个朋友听后，他才明白，原来汉考克是在文雅地表示，我们这种为国奔波的精英人士，是不会跟你这种无所事事的土老帽产生友谊的，望您自重，不要再来打扰我了。得知真相的摩里森只能知趣地不再过去叨扰。这件事也引起了摩里森的思考，他想要在这里实现社会价值，就必须为大家做些什么，于是他来到当地管理部门，提出申请，希望能得到一份高尚正派的职业。负责面试的管理员在得知摩里森的来意后，给他安排一件差事，负责追逐周围森林里的鹿群，并在地图上标记出来，以便当局进行管理。摩里森领命后，回家买了一匹好马，带着地图和猎枪就进了森林，搜索了三天三夜毫无收获。回家后，疲惫不堪的摩里森向市民打听，这才了解到，波士顿已经十几年没有鹿群出没了。他在恍惚中才慢慢省悟，这些人是把他这个文化不高的中国小商人当成戏耍的对象。摩里森没有想过一定要为美国政府做些什么，但他和他的家庭生存在那个环境之中，的确有着证明自己社会价值的需求，以被周边的人所接纳。不知道从何做起的摩里森想到一个不太体面的办法，那便是暗地里跟踪汉考克，看看他平时都做什么，然后自己或许可以跟着这位名士学一学他的风骨和言行。

他的这种追踪行为一共持续了十几天，他看着汉考克每天出游，接见各州来的朋友，或者就是整天整天地开会，在会上，许多人吵成一片。摩里森很难理解这些事情的意义，不过有一天，他听到会上汉考克说了一句话，大概意思是：作为大陆会议的一员，我有责任为了正义的事业认购这些大陆货币，哪怕提升一点民众的信心也好。正是这句话，让摩里森回家以后反复揣摩，并且做了一个惊人的决定，他要把所有资产变卖，全部用来购买大陆货币。雅万塔虽然不理解丈夫这样做的目的，但仍然选择了相信摩里森。他不仅把黄金全部折现，全部用来购买大陆货币，还把豪宅卖掉，拉着一马车的大陆货币回到纽伯里小镇，并在那里租了一所小屋住下。

看到摩里森用拖拉机拉着成堆大陆货币回来的镇民们，无不被他这番荒唐的行为所震撼。

"还有三车，都存放在原先那个屋子里，房子的新主人没有要求我立即搬走，我过几天再去慢慢拉回来。那真是个好人。"摩里森则拍了拍尘土说。

在他们眼中，这种纸币如同废纸一般，不仅通货膨胀极其严重，而且流通性很低。作为大陆会议发行的货币，它或许连存在的意义都快没有了。那时候被源源不断前来镇压的、装备精良的英军打得找不着北的大陆联军，他们自己都没有必胜的信心，更别说老百姓了。许多人只是象征性地购买一点大陆货币，以表示对独立战争的支持，心里从来没有把它当作一种真正的货币进行流通。或许汉考克会收购一些大陆货币，只是作为领导者的一种姿态。但摩里森显然领悟不到这一层。

自从回了纽伯里之后，摩里森经常到酒吧里去喝酒，大家都知道他的光辉事迹，很多人拿这件事来调侃他，甚至有人提出要把自己手里的大陆货币卖给他。

"这种面值五十美元的，我一美元就卖给你，你可赚大发了，朋友。"那位酒量堪比鲸鱼的胖子说。

周围一片窃窃私语和嘲笑声。

"我当然要买，先生，但是我顶多出这个价格二十分之一。五美分，足够您去买一份报纸，然后报纸上的消息会告诉你，您这张五十美元的钞票还买不到那张报纸。我是已经走了这条路，只能一直走到黑了。您瞧瞧，那些好先生还在笑话我呢。"

"哦当然，假如你执意要买那些纸——我的意思是那些钱，我可以善意地让步，我父亲是个有理想的人，这块大陆忠诚的老狗，他买了很多这个东西，现在可以说一分不值。我这就回去把它们都拿给你。"

摩里森不仅表示同意，而且还和大家说，假如有谁愿意把手里的大陆货币卖给他，他都愿意收下来。这个消息传出去，处在独立战争即将失败的阴影之下的整个小镇，所有人都把大陆货币卖给了摩里森，还有善于投机的人去其他地方低价收来，然后用略微高一点点的价格卖给他，赚个辛苦钱。总的来说，摩里森用面值几百分之一到八十分之一不等的价格购买大陆货币，具体买了多少，除了他自己以外没有任何人知道，人们都知道他把那些钱放在谷仓里，每过些时日就拉出来晒一晒太阳，以免受潮和长虫，还要提防家里调皮的儿子把它们当作废纸烧着玩。尽管人人知道它们的所在，但是没有任何人去偷过那些钱，大家也渐渐忘了这回事，所有人（包括摩里森一家）都过着同样清贫的日子，人们只在偶然中才会记得有个不知深浅的上门女婿败光了女家所有的财产，一夜之间变成了穷光蛋。

这样的生活到了独立战争胜利以后，约翰·汉考克因为功勋卓著，当选为马萨诸塞州的州长，还兼任着国会议员，他在议会中呼吁：为补偿和奖励那些在独立战争中购买大陆货币的民众，联邦政府将以票面的原面值一比一兑现大陆货币。这条法案最终得到支持。作为购买大户，汉考克此举当然主要也可以为自己争得利益，这无可厚非，对于其他的购买者来说也是很好的消息，对于那些丢弃或者出售了大陆货币的人来说，则是巨大的打击——尤其是纽伯里镇的居民们。

此时的摩里森，把所有的大陆货币拿去联邦银行，换回了新版的、有政府公信力的美元。他大致算了算，他在这次匪夷所思的好运中，赚得了七百五十倍左右的利润。这还是因为在寒冬的时候，雅万塔总是拿出一些纸币点燃，用来给壁炉里的木头生火，这样她就不用去买引火用的硝石。

一个乡镇的小资本家，一跃成为完成原始积累的大富豪，摩里森一战封神，再也没有人敢嘲笑他，或许他头脑不聪明，也没有过人的才干，但他的好运似乎成为一种硬实力。这一切似乎无法解释，他的妻子雅万塔开始跪拜上帝，而摩里森却用一己之力让全镇的人都对自己的信仰产生了怀疑。至于摩里森本人，他始终是一个无神论者。这不是源于他足够坚定或者足够疏离，只是因为他并不聪颖的头脑很难记住和把握那些艰深的奥义。他不亵渎任何东西，也不靠近它。

发财以后的摩里森没有离开纽伯里小镇，但在海边的新泽西州开了一家公司，他买了两艘远洋货轮，招募船员，在美国东海岸做起了远洋贸易，他非常感谢雅万塔，因为她不仅给予了他无限大的信任，还独自抚养着两个孩子，所以给两艘船都取名为"雅万塔"号，分别是"雅万塔一号"和"雅万塔二号"。有了船以后，年过中年的摩里森飞速地发胖，整个人像气球鼓了起来，但是这丝毫不影响他在船上每天都要喝酒到人事不省的习惯，更丝毫不影响他无与伦比的好运气。他儿子问他，为什么一出海，他就要喝那么多酒，他说，海上风浪太大，现在年纪大了，不像年轻的时候，现在他离港没多久就会晕船，吐得到处都是。只有喝醉了，才不会晕船。他曾经在美国进了满满两船暖床器，这个东西类似于中国古代的暖手炉，在里面放一块烧红的炭，就可以抱着它取暖。这个器物外观精美，质量很好。没想到的是，摩里森恍惚中竟然指挥错了方向，把两艘船开到了西印度群岛的海地岛，那里是热带，终年高温，这些取暖用的货物原本没有理由能卖掉，摩里森注定亏上一笔。可当地有巨大的甘蔗种植园，有规模庞大的糖厂，糖厂的老板们发现这个器物的形状特别适合用来撇去糖浆表面的浮沫，于是把它们都买了下来。船在返程的时候，摩里森总算从宿醉中清醒了一些，命令船在波多黎各靠岸补给，并从当地棉花工厂那里买了许多棉手套，接着继续向北回家。出人意料的是，船经过巴哈马群岛时，遇到一批刚卖完货的葡萄牙人，他们正准备前往寒冷的西伯利亚采购珍贵的北极熊皮，但他们不想空着手去，也想带些可以卖给俄罗斯人的商品过去，因此摩里森把这批棉手套立即全部卖给了他们，不到十天时间内就又转手赚了一笔。

临走前，有个当地人来到船上，说城里现在猫特别多，这里的人有信仰，不能随意杀猫，可是这些流浪的猫肆意杂交，骚扰居民，已经让人们苦不堪言。市长说，假如他们能把这些猫带走，在他们经过的某个无人岛上，把它们放生，那么市政府愿意给他们一笔钱。摩里森欣然同意，随后绕道前往古巴，准备在那里采购一些雪茄回国销售。船到了哈瓦那，摩里森如愿买到了质量上乘的几十箱雪茄，而当地人在听说他的船上有猫时，兴冲冲地来船上把他所有的猫都买走了。城里此时正在闹鼠患，市民们用了各种办法都无计可施，尤其是那些仓库老板，大多损失惨重，他们每人至少向他买了三只猫，还欢呼着送了他一些朗姆酒，供他回城的时候饮用。这样一来，摩里森的船解决了一地的猫患，又解决了另一地的鼠患，把好运带给各处，收了双方的钱，还得到原汁原味的美酒。他回国以后，那些古巴雪茄很快被经销商们哄抢一空，卖出了很高的价格。这一次意外的航行，一个醉醺醺的船长，竟然换回了满满的黄金，镇上的商人们实在太不服气了，即便事实摆在眼前，他们也很难相信一个人会有这样的好运。

于是他们聚集起来商量之后，准备向摩里森提出一个赌注。

"我们会免费送给你两船煤炭，我会告诉你它们的成本。假如你能够把这一船煤卖到纽卡斯尔去，那么赚到的所有利润都归你；假如你亏了钱，就要把亏掉的部分十倍赔给我们。

一个聪明人当然不会接受这个挑战，因为按照这些商人的算计，他们是绝不会赔本的；而摩里森则需要承担风险。这还不算，纽卡斯尔是英国著名的工业区和产煤区，要把煤炭卖给他们，还得赚钱，这简直是不可能完成的任务。摩里森想都没想，当场接受这个赌注。商人们开始窃喜起来，终于有机会看到摩里森出丑了。

他们的喜悦持续了不到一个月。就在摩里森起航以后的两周，报纸上刊登了从英国传来的消息，纽卡斯尔的矿工们因福利待遇问题举行集会，宣布将进行长期罢工，当地工厂煤炭供应陷入严重短缺。看到这个消息，所有人都目瞪口呆，他们知道自己已经输了。

又过了些时日，摩里森带着丰厚的利润回来，看着萎靡不振的镇民们，他露出了笑容。不过他并没有像年轻时那样扬扬得意，而是把这次出海的利润分给了所有参加赌注的人，感谢他们提供煤炭和赌约，才有了他这一次赚钱的机会。

自此，方圆百里再无人怀疑摩里森的运气和实力。摩里森此时有了大量钱财，终于有机会实现年轻时想要实现社会价值的愿望。他一直认为，自己虽然文化不高，但一直有着被人忽视的诸多品格加持，而不是纯靠好运，不过他自己也承认，他的好运是起到关键作用的那部分。他出钱给镇上修公路，兴办医院和学校，还成立了一座巨大的图书馆。他经常帮助那些需要帮助的家庭，资助了很多贫穷的小孩，俨然已成为纽伯里镇的灵魂人物。后来画家免费来给他画像，还给他的家族设计家徽——这是欧洲古代贵族才有的待遇，因此镇上的人们也给他取了一个雅号"the Lord X"，也就是摩里森勋爵。被民间封为勋爵以后，他的生活并不奢靡，他的家人谨守着低调、沉稳的家风，就这样平静地生活着，多年以后，年迈的摩里森勋爵去世，雅万塔不久也陪着他去了另一个世界。他们的孩子此时已经长大，最终离开了纽伯里，搬到了更大的城市里去闯生活。他们开枝散叶，但是都生活在美国的东海岸，其中有的做了医生，有的继续做商人，有的当了画家，有的则成为最早闯荡纽约的华人，在当地加入了黑帮，不过这一支后来再也没了消息。他们的生涯缺乏详细的记载和传述，但据说他们大都没有继承父亲的好运，只有那位医生一路做到了市长的职位；隔了几代以后，那种好运的遗留更是变得很不稳定，虽然偶尔生效，有些人非常幸运，但有的后人却是十足的倒霉蛋，那些遥远的事迹几乎成为一种传说，在坊间奇谈里面流传。

"我想问一下，既然他们在那边发展得不错，那您的这些先祖是因为什么回国的呢？"我好奇地问老四。

"先祖？你说摩里森勋爵？哈哈，他可不是我的先祖。"

"那……"

"你再看看，没关系，你仔细看。"他又把族谱递给了我。

我认真看了看，先祖的名字果然不是摩里森，也不是莫先生，而是姓陈，他们这是陈家的一支。而在他族谱分支的旁边，有一个外国人的名字，上面写着"摩里森勋爵及其家族后人"。

"哦对，你们家是姓陈。不过我不是很明白这个意思。"

"他们家族是我家的恩人，大恩人，族谱里我们这支陈家的先祖就是他救回来的，所以我们把他们写进了族谱，就像再生父母一般。"

"哦？"

"这位叫陈思华的人，我的先祖。"他指了指最顶上那个人，"他是一个十九世纪被卖到美国去修铁路的劳工。他很小就被卖去了，甚至已经忘了父母叫什么名字，所以祖籍从这里就断掉了，只知道是那座山里的人。"

"按照您的意思，我猜测您祖父和这位莫先生是在美国认识的。"

"准确地说是他的后人。我的先祖去美国是一八七几年，具体哪年已经说不清楚，但那时候莫先生已经去世好几十年了。"

那个叫陈浮（据说是在回国的船上才改名为思华）的孩子，仅仅十岁时，被人贩子从山西省拐卖到福建，在福州被一家染坊买下，安排他在院里做苦工。从现在的说法推算，那大概是第一次鸦片战争之后的几年。十四岁时，他又毫无缘由地被主家卖掉，在茫然不知目的地的情况下，被扔上了开往美国旧金山的货船，挤在逼仄、脏乱不堪的底层货舱里哆哆嗦嗦，不知道第二天的馒头在哪里。那些船员会把他们吃剩下的硬面包边和濒于变质边缘的牛奶给他们吃。就这样熬到了上岸，他们中很多人还是第一次听说阿美利卡这个地方。所有人一到港口，就被英文写着"联合太平洋铁路公司"的大马车装走了。由于绝大部分中国劳工不懂英语，他们根本无法和当地人交流，只能跟着领头的那个叫阿波的华人走，只有他一个人会英语，而且能和美国人说上话。所有关于这里的事情都是阿波的人告诉他们的，他说，大家这是要去修铁路。

由于在国内的时候，陈浮就是给主家当牛做马、任人差遣的角色，因此他被卖到美国以后，倒也没有什么不适应，只是离乡孤独无依的情思倒是有的。这些被卖到美国的劳工都没上过学，对地理、海洋的知识没有概念，压根不知道什么太平洋、北美洲之类的名词，只知道这里是洋人老窝；也不知道有什么合同契约之类的东西，只当是自己被洋人买来做苦力，实际上早有中间人替他们签了契约，还一直扣押着原本属于他们的工钱，对这些事情，阿波是知道一些的，但他自然不能告诉这些劳工。他每天去美国派来的项目经理那里报到，然后就带着大家上工，他们的工作是修铁路，也就是后来举世闻名的那条横跨北美大陆的铁路，第一次把美国的东西海岸连接起来，太平洋和大西洋终于有了陆地上的连接。对于那些中国劳工来说，他们自然不知道自己参与在怎样伟大的工程里面，他们分成几个小组，一些人负责在工程师的指挥下铲平道路，一些则负责把杉木或者马尾松木锯成均匀的长条状，用作枕木，再把它们用驴车拉到工地，然后把枕木铺在路基上，最后那组人则合力把沉重的铁轨抬到枕木上铺好，工程师检查确认铁轨与地面的角度和铁轨之间的距离后，他们再用拇指粗的螺栓把它们钉在枕木上。由于年纪尚小，陈浮被分在了相对轻松的枕木组。整条铁路有很多很多队伍分不同的路段同时施工，他们这支队伍，每天要修三分之一英里，晚上吃点罐头和面包，在简易工棚里睡一觉，第二天起来继续工作。这还是在平原上的时候，假如铁路修进了深山或山谷中，则需要逢山开路，遇水架桥，而最为痛苦的莫过于修筑隧道。陈浮在铁路上干了四年，有很多工友死在各种各样的意外事故当中，大多数人被就地掩埋，如今早已不知姓名、尸骨无踪。在这种日复一日高强度、疲乏的工作磨砺下，陈浮长得强健异常，但实际上身体也落下了病根。其中比较特别的是脱发症，陈浮在不到二十岁的时候，头发就掉光了，不光是头发，他身上所有部位的毛发都掉得干干净净，包括眉毛等等，像是肥沃的土壤上颗粒无收。他的样子滑稽极了。他们队伍里还有一个人症状和他一模一样，那个人就是阿波。可阿波不知什么原因，有一天突然被一个带枪的管事给私下枪毙了，扔到山崖下面再无踪影。

假如他人生像这样继续下去，可能他也会死在那个遥远国度某座不知名的山里，那么也就不会有我，以及我今天给你讲的这个故事。他的生活开始变得更糟。掌握着他劳动合同的那个工头，把他和另外二十九个不太能干的劳工一起打包转卖给了一个矿场的老板，然后他们去了赫姆洛金矿。那是一座规模很大、产量很高但是环境堪称地狱的一个地方。那是一个巨大的漏斗形露天大坑，完全由人类从山脉中挖下去，围绕在大坑的周围，全是一圈又一圈的羊肠小道，盘旋着下到最底部，那些便是矿工们每天工作的地方——把含有黄金的矿石从石壁上凿下来，然后背回到地面上。那些路也是由他们凿出来的，随着人类的贪心而越来越深。

陈浮望着脚下那个满是矿灰和瘴气的深坑，一言不发，他很少说话，在这个地方也很少有人听他说话，所有人都已经在劳作中变得沉默而隐忍，更是从来没思考过关于未来的问题。但他记得，阿波曾经用手指指着一个方向，跟他说，那里就是大清国，是家乡的方向。有时候，他会在疲惫的梦中想起母亲模糊的面容，父亲瘦骨嶙峋，身上凋落的破布勉强遮住一些必须遮住的地方，他一定没吃过他在这里吃过的罐头，尽管这在本地是没人爱吃的垃圾食品；也会想起曾经上过的坟，他的奶奶就埋在泥土做的院墙的后面那座山上。爷爷死在了别的地方。那里的人总是死在各种地方，他们一点也不觉得奇怪，在麻木的环境下睁着麻木的眼睛。

尽管那片土地一贫如洗，大家都过得不好，但他还是想回去，因此他时常默默流泪。可是一个无名劳工的泪水有任何价值吗？当然没有。他确信自己是要死在这个大坑里了。这里面之前有多少个人死过，他也不知道，他们本就是被带来送死的，死之前可以给资本家带去几篓金矿石，那些矿石经过冶炼、熔化，最后炼出的金子一定不会比他的骨灰更重。所以矿场老板不会给他支付多少报酬。一切东西都是有价格的。

他们来的第一天就被拉去干活，拿着来复枪的监工随时在坑口巡视着。这里比铁路公司的待遇差实在太多了，每天只有几块发黑的硬面包充饥，晚上三十个人一起挤在十几平方米的木屋里，山里的夜风一吹，所有人都冻得咬牙切齿。很快就死了一个人，那些监工把他的尸体带走了，不知道埋在什么地方。有一个中年人，不知是长年营养不良还是牙齿咬得太用力，一口硬汉的钢牙竟然咬得稀碎，随之是钻心地疼，连面包也只能用水泡软了再吃。没过多久，陈浮就病了。病因并不明确，因为实在有太多种可能的原因可以令他倒下。老摩里森先生的后人之一，家族中出名的倒霉蛋——布莱特·摩里森先生这时候出现在了他们面前。他掏出几块钱贿赂监工，以便让他同意他和工友们讲讲话。

由于摩里森与印第安人雅万塔生的儿子和一位白人姑娘成了婚，后代也多是与本地白人结婚，所以几代之后，由于血缘的稀释，他们汉族人的特征已经很难从外貌上看出来了。所以当他说他祖上是一位中国人时，工人们起初都只是把他当作又一个夸夸其谈的白人而已。但是这位摩里森先生会说中文，并且愿意和这些一无所有的劳工说话，还是得到部分劳工的注意，就算他是坏人，但他们的处境还能更坏到什么程度呢？于是劳工们选择听一下他的来意。这时候围拢了十几个人，全都衣衫破烂，眼睛和耳朵里都是灰尘。

　　他把一张一个月前的报纸拿给大家看，并翻译着上面的内容，其中有一条标题写着《遣返华人劳工——来自东海岸的摩里森家族后裔发起拯救行动》。由于大多数人文化水平极低，一开始人们还不太明白这句书面语的意思，布莱特耐心地解释着，他是从东边漂泊过来的一个生意人，在路上遇到了许多在美国没有得到人权保护的中国劳工。看到他们如此艰难的处境，他很难过，出于善意，他试图帮助他们。他上个月刚在科罗拉多地区赎出了七十几名中国劳工，他们已经获得自由，大部分人选择启程回国，少部分希望留下来的人，他也进行了小小的资助，希望能支撑他们去城市里找到正常的工作，哪怕是去工厂做苦力，至少能先活下来，不至于暴尸荒野。他也没问那少部分人为什么不愿回去。

　　"很高兴遇到你们，可我的钱不多，这还是我哥哥借给我用来创业的钱。我对这片山区全然无知，我得试试运气，看怎么能帮到你们，假如能赎你们出去，那是最好不过了。"他扫了一眼所有人说道。尽管这件事情还没有能够落实，但这个陌生人的话语还是一下子感染了所有的工友，他们不知从何处出现这样一位慷慨的先生，那一刻无疑是真正的救世主降临一般，所有人都欢呼起来。此时背着沉重矿石的陈浮刚从坑下走上来，一边咳嗽一边靠近，从别人口中得知这件事，无神的眼睛只是怔怔地望着他。

布莱特当天就到办公区去找了矿主。工友们都紧张地等待着他的消息，直到很晚，他才从那里走出来，穿过一片铁丝网，来到工人们住的屋子。他脸色不好，看来谈判并不顺利。

"那个矿主很狡猾。"他说，"他似乎知道我的来意，想狠狠敲诈一笔，因此故意把每个人的赎金提高了十倍，并且丝毫不松口，少一分钱也不放人。恕我直言，他们给你们的标价不贵，本来我的钱足以赎出至少八十个兄弟——你们一共也没有那么多人，但是现在只够赎出八个。该死，我总是这么倒霉。"

他似乎很失望，现场也一片沉默，但他在离开之前还是强打精神，说了句："明天见，至少我能带走八位朋友，不是吗？这总归是好事。"

于是这一夜，所有人都无法入眠。

有八个人将离开这个地方，回到自己的家乡。而剩下的人则将继续做着这牲口不如的苦力，直到死。

这个晚上对这二十九个人来说非常关键，是命运的分水岭。以往的夜里，大家在睡前总是三三两两地聊些闲话，说说自己家乡的故事，他们来自五湖四海，说话都带着不同的口音，沦落至此，彼此依偎。而今晚像是有默契一般，所有人都陷入了长时间的沉默，没有说话。

那是金光闪闪的八个名额。回家。那是所有人现在唯一的奢望，是那个叫摩里森的人的出现，带给了大家这种原本不存在的希望，可又不是每个人都能那么幸运。这对于那个时刻的人们，是一种多么深刻的折磨和期待啊。

这个时候，有个宁波口音的小个子男人开口说："与其在这里等着，不如我们自己选出八个人来。"

"对的，那位先生一定很难选。无论挑选了我们其中哪八个人，他都会对剩下的人感到愧疚。他是如此好的一个人，我们也应该为他着想，不应该让他陷入那种境地。我们自己选好的话，那种感受会轻一些。"另一个湖北口音的人也是这个意思。

尽管大多数人仍然没说话，但稀稀拉拉几个人的附和，似乎把局面完全引到了这个方向。结果也如他们所愿，他们的确选出了八个人。陈浮不愿回想那个夜晚的情形。所有人都在用不同的办法努力说服别人，明里暗里让自己或者自己的朋友能成为那八个人之一。最终所有人都带着不甘、祝福以及妥协的复杂情绪，被最终确定的八个人也没有任何心安理得的空间，反而为将要留下的人感到伤心，至少得表现成那样。我相信有的人是真实地感到伤心的。

"这么说，您的先祖就是那八位幸运儿之一。"

"不，恰恰相反，他是第一批被排除的人。他的肺病很严重，身体虚弱。有一个人说，他可能无法熬过长途跋涉而死在路上。此话一出，大家都同意，似乎是铁律一般已经确认他必会死在路上。所以大家不愿把名额浪费在他身上。"

陈浮自知没有争辩的余地，眼神逐渐黯淡下来。除非有获得名额的人愿意让给他，那么这个病弱的人必然会成为这个矿坑吞噬的又一副躯骸。来自中国的骨骸和美国的骨骸有什么区别吗？只有大山知道。

难挨的一晚终于过去了。作为出局者，陈浮此时已经完全是看客的身份观察着这一切。他心里默念着，甚至希望这些工人能互相打起来。善良的品格此时已被完全抛于天边以外。那八个人的名额直到天亮也没有确定，其中的一些人选在人们愈发激烈的争辩中反复入局然后出局。如果说这二十九个人在过去的苦难日子里维持着一种麻木不仁的团结，在无力感中构成平衡，那么布莱特的出现则打破了这种平衡，对于陈浮来讲，随意给他希望，然后夺走，这就是一种严重的犯罪。他甚至开始恨那个人。

当然，最后结束这一切的还是我们的那位了不起的摩里森先生。天边霞光刚刚褪去的时候，还没到工人们吃晚饭的时间，他们只是刚刚回到窝棚里面暂歇，这位伟大的绅士就兴冲冲地闯了进来，他迫不及待地宣布了一个消息："我今天联系上了这个金矿的实际控制人，它的大股东，那位先生正在竞选该州的议员。尽管费了一些口舌，但我最终说服他同意接受我用原价为你们缴纳赎金，并答应在报纸上对他的善举大加宣扬，这对他在竞选中的名声或许大有益处。"工人们还在慢慢理解他的意思，他则直接宣布道：你们所有人都自由了！跟我走！

我想我不用再赘述人们那一刻的欢乐和疯狂。那之后，布莱特帮助华工们处理了手续的问题，带他们一直西行来到太平洋沿岸的圣克鲁兹港，送他们登上去厦门的轮船，还给了每个人一小笔路费。凝望着归乡的人们，布莱特的灵魂似乎也回到遥远的母国探访了一次，随后，一贫如洗的他，用仅剩的钱，在风雪中穿过北美大陆，回到了波士顿。

在布莱特·摩里森后来的传记中记载，他早年在波士顿做生意，一次接一次地失败，亏掉了所有的钱，变成一个人嫌狗厌的流浪汉。穷途末路的时候，是他的哥哥给了他一笔钱，让他到尚未完全开发的西部地区撞撞运气。他起初的想法是去西南方买个农场，雇人种植豆子和咖啡，没想到在路上就把那些钱全都花在了华工身上，他又变成了穷光蛋；而且这件善事差点还没做成，好在家传的好运基因突然显灵，使他的善举不留遗憾，让他的西行得以圆满，于是他又返回了波士顿，在他哥哥的公司里工作，直到过完一生。

但他的故事没有就此结束，摩里森家族的成员们得知此事以后，陆陆续续出手救了很多华人，就和他们的先祖摩里森勋爵一样，他们平日并没有把所有的财富全部用在享乐上，在有机会的时候，总会想办法帮助别人。据说在茫茫历史中，很少有家族可以辉煌数代而不衰落，尤其是那些靠着好运气发家的人。但莫先生的后人却一直继承着他的好运，也没有任何人会诅咒、嫉妒这个家族的好运，反倒获得了无数的真心祝福和感激。布莱特先生虽然失去了自立门户、成为农场主的机会，但是自从他回到哥哥的公司以后，哥哥的生意总是莫名其妙地能够险中得胜，逢凶化吉，于是布莱特后来也成为公司的合伙人，和他的哥哥一起活到很老才寿终正寝，这似乎才是真正的福缘和好运。这些故事听老四说起来，就像童话一样。

"你知道吗？其实老四之前环中国海，并没有花掉那么多的钱，他对自己可狠了，生活也非常节省。"我这才发现，前夫周先生原来早就坐在邻桌，安静地听着故事。他说："老四花光他所有这些年挣来的钱，在某座小镇捐建了一座学校，既教小学，又教初中。他其实早就不想再远航了，之所以想要找一个赞助商，就是想要靠自己的努力赚点钱，再扩建一座高中，为了那些孩子，他还想去别的地方也修一修。"

"怪不得你每次来，就只点一瓶啤酒，然后占着位置一坐就是大半天。真是抠门啊。"我笑着说。

本来在吃水饺的船痴老四，听到周先生揭了他的老底，不好意思地啃起他那条粗壮独臂的指甲来，这个动作让他看起来傻乎乎的。星空下的海岸静谧而温柔，明早天光初明的时候，渔歌又会从那片滩涂上面隐约地响起来。周先生不去忙酒吧的杂事，却在这里打岔。

"但愿善良的人总会有好运。"他转身去收空酒瓶的时候说。

听了这句话，作为股东的我就不去责怪他刚刚偷懒啦。这个时候已经不早了，我走出大门，一出来就是热闹的街市，男友正靠在鲜花装饰的围栏那里等我。我回头看了霓虹闪烁的招牌，上面写着"好运水手酒吧"，我突然领悟般地一笑，可能船痴老四就是因为这个才总是来我们这家店里喝酒吧。

过了很久以后，我才知道，原来船痴老四修建学校的那座小镇，正是老摩里森勋爵登上"百夫长"号以前，在福建泉州的老家，那座小镇叫山霞镇，正是老四当年结束环游的地方，那里海边的青沙上有漫天的野草。周先生还给我看了照片，上面的老四用他粗壮的独臂配合工人们搬运着巨石，他在那镇上还修了一座小公园，方便老人们遛鸟和打麻将；小公园还兼具祠堂的功能，在门口为老摩里森和布莱特·摩里森都塑了花岗岩石像，在周围种了很多树。草地里有一座石碑，上面写着：

> 曾经有一位中国人被运到遥远的地方
>
> 他再也没回来过
>
> 可他送回来另一群中国人

哦，对了，后来我正式成了好运水手酒吧的女老板，因为周先生把他那部分股份卖给了我，我就只能自己经营这个小酒馆了。

"我现在是大名鼎鼎的船痴老四的赞助人了。"他说，"而且他正在教我航海的知识，我要跟他一起去航行。"

那天我又一次见到老四，他比以前更瘦更黑了，独臂上青筋暴起，但是他精神矍铄，还是那般乐观爽朗。

"祝你们好运。记得回来。"我说。

出海告别那天，我忙店里的事，没有去送他们。到了晚上，我在窗户边静静坐下来，海风吹开我的头发，我朝着大海的方向举起了酒杯。

彗星秘密研究所

一

父亲过世以后，罗潜有条理地打点好家里的各种事宜，便住进了这里，至今已三月有余。

夜间集中洗漱的时间一过，服过了晚药，吵吵嚷嚷的人们便和往常一样，逐渐散去，各自回房间了。罗潜进了屋子，放下帘子，虚掩着门，看见付士贵又开始摆弄那台星特朗。星特朗是一个美国产的天文望远镜牌子，老付用的这一款，是橙色的镜身和黑色架子，这是老付攒着退休金买的，每天晚上都用它来看星星。

夜晚的屋子，每个角落都似涂上一层靛蓝色的新漆，尤其是屋外的海风一吹，人一下子就从白日里的热闹中安静下来了，只剩下海浪的声音不急不缓地闹腾着，但每日在这里生活，听得久了，若不故意去听，虽那声音紧紧包围着身体，却像不存在似的，从耳蜗里隐身了。这种特点是人体一种懒散的对抗机制，就像痛得久了会麻木，糖果蛋糕吃多会嫌甜腻，美人见的次数多了也会失去激情。人天生就是这么难以持久的东西，无论是肉体还是心灵。即使是在这座养老院里，依然会有那么一些人，永远都在探索更新鲜的东西。照理说，上了年纪的人，见过的事情多，人也容易疲乏，对外在事物的兴趣就像身体机能一样减退，只有那些深深放在心底的东西，日复一日、年复一年地思着、念着，久而久之就蜕化成了执念。

罗潜说不清付士贵究竟是一个探索欲望强烈的人，还是一个充满执念的人，抑或这两者兼而有之，反正自从他住进来那天便发现，付士贵每晚都要扶在窗台上，仰望天上的星星。他的样子十分专业，神情专注，若非他是一个垂暮之年的老者，罗潜几乎要认为这是一个对外太空充满期待和想象的少年。

"您今晚看到威斯特了吗，老付？"威斯特是一颗彗星的名字。

"我哪晚也没有看见威斯特，但我知道它一直在那里。"付士贵说话的时候带着浓重的上海口音，不是上海话，但他一说话人们就知道那是上海口音，因为这院里大部分都是上海和江苏的人，对这口音很熟悉。

"彗星是一直在移动的。"

"我知道，这就是我一直找不到它的原因。"

"好了，您再看一会吧，我先睡觉了。"

付士贵没有回头看他，依然扶着望远镜，缓缓地转动，看那些星星。但他的语气里还是有了些关切。

"今天怎么这么早就睡？乏了？"

"有些。三楼刘春晓的儿子前些日子说要来看她，前天应是探望的日子，可前日没来，昨日也没来；上两日还好，今天早上起她便不怎么吃东西，人没了神气，到了下午，她那层楼的护工怕她这样抻着自己，身体会出什么毛病，于是便叫了陈医生去做心理辅导，没想到她在辅导室里大哭了一阵，又跑到大厅里哭闹，把平日那股撒泼的横劲都用了出来，当着众人的面大骂她的儿子。她这么一闹不要紧，我们合唱团本就有几个老头总是跑调，被她这么一嚷嚷，排练的时候更加找不着谱了。”

“你们练得怎么样了？”

“加练的时间增加了不少，大家都很疲惫，可效果也不怎么好。”

“很难得听见你抱怨这些小事的呀。”付士贵略显惊奇。

的确，按照大家认识的罗潜来讲，他算是一个寡言少语的人，今日能一口气说出这么长一段话来，已是令人好奇。

“是的。”罗潜也发现了这一点，他于是沉默了一小会儿。他从床头柜的抽屉下面掏出一根烟来，因为养老院的房间里不准抽烟，他只得悄悄地把烟藏在抽屉下面的夹缝里，那里空间小，塞不下烟盒，他便把烟拆开来，码平了铺在那缝隙里面。每当他要抽烟时，就将抽屉拉出，往上翘起大概三十度的夹角，他便能从那里面把烟拿出一支来。他噘了噘嘴，斜着嘴角，把烟叼上，然后又起身走到窗前，和付士贵并排趴着，然后从衣服里翻出打火机，点上，望着海上夜空的星星，深深地吸了一口，然后把烟从喉咙深处不急不缓地吐向窗外。这是为了不让屋子里留下烟味。这一系列动作正如老付用望远镜看星星一样，是每晚的保留节目。他抽烟这事，是他和老付之间秘而不宣的默契。老付每晚鼾声如雷，这鼾声不是一般的响动，照护工小姐的话来讲，那是具有穿甲弹似的穿透性，无论是楼板还是墙壁，统统挡不住这声波的威力，隔壁两间屋子和楼上楼下的人，都能听到这鼾声，只是不如屋内听得真切罢了。某日午餐时，寇老太太出于同情般地问他：可还受得了？罗潜对此从不言语，此时也只轻描淡写地答了句：习惯了，没事。老付联想起老伴生前对他打鼾的抱怨和分房睡的行为，他有些感激。

“您说，儿子不来探望自己，真的是一件不可饶恕的事情吗？”罗潜一边抽烟，一边问付士贵。

“你是说刘太太啊。她也怪不容易的呀，有些人的子女过上一两个月就要来看一次，有人舍不得爸妈，三天两头就往院里跑。她儿子本就一年才来一回，这说好来，又不来，生气是肯定的呀。"

"噢。这样。"罗潜听罢没有说话，又陷入默无声息当中。他抽完烟就回到床上，打开小台灯看书。夜晚再度回到沉静。

"小伙子。"过了十几分钟，付士贵忽然问，"你有孩子吗？"

"没有。"

"那我便理解了。"

"理解什么？"

"理解你这种事事皆可置身事外的清冷脾性。"

"的确，我很难对任何事情有什么热情。"罗潜承认道。

"其实你这样的性子不太适合到这里来，我说真的。这里太冷清了，从环境到氛围，都是冷冷的，像你这样的人，在这里会变得越来越冷，直到内心里面也凉得透透的，就会对生活失去热情。"

罗潜对他的说法不置可否，因为他本身就是一个对生活没有多少热情的人。付士贵已经七十多岁了，而他只有五十二岁，其实并不是非到养老院不可的年龄，甚至是平常人尚不会到养老院来居住的年纪。他和付士贵截然不同，眼前这位老人，有一米八二的身高，且身形魁梧，每餐皆大口吃饭，像是能从平凡的饭菜里吃出人间珍馐似的，院里的活动只要是他会的，他积极参与，若是不会的，他学习的热情也很高——毕竟养老院里也不会举行任何具有过分难度的活动。除此之外，付士贵与院里大多数老人都保持着不远不近的亲密关系，尤其是那些经常打麻将的朋友。当然也有彼此不对付的，但那是少数，虽然他鼾声很大，但别人没和他睡一个房间，倒也没受那种苦，只说明他睡眠极深，每天早上起来都精气爽朗，每天晚上都能在窗前看两小时星星，这在罗潜看来是多么无聊的事！但他能一直满怀热情地坚持，这是令罗潜敬佩的地方。以上所有这些事情，罗潜都做不到。对平凡生活里的每件事都有着耐心和参与感，这不仅是对别人的尊重，更是保持自我生命热度的最好办法，这是上帝授予的独特品质。

"您说我这个性子是因为没有孩子？"

"这是我个人的看法。你有这么想过吗？"

"说实话我不太知道，我只过了没有孩子的这一生，而没有试过另一种。所以我也不太知道，假如我有孩子的话，会是怎么样的情形，会过怎样的一生。"

"明白了。"老付不再多问，他直起腰来做了几个伸展的动作，罗潜躺在床上，想了想明天要做的事情，很快睡着了。

第二天早上的闹钟还没响，罗潜已经十分清醒，隔壁床的老付打着炮声一样震耳欲聋的鼾声，他看了一眼手机，四点四十，再看看窗外，天光已有些微芒的亮度。

他摸出一根烟，下楼坐在院子里靠海一侧的石头后面抽。院墙不算矮，在院子里不太能看到外面的东西，他两眼无神地望着院里那些晨跑和早起散步的老人，院内有个花园，如今女贞已经初开，四周和中间贯穿着几条适合老人活动的、宽敞、平坦的小道，有树荫、有四季的鲜花。每季开的花并不相同，且有专人照理，从粉色的桃开到逊白的梅，途经百合、鸢尾、风铃草、荼蘼、牡丹、菊、梅。花们安稳地开过一轮，老人们便又度过一年。

看着几朵已经开了的向日葵，它们因为太阳还未升起而耷拉着脑袋。罗潜不止一次这样想，在这里度过晚年的老人是幸福的。养老院的管理，细致到就连每季的花粉都有专业的人来进行防扩散处理，就是为了预防部分老人对花粉过敏。

今日的空气如同往日一样清新，尽管罗潜是一个有烟瘾的人，长期往肺内填装烟草燃烧产生的浑浊气体，但也不妨碍他是一个香甜空气的爱好者。当他决定放弃外面那百无聊赖的虚无生活，追随父亲的脚步去一家养老院过完剩下半生的时候，他谨慎地选择了这家。他原本只想随意找一家，可他最后来到这里，是因为在网上，这家院子的宣传照实在太美了，但他活了这些年头，早已不是一个轻易相信网络照片的人，因此他亲自到这岛上来了一趟。这岛在上海与江苏交界的长江口上，和崇明岛一样是个冲积形成的岛屿，上游来的泥沙在入海口处因流速放缓而淤积，先是沙洲，时间长了，便成为岛，只是这岛远没有崇明岛那么大，甚至连它的十分之一都不到，离岸的距离也要更远一些，没什么名气，也几乎没有游客，这是它的福气。初到岛上来时，他觉得奇怪，这岛上怎么光秃秃的没有树啊，倒是满地的草，有的草就在海岸的滩涂上，海水涨潮的时候，它们便淹没在水里，随波摇摆；海水退去的时候，它们就像舍不得那咸咸的味道似的，全都向着退潮的方向伏在沙面上。登岛那里的小码头，应说原本也不是个码头，只是当地居民停渔船的小海湾；当地居民原本也不是原住民，零零散散几千余人，皆是从邻省、邻市或邻岛过来的渔民和商贩，现在已有了岛二代、三代，人口也多了起来。岛有个名字，叫洼洼岛，整个岛便是个镇，叫洼洼镇。

　　码头上没有什么设施，只是用铁板和架子搭起来一些用来泊船的小平台，每天只有一趟往返的小客船，船靠岸后，踩上去哐当哐当地响，罗潜便是从这里踏上了岛。他和船员简单地交流以后，打消了他原本的疑虑，这里的确有一座养老院，算是岛上最好的建筑，在这之前他是有些难以相信，真的有人会离开宽广的陆地，像是自我放逐般地来到这里养老的。

　　养老院在岛上一角的小土坡上。

　　"别说树，这里原本连石头都没有几块。我说的是那种大一点的石头。"成为新室友的第一天，付士贵对他说。

"您到这里多少年啦？"罗潜问他。

"十一年了呀。那时候这养老院可没这么好，你看那院子、花园、种的树，甚至连院墙边那几块大石头，全是这几年才弄起来的呀，都是从岸上运来的。以前这院很小，只住了四五十号老人、院长和几个工人，连个正式的医生都没有，却有个船工。每当有老人生了轻一点的病，院长就叫人去请镇政府旁边诊所的牛大夫过来瞧病。若是得了牛大夫瞧不了的病，那便叫一个力气大的护工，和船工一起把老人送到离岛最近的启东市医院去。"

"那可真是麻烦。"

"是的呀。不过这些年搞养老产业化，老人也越来越多，岸上有个企业，给院里投了一笔资金，还是聘请院长来管理，他是个有见地的人，努力了这些年，盖了新的小楼，雇了新的员工，总算是有了目前这幅光景。"

罗潜办理入住手续的时候，见过那院长，矮矮的、黑黑的，四十来岁，看起来很干练，像是一个以前时常出海捕鱼，被海上太阳暴晒出古铜色肌肤的岛民。

"现在涨价了。不是这几日，而是这几年和前些年比起来。"院长十分坦诚地说，"现在院里设施很舒适，房间也紧俏，您是提前一月预订才有位置。"

罗潜翻看着院长递来的养老院介绍手册，上面写着"洼洼岛养老院欢迎您"，他看了看服务项目和价格清单，的确不便宜，甚至称得上有些贵，比岸上大多数养老院都贵。他皱了皱眉头，最后还是住了下来。关于费用这件事，罗潜曾无意中听寇太太她们聊天时说过，在院里住了八年以上的老人，目前依然享受着养老院成立之初的低廉价格，但是住着和大家同样的房间，这些人大都经济条件比不上后面自愿找来的人，此时每年居住的价格已经比当初翻了四五倍，他们定是交不起，院长不舍得赶他们走，于是便按照从前的规矩收着，物价早已涨了，管理费用也高了，院里在他们身上是赔着本的，那家公司起初不愿意，但看院长把养老院经营得不错，便也默许了，于是后来人面临的价格也更加贵，才能把亏空补起来。但是现在养老院不缺客源，是否愿意交钱留下，都在于客人自己，因此价格高一点也是有人来住的。尽管如此，能排上号住进里面的人无不是心情舒畅，喜笑颜开的。

院内总是有很多培训，院长很重视员工素质的培养，一轮接着一轮的，每个专业的工作人员都要定期接受专业知识和理念的教育，而他最喜欢的是教育他自己。这几天，他去了英国，于是便由姓李的副院长负责日常的管理。

大家都不叫她副院长，都叫她李小姐。李小姐脸和身子都胖乎乎的，整个人洋溢着明朗的气息，她总是大声地笑，身上的快乐成分很有感染力。她对每个老人都很有耐心——即便是大小便失禁，总是弄得又脏又臭的老人。她以前便是这院里的护工，那时候还是个中专毕业不久的小姑娘，这么多年，老人们有来的，有离开的，还有去世的，她与许多老人一起度过了他们人生的最后岁月，见了许多生死离别，和大家的关系都很不错，付士贵尤其喜欢她。

就是这样一个活泼开朗的人儿，这几日，付士贵却总觉得她不开心。他和罗潜提过多次，这天早餐的时候，他又悄悄提起这事。罗潜蹲在那块石头后面抽完烟，又和老人们在花园里小跑起来，不同的是，其他老人总有很多话可以说，从家长里短到儿女琐事，从早到晚，大家总是有谈不完的话题，而罗潜总是一言不发。等天彻底亮了，到吃早饭的时候，罗潜和付士贵坐在一起，老付谈着他的观察结果。

"你看李小姐呀，她笑容里面藏着心事哟。"

"您是怎么看出来的？"

"具体我也说不上来，但认识她这么多年，我见了她许多事情，包括她和镇上的小伙子结婚，生小孩子，她活得简单纯粹，我就觉得她最近不一样——她笑起来总觉得带点苦的呀！"

"那您何不问问她呢？"罗潜故意说，"我帮你叫她过来。李……"

罗潜还没叫出口，付士贵有些激动，用上海土话连忙拦住他："可不好这样子的呀。人家女孩子有自己心事很正常的好哦。"

"一会接着和张大爷他们打麻将吗？"

"打的呀。你真不学？"

"不学了，学不会。"

"你到上海多少年了，连麻将都不会打。"

"还差个两三年，就快三十年了吧。以前妻子还在的时候，很讨厌打牌的人，所以不管什么牌，我全都不会。"

"哎哟，真是无聊得要死的啦。侬一会干吗去？"

"一会出去一趟。"

"又去镇上？"

"对的，烟快抽完了，出去买几包。带点儿那啥？"

"带点儿。"老付开心地笑了。

罗潜喜欢到镇子上散步，每天待在院子里，这方小小的天地说不上不好，但时间长了总让他觉得闷得慌，想要出来走走。同时他心里也知道，这看似最寻常的外出活动的自由却是院里很令人羡慕的独特权利。出于对老人的保护，儿女们大多不愿让他们在无人陪同看护的情况下独自外出，养老院的制度也明确规定了，在无家属探访接送的时候，非特殊情况不得外出，即便要出去还得向院长或者李小姐请假。"都是七八十岁的老大爷老太太们，你们出去万一在岛上有个意外，院里也负不起责任啊。"李小姐总是笑呵呵地劝说老人，但是语气里透着不容置疑。罗潜能够较为频繁地进出，一个是因为他年轻，是院里的"年轻人"，大多数人在他这个年龄都还没退休；他有着独立思考能力和行动能力，身体也算健康。另一个缘由是他既没有子女，也没有其他与他有关联的亲属，也许有，但是他已经忘记了，更无联系，在入院登记时，亲属一栏写着"无"。没有子女亲属，隐含着一层意思，那便是没有人会来找院方的麻烦，尽管这是不大善良地揣测院长的意思，但人性大抵如此，并无他意。

付士贵有个小小的喜好，他爱吃饼干，可他却是糖尿病患者。院里的食堂遵循着营养搭配和健康的原则，对老人们的糖量摄入是有控制的，更别说像老付这样有糖尿病的人了。每当老付嘴馋了，就会托罗潜出去的时候帮忙带点饼干回来。虽然养老院怕老人们吃了外面的东西出问题不好解释，因此不准外食进入，但并不会做出类似搜身这样的无礼举动，因此罗潜总是可以悄悄带两包饼干给他，他的烟也是这样买进来的。有时候也会有其他老人托他带一些奇奇怪怪的物品，多是在院内的小超市不好买到的东西，如花瓣形状的簪子、一些书本、毛线袜子、丝巾，甚至还有避孕套。但凡是可以藏在衣兜和内衬里带进来，罗潜一般都会同意。

出了院子，走出人们的视野之外，他便立即掏出烟和打火机，在自由的空气里面放肆抽烟，每当这时候他就感觉生命是美好的。他缓缓地朝镇子上的方向走着，养老院离镇子有三里左右的路程，他走过去需要二十多分钟。他走在平坦的水路面上，两边都是宽广的草地，此时正是花草疯长的季节，他连抽了三根，鼻腔和喉咙里混杂着烟和草的香味，盘算着要去镇上那家小超市买无糖的麦麸饼干，那还是比普通的饼干健康一些，尽管老付总说味同嚼蜡，但罗潜不想害他，不想给那老头吃一些油和糖的混合产品。

正在走着，他的手机突然响了，老付打来的。

"还没到镇上呢，什么事啊？"罗潜不满地说。

"你快别去镇上了，回来吧，曾小玉生了呀，是个女儿。"

"我得去买烟，买完就回来，要不了多久。"罗潜故作无谓地说。

尽管这么说着，罗潜还是不自觉地加快了些脚步。

二

在冬末春初的时候，临近春节，正是人们忙碌的时节，或为了年底的工作任务而忧愁，或为了团圆的渴望而奔忙，但对于部分老人而言，这却是一道不便言说的坎，俗称"年关难过"。罗潜的父亲就是那时候离世的。父亲是一个常年独居的老人，自从罗潜来了上海，二十多年间，工作和生活都匆匆忙忙，回去跟父亲团聚的机会很少。其间他有想过把父亲接来上海居住，妻子也赞成，但父亲来了之后也住不了几日，便觉得不习惯，父亲嗜辣如命，但妻子口味清淡，喜欢吃甜食和炸物。而且他在上海的房子不大，虽是两居室，但两个房间都很小，除了他和妻子居住的房间以外，在父亲来之前，另一个房间基本上是用来堆放家中生活的各种物品。每当父亲要来前，二人就将各种东西收纳起来，移放到客厅，这样一来客厅便显得更加拥挤和凌乱，为了给老人家腾个睡觉的地方，这是迫不得已的事。父亲来了以后，看到家里的样子，他心里是很明白的，况且他在此小空间里与小两口每日左右上下相见，并不自在，也为了不给儿子儿媳添麻烦，他总找些借口回去。

他用得最多的一个理由，也是他的口头禅。他总是用自嘲的口吻说："山猪儿吃不惯细糠哦。"

这句话他会在很多场合用上，比如说妻子去一家网红咖啡店排队买了三杯澳白咖啡，父亲却觉得那特别难喝；比如说妻子去徐家汇一家私人定制家具作坊买回一张小茶几，父亲却觉得那华而不实并且太小，完全不顶用。他丝毫没有刁难儿媳妇的意思，很多想法他压根没有提出来过，但是上海女人的精致和上一代山城老人的朴实是有着不可调和的观念差别，这一点罗潜是很明白的。事实上，父亲虽远在山城，但在家乡有着不错的条件，住着宽敞的房子，退休以后还雇了一位中年保姆来照顾自己的生活，后来独居实在无聊，便搬进了养老院，为的是能和老头老太太们一起玩耍解闷。正是因为他有着这些条件，所以罗潜对父亲的担忧略微减少了些。为了表现自己有为父亲做些什么，他提出要支付给父亲请保姆的钱以及后来去养老院的钱，父亲倒也未曾拒绝。直到父亲去世以后，整理父亲遗物的时候，他才发现父亲把这些钱存了起来，和他的房产、存款、养老金等其他财物全部留给他和妻子——父亲希望他们能在上海换一套大点的房子。后来他想，即便父亲花掉了那些钱，这难道就能让自己几乎从未在身前尽孝的愧疚减轻吗？并不能。直到父亲去世那日，他也未曾赶到身前，而且一生也没有让父亲抱上孙子，这是他永远无法直视的遗憾。虽然他有着无法推脱的无奈原因，他也无法为自己开解。父亲突然病重那日早上，罗潜的妻子已是被久病拖垮身体，正在弥留之际，他守在妻子床前，陪她度过最后时光。当父亲居住的养老院打来电话，说一向身体不错的老爷子突发中风，导致了脑梗，已经送到中心医院ICU病房。霎时间，罗潜感到两团火在自己身体内部燃烧，一团炙烤着肝脏和脾脏，一团熏蒸着心脏和肺叶，不仅五脏六腑如火中烧，而且全身血液似都涌入大脑，他自己也快要晕过去了一般。那一刻他比其他任何时刻都想见见自己的父亲。可是眼前的妻子呢？这个深爱他的女人。父亲把他养大，陪伴了他二十三年，直到他来了上海；他二十九岁结婚，妻子也将生命中最好的二十三年给了他，两人给他的时间几乎是一样长的，而且算来也都是二十多岁到五十岁这个时间段，这是一个多么令人痛苦的巧合。他来不及回忆，岁月如花木草藤一般缠绕在心，又同叶间风尘似的悄然失去。而生命中最重要的两人，如今却几乎要同时离开他了。

见他接完电话之后的情绪和状态，妻子已猜到一二。此时妻子的状态已比之前好了不少，原本气若游丝的她，无力地抓住罗潜的手，对他说，去看看你父亲吧，他这个时候很需要你。

那她呢？他心里忐忑不安。妻子猜到了他的为难，便说："如今我身体已胜似往日，中午还和护士那个小丫头说起呢，说是馋了上海清明后的青团和夏时的梅子，我相信我这身子至少能撑到那时。你去这几日，倒也无妨。"

听她说了这话，罗潜的眼泪一下子便奔涌而出。妻子看着他，苍白的脸上挤出一点笑，轻轻晃了晃他的手，说，赶紧买机票吧，哈，咱爸耽误不起。

罗潜打电话联系了妻子最好的朋友过来帮忙照看——妻子的父母早已不在了，他们生前身后的事都是他陪着妻子操办的。他忘记了自己是如何故作镇静地收拾好证件和简单的行李，从妻子所在的医院跑出来，手忙脚乱地去机场登上最近的一班飞机，他甚至来不及做什么心理建设，不敢去设想即将失去两位至亲的感受，对他而言，这些似乎来得太快了些，他压根没有做好任何准备。他呼吸急促，在飞机上一直望着小窗外的白云发呆。

最先传来的是妻子的死讯。飞机刚落地，已是下午，飞机仍在跑道上缓慢滑行。他打开手机，一连串的短信飞也似的从屏幕深处蹿出，其中有一条像刀锋一样锐利地从他眼前划过，击穿了他的泪腺。那上面只有六个字：姐夫，姐姐走了。

　　罗潜就像被瞬间抽走了灵魂一般，无神地飘出了机舱，在登机廊道里走到一半的时候，脚下突然没了力气，一头栽倒在地上，他匍匐着号啕大哭起来，这是他生平第一次在人群中哭成一团水莲花，姿态如此狼狈。他模糊的眼睛里看见一双双皮鞋、运动鞋、布鞋从身边走过，穿过廊道，走向自由。乘务人员不明所以地过来劝说了一阵，他稍微缓了缓，站起来，和那两位女士道了声谢，擦干泪水继续往前走，出了机场，为了早点打上车，他像疯了一样地往前挤，有人骂他，他丝毫听不见。直到坐上出租车，驶在去医院的路上，他才稍稍定了下心神。他想，我此生永远对不起我妻子，在她的最后一刻没有一个亲人在她身边，令她孤独离去；可事已至此，还有其他别的办法吗？没有回头路可以走了，我一定要见到我父亲。他给陪在妻子身前的那位姐妹打了个电话，对方的语气里带着十分明显的责备和愤怒，定是怪他此时离去过于残忍，他只一边语气诚恳地感谢她，一边反复强调说，麻烦你了，妻子那边的事务等我回来处理。可是妻既已逝去，尸身定不能一直留在病房，医院会联系殡仪馆，将尸体运走、火葬，他不在那里，真的可以吗？这一切令人悲痛且烦琐的事宜竟都要交给妻子那位好友打理，想到这，他的心又重新陷入一团乱麻，焦虑无奈，只是求她一定要让殡仪馆等到他回来以后再火化妻子的尸体。从机场到医院，算上堵车的时间，共有一个多小时的车程，在这期间，陪父亲在医院的那位养老院的工作人员不停地打电话催促他，说是他父亲情况很不好，一定要快一点，罗潜急得浑身发抖，只得非常卑微地求司机再开快一点。

　　实际上，司机已经开得足够快了。他从罗潜这一路在手机上说的那些话里，已经非常清楚地知道身后这个男人眼下的处境。他尽了自己最大的努力，使得到达的时间比正常的情况下早了近三分之一。

可事与愿违的是，罗潜还是晚到了一步。他赶到病房的时候，父亲已在几分钟前永远地合上了眼。而此时罗潜似乎已经没有眼泪可以流了，他看了父亲最后一眼——即便父亲没能看到他最后一眼，他抚摸父亲的脸，身上还有淡淡的体温，又握了握他的手，一想到这是人生最后一次握父亲的手了，他的眼泪流了下来，滴在父亲的病服上，心中那股沉痛的酸楚将他打倒了。

我输了。他说。我的人生确是彻底失败，并且一无所有。他出了病房，坐在走廊的椅子上，仰着头无声地哭了一会，终于止住泪水。他知道自己还有很多事情要去做，父亲和妻子的后事，以及家里遗留下的各种事务都需要自己去打理。尽管此时起，他上无父母、下无子嗣、身旁无妻，孤零零一人立于世间，他依旧得好好活着，把那些该安顿的事情都安顿好，才算稍稍对得起离开的人。

罗潜原先是一家国有企业的中层干部。在失去所有亲人以后，他像是突然没了力气似的，再也干不动任何工作了。他盘算了一下自己的以及父亲留下的财产，过完下半生应是无虞，再不济还有上海的房子和父亲的房子可以变卖，反正他也不用将遗产之类的东西留给谁。于是他很快就下定决心，辞职不干了，这在工作了一辈子的人群里可算是一件奇事。领导曾劝过他，反正还有几年就退休了，干了快三十年，最后几年坚持一下那么难吗？

可罗潜去意已决，也不管别人笑他怯懦："干不动了，别说几年，我一个月也干不动了。"

他很快做好交接，办理了离职手续。他也没有什么对未来的计划，只是独自回老家住了一阵，又回到上海漫无目地地闲散了数周。后来才有了住进养老院这事。

自从罗潜住进来没多久，院里便决定举办一场合唱比赛，要在秋天演出。老人们自由分组，最后分成了五个组。罗潜和付士贵他们所在这组，编号第二组，老人们都没什么唱歌的经验，算是基础较差的。这个比赛的消息一出来，所有人都开始积极地讨论起来，跃跃欲试。院里筹划搞合唱比赛的时候，原本只是想让大家多交流、多活动，同时合唱练习也是丰富老人生活、打发无聊时光的很好方式，一开始并没有想到大家会有这么高的热情，这让院长很高兴。罗潜选组的时候并没有做什么考虑，哪组熟悉的人多，他就选哪一组，因此他和付士贵待在了一起，跟着一起瞎掺和掺和就行。他没想到的是，老人们的竞争意识竟然很强，每个组都想要朝着冠军看齐。二组里几乎没有一个参加过合唱比赛的老人，在其他组，像是第五组，里面有一个市级业余合唱团的老太太，她和丈夫一起住进来的，丈夫据说是宝钢退下来的领导；还有一个老头，以前是上海航管局搞工会活动时，固定的合唱指挥，人们称他"指挥家"。这么一比起来，二组和别的组的差距一目了然。更令罗潜没想到的是，由于他有一些参加单位合唱的底子，因此一下子就在二组的老头老太太里面凸显出来了，被大家选为乐团指挥，这可一下子令他身上的角色变得重要起来，和他原先只想应付了事的初衷大相径庭。有一天晚上，他跟付士贵说，本来我想着在弱一点的组里方便浑水摸鱼，这一看，反倒是在他们有很多厉害角色的队伍里才容易做到这一点，因为弱者想生存总是需要一个领袖，强者需要的只是服从。自从分了组，各组的老人像是自动划分了阵营一样，竟变得疏远起来，有的人连见面都不打招呼了。倒是同组的人变得空前团结。

　　既然当起了指挥，那就要负起指挥的责任，罗潜每天都很认真地组织二组的老人进行排练，经过大家反复的讨论和争吵，最后定下来唱一首颇有江南和老上海韵味的《南屏晚钟》。由于部分老人身体有疾病，上午需要在医生那里做检查、做治疗之类的，所以为了照顾大家的时间，一般排练都在下午进行。这段时间，快要临近比赛了，为了让老人们的练习效果更好些，院里请来了五名较专业的音乐老师到院里来指导他们唱歌，其实是几名音乐学院大四的学生。因为岛上和岸上每日往返并不是很方便，所以院长安排他们住在院里。

这五个学生里，有四个女学生一个男学生，这些年轻人到院里来了以后，引起了大家的广泛关爱。朝气蓬勃的年轻人在老人群体里是最受欢迎的，院长考虑到平衡各组的实力，给二组分来他认为最优秀的一个女学生，她来的那天，老人们都纷纷表示，看到她就想起了自己的孙子孙女。这个小姑娘叫付雪菡，和付士贵一个姓，大家都叫她小付，因此组里就有了一个老付和一个小付。这老付啊，参加活动总很积极，他特别想加入合唱队，可是大家都不同意，为什么呢？他只要一张嘴，原本大家好不容易找到的调，一下子就被带跑了，而且他嗓门又很大，声如洪钟，当他高声唱着严重跑调的歌的时候，人们一会被他带到珠穆朗玛峰，一会被他带到马里亚纳海沟，这起伏的速度比世界上最先进的升降机还快。于是老太太们纷纷劝说他不要参加了，这个活动真不适合他。老付倒也不怄气，只说，罢了罢了，没有我这样的实力唱将是你们的损失。类似于这样，合唱团里在排练中刷掉了一批又一批人，从原先的近百人减到三十多人。这些老人算是嗓音条件还勉强及格的，能够支撑这首歌正常地唱起来。于是老年二组合唱就这么成立了。罗潜真正在二组树立起一定的威望，是源自他可以帮忙从外面买东西，尤其是那些抽烟的老人，他可是帮他们解决了大问题。几个抽烟的老头总是在排练的中场休息时间和结束之后，凑到围墙的角落里来两支，就像一个碰头会，更像一群课间跑到厕所里偷偷抽烟的中学生。

自从老付被合唱队排除了，他倒也不生气，偶尔来旁听一下大家的练习进度，更多时候则是跟其他那些各组"淘汰"下来的老人们一起打麻将。各个组有了专业人员的指导，排练总算是都进入了正轨，五个年轻人给老人们带来许多欢声笑语，日子就这么欢快地过着。

直到有一天，院里出了一件不那么快活的事，让很多老人都摸不着头脑。这天中午在一楼午餐的时候，罗潜正专心地享用盘子里的炸猪排。上海人喜欢吃炸猪排，但养老院里不怎么制作油炸食品，要过很久才能吃到一次炸猪排，他第一次吃到院里的炸猪排的时候，他心里十分感动，他对付士贵说，这猪排的味道和妻子做的一模一样。这次又吃到炸猪排的罗潜和往日一样专心，正在这时，一向温和亲切的李小姐竟然在食堂里大声呵斥一个老头："孙先生！请您放开手！"

大家全都回头盯着那边看，这才发现，李小姐呵斥的是七楼的孙老头。也许是孙老头听到李小姐大声吼的时候，迅速收回了手，大家并没有看到他的行为有什么异状，只是他在这多人的注视下被人教训，孙老头涨红了脸，反倒十分激动地且义正词严地大声朝着李小姐嚷道：你吼什么吼啊！大家正吃饭呢！你有病的呀！

看着大家的目光，李小姐像是有什么心事，胖嘟嘟的脸上充满了愤怒，竟被憋得说不出话来，非常委屈地跑了出去。那几个女学生也在食堂里和老人们一起吃饭，她们明显被眼前的一幕震惊到了。李小姐跑出去后，孙老头若无其事地继续吃起饭来，大家也陆续下来继续吃饭，只是气氛也变得非常尴尬，有些老人交头接耳低声讨论刚刚发生的事，有的则默不作声，吃完饭赶紧离开了食堂。

这件事原本就会被当成一个小插曲慢慢被人淡忘，但是罗潜却陷入了深思，他感到有些不安。下午忙完，吃完晚饭去海边遛弯的时候，有个身强力壮的男护工，看体形和肤色，像是个游泳教练，他坐在海滩的高凳子上，远远地张望着周围，防止有老人出现意外。罗潜和付士贵溜达着，踩在松软的沙上，他对老付说："您知道，平日里谁让我帮忙带东西最多吗？"

"还不是那些老太太。"

"老太太当然也带。但是带得最多的那一个人，您绝对想不到。"

"是谁。"

"正是孙先生。"

"他都让你买些什么？"

"大都是一些太太们喜欢的小物件。我原本以为他只是喜欢逗几个老太太开心，他平日里和许多老太太关系也挺好的。可是您记得吗，我跟您提过有人托我买避孕套给他，当时我说那是别人的隐私，没有告诉您，可是今天出了这个事情以后，我还是觉得应该和您说一下，那些避孕套正是他托我买的。"平日老人们托他帮忙买东西，总会试着给他一些跑腿的费用，他从未接受，也不缺钱，那次孙老头让他帮忙买避孕套，额外给了他一大笔钱，千叮咛万嘱咐让他一定要保密，他当然还是拒绝接受这笔钱，但那件事情却给他留下了很深刻的印象。

"哦哟，孙老头那老东西还有这个力气的呀，真是不怕死的呀。还有啊，今天中午看他那副德行，连李小姐的豆腐都吃的，真不是什么好东西，以前没把他看出来，竟然这么下流。李小姐多么好的人的呀！"老付有些愤愤不平。

"您那次说，觉得李小姐不开心，有心事。您还记得吗？"

老付回忆了一下，说："噢，对，是有这么回事。"

"所以我总觉得这事没这么简单。"罗潜说。

"你是指……"

"李小姐也许不是第一次被他骚扰了。"

老付听到他这么说，觉得这是很有可能的事。虽然事情还完全没有被证明，但是付士贵已经开始生气了，回去的路上，嘴里一直"狗东西，狗东西"地碎碎骂着。罗潜原以为这件事情虽跟他们自己毫无干系，而且又很难找到证据，证明孙老头的确做了什么不恰当的行为，但心中莫名生出一股正义感，还在思考要不要为李小姐做点什么，可没想到这件事情在第二天就迅速进展，并且结束了。

天气明媚的一天，岛上的风吹了又吹。李小姐一上班，便去院长的办公室揭发了孙老头的"罪行"。原来孙老头果真已经不是第一次对她做这动手动脚的事情，早在之前去巡查看望房间老人的时候，孙老头就悄悄摸过她的大腿；说是悄悄吧，那是对别人而言，对她来说简直是明目张胆，"就那么直接把手掌放上来，上下摸弄"，李小姐当时吃了一惊，赶紧跳开，孙老头嬉皮笑脸地看着她，什么也没说。李小姐说，她后来很后悔，因为当时有其他人在旁边，碍于情面，她没有直接斥责他这个行为，没想到孙老头因此变本加厉，但凡是两人有相处的机会，他总趁别人不注意和她进行一些身体接触，比如突袭一般地摸她的臀部、肩膀，甚至胸部。李小姐曾私底里不留情面地骂过他，他只还是那副嬉皮笑脸、满不在乎的神情；直到那次他在食堂里突然偷摸了她的小腹，她忍无可忍，当众制止了他。"他总是那么迅捷地动作，比如嗖的一下摸一下你身体的某个部位，又立即收回去，让人怀疑这不是一个老年人，而是一个荷尔蒙旺盛，并又缺乏教养的青少年。"无论如何，他需要受到一些警示，这是应该的，也是必需的，李小姐对院长说。

院长听了李小姐这番话，也很气愤，说他会立即调查这件事情，然而，他没想到，这事甚至用不着去调查，因为李小姐向院长诉苦这件事被一些护工知道以后，很快便有其他几个女护工跑来向院长投诉，称都受到过孙老头的性骚扰，甚至有个三十多岁的女护工说，某次去他房间打扫卫生的时候，走进门，发现他正露出自己的阴茎在那里来回套弄，从他的表情可以看出来，他明显就是故意要给她看的。孙老头在某个时候表达过他的态度：你不是护士吗，有什么没见过的呢？这件事令她恶心了很久。但是这种事情又怎么声张呢？大家只好都尽量不去他的房间，但是又不能完全丢下一个老人不管，所以总得有人去收拾打理，这就给了他机会。

"你们怎么不早点告诉我。"院长严肃地说，不过他并没有需要别人回答他这个问题，而是立即拿起手机开始翻电话簿，他翻到了孙老头的女儿的电话，打了过去，把发生的这些事情一五一十地告诉了她，并让她来养老院一趟。

末了，院长对李小姐她们说："虽然这些老人是我们的客人，但是他们也并不能在这里做些逾矩的、肮脏的事情，即便他是住在七楼单间的客人，也不应该有这些特别的行为。我将请他们把这位老先生带回去。"

在这件事第二天传到罗潜和付士贵他们那里之前，他们两人正在考虑要不要去找李小姐谈一谈，没想到在李小姐当众斥责孙老头的第三天，他的那些行迹已经在院里传开来了，人们还说，有些老太太和他有些不清楚的关系。但是所有这些事情老人们都尽力瞒着那些年轻人，不和他们谈论这种事，用付士贵的话来讲：这些乱七八糟的东西真是太丢养老院的人了。但是罗潜并不关心这些，他当下只想把合唱练好。他这人就是这样一根筋，虽原先并不在乎合唱的事，但是大家既然把他推到了指挥的位置，那他就变得很较劲。这种较劲是在暗地里的，他没有怎么表现出来，唯一明白他心思的，是他们组的指导老师付雪菡。小付是个很善解人意的姑娘，她很喜欢这个养老院。有次排练完，她在和罗潜聊天的时候，罗潜问她是哪里人。谈起她的家乡，她似乎有很多话说，她说那是在陕北的高原上，她从小就期待到海边看看，后来考来了上海，得偿所愿；可是上海这座城市令她感到压力太大了，临近毕业，她还在考虑是留下还是回家。

"你觉得上海好吗？"

"好，我觉得特好。所以我更倾向于留下来，我喜欢这里的生活。"

"我有过和你一样的苦恼，而且这个苦恼缠绕了我一生。"罗潜说这话的时候，心里是凄凉的，但是足够真诚。

付雪菡也是个真诚的女孩，她对上海的喜爱是真实的，对这个养老院的喜爱也是真实的，她说这里比上海让人感到安心，虽然岛很小，但是留给人的空间却很大；岛上有和缓舒适的风，过着没有烦忧的日子。她想留在上海，退休以后也到这样的养老院来住。罗潜听完她说的话，点了点头，真心地鼓励她，但是没有告诉她一个残忍的真相——能够在这岛上安度余年的人，大都是前半生攒够了钱的人。钱并不是万能的物品，但是没有钱可以到这里长住吗？想必不能；音乐会是高雅的，钱是庸俗的，但是没有钱可以买音乐会的门票吗，想必也不能。对许多人来说，金钱并不是他们所追求的东西，但还是被钱轻而易举地击溃了一生。自罗潜产生这个念头的时候开始，便意识到自己的庸俗和肤浅，但他在漫长的生命中时常在想，若是父亲年轻的时候有钱，哪怕不那么多，仅仅足够给母亲看病，罗潜的父亲也不至于到了晚年孤身一人。

可不管怎么讲，小付身上的青春朝气，和充满无限可能的样子，深深地感染了罗潜，这使得他在后来短暂的生活里，不知不觉中与小付之间产生了极其纯洁的友谊，就像是自己的干女儿一样。尽管付雪菡也敬重罗潜的为人，但他并未真正提过收她做干女儿这事，他认为那样并不妥当。

自李小姐告发了孙老头的事情后，虽院里议论纷纷地吵嚷了一阵，但没过两日，一切又都平静了下来，只是那孙老头再也不到食堂来吃饭，总花钱叫餐到房间里吃。也就是那几天，二楼有个患长期肝病的老人，他的身体已经严重衰竭，有天半夜突然急剧恶化，被送到市医院后再也没有回来。老人聚居的地方正是如此，死亡如影随形，不知道哪日醒来，某位朋友便永远离开了。

李小姐人也豁达，似乎很快便把发生的这些不愉快抛于脑后了。不仅如此，她还想了一个很妙的点子，要每个房间的老人按照自己的喜好装扮屋子，并取一个特别的名字。

夜里罗潜在图书室看完书，回到房间，看到老付又在看星星，不知道他有没有找到他的彗星。

"取名字了，老付。"

"取啥名字啊，我不知道。你自己看着办吧，瞎鼓弄起一个就行了。"

罗潜看了看老付全神贯注的样子，听着海浪轻微的声音，以及海上浩渺无边际的夜空，一个主意涌上心头。他会心一笑。

后来征集名字的活动结束了，每个房间都有了自己独一无二的名字，比如什么兰心亭啊，星月菩提啊，静修禅室之类的，不再单纯是几楼几号。有的老人还对名字进行了讨论。有个老太太喜爱花草，于是取了个"百草集"，听着倒也清新；但是有个老头就跟她讲，"百草"这个词里面，还有"药"的意思，如"神农尝百草"，是不吉利的呀。老太太起初不以为意，但是越想越不是滋味，于是便把名字换成了"百叶集"，但她实际上还是喜欢之前那个，并且心里生着气，再也不搭理那个老头了。

从走廊上回来的罗潜，看了看自己房间门口的墙上挂着的新牌子，是一个可爱的小木板，上面写着：

一栋五楼八号
彗星秘密研究所

三

高龄产妇曾小玉生孩子那天，引起了全院老人的关注和围观。大家都很高兴，院里弥漫着节日般快乐的气氛。

早在罗潜得知养老院里住着一个孕妇的时候，他就感到震惊和有趣。

"这里是养老院，又不是妇幼保健院。"他笑着跟老付讲。

"古希腊戏剧家索福克勒斯在《安提戈涅》中写道：'奇异的事物虽然多，却没有一件比人更奇异。'生活是挺荒诞的，但是偶然也有合理的情况发生。这个事已经算是偶尔合理的那种了。"老付退休前是一个爱看话剧的人，偶尔会用剧里的东西来说些神神道道的话，罗潜曾说他，像是有一部分自己活在那戏里。

"也对，这里虽说是养老院没错，但是这环境优美，也可以算得上是一个老年度假中心，在这里和丈夫做那种事，是令人心情愉悦的，哪怕她是个老人。"

作为一个私立的休养机构，院里向来是容许老年夫妻一起住进来的，并且会把他们分到同一个房间，以便互相照顾。曾小玉和她丈夫住进来将近一年光景的时候，去做定期体检，便被检查出怀孕了。检查结果出来时，已有三月身孕，并且胎儿状态不错，很健康。

"我大女儿都结婚生孩子了，她现在又要有个小弟弟或小妹妹。"老付见过曾小玉说这话时，满脸幸福的表情。她眼睛里有些复杂的情愫，但是总体看来还是很幸福。

曾小玉比罗潜还大上几岁，五十六七的年纪，但是保养得不错，皮肤状态很好，即便有了身孕，身材走样得也不厉害。她和老伴都退休了，都是信佛的人，但是在这样一个赋闲养老的阶段依然能怀上孩子，并决定把孩子生下来，这是不太让人理解的。很多人都担心，在这个年龄，女人的器官与机能已大幅衰老，怀孕和生产，会令她和肚子里的孩子面临危险。院长也有这个担心，他和曾小玉夫妇谈过一次，想知道他们对这个孩子的看法。

先是曾小玉的丈夫王先生表示了自责。

"我知道她身体很活跃，一直也没有绝经，但是从没想过她这么大年纪了真的还能怀上孩子。不然我一定会做好措施的。"

"那您真决定把孩子生下来吗？"院长又问曾小玉本人。

"那天之前下了两夜雨，海浪声比平常要沉闷些，但我觉得真的很悦耳，而且空气也清新。那次是我向丈夫要的，这个孩子，应该就是那天怀上的。我得知自己怀孕后，时常在想，在我这个年龄还能有这种神奇的机缘，这是佛缘，确是注定了我晚年还要有这么一个孩子。"

"但……这里是养老院。"

"我知道，所以这件事真的是太麻烦您了。"曾小玉用十分恳切的目光看着院长。

"其实我今天找您二位聊天，是想说，在这里生孩子原本也不是不可以的，但你们要知道，这里的条件不同，院里的医生都是针对老人健康的，既没有专业的产科医生，也没有相应的妇产医疗设备。考虑到您的年纪，您应该知道这个风险有多大。"

"我们知道。"曾小玉说。

"所以，如果您确认要生下这个孩子的话，现在有两个办法。"

"什么办法？"

"第一个办法是，搬离养老院，去市里专业的妇产医院检查和住院，在医生护士的陪伴下把孩子安全地生下来。由于您的特殊情况，院里会把你们交的年费和押金都按比例退给你们。"

"另一个办法呢？"

"如果您想要留下，那您需要请医生到院里来，专门就您的情况进行诊断和护理。这位医生每过一周就需要到岛上来一次，越到后面，尤其是产期临近的时候，他过来的频率会越大。我想您应该明白我的意思，没有专业医生的诊断和监护，我们院里是没办法承担这个责任的。当然，这个费用是需要你们自己来出。"

曾小玉和丈夫沉默了一会。

"我明白了，院长。我们回去考虑一下，再给您回复，好吗？"王先生说。

"可以的，另外，这件事最好和你们的孩子沟通一下，听一下她的意见。"

两位老人在对院长礼貌性地表示感谢之后，曾小玉便在丈夫搀扶下回了房间。在院长和他们谈话后的第二天，院长放心不下，思来想去，还是亲自给老人的女儿打了电话。如他所料，老人们并没有把这个消息告诉她。得知这件事后，第三天上午，女儿便带着外孙女来看望老人了。房间里，王先生给母女俩削着苹果。

"爸、妈，您这是……"看着自己母亲微微隆起的肚子，女儿有些哭笑不得的样子。

"小妹呀，你怎么来啦？是院长叫来你的吗？"

"妈，您叫我小妹，可是我马上就不是小妹啦。"她指了指母亲的肚子，"您马上就要给我生个弟弟啦，对，比您外孙女还小的弟弟。您外孙女以后还得叫他舅舅。"

"也不一定就是弟弟嘛。"王先生说。

"对的，也许是您外孙女的小姨。"

两个老人没有接话。王先生把削好的苹果切成一条一条的，放在盘子里，轻轻喂了一条在妻子嘴里，又把盘子递给女儿。女儿没吃，用湿巾轻轻擦了擦手指，塞了一条苹果在外孙女嘴里。

"妈。"女儿拉着母亲的手，低声地问她，"您到底是怎么想的？这个孩子您决定怎么办？"

"我还是想把他生下来。"

女儿微微叹了口气，点点头，又问她："那您准备在哪里生，这件事院长已经和我说过了。"

"为了不给大家添麻烦，我可以去市里的医院生。"

"如果您和爸爸真的喜欢这里，按照院长的建议，请医生过来给您做检查和调理，也是可以的，这个钱，我来出。"

"不用了，不必花那冤枉钱。我知道你们不缺钱，但是这也太麻烦了。我已经打算好，这边收拾收拾，下周就和老王搬回家去住。"

"好的，妈。那我和小陈下周来接你们。"

这一来，王先生他们夫妇便开始收拾物品，把各种行李细软都打包起来，等着女儿女婿来接自己回家。

他们其实是舍不得这里的。尤其是曾小玉，她喜欢和院里老头老太太谈些没有具体意义的家长里短，她本就是乡下出来的，城市对她来讲，虽然热闹，但是孤独；而这个叫洼洼岛的地方，虽不与世事有多少牵连，却令她有着归属感。隔壁房间的李婶，年岁上长她一轮，自从知道她怀孕了，便经常过来同她谈天解闷，把从大家那里听来的新鲜说与她听，比如她们隔壁村曾经有个男的，脾气暴躁，爱动手打媳妇，媳妇因为受不了家暴，选择离婚。后来又陆续娶了几个媳妇，都受不了，跑了。隔年他又娶了一个媳妇，这个女人五大三粗的，体力上胜过他，他一发脾气，这女人就打他，打他比以前他打媳妇还毒，他又打不过，很想离婚。可是他一提离婚，媳妇就揍他，揍得久了，他也总算服气，认了命，这下那凶子总算得了安生。蓝湾那哑巴因为在国家精准扶贫的政策中得了补助，连媳妇也娶上了。老王离婚离了二十年也没离成，因为丈母娘会巫术那套，他担心被老丈妈施了迷信。那个拖了三个娃的寡妇，早先说死也不改嫁，最近倒也嫁了。李四刚从牢里出来，就被刘家老头打断了腿，因为他吸毒坐牢前睡了他闺女，还没结婚就进去了，几年过去，如今那姑娘还没结婚，老刘也不愿闺女嫁给瘾君子劳改犯，老早就计划着等他出来打断他的腿。这些鸡零狗碎的事情，恰是她所喜欢的。

由于养老院的投资人在去年对院方提出了较高的年度盈利指标，那一阵子，考核结果出来，不出院长所料的，他没能完成这些指标，简单来说，他没能为他们赚到足够多的钱，公司派来了财务和营销的负责人，商讨和督促来年的工作任务。院长很担心，如果养老院赚不到很多钱，那帮付着低廉费用的原住老人会被公司赶出去，包括老付他们。也是那几天，上级政府的直管部门派了卫生和行政管理的小组入驻检查，两头的压力让院长应接不暇。令他没想到的是，孙老头的儿女这时候也跑来闹事，院里一下子热闹了起来。

罗潜和小付正领着二组的老人们在楼前的小树林里排练的时候，听见一楼吵吵嚷嚷的，动静很大，还有李小姐的惊叫声。不一会，看见李小姐匆匆忙忙地，从楼里出来叫保安，三个保安跟着她进了楼。大家看见这阵势，也没心思排练了，全都走过去看发生了什么事。老人们来到院长办公室那里，发现四五个人在那办公室的走廊上围殴其中一个保安，另外两个保安似也挨了打，在旁边不敢帮手，再看院长，脸上挨了几拳，颧骨和眼角都肿了起来，他伏案工作时用的眼镜也被扔在地上踩碎。老人们愤怒地看着眼前这一幕，但因为对方是几个精壮的中青年，没人敢上去制止。正在此时，付士贵从人群后面走出来，两步上前，伴随着"去你妈的"，逮着最近那人面门上就是一记勾拳，这拳力道不小，那人应声退后，跌跌撞撞地坐在地上，在那里发晕。旁边的人看了看这个七十多岁的老头，体形魁梧，拳头捏得很紧，有些惊讶，但毕竟只是个老头子，他们一下子扑上来，要打付士贵，罗潜见状，也冲了出去，合唱队的几十个老头老太太也都叽叽喳喳地往上涌，走廊上挤满人。这一下，反倒是几个年轻人退却了，他们完全不敢动手，倒不是怕打不过，却是担心打伤了老年人负不起责任，尤其是孙老头的儿子，他是来帮自家老头子出气的，原只想教训一下院长，因此他也很清楚，这些老人也未必没有儿女，日后算起账来，他肯定是完全理亏的一方。于是他大喊一声："叔叔阿姨们，别打了！别打了！对不起！"

他虽说一下子就冷静了，想要通过主动认错的方式终止这场争斗，但是老人们并不买账，在他们跟前指着鼻子絮絮叨叨个没完，对他们几个推推搡搡的，但是没人再敢还手。有位老太太更甚，上去一把抱住其中一个男人，那人震惊之余，还未做出任何动作，老太太已经像是被狠狠推了一下似的，"嗖忽"坐在了地上，嘴里一边哭喊着"打死我这老太婆啦！"，一边仰躺在地上翻来覆去地打滚。一群人看得目瞪口呆，尤其是小付。孙老头儿子一行人虽知其伎俩，但也赶紧把老太太扶起来，一个劲地弯腰道歉，然后顾不上大家的批评抱怨，挤开人群，灰溜溜地走了。

院长肿着脸，看大家稍微平静一点了，问李小姐："报警了吗？"

"报了。"

他点点头，对老人们鞠了一躬，说："今天谢谢大家了！但是大家也请平复一下情绪，后面的事情我会处理好的。"

听院长这么说，老人才逐渐散去了。后来镇派出所的民警上门来，找几个人询问了情况，做了笔录，便回去传唤孙老头儿子他们了。这个事件虽除了几人脸上挂了彩以外，没有造成什么太大的损害，但在检查小组的眼皮底下发生这么一个聚众斗殴的情况，还是让院长身上背了一个小小的处分，处分虽小，也让院里原本到手的先进单位评选泡了汤。听说这个消息以后，院里一部分极有集体荣誉感的老人——尤其是那些建院以来一直住在这里、颇受院里恩惠的老人——纷纷要去找孙老头算账，把孙老头围堵在房间里不敢出来。自从上次打架事件以后，仗义出手的付士贵在老人们心中的形象一下子高大光辉了起来，还给了他一个颇为受用的尊称，叫他"天文学家"。付士贵成为他们围堵孙老头的带头人。院长怕再闹出事，劝导大家回去，同时也淡然地表示，这些虚名其实也不太重要。院长出面虽然暂时劝返了老人们，但是他们依然愤愤不平。

罗潜虽知老付个性豪迈，但对他的这些激进行为依然感到很不理解。

"你知道吗？我最讨厌的，就是这些仗着儿女有些钱权就目中无人的老人。何况那孙老头的儿子完全就是个流氓莽夫，有其父必有其子，这话倒也确切。"付士贵跟罗潜解释道，依旧目不转睛地盯着星星。

自那以后不到一周，被警察拘留了几天放出来的孙老头的儿子果真叫人来把老爷子接走了。孙老头的声名在这院里是彻底毁掉了，不被尊重，生活上也被孤立，没有一个人愿意和他说话，离开对他来说是件好事，甚至很多人认为这是轻饶了他。

在孙老头走出养老院大门的时候，曾小玉的女儿和女婿正好进来。他们在门口遇见，虽并不相识，但像是一个神奇的转折，那时他们不知道，孙老头腾出的那个房间，后来恰是留给了曾小玉做产房。

这个结果的促成，来自曾小玉女婿和院长不约而同的努力。院长原本就已暗自决定，如果曾小玉夫妇选择留下，就把孙老头离开后的房间改造成母婴室，除了方便曾小玉生小孩，也方便其他老人的儿女带着孙子辈的小孩来探望老人时，孩子有个玩耍、寄放的空间。曾小玉的女婿则解决了费用的问题，他不仅请来了妇产科医生每周到养老院来做孕检，义务承包了母婴室的修建，甚至还出钱把泊船码头的简易铁板拆掉，筑起了一个水泥的小平台，方便人们进出岛屿。

出于对妻子的爱和对丈母娘的关心，女婿不仅不嫌弃丈母娘晚年生子令他难堪，反倒把事情做得十分周全，使所有人都感到满意，负责任到这种程度，这令院里的所有老人都叹为观止。就连从来不提起自己儿子的老付似乎也心生羡慕，但仍然也要不服输地说一句：假如我儿子还在的话，一定不比他做得差。

罗潜听罢暗自好笑，又黯然神伤，果然，人人都爱攀比，可年纪一大，便也没什么可比的了，能比的只有孩子。像他和老付这样没有孩子的老人，还没开始比，就已经短了别人一截。

妻子尚在，并且年轻的时候，罗潜和她努力了很多年，都没有能顺利生下一个孩子。二十几岁那几年，她也怀过两次，那时年轻，罗潜从外地来工作，没有房子住，妻子家虽在上海，但家里也只有父母住的那一套旧房，夫妻二人努力许久，才买了一套小房子。为了过上好的生活，妻子也参加了很辛苦的工作，后来因为压力太大，两次竟都流了产，这令罗潜无比痛心；尤其是第二次，有了上次教训，罗潜让妻子换了份轻松的工作，重心都放在保胎上，可流产竟也有惯性似的，孩子还是没保住。自她过了三十岁，不知是否因为以前流产落下病根，身体变得很差，甚至隔三岔五就要去医院看病，两人再不敢要孩子。也是从那时候开始，罗潜和妻子逐渐接受这个事实，那便是此生都无子嗣，没有可以传承自己血脉的人。不得不说，这是一件十分残酷的事。罗潜平日里耽于工作，妻子则一边养病一边打理事务，二人看似忙忙碌碌，实则在家四眼相望，颇感凄清。虽说有孩子并不见得是好事，有些孩子令家长操劳一生也不成器，有些孩子成人以后，便忙着自己的事情，对父母而言如同隐形，更别说有什么日常生活上的照料——这么一说，罗潜很早意识到，他自己不就是这样的孩子吗？话虽如此，但是人的生命中似乎总有这样的事，对于没有孩子的人来讲，即使有着再不济的孩子，也胜过晚年孑然一身，即使逢人便说："我家中那个不成才的东西。"即使想起他来便怒火中烧，甚至那是个祸害一样的人物，自己早已与之反目成仇，那种恨得牙痒痒的牵挂也是种牵挂；哪怕他是个强奸犯、纵火犯，法律之绳定要缚了他，父母再气愤、再失望，也未曾见得在心里真的期待他死了，这也许就是人们所说的聊胜于无，也是作为父母的无奈吧。

付士贵和罗潜聊起自己的妻子，说她是一个没有乐趣的人。

"几乎把二十年交给了儿子。她心里只有她儿子。可是那又如何呢，反倒是因为付出得过于多了，最后失去儿子的时候，迎来那种无法承受的崩塌感。这么说来，这种感受算是整个一生当中唯一留下的东西吧。"

"您这么说会不会偏激了些。除了儿子，您和夫人就没有做过令自己快乐幸福的事吗？"

"在没有孩子之前，的确有。自从生了儿子以后，他的幸福就是我们的幸福，仿佛其他感知都被自动过滤掉了一样，这是没有办法的事，真令人头疼啊！"付士贵的语气似乎充满遗憾。罗潜没有接话。

"你的妻子连牌都不许你打，看来对你的看管甚是严格，想必也时常令你感到无趣吧？"老付又问罗潜。

"哈哈，这是没有的事，我的妻子有很强大的、令人感到愉快的能力，在她身体状况允许的时候，我们总出去旅行，也很努力地过着有活力的生活。就连我不打牌这事，也并非她不许，只是我不愿让她不高兴罢了。"

"看来你和你老婆感情很好嘛。"

"我认为算是很不错。"

"那我问你，你有做过对不起你老婆的事吗？"

罗潜没想到他会这么问，愣了一下，转而反问道："您指的是什么事？"

"也没有指什么特别的事，我就是随口问问。"

"那您有吗？"

"有的，我这一把年纪，也不怕说出来了。"

"噢，是什么事？"

"我四十多岁的时候，记不清具体是哪一年，大概是四十一岁的样子吧，那时候没跟我老婆商量，把家里一笔钱借给了大院里一个姑娘，她父母我算是认识的。那次她老公赌球欠了一屁股债跑了，要债的几个小流氓上门，天天堵着她不让出门，还声称要搬到她家里去住。你说一个女人家，哪里应付得了这个，我一心软，就帮她把钱还了。"

"那笔钱原来是打算干吗用的？"

"也没干吗用，就是家里存着的钱。后来我老婆弟弟结婚要用钱，她想资助一些，一查存折，发现钱没了，这才知道。为了这事，跟我闹大半年，非说我和那姑娘有不清不楚的关系。好在那姑娘也懂得感恩，花了三五年时间，慢慢把钱还给了我们。"

"您这也算是做了好事，不算多么对不起她。"

"哎，不提前跟她说一声确实是不对的。那你呢？你有什么事情让你老婆一直耿耿于怀的吗？"

"我确有一事，让我心虚，并且有愧疚感。但若说让她难以释怀，倒也没有，她甚至不知道这件事。"

"那是何事？"

"以前在上海，有一家我常去的居酒屋。那店开在愚园路的一栋小楼里，离静安寺不远，是个家庭式的小店，一共也就三张桌子，还有两个包间。老板娘是个日本人，汉语说得很棒，她独自在中国，店里的食物都是她自己做的，很好吃，价格也不贵。她做的炸猪排外酥里嫩，又很入味，甚至比我妻子做的还要好一些；她烤的竹荚鱼，鱼皮和鱼肉浑然一体，筷子夹一小块到嘴里，脆中带柔，一股清香，把我不爱吃鱼的习惯活生生改掉了。冬天工作到了夜里下班，身子又冷又乏，便去吃一个小份的寿喜锅，再喝上一大杯生啤，人算是又活了过来。对我而言，那是个清净去处。虽然店里生意不错，但我从未带我朋友或者同事去过，也没有提起过那里，为的就是不被打扰。"罗潜默默点燃了一根烟，抽了起来。

"你喜欢那老板娘。"老付用了一个陈述句的语气。

"其实我也怀疑过这件事，我是说，我也一度认为那位女士很吸引我，这让我心怀愧疚，更不敢对妻子提起。"

"那你们发生过什么吗？或者说那老板娘也喜欢你？"

"我不知道她是否对我有过那方面的意思，但是只要我提前打电话告诉她我要去店里吃饭，那么不管生意多好，她即便让人排队等桌，也从不把我每次都坐的那个包房让给别人坐，定要给我留着。对于一个开店做生意的人米说，这也算很够意思了。"

"是的呀。"

"但我没有表明过我的心思，我只是去吃饭，什么也没做，什么也没说。尤其是想到家里因为两次流产而身患隐疾的妻子，我就十分憎恶自己，断做不出那种事来。说到底，是我没有照顾好她，才让她流产两次啊。"说到这里，罗潜竟有些伤感，"记得我和她初识，还没有谈恋爱的时候，她跟我在一起特别爱笑，看见什么都特别想笑，但她平时又不是那样，是个含蓄的女孩子。我想她一定特别喜欢我吧。而且，我很喜欢爱笑的女孩子。"

"都是过去的事了。"老付不知道怎么劝人，只说了这一句。

"您想念尊夫人吗？"

"咳呀，一大把年纪了，说什么想不想的。说实话，自从儿子没了，她的脾气就变得反复无常，喜欢歇斯底里地骂人，却总是看着一些奇奇怪怪东西哭，儿子的东西更是见不得，也不让扔。晚年丧子的疼，谁能知道呢？那感觉是没有办法忍耐的，午夜梦回的时候，会让你宁愿自己从未到这世界来过，更可怕的是，这个噩梦缠绕你整个下半生，无法摆脱。若说起我对家里那口子的想念，其实也是有的。我和你一样，也是老伴去世后就来了这里。那种无父无母无妻无子的滋味啊，孤独，实在太孤独了，一个人在家里根本活不下去。这一晃十几年，总算适应了些，也可以说是麻木了吧。"

"布莱希特的《三毛钱歌剧》里有一幕写着：'对了解世界冷酷的皮彻姆来讲，丧失女儿意味着彻底的破产。'看着别的老人，总有孩子来探望自己，那种温馨的团聚时刻，一定让您特别失落吧。"

"哈哈哈，你知道吗？你现在睡的这床，以前睡的就是去年年底离世的陈老头，他生前啊，女儿每周都要来看他两次，每次都带好吃的来，我跟着沾了不少光哦。人老了啊，就要少想一点，反正有好吃好喝的就行，好菜何必在乎是谁家孩子做的呢？"

"您倒是通透。"

"倒是你啊，也是个没儿女的鳏夫，你住这间房，搞得我也没有好饭菜吃咯，没劲，真是没劲！"

"得了吧，你忘了是谁买饼干给你吃了。"

"你是说那个麦麸做的玩意儿？我还不如去啃烂掉的树皮。"

这话说完，两人竟莫名地笑了起来。那晚，海上的月亮也没有比平时更亮一些，一切如常。

可是有一晚，老付兴奋地宣布，他发现了一颗新的彗星，正在五十亿公里的距离之外，朝着地球的方向驶来，那几乎是地球到木星平均距离的七倍。罗潜表示深刻的怀疑——他那杆望远镜真的能看到那么远吗？但是付士贵立即声称：你不懂科学，一颗特别大的彗星，例如 1997 年划过地球夜空的海尔－波普彗星，他的固体部分，直径也不过几十公里，但彗星的尾巴却有五千万公里长。五十亿公里在天文学上根本不算什么。

曾小玉生孩子那天，老付给罗潜打了电话之后，罗潜已经出了养老院，走在去镇上的小路上。他装作漫不经心的样子，实则去镇上买完烟之后，特意去旁边的花店买了一束鲜花，是由香水百合、康乃馨、小向日葵和蝴蝶兰插的。他抱着花，怀里全是香气，大步地走回院里，平时需要二十分钟的路程，他只用十分钟就到了，几乎可以说是一路小跑了。他回去的时候，上了七楼，听见小孩正哭得起劲，产房门口倒是没有像他想象那样围着很多老人。王先生在门口守着，嘴角含笑，眼睛里满是温柔。看他来了，对他领首问好。

"母女可还好？"

"很好，真的很幸运，做了剖宫产，过程顺利极了。我心里早先设想的几百种不幸的可能一个也没有发生，真的是佛祖保佑。"

"是比预产期提前了一些吧，我记得没这么快生的呀？"

"是的是的，确实有些突然，还好平常来做诊断那位医生预先做了几手准备，因此得知阿玉的情况之后，来得很快。阿玉黎明的时候开始有些症状，打电话告诉他以后，带着护士们不到两小时就到了。"

"顺利就好，顺利就好。"罗潜发自内心地感到欣慰，"这花是送给母女俩的，我看您太太做了手术，房间里定是做了无菌处理。让她休息吧，便不进去叨扰了。麻烦您帮忙转交吧。"

"您有心了，谢谢。刚刚大家都来看过阿玉了，真的非常感谢你们。"王先生接过花，看起来十分高兴。

的确值得高兴，没想到这么顺利，实在是太好了。罗潜回房间的路上还在开心地想着。

下午排练合唱的时候，老人们的热情格外高，罗潜早先未曾想到，曾小玉的小女儿对人们情绪的感染力如此之大，一出生就成了镇院之宝。这院里，有位老大娘，都九十几岁啦，连儿子都七十了，且儿子身体不太好，还不知道谁会先走。这里的人们每天都在面对不停失去的风险，失去健康，失去亲人，失去自己——可是院中竟有崭新的生命降生了，这是多么奇妙的事情呀。也不知道从什么时候开始，大家参加合唱比赛的竞争意识慢慢变得不再那么强烈，不是说大家不想唱合唱，只是逐渐失去了对名次争夺的渴望，不同组的人见面，笑脸又多了起来。那时候，每个组的歌都练得差不多了，于是音乐辅导老师们的集体建议，每个组都加练了一首老派的情歌作为调剂，这些歌也许不适合上台演出，但是老人很喜欢，于是排练的氛围变得更好了。这种变化不知道是何时发生的，怎样发生，只觉得老人们的心又重新开始变得柔软。英文中有个固定短语：Written in the stars，字面意思是"写在星星上"，实则表示"命中注定"；每个上了年纪的人，大多不是平安喜乐顺遂地过了一生，如果有人的心神在意外之间得了疗愈，那兴许是星星在天上施了什么了不起的手段呢。

四

随着罗潜最喜欢的那几株女贞花在盛夏里开过一季，开花对那树来说像是种发泄，今年的花开了一茬又一茬，这茬开完，他终于舒服了，开始休息，养神，又待明年。洼洼岛上的人们度过了一个炎热的夏天。又过了两个月，秋就这么来了。

在合唱比赛即将举行的前夕，罗潜接到一个从家乡打来的电话。这个电话是告诉他，他母亲在乡下的坟墓所在的土地，即将被征用做开发，那里要修一座学校。罗潜需要回家去把母亲的坟茔迁一迁。由于母亲去世得早，那时是葬在了父亲乡下老家旧宅的后面的半山坡上，那时是父亲拿了主意，入了父亲家族的墓葬群落，在西北角落里划了一小块地界，那周边埋的都是各家早夭的亲人。可是后来由于父亲改了城市户口，加上乡下实行丧葬改革，推出新的规定，父亲去世后，罗潜想将父亲的骨灰带回去，和母亲葬在一起，却得不到允许，于是寻了城郊一处风水不错的公墓。此番征地，估计父亲家族里的各房儿女，都要把自家老人接走，罗潜盘算着，那就把母亲的遗骨迁到父亲所在那处公墓，她孤零零在山坡上守望了几十年，末了终归是可以和父亲葬在一起了。

可当他仔细一想，又意识到一个问题，母亲当年是土葬的，也就是整个遗体装在棺材里埋下去的；可是城里的公墓只接受骨灰。这令罗潜感到很为难。母亲病逝时，罗潜才十岁，如今已故去四十余年，虽然时日漫长，肉身定然早已湮灭，只剩下一副骸骨，现在要将母亲的遗骸掘出迁至别处倒也罢了，可是要将入土四十余年的母亲重新置于烈火之中，罗潜心里很不是滋味。尽管不是滋味，但也只能接受，他若不尽快回去处理这件事，那母亲将被视为无主坟，不知道被置于何方。

向院长说明了情况之后，第二天罗潜便在手机上买了机票，踏上回家的路。为了赶上早班的船，他起了个大早，到码头才知道，由于岛上人口越来越多，游客也越来越多，近些日子已经增加了两班船，每天有三趟往返的渡船，上午、中午、下午都有。

这是罗潜入院以来，第一次离开小岛。船还有半小时出发，他在修葺一新的渡口附近散步，眼望着海面上盘旋的海鸟，呼吸着带有鱼腥味的阳光。

几分钟前有渔船靠岸了，其中一个老渔民扔了个漂浮板在滩涂的稀泥上，坐那上面抽烟。罗潜走来，递了支烟过去，攀谈起来。

"今日的渔获是江鱼还是海鱼啊？"

"海鱼啊。这里是长江的尽头，哪里还有什么江鱼哦，倒是海里的鱼溯江而上的不少，但也游不了很远。"

"鱼好卖吗？"

"好卖。以前打鱼基本就是岛上人吃，现在专门来岛上吃鱼的人不少哦。今天天气真好。"

"天好蓝啊。"罗潜忧伤地说。

罗潜回乡半个月，等他把母亲安顿好，又返回了养老院。在他回来的路上，总是想起小时候母亲和他讲过的故事，关于她是怎样和父亲结了婚。母亲年轻时和父亲是成都一所中专的同学，他们俩都是工作以后，又被单位派来中专学习的。他们一个重庆人，一个成都人，在成都认识后不久，父亲便开始追求母亲。母亲说，那时候父亲极瘦，戴着眼镜，看起来很斯文。有一次母亲在宿舍楼下供应热水的地方用开水瓶打开水，那地方人很多，母亲打完开水准备回去，但不知道谁推了母亲一把，她踢在别人脚上一下子绊倒了。那开水瓶摔在地上，内胆爆开来，许多开水溅到母亲脸上，一下子半边脸全都起了密密麻麻的巨大水疱。被送到医院以后，医生清理掉了坏死的组织——一半脸全被烫烂了。后来那脸上的皮肤就开始变成暗红色，然后变成黑色，最后结痂、掉落，每天都得换药换纱布。同学们来看她以后，都私底下说，她可能就这样一直毁容了。起初母亲死活不愿父亲去看她，让同学们拦着他，过了十几日，他心急如焚，大家拗不过，后来他还是去了医院。去的时候，医生已经摘去了母亲脸上的纱布，等待新的皮肤长起来。父亲看了她的样子，哭得像个孩子，但从那之后便每天都来看她，给她带饭，陪着她。等到母亲出院的那天，脸上的伤口已经好了，但是脸上依旧还有大面积的疤痕，就像盘在一起的老树根那样，密密节节。那天父亲来接她，竟带着两人的户口本，父亲直接骑着自行车，拉着她去民政局结婚。母亲骑在后座上，一直哭，一是因为感动，一是因为疼。没想到啊，跟你爸结婚以后一两年，那些疤竟然渐渐好了，现在一点也没有了。更多的是感动还是疼呢？年幼的罗潜似懂非懂。母亲笑着说，应该更多的是疼吧，虽这么说着，却有几滴眼泪从眼角滑下来。罗潜摸着母亲光滑洁白的脸蛋，不知道她为什么会哭。

　　母亲是在给他讲这个故事之后的第二年去世的。对于罗潜而言，这次回乡令他回忆起了许许多多痛苦，那些往事就像洪水般地铺天盖地而来，直到他亲手把母亲的遗骸交给殡仪馆，送进焚烧炉，那种感受就像是要把他的性命也夺了去，这是他年少时从未有过的感受。在把父母合葬好后，他跪趴在碑前的青石地砖上久久没有起身，一言不发，也没有流泪。后来，他几乎落荒而逃般地离开了故乡，并在心里暗暗发誓，若非特殊情形，此生再也不回去。

回到养老院后，罗潜又继续参加合唱团的排练，但是他情绪不佳，总觉得提不上劲，指挥的时候大失水准，老人们见他的样子，纷纷劝他，要不然就歇息几天吧。就连小付也关心地说，对啊罗老师，您可以休息一下，我帮您先指挥着就好。可是罗潜不肯，说，我没事，来吧继续练。

这个过程中，罗潜明显感觉到经过小付耐心的调教，老人们的歌唱水平比起当初有了明显的提升；可原本发挥比较稳健的他自己，今日却非常不在状态，不仅拍子不稳，乐章之间切换声部的手势也总是搞错，弄得大家乱了章法。又试了两遍，依然不行，问题还在他这里。老人们站在一起，鸦雀无声。罗潜心想，我怎么变得跟老付一样倔呀，同时又对自己究竟能否胜任指挥产生了自我怀疑，他非常丧气，把指挥棒交给付雪菡，一声不吭地走了。

罗潜回房间里，和衣卧在床上生闷气。付士贵正好跟老人们搓完麻将回来，看到罗潜在，似乎有些稀奇，便打趣他："喔唷，我们的音乐家今天没去排练呀？"

"排了，累了，歇会。"

"是不是那些老太婆唱得又不让您满意？"

"不是。"罗潜说，"您今天怎么也回来这么早？"

"咳呀！别提了呀，那个李小姐哦，不晓得是不是脑子瓦特了，搞了一个新规定，说是每天打麻将的时间加起来不能超过三小时，还说是为了健康考虑，不能久坐。我看呀，我一个老头子，连个麻将都搓不过瘾，这对我的心灵是个多么大的摧残呀，这才是很不健康哦，真是没得意思的呀。"老付声情并茂地抱怨着，气得手舞足蹈，罗潜看了他这副滑稽的样子，心里的不痛快已是散了一半，甚至有些想笑，可他装作不动声色，只是淡淡地说了一句："您啊，少打点麻将也好。"

"好什么好呀！"老付很不满意，但是继而又说，"哦对了，我今天打麻将的时候听说哦，这次合唱比赛，市里面要来人观摩的呀，好像是院长为了增加收入，要跟政府搞一个什么合作，他专门跑到市里去谈的呀，所以这回有主管老年人工作的领导过来考察。"

"搞得这么……正式吗？"罗潜一听这话，心情变得复杂起来。他首先是觉得不舒服，一个老年人的文化活动竟然搞成了一场政治表演秀。但是他很快又理解了院长的不容易，这个养老院毕竟是个私人投资的机构，要是总赚不到钱，投资人是可以在这个租期满了之后，在明年就不和老付他们低价续约的，他们可没有义务为这群人养老。甚至院长若总不能完成老板给的任务指标，有一天被换掉也不是不可能的，要是换个人来，还指不定把养老院搞成什么样子呢。这么一想，罗潜不仅对院长的苦心产生了理解，而且还下定决心，一定要把这次合唱比赛搞好。

有了这个想法，第二天排练的时候，罗潜和二组的老人们说了这件事，大家都同意罗潜的看法，如果好好唱歌能让院长留下，那大家都愿意用心地出这份力。

罗潜说："虽然唱歌不能确保让院长留下，但我们的态度还是可以有的嘛。"

他甚至还有一个主意，他让付雪菡把另外四个指导老师叫到一起，他把另外四个组的指挥也都叫来，在食堂旁边的图书室里一起商量了一件事，那时老付也在图书室里看一本天文学上讲星系平衡的书。罗潜想要各组在唱完本组自选的那首歌以后，大家组合在一起，成为一个整体的乐团，共同唱一首歌，起到升华主题的效果，也展现出院里老人们的精气神。

这个想法虽好，实施起来却有难度，且不说时间紧迫，离比赛仅有十一天了，就说各组老人们没有在一起排练过，仓促组合起来，几个声部之间需要重新建立默契，老人还要记歌词，这是一件不太容易的事情。所以另外几个组的指挥都没有发言表态，看得出来，他们虽然也觉得这个想法不错，但是实现的难度大，心里没底。

这个时候，是付雪菡站出来说了话，她说了几点很实际的方法，来针对解决这些困难。她说，我们这个乐团不需要五个组的所有人都加入进来，这样本身就会显得人太多了些，每组三四十个人，加起来就有一两百人，那是不现实的；在这个乐团里，只需要从各个组里选出基础相对较好，平日排练表现比较优秀的老人出来，平均每组十人左右，组成五十人左右的乐团，是合适的。同时因为这些人是精选出来的，所以音乐感觉相对较好，大家合练起来也没那么费劲，只要指导老师们根据每个人的嗓音条件把声部划分好，每天一起练上十几遍，默契是可以很快练出来的。几个指导老师听罢点了点头。

"台词的问题更好解决了。"那个唯一的男老师说，"实在不行就每人面前放个题词器嘛。每个人面前立一个架子，把歌词用大字印好放在上面，老人自己翻看就行了，本身练了很多遍以后，大家对歌词是有一定记忆的，歌词页就起到一个提示的作用。到演出的时候这么布置一下就行。"

罗潜一看老师们有信心解决困难，于是趁势说道："我们既然都要参加演出，那么墨守成规也是干，迎接挑战也是干，我们为什么不试试，我们老年人也是可以有态度的！"

罗潜心里已落寞许久，这次他拿出了在单位给部门下属开会时的那种信心满满和镇定自若，很想促成这个大合唱，别人不知道他以前的生活，他说话的样子，不仅像是个中层，若说是个局长，也是有人相信的。

"唱什么歌呢？"四组的指挥问。

"我看就《黄河大合唱》吧，大家也熟悉。"

"太长了吧。"一组的指挥说。

"我来解决。"付雪菡说。

这个时候，看大家还有些犹豫，正在旁边看书的老付，身上带着风一样地走过来，把手往桌子上一拍，用他那独特而洪亮的嗓音说："尿瓜蛋子，还有什么好想的，十一天能不能唱会一首歌？我认为可以，完全可以，你们虽然不让我唱歌，但是我觉得这个事情可以搞的呀！就这么定了，干！"

于是大家就这么干了起来。付雪菡把《黄河大合唱》的章节挑选之后，只留下了一半，又和其他几个老师一起把歌曲重新编排了一下，于是原先三十二分钟的歌曲变成了十五分钟，这样一来就不会显得太长了。从第二天开始，指导老师们一起在各组挑选老人，最终选出来四十二个人，组成大合唱乐团，由第五组的"指挥家"来担任大合唱乐团的指挥，其余几个指挥在旁边辅助和打杂。于是这部分老人每天练完本组的歌曲之后，都要留下来练习《黄河大合唱》，因为本组的歌曲已练了数月，大家早已烂熟于心，所以这天开始，每组自选歌的练习压缩了三分之二，指挥仅带领大家每天唱两三遍，帮助大家保持状态，然后就散场，为大合唱乐团腾出时间。老人毕竟是老人，他们学习新歌没有年轻人那么快，但是大家态度认真，指导老师也尽心尽力，于是一个星期过去的时候，大家已经可以熟练地配合在一起了。临登台前，节目的排演已经算是完整，若不是冲着拿什么国际大奖去，作为一个老人自发组织排练的合唱团，演唱已经达到合格以上的水准了，即便达不到优秀，也能算是良好。

演出那天，几辆大巴往返几次，把参加演出和自愿去看演出的老人们接到了镇上的剧场。那剧场舞台不大，老人们上去试场地时，几十个人站成高矮几排，舞台略显拥挤，尤其是大合唱乐团站在上面，除了担心坠落危险，而在舞台前部留了几步空间以外，几乎没有多余的空隙了。

院长和李小姐陪着市里来的领导坐在第一排，后面的座位坐满了老人。第二组的合唱是在第四个节目，实力最强的第五组放在大合唱之前的最后一个。一开场，付雪菡和其他两个女孩表演了一段自己编的简单开场舞蹈，然后合唱比赛就开始了。罗潜上台前有些紧张，他能看出大家也都有些紧张，不过他上台以后便没有这种感觉了，他给观众鞠了个躬。大家唱得不错，尽管有个老人唱到中间"我找不到他的行踪，只看到那树摇风"这句时卡了一下，但是没有影响整体发挥。穿插在各组的合唱中间，有老人表演的魔术，还有两个老头讲的相声，还真把下面的人逗乐了一阵。直到最后，大合唱乐团上场时，场内的气氛已经相当热烈了。音乐响起，老人们沉住中气，各声部渐次唱起来，唱到大家耳熟能详的"保卫黄河"那个乐章时，风和马的吼叫在剧场里疯狂奔腾，黄河的千层激浪如泄洪一般横扫舞台和观众席。若说老人们的唱功有多么好，那肯定不是，但是一股热烈的奔吼和犹存的满腔激情充满了感染力，令台下的观众汗毛竖立，直到合唱结束，余韵散去，场内响起了经久不绝的掌声。罗潜此时站在后台，默默听完了整个演出，身心感到了极大的舒畅。他扬起头，以阻止略有些湿润的眼眶里面掉出什么东西来，同时开始责怪自己怎么变得越发多愁善感起来。

那天晚上回去以后，两人又趴在窗台上。天气逐渐凉了，夜里海上的温度比陆上要高一些，于是风开始从陆地向海上吹去。两人如旧，一人观星，一人抽烟。老付问他：

"满意啦？"

"满意。"

"这秋天一过，天气就要凉下来了。我这腿呀，一到了冬天就老犯疼，尤其是被这海风一吹，那更是要命的呀。"

"那您可得注意保暖，还好这屋子有暖气。"

"这暖气也是近年才装的呀，这以前哦，条件差得很咧。哦对了呀，到时候窗户常闭，可能要麻烦你到外面去抽烟了呀。"

"不碍事的，那时候我也不在这抽烟了。"

"什么意思？"

"我戒烟了。"

"为什么突然想要戒烟了？"

"我嘛，肺不好，想多活几年。"

"抽烟嘛，这有什么关系，你以后就在屋子里抽好了，我本来就不在乎你这烟味，人嘛总归是要入土的，到了我这把年纪，还在乎吸点什么二手烟吗？我不在乎。"

"护工妹妹们不会同意的。没事，戒了好，没问题的。"

"你知道吗？每当我站在这窗户前面，看着那些海水，我就想，这里是长江三角洲的尽头，也可以说是起始，背靠在上海这么大一个港口，即便有船偶尔从岛旁经过，又有多少人会注意到它呢？我们既然生活在孤岛上，那便有孤岛的气质。"

"若您这么说，那我们这群老人，即便生活在城市里，那繁荣热闹都是属于年轻人的，我们不也是像孤岛一样活着吗？"

"这里原本就是一个沙洲，被水冲成了岛，奇怪吧，都说水滴石穿，照理说江水会把这里原有的东西冲走、抹去，没想到它却朝着毁灭的反方向用力，不仅没有把所有的东西推向大海，反倒在入海的地方造出了陆地。"

不知为何，罗潜想起父亲和妻子离世后，他还曾去过那家居酒屋，只是那猪排、那鱼、那酒，都是平白无滋味，也不觉得老板娘可爱了。

"老付啊。"

"怎么？"

"您知道威斯特彗星已经没有了吗？"罗潜说这话的时候，像是鼓起了许久的勇气，唯恐戳破了一个小孩心中的美好幻想似的。但他无意中查过资料，知道威斯特彗星早在1976年划过近日点时，便已在太阳引力的作用下解体，消散。但是罗潜一直很纳闷，这种知识对于天文学爱好者来说，应该算是常识，付士贵又怎会不知道呢？

"知道啊。怎么会不知道？"付士贵说。他知道罗潜接下来会问什么问题，于是他干脆继续讲了下去，"那颗彗星啊，我实在太熟悉了。当时它划过紫色的夜空，有着扇形的彗尾，带着葡萄酒一样的淡红色，像是把那酒洒在了银河里，可以说是人类发现过的最美的彗星，可是却在被发现之后不久解体了。你说那彗星倒也存在了很多年，为什么恰在被人类发现以后便消逝了呢，而它又那么美，真是巨大的巧合，就像美妙的焰火一样，那个光影永远烙印在脑子里。对我来说，更巧合的是，我儿子就是在那一年出生的，我和妻子在前一年秋天结婚，我们那年春天的耕种有了结果，在冬日里收获了他。儿子的诞生令我们感到无比幸福，那是我人生中最美好的一年，我永远怀念它。"

这番话令罗潜受到了深深的震撼，他一下子明白了付士贵为何对那颗星星念念不忘。那原来是老付生命中最完美无瑕的一年，如同夏花般绚烂、明媚，是他终身的执守。也正是这件事，让罗潜感受到老付身上那长情而又不动声色的浪漫。

他望了望海上的明月，默默掐灭了烟头，从老付身边走开，倒在床上，看着月光从窗口进来，经过老付，在床上洒下一个影子。两人没再说话，罗潜很快沉沉地睡了过去。

又过了几日，有一天早上吃早餐的时候，他告诉付士贵，他要走了，离开养老院。老付似乎也没有特别吃惊，只是问他为什么突然要走。

"其实也没有很突然，早就在想这事。我看到小付她们啊，总觉得年轻是最大的福气，她们那么努力地在做着一些事情，我虽然已经比她们老了许多，但我也没有老透，最近老是想，我还是能做点工作的，至少在六十岁以前还能干上几年，而不是靠着前面攒的一些财产，在这里无所事事地耗费以后的十年、二十年、三十年。"

"像小付她们那样的孩子还是有些志气的，或者说生活还没有让她们消沉；现在我时常感觉到奇怪的，一些老年人还在努力工作，而那些二三十岁的年轻人却想着退休了呀。"

"我也不知道自己还能干点什么，但还是想回去找点事情做。我当初来这个养老院，除了是对自己的一种惩罚和孤立，也是因为心底里对父亲的一种亏欠，我迫切地想知道父亲一个人住在养老院里是什么滋味。现在我知道了，又或许没那么具体，毕竟他没有住过这么好的养老院。但是他在那院里的生活，或许没有那么糟，也没有那么好，孤独是一定有的。我想您一定很清楚，护工们对我们俩这种没孩子的人，总归没那么热络，也不是他们有什么坏心思，说到底，也是因为没有孩子撑腰啊，没人会找他们闹，没人会在我们受了欺负以后前来理论，这是没有办法改变的事情。"

"你以后还会回来吗？我是说你真正地打算退休以后。"付士贵问他。

"我也说不准。以后的事情，谁知道呢？"罗潜吃下一个刚剥好的茶叶蛋。

"那你什么时候走呢？"

"不知道，说不定就是明天呢？也许下月，想好了的话，说走就走吧。"

"喝点酒吗？"

"喝吧，我把这碗粥喝完，一会去镇上买瓶老黄酒。"

"两瓶。"

罗潜笑了笑，说："好，两瓶就两瓶。"

那晚正是秋分，他们俩在屋子里喝完了两瓶酒，老付睡得很香，鼾声却是前所未有地响。原本罗潜早已习惯了那鼾声，可是这晚黎明前还是被老付给吵醒了。他坐起来看看时间，五点，头脑却无比地清醒，他发了一会呆，脑子里想了一些事情。他起身，轻手轻脚地从柜子里拿出笔记本，缓缓地撕下一页，拿着笔，走到窗前，把窗帘拨开一小块缝隙，伏在那窗台上写字。写完后，他把早上买的两包饼干和藏的一瓶酒放在床头，把纸压在下面，这次的饼干不是无糖的。纸上面写着：我已回乡，勿忧，烦请转告院长，后几月房费不必退了。另，东西藏好，只此两包。祝安。潜。

极简洁的文字，是他的风格。他开始收拾行李，可光线实在太暗，他看不清，于是回到床前开了那盏小台灯，老付酒意很浓，似乎一盏台灯的光亮不足以影响到他。于是罗潜有条不紊地从衣柜、梳洗间等各处，摸黑整理起自己的物品。速度很慢，但他的东西也不算很多，花了将近一个小时，总算打理好，天已初亮了。跟来的时候一样，一个拉杆行李箱，一个大号的双肩背包，只是包里多了三张照片，一张是二组的演出前的合照，一张是大合唱团舞台上的合照，一张是和付雪菡的合照，照片上面的小付，留着齐肩的半长发，笑得很甜美。

他带着行李走了，他也想过，是否走得仓促了些，是否需要有个小小的仪式同相熟的人告个别，但他在脑海里已经做过仪式了，告别更是不必。照着他清冷的性子，那就这么走吧。

他平日里总是出入院子，和保安已熟识，他在院门口和保安说了情况，再三保证他会在院长早上上班以后向他打电话告知离去的消息，并通过信件办理出院的手续。保安犹豫了许久，竟还是放了他出去。他对这种信任充满感激。

罗潜走在那条两旁全是草的路上，如今青草早已全都枯黄，清晨有些冷，风和海浪的声音此起彼伏。

回乡的路在哪里呢？哪里才是他最后的家乡呢？自己孤身来上海生活了几十年，倘若自己有子女的话，自己的异乡也已成为孩子们的故乡了吧。罗潜自己也不知道，他只想先踏上渡船。唯愿老人们全都平安幸福，上船那一刻，他想。当他回头，只看到一片虚无。

葬礼那天，仪式很简单，罗潜没有什么亲人过来，院长找人把他葬在岛对岸的一座小公墓里，还组织老人们默默地在坟前献了花。老付把他自己那个天文望远镜用精美的礼盒装好，直立着靠在他的墓碑旁边，说："老弟，你在那边若是无聊，就用它来看星星吧。"

老付记得那晚，两人喝着酒，老付讲述着他生命中最完美无瑕的一年，那一年威斯特彗星划过夜空。罗潜望了望海上的明月，默默掐灭了烟头，服下早就备好的几粒药。他从老付身边走开，倒在床上，看着月光从窗口进来，经过老付，在床上洒下一个影子，他的妻子和父亲都躺在身边。他看着另一个自己出了门，离开这座岛，然后他睡着了，从此没有醒来过。

完美作家

一

当海鸟被梦见于滩涂上捕猎一只罕见的蛙类，祝晓伟觉察吞下爬行动物导致冰冷滑腻的外皮梗在喉咙里，因而瞬间醒来，发现一股液体正从食道处即将往外涌出。他竭力思考着今晚酒醉之前，在酒店会场里发生的所有事，包括晚宴上那些热情的宾客以及他们脸上值得玩味的笑容。一小时前，他刚刚和那个多年未见的女同桌在马路边分别，那时候他觉得自己非常清醒，事后想起来又不那么清醒。今天的事情都非常顺利，一切都按照他所计划的那样进行，几乎所有人都尽兴而回，他切身体会到所有人都爱他，尊重他，甚至拥护他，人们跟他合影，也跟他妻子合影，好几个人也像是醉了酒，不是过来摸他的头，就是拍他的肩膀，真诚地祝福他，所有人都说他是一个好人，一个非常仗义、有能力而且豁达的人。被人簇拥的感受对他来说并不陌生，他一直也很享受这种待遇。然而今晚不知是错乱的预感还是酒后的空虚，他从来没有觉得如此惶然。他从这种惶然中清醒过来，缓缓抬起头，发现自己趴在桌上，香油混着大蒜的气味钻进鼻孔，眼前是热辣鲜红、冒着烟雾的火锅，火锅对面，正是那位姓卢的女同学。她见他醒来，于是歪了歪嘴角，若无其事地说着，好像是对他之前中断的一段对话的总结。

"这么说来，你还真的没有读过你妻子写的书。"

他以为她会问出他是否清醒、是否头疼之类关切的话语，没有想到她竟然没来由地说了这么一句。他从今晚的碎片记忆中逐渐回想起来，在安排人把所有宾客送回酒店以后，因为人多眼杂，因此也郑重其事地和她告了别，她挥了挥手，提着小巧精致的手包，站在路边等车。但当他发现所有人都走了以后，赶紧小跑过去，赶在她拉开出租车门之前，悄悄拉住了她的胳膊。她笑了笑，或许是出于礼貌，没有抽回手，只是笑盈盈地问他："怎么，还想喝两杯？"

这位姓卢的著名女同学和那些著名的客人一样，都是应了祝晓伟的诚挚邀请，从全国各个地方到重庆来参加他妻子的新书发布会，顺便让各路朋友都可以借此机会见见面，喝顿大酒，谈论近作和人生。实际上，每当他们相聚，场面话说了很多，这两样东西都谈论得很少，更多只是作为开启话题的引子，倒是祝晓伟很善于利用这种机会，把朋友的朋友发展成为自己的朋友，这是一个非常高明且重要的手段，趁着见面的机会，好酒一喝，段子一聊，加上自己原本有些诗才和名声，原本隔座山的关系，很快就变得隔张纸了，下次再与他合作业务的时候，也就容易许多。祝晓伟是一个在圈内颇有些影响力的诗人，他那位女同桌曾在远方给他写过评论，里面很玄乎地说道："他外貌虽然看起来干练，眉眼间总带着些隐而不发的愤怒，但是诗歌的风格却是清丽、洒脱，字里行间在隐而不发的愤怒中带着些许的悲悯，玩世不恭当中是对天人合一境界的向往与对现世疾苦的同情，是众人神性期待的写照。"实际上，这并不能完全概括他为人的圆润。

两个人是十五年前在北京一起参加创作培训班的时候认识的，那时候他才二十五六岁，卢同学比他还小一岁，她由于太过优秀，在班里属于别人不敢轻易接近的角色。她人长得秀气，脸的骨架很小，五官精致，但是由于爱吃美食，因此身材带点丰满的感觉，看起来很温柔很知性，是几乎所有男生都会喜欢的邻家女孩性格。但她正因为有着外表上的优势，于是在穿着打扮上格外注意，总是穿得十分休闲，要么是牛仔裤上面套一件灰色运动T恤，要么就是运动裤搭一条宽松的黑色衬衫；偶尔穿一次裙子，也是不显山不露水，色调永远是简单的黑白灰，鞋子都是运动鞋，从来不穿高跟鞋。她似乎刻意要把外貌这个因素从自己的身上抹掉，生怕别人说她是因为凭借自己女性身份和漂亮的外表进了这个培训班。这个班里每年每省只招一个人，来的都是在各省被认为有些创作潜质的年轻人，年轻人大多心浮气躁，且有点自命不凡，其中有些是带着创作任务来的，有些是为了离开原岗位能够休息一段时间，有些则是来随缘交友，打算扩大交际圈的，唯一就是没有来认真学习的。祝晓伟那时候还是个不太能收得住性子的少年，在地方上经常惹事，并且喜欢骂人，尤其喜欢骂那些虚伪的、表里不一的圈里人，可由于他不服输且喜欢发狠的脾气，那些人大多不敢惹他，听到他的名字就像是躲瘟神一样，一边摇头一边绕着走，既讨厌又无可奈何。可不管怎么说，他的天赋才华还是有一些的，那次他刚在重要刊物上发表了几组诗歌，却正好惹了事。由于一首诗的缘故，他骂了一个邻县的作协主席，说那人东西写得很烂，还到处炫耀。他原本说得没错，但是骂人就不对了，于是就被送到培训班，接受几个月的再教育，其实这是一个很好的机会，很多人求都求不来，他自己理解为：所有人都不想看到他，于是索性把他送到北京去，这样一来，当地至少能过几个月安生日子。祝晓伟这个人年轻的时候性子野，时常撒泼打架，父母左右禁止不住，他书读得很多，知识很渊博，但是学却没有正经上几年，只是一个高中学历，连大学也没上过，就出来闯荡社会；而卢同学则是一所师范学校中文系的在读博士，她的导师是国内最有名气的那一批作家之一。这一两相比较，他们两人在学历上的差距就不言而喻了。因此祝晓伟经常故作谦逊地向卢同学请教一些创作理论上、技术上的问题，而她也大大方方地对他进行教导，实际上祝晓伟是从来不相信那些理论的。那时候她还是个学生，没有固定收入，而祝晓伟则在一家报社里挂着职务，混口饭吃，因此为了感谢她的指导，祝晓伟时常一拿到单位发来的工资，就请她和同学们到校外一些老字号的小餐馆去吃饭，去看刚上映的电影或者很早之前的电影。卢同学很喜欢看电影，由于北京的资源更丰富，于是他们总能找到一些其他地方很难看到的冷门电影来看，祝晓伟给她推荐了罗伯特·德尼罗、佩德罗·科斯塔的电影，而她则喜欢法国的特吕弗，不过两人也有一个共同喜欢的导演，那就是希区柯克。几个月的时间过得非常快，由于个性爽直，为人仗义，祝晓伟在学校里认识了很多朋友，这次来参加发布会的朋友中，就有好几位是那时候结识的，如今都已经成为各自领域的翘楚。也许那时候正是在校学生的卢同学感触不太深，但是祝晓伟心里却对这几个月的生活记忆格外深刻，因为对他而言，已经有将近十年没有回到过学校了，这几个月无忧无虑的日子算是给他补上了一段缺失的校园时光。从班里结业以后，大家又各自回到原先的生活圈子，彼此之间虽维系着联系，但大多不远不近，保持着礼貌的社交距离，偶尔有一两个同学去其他省串门时，大家又会热闹一阵子，眼含热泪地握住彼此的双手，回忆那段同窗的日子。

　　自从他做起文化中介的生意以后，经常在全国各地出差和交流，见过不少认识和不认识的当地名流，但此次祝晓伟把新友旧交全都请来重庆，是他以前没有做过的事。就连他自己的诗集出版发行的时候，都没有请过那么多人，只是叫了几位身边最亲密的损友，举办了一个小型的聚会，摆出珍藏最好的酒，大家全都喝得大醉而归，就算了事。如今妻子赵知晚的第一本小说公开发行，他动用了自己所有的资源，几乎是小半个国内文化圈的重要人物，有知名刊物主编，有获过国家级文学奖的作家，有名校教授，还有一些和他一样的文化商人以及影视剧导演、制作人。对于会场的布置，祝晓伟也是格外用心，为了能让来宾看到有重庆特色的江景，他特意选择了市中心两江交汇处最豪华的高层酒店，可以同时看到清澈的嘉陵江水与浑浊的长江水，在此地合二为一，化天地为太极。他让自己公司里最有能力的下属带着几十人的团队来负责现场的装潢，他本人也多次亲临现场督办这件事。根据他的要求，会场既要做得大气，配得上与会贵客们的身份，又不能过于奢华张扬，更不能落于俗气，要能衬出艺术家们的格调和典雅气质。他四处收购名贵的地毯用于发布会舞台地板的装饰，精心挑选花草放在会场和舞台四周，每张桌子上都放有从云南古山寨里买回来的好茶，还有一个精巧的小纸袋，里面放着不知何物的伴手礼。他设想着，到了那个时候，祝晓伟带着妻子盛装出席，现场气氛热烈，嘉宾们纷纷对他妻子的作品称赞有加，经过大佬们的捧场和颂扬，加上请来名家作序，即使是平凡无奇的作品也能披上华丽的外衣，成为文化市场上热销的宠儿，而他的妻子，那个身材瘦弱、双颊干瘪、头发枯黄的小个子中年女人，则会因为写出了精彩绝伦的小说，形象变得高大起来，整个人也开始富有魅力。他的妻子将成为他文化包装产业当中一个新的成功项目，也是最重要的一个。妻子的形象的提升，也是作为丈夫的他形象提升的重要一环。两夫妻当中，一个著名诗人，一个新锐小说家，这足以传为美谈；而这一案例的成功，可以使他文化公司的业务更上一层楼。这是一举多得的好事，为此他已经谋划了很久。为了避免活动过程中出什么岔子，他让筹备组把整个流程预演了两遍，又在心里把所有头绪都捋得清清楚楚了，方才放下心来。到了这一天，进展果然十分顺利，一切都按照既定流程进行，名家中最有分量的代表们依次上台发言，对这本小说提出肯定，他们底蕴深厚，表达流利，引经据典，深入浅出，一会聊到小说创作本身，一会又说到祝晓伟及其夫人的逸闻趣事，场上掌声连连，金句频出。现场唯一不可控制的情形，就是有位姓邱的教授登台之后，情绪高亢，聊到创作与美学，胸中的言辞和见解不由得喷吐而出，唾沫四溅，直到已经严重超出发言时长，依然停不下来。后来是他的老友直接上台打断他，笑言下次给他单独开讲座的时候再把真知灼见传授给大家，场内欢笑声一片，这才收了场。见大家兴致都这么高，坐在台下的祝晓伟一边和大家一同起哄，心里自然也十分高兴，他不停地观察赵知晚，看见她脸色略微泛红，精神饱满，每当名家提到她小说中的精彩之处，她就眉目含羞地望向他处。到了该她上台致辞发言的时候，她也只是简单得体地说了几句感谢的话之后，没有多言就微笑着下了台，还是以往那种谦逊、朴素的样子。到了来宾问答环节，面对大家的问题，可以看出她还是有些紧张的，但她努力地调整着自己，说话的时候，语气温和，态度恭敬，对到场的所有人都表现出了十足的尊重，在面对别人对她的过度夸奖时，她甚至学会了一些她丈夫的幽默语句，进行巧妙的化解，并且显得自然不做作，看到妻子的表现，祝晓伟第一次因为妻子产生了骄傲感。最后现场签名的时候，许多人拿着书围到她身边，其他人在后面排着队，等待她在书籍素雅的扉页上留下一个娟秀、清丽的签名，在与她合照一张，从头到尾都充满了应有的仪式感。

　　晚宴的时候，祝晓伟和赵知晚原先一起坐在主桌，同身份级别最高的几个嘉宾坐在一起，随后两人一同去其余各桌敬酒，酒过三巡，他们又分开活动，各自去和相熟的朋友叙旧。妻子去和几个闺蜜聊天，有一个是她的发小，还有三位从外地专程赶来看她，几个人相谈甚欢，很快就把祝晓伟忘到了一边。散场之后，赵知晚说要和闺蜜团换个地方继续聚会，让祝晓伟独自先回去。

"今天是你的日子，今晚都听你的。"他对妻子说。

二

"你说实话，你觉得知晚的小说写得到底如何？"隔着煮着火锅的桌子，祝晓伟问卢同学。

听了这个问题，卢同学面露难色，略微思考了一会，反问他："我有一个疑惑，你既然都没有看过你妻子写的小说，怎么会有这么大的勇气，请来这么多名家为她宣传呢？"

"我本人不爱读小说，你知道的。即便是我妻子写的东西，我也很难有耐心读完，再加上我对她的创作并不抱太大的期待，所以请了一位在重庆有些名气的小说家替她把关，他看过以后，对她的这本处女作评价很高，我看得出他很真诚，也就是说他是真的觉得知晚写得不错。这个东西还算不错，这对我来说就够了，这本来就是一个项目，她在写作上取得名声，对我的公司经营很有帮助。"

"所以你妻子也只是你商业布局当中的一部分。"

"也没有你说的那么高端，我不过是做一些小生意罢了。"

卢同学把身子往前探了探，像是在仔细打量他。祝晓伟虽然也过了四十岁了，但他身材依然清瘦，头发乌黑，虽然眼角有了些浅浅的褶皱，但整个人看起仍然充满朝气，既没有暮气，也没有郁气，只是增加了几分那些事业成功的男人身上固有的自信。

"这么多年，你没怎么变，但是又变了很多。"卢同学撤回身，斜倚在椅子上，缓缓地说。

"你倒是变了不少，小卢。"他说，"你更漂亮了，而且你的作品卖得很好，现在已经是在电视上和大学里为人们做演讲的名人了，浑身散发着优雅的气息，和我当初认识的那个小姑娘已经完全不同，但是看到你的样子我丝毫也不意外，因为一个起点那么高的人，按照正常发展理应成为你的样子。很高兴你为大家做了人生顺利的示范，而不是成为那种中途陨落的天才。"

"听到你这么说，我还是很高兴的。"她说。

"话又讲回来，你觉得知晚的小说到底写得怎么样？"他还是很想从她口中真实地了解这个问题，"是不是写得不太好，很平凡，甚至很烂？"

"正相反。"她说，"这本书写得非常好。"

"你是真心这样认为的吗？你懂我的性格，大可不必因为她是我的妻子就说违心的话。"

"当然是认真的。故事很精彩，她的文字很流畅也很干净，在叙事的过程中把情绪拿捏得很准确，该饱满或者该松弛的时候，总是能够把读者的情绪调动起来，在推进节奏和结构设计上也都可圈可点，对于一部处女作而言，已经算是相当成熟和优秀了。我喜欢它。"

"你的话让我感到吃惊。"祝晓伟说，"说实话，我没想到你会喜欢这部作品。甚至请你来的时候，我还有些犹豫，我担心大家对她的虚假奉承会让你感到不适。"

"一开始，我也有这种顾虑，所以我事先找了那本书来读，读完以后才决定过来的。"

"我知道你的小说写得很好，偶尔也为别人写评论。在评论界，你和那些善于表扬作者的人不同，你可是一直以严格和毒舌著称。

你对赵知晚的好评的确是让我意外的。"

"你对你妻子的写作这么没有信心？"

"说实话，我根本没想过她会写作。在她写完以后，独自去把书稿交给出版社之前，我一直以为她只会做一些无趣的事情。"

"我今天第一次见到她本人，对她完全不了解，但是从她的书里可以看出来，她应该不是你所说的那种无趣的人。"

祝晓伟脑子有些混乱，但是没有接她的话。"还吃吗？"他问。卢同学摇摇头。

于是他们结账走出火锅店，一路沿着石梯往下走。他早就想过，假如有特别的客人来到这座城市就要带他来这家火锅店吃东西。这店所在的小巷，处在闹市的隔壁，两旁都是些九十年代的居民楼房，顺着山城的小坡蜿蜒而下，树影婆娑，来到主街上，则是极繁华的商业街，即便到了很晚，也总是人来人往。夜光中的城市让两人之间的距离看起来忽近忽远。他们聊起以前的那些共同熟识的人，他说，有个同学后来转行当了摄影师，在那个行业混得不算好，不过他后来花光积蓄在福建一个近岸的小岛上开了一座菜市场，娶了一个渔民的女儿做妻子，养了两个孩子和十几头牛，成为了一个岛上的牧民。她说，有一个她曾经十分欣赏的帅气的朋友，但他不知道遇到什么事情，整个人变得十分愤怒，持续性的那种愤怒，在日常生活中任何人在任何时候都很难看到他的表情有所缓和。而这种愤怒最大的副作用，则是他的身体现已随着怒气而膨胀，早已看不出原先的形状。还有几个同学出了国，其中一个专门研究哈布斯堡王朝时期的奥地利，出版了几本学术著作，甚至比很多欧洲人还清楚那段历史，他和他的家人如今住在米兰城里，买了一所热那亚商人留下的旧房子，很大，里面有花园、静修室和葡萄园。"很多人分开久了之后，我们没有随时关注他的生活，直到某天突然得知时，他们生活轨迹的变化大到就像是重新投胎转世了一般。"祝晓伟略有感叹地说。有时候自己身边的人都无法彻底了解，更何况那些已经成为符号的远行人呢。夜已深了，两人走到江边的广场，在栏杆前看对岸渐渐熄灭的灯火。

祝晓伟指了指不远处的曾家岩嘉陵江大桥，说那下面的滨江路上有一家精酿啤酒吧，环境清新安静，他很喜欢老板的音乐品位，适合小酌一杯。

"今天有些太晚了。"卢同学说，"我明天晚上的飞机，假如你明天有时间的话，下午还可以一起喝茶。"

"也可以，我知道一家茶室，茶很正宗，院子里有月桂的香气。那种优雅的氛围更适合你。"

"好，那明天见。"卢同学说。

祝晓伟轻轻搂了搂她，她身体微微颤抖了一下，没有立即推开他，但也没有伸手抱他，祝晓伟能感受到她身上淡淡的清香、微弱的体温以及秋日朝霞一般的清朗和煦。过了几秒钟，卢同学温柔地试图挣脱开来，祝晓伟也依从地放开了她。两人对视了一下，便开始默默地往回走。来到马路边上，为了表现出自己的风度，祝晓伟主动拦了一辆出租车。她上车以前，一副欲言又止的神情；上车以后，用手机给他发了一条信息：我有个小小的建议，你若是当真没有读过你妻子写的书，那你回去以后还是看看吧，我认为这是你应当做的事。

看到这条信息，加上她之前说的话，他陷入了沉思。他回去以后，家里的灯都暗着，妻子还未回来。这种感觉还挺特别的，他想，很少有这种时候。平日里都是妻子在家等他，两人由于没有孩子，日子过得安静而且轻松。在过去，家里人想要他们生一个孩子，可他不同意，他心里不怎么喜欢小孩，虽然有时候难免觉得冷清，但祝晓伟还是很享受那种自在，也让他有足够的精力应付繁杂的工作。那时候生活要比现在拮据一些，祝晓伟经常出差，心里只想多挣一点钱，但他在外地时孤身一人，偶尔也接触过其他姑娘，他身边是有人知道的，但总算没有传出去。这一两年来，他慢慢改变了想法，想要生一个孩子，可是妻子却不怎么乐意，说检查身体的时候，医生说她身体不怎么好，需要调理一段时间才可以备孕。祝晓伟还是尊重了她的意思。

今天独自在家，祝晓伟还觉得有些不适应。妻子平常对他算不上热情，但是很有耐心，也很体贴周到，他发脾气的时候总是让着他，性子总是那样淡淡的，不争不抢，把家里的事情、老人们的事情处理得井井有条，并且和那些絮絮叨叨的家庭妇女不同，她话很少，也几乎从不对祝晓伟的任何事情提出意见，除非是他主动向她询问意见。只有一件事除外，那时候他们还住在谢家湾的老屋，两人想要在江北买一所新房子，赵知晚说，她想要一所视野宽阔的房子，其他的因素她都不介意，户型、楼层、交通，都由着祝晓伟去决定。他后来才知道，她想要在阳台上能看到嘉陵江，以及对面的朝天门老码头和旧广场，她一直喜欢那些有历史感的东西，后来老码头被拆除，在原址修起极高的摩天大楼时，她是非常失落的。祝晓伟回想起他们当初认识的时候，赵知晚就是这个样子，这么多年几乎没有变过。她中专毕业以后，起先在一个面包厂里当备馅工人，每天按照固定的程序调制豆沙或者奶油。后来经家里人托关系介绍，她到解放碑的新华书店里上班，一年以后，祝晓伟在那里开诗会的时候认识了她，她负责为那次活动服务。他在一群开朗火辣的重庆姑娘中，一下子就喜欢上了她低调、谦雅的性格。上班的时候，她就经常把那些没有塑封的书找过来看，她把书城里历史类的书籍看了个遍，也经常翻看一些天文类的书，还会把一些她喜欢的画册以内部的价格买回家里。和丈夫浓密的黑发不同，赵知晚深陷脱发的困扰，她前额的发际线很高，总是把两侧的头发梳到中间来。她喜欢去那些古老的地方旅行，喜欢那些花草掩映的阁楼；她会把脸贴在城墙上，像是在听故事一样，她矮小的身体在高大的城墙下显得更加颓靡。她可以一眼分辨出唐朝的瓦与明代的瓦的区别，也可以详细地说出每个地区窗棂的构造有什么不同。祝晓伟有时候会觉得她矫情、陈旧，像是放在古代院落里的过时书案，对现代的事物没有多少兴趣。因此，当他知道赵知晚开始写小说的时候，他就暗暗决定，他是绝对不会去读那些注定无趣的文字的。

他洗完澡，一边擦拭头发一边拿起手机准备给妻子发信息，问她何时可以回来。但他想了想，又把手机放下了。她在家等他这么多年，今天是她的好日子，自己等她一晚也无妨。于是他走到书房，打开台灯，从书房里显眼的位置拿出自己的几本诗集，翻看了几页，又放下。然后从书柜边缘的地方取下妻子的新书，回到客厅的窗边坐下，第一次认真地读起来。他一页页地翻着书，又望着窗外的江水发了会儿呆。他仔细翻阅，书页间弥漫着淡淡的墨香，仿佛妻子的气息就在其中。他打开书的第一页，开始阅读。字里行间，一段陌生而又熟悉的故事在他的眼前展开。书中的主角果然是个女人，对此祝晓伟毫不意外，他还认为，书中无非将会是那些女人在婚姻和家庭生活里那些细腻和反复的心思，充满了从女权主义出发的抱怨和控诉。但他还是坚持读下去。故事用第一人称的角度写到，书中的她有一段完美的婚姻，但她在几年前曾有一个年轻的情人。那个男人对比他大八岁的女主角发起热切的追求，让她在极度的犹豫之后再也无法拒绝，她也因此感受到前所未有的快乐。他身材高大健硕，阳光俊朗，并且是一个画中国画的画家，他爱好丰富，精通多种运动，还经常趁她丈夫长时间出差的时机带着她去国外周游。他们去新加坡吃肉骨茶，去马来西亚浮潜和冲浪，一起去罗马城的咖啡店里品尝各种意式点心和冰淇淋，她曾说过她最钟爱一种佛罗伦萨脆饼，于是她去吃了好几回。他们还去法国的里昂和马赛游览，去卢浮宫参观藏品。除此之外，国内的各处山川原野，他们也在一起多次涉猎。他在雪山外的民宿里探索她的身体，在浪漫的湖畔别墅里亲密无间。他很爱她，也很尊重她。直到有一次她那个年轻的情人去拜访他的老师时，在路上出意外去世了——那场车祸原本没有伤到他，可是却因为过度惊吓，引发他原有的心脏病而死去。这场突然降临的生离死别，令她受到巨大的冲击，她心中一直非常痛苦，并且她也不能将这种痛苦告诉生活中的任何人，在没有出口可以宣泄苦闷和相思的情况下，命运推动她读到弗吉尼亚·伍尔夫的书，读到勃莱的诗集，甚至米沃什的诗，一种迸发式的情绪积满了她的全身，于是她提笔写了一本小说，纪念那段不为人知、不道德且刻骨铭心的爱情。这些内容都是书中所写的故事。祝晓伟在读的时候，他就觉得有些不对劲，因为其中的内容看起来太过于真实了。看完这本小说以后，祝晓伟心中如被巨雷击中。他知道这是一部小说，小说自然是虚构的，但是一向沉默寡言的妻子怎么突然想到写这样一本书，而且书中的文字如此情真意切，生活场景也有诸多与现实相近的地方。尽管她在书中滴水不漏地没有写出任何与她真实生活相同的地名和人名，但也有几个细节是她在与祝晓伟交流时曾不经意提到的，比如那个脆饼。他也知道，这并不能说明什么问题，因为她很可能在写小说的时候把这种内容放进去，形成一种虚实不定的效果，到底是小说解释了现实，还是现实反哺了小说，真相不得而知。正是这种矛盾与猜测，让祝晓伟心中生出许多烦闷。此时他终于明白，那些朋友为何在她的新书发布会上，用别有深意的笑容看他，他一度认为那种笑容是他的错觉或者过度敏感了，如今带着三分醉意，看完小说以后，那些场景和笑容对他来说就更加魔幻了。小说中事情的真假他一时间难以分清，或者说部分真、部分假，但是结果是确定的，对于祝晓伟来说，这件事一点也不体面。原本他就是想通过这次新书的发布来完成个人声望的累加，而如今大家看过这本小说之后，心中一定会对故事产生各种遐想，假如妻子果真在婚内出轨，他却全然不知，反倒替她将这件事弄得众人皆知，那他这个脸面就彻底丢光了，更讽刺的是，这些宾客汇聚到重庆来参加这场发布会，还是他亲手操办的，怪不得有人笑着夸他大度，他觉得自己简直就是一个滑稽头子。还有一个让他想不通的地方，就是那个情人假如真像书中描写的那么优秀，怎么会爱上其貌不扬还年长他几岁的妻子呢？尽管这一点让他疑惑，但他和妻子一起生活了十几年，两人之间是有一种默契和感知的，他越想越清晰，书中那些时间线，与他这些年去外省出差、去国外访学的时间是能够联系得上的，现在回想起来，他还和朋友夸赞妻子，说他出来这么久，她从来不多过问，不说废话也不每日都仔细查问他在干什么，原来是这么回事！这件事情虽然没有证据，但他在内心当中已经确认了她与情人的纠缠是确有其事。一开始，祝晓伟感到愤怒，从而觉得悲伤。那个男人收到了她的香囊。妻子善于制香，她总是把一些快要凋零，即将散去香气的花朵收集起来，分类放进小木匣里装好。她有时间的时候，会把花儿拿到研钵里用杵捣碎，在坩埚里微微加热，放入沉香，加一点点花籽榨的油，调和之后阴干，再用粗麻袋子封好，装进香囊里。她有一整盒这样的香囊，没有放在新家，而是在旧宅的书房里，很少示人，只在需要仪式感的时候，拿出一两个赠予别人，当作极用心的礼物。这是古代女子的做法，当今还有几人会用这样的方式表达心意呢，祝晓伟很不悦，连他也没有收到过妻子送的香囊。

城市在夜的缝隙中半梦半醒，有些起得极早的林鸟趁夜在小区的树丛里来回跳着。眼前的江水缓缓而去，祝晓伟又把书翻开，仔细读着，刚刚因为愤怒，他读得很快，尤其是后半部分，那些描写两人互相倾诉爱慕、交欢以及妻子在情人去世后的极度思念的文字像一根根蜂刺，扎在祝晓伟的心上，使他甚至不敢去想象那些场景。他一直认为，妻子对他顺从、依赖，是她十分爱他的表现，而他则对妻子没那么在意，这一点还有些令他得意，当然，这本书的出现令这些幻觉都彻底被推翻了。一声汽笛的鸣叫带来了黎明，他点了支烟，坐在书桌前，读到妻子的语句：夜晚独自写小说的时候，偶尔听到鲸鱼的叫声，那是汽船在嘉陵江里努力生活的声音。赵知晚仍未回来，他回想着妻子提着笔，坐在这个位置上默默书写的那些夜晚，以及那个看起来毫无能量的躯壳撑起的孤独身影。他很自私，因为他曾经很讨厌那个背影，一个少言寡语在他看来语言匮乏的人，一个在他看来毫无才华的女人，在他面前如此投入地写作，令他觉得可怜。现在诸多情绪在他体内上下流动，令他疲惫，在酒意的加持下，他终于趴在桌上睡着了。

三

宴会在热闹声中进行着，人们品味美食，畅谈着文化，彼此交流着情感，这些回忆通过一种压抑的方式涌进他睡眠中的大脑，使他生出许多的悔恨。然而，祝晓伟的心思却早已不在这些繁杂之上，当他醒来的时候，打开手机看了看，已经上午十点半，上面有一条妻子发来的信息：昨天聊到太晚，在小月家里睡的，和佳颖挤在客房。现在小月和她老公在准备午饭，一会儿我吃完再回去。他想了想，没有回信，当作默许。然后他给卢同学发了一条信息：起来了吗？中午一起吃饭？

卢同学很快回他：很不好意思，早上已经和另外的朋友约好了午饭，余导演昨天也来了，你肯定认识，要不你也过来。祝晓伟说：认识，不过既然你们私下约了，我也不便过去，午后再说吧。卢同学说：好，你把下午喝茶的地址发我，午后联系。祝晓伟说：一会你把吃饭的地址发我，我去接你。

发完信息，祝晓伟有些小小的失望，而且还没有从昨晚读妻子小说的震惊中回过神来。他觉得肚子很饿，出了门，想去寻些吃的。他和妻子在楼下菜市场外的小店里吃了十年早餐，今天他却跳过那家店，在不远的地方随意吃了一碗面条，面条店旁边是一家小烟铺，再旁边是一家书店。吃完面，他走进书店，随意逛着，令他再次意外的是，在书店很显眼的位置，摆放着他妻子的书，那是畅销的书籍才能享有的区域。他装作随意地拿起这本书问店员，好卖吗？

"好卖，这本书最近很火，上架一个多月以来，基本上是店里最畅销的几本小说之一了。"

"你知道为什么吗？"

"我虽然在书店上班，但我不是很爱看书，只大概看过一点，没有看完。不过我另一个同事仔仔细细地读完了，说这个作者写得非常好，当下相信爱情的人太少了，这本书给了他们希望。"

祝晓伟听完，再也无法保持从容的脸色，他放下书，快步走出书店。假如在婚姻当中，妻子和另一个男人的情事被称作爱情，那她的丈夫算什么？他无法理解。他更没有想到的是，在他自作聪明地给她开发布会之前，这本书就已经卖得很好了。他想起自己的诗集，他出过的几本诗集除了在朋友间传阅，实际上并没有被广大陌生读者真正认识到，他的名气在圈内远大于圈外。这一落差很难说没有对祝晓伟产生影响，总之他现在很想找个人聊一聊，但不想和身边太熟悉的人谈论这件事，没有比卢同学更适合的人了。他想到下午约定喝茶的那个地方，离他的老宅很近。自从他和妻子搬到现在的住处，就把父母迁到了老宅居住，那里虽没有老家的房子宽敞，但离他家比老家要近，便于照应。他给父亲打了个电话，说中午回去陪他们吃饭，于是在菜市场买了些鱼和牛肉，回家去了。

祝晓伟的父亲曾是一个片区民警，母亲是社区医院的护工，两人都退休在家，由于赵知晚对两个老人非常贴心，所以他们都很喜欢她。回家以后，母亲一个劲地问他，知晚到哪去啦，怎么没回来吃饭？他只能挤出一个笑容，说，她现在出名了，有事在外面忙呢。母亲也没再多问，便去做菜。

吃完饭，他陪父亲看了会电视，脑子里却全是那本小说的事，他想到妻子送给那个男人香囊，又想起来，那盒香囊不就在这边吗？他想去看看书中那个米色的香囊是否还在那个盒子里。

他来到书房，打开很久不怎么用的那个柜子，但很奇怪，这个柜子里面的所有东西很干净，没什么灰尘。他凭记忆找到那个灰棕色的刺梨木匣子，拿到桌子上端详起来。盒子上有把小锁，他思考了半晌，关上了房门，拿起旁边的木头纸巾盒，用力砸在了小锁上，那锁本来就是女生用来锁日记本的那种，看起来精致，实际上并不怎么结实，锁片很薄，砸了一下之后，祝晓伟用力一掰，就把它打开了。此时，香气已经开始随着缝隙漫溢了出来。

打开盒子，他仔细清点了一下，里面的确没有书中所写的那个米色香囊，到底是那个香囊本就是虚构的，还是赵知晚真把它送出去了，他一时难以分辨。然而当他把盒子的盖子拿起来，准备盖回去的时候，发现盖子内用松香贴着薄薄的一个小册子，有二十几页纸，他小心翼翼地把纸取下来，打开一看，原来是一份合同。这是一份意外险合同，投保人是一个陌生的名字，而受益人则是赵知晚，受益金额是整整两千万。这份合同令祝晓伟感到诧异。合同翻到最后，是一张单独的纸，上面是保险公司出具的理赔款支付确认书，领取人是赵知晚。忽然，他眼皮收紧，眼睛一亮，一种恐惧的念想闪过心头：这难道就是书中那个男人的真实名字？倘若不是，他想不出有任何人会买这么一份巨额保险，并把受益人设为赵知晚；若真是他，那么这件事似乎或许就比目前看到的要复杂。祝晓伟坐在桌子面前，就像昨晚一样开始，思绪细腻而痛苦，他试图抽丝剥茧般地把这些细节思考清楚。那本书总体都让他难受，但是相比起其他的句子，书里有一段内容，是最令他难堪的部分，他永远也不希望提起的。那最刺痛他的句子是：我深爱的那个男人，他曾在大西洋佛得角夕阳的风中为我吟诵了自己写的一首诗，他的眼神是那么温柔，他的诗句是那么美好且干净，他是那么有天赋，充满灵气，比岛屿上的热带雨林和渔船更加质朴，假如他一开始成为一个诗人，那么他一定会是一个完美的作家。祝晓伟作为一个诗人，妻子从未赞扬过他的写作，但她把这样真诚的欣赏给了她的小情人，就因为他在动情时随意写的小诗，就担得起她心中完美作家的名号，这是他难以忍受的，并且从书中可以看出来，他的妻子整个身心以及所有的爱情都献给了他，那么他们的婚姻接下来应该怎样维系呢？他不清楚，他心底里不想离婚，因为那样他就彻底沦为了众人的笑柄；可是他也不知道如何在信任崩塌的情况下再去每日面对妻子。他如今开始恨她，恨她为什么要写这本书，把本来可以埋藏在心的秘密公之于众。每个人都有秘密，但没必要让人知道。他瘫坐在巨大的靠椅里面，边想着外面的父母边发呆。自从想到这一点，他就再也无法停止这个疑问，赵知晚到底为什么要写这本书呢？难道只是因为怀念吗？她明知道身边所有人看过以后，她的生活会发生颠覆，可她偏偏毫无顾忌地这样做。那个男人在与她感情最浓厚、最如胶似漆的时候突然离世，再联想到这份被她秘密保管的保险合同，难道那件意外和她有关吗？想到这里，一股凉意从祝晓伟的后背升起，这样的猜测让他突然恐慌起来，赵知晚私自领了那么一大笔钱，可他毫不知情，他一瞬间觉得自己似乎从来没有认识过自己的妻子一般，对她心中的任何角落都完全不了解。他多次想拿出电话给妻子打电话，此时她应该刚从容优雅地和朋友共进完午餐，正在享受大家对她的新书和她本人的恭维带来的闲适感，但他忍住了。祝晓伟焦虑地在屋子里走来走去，还是很想搞清楚妻子到底为什么要写那本书，这么多年以来，她一直像个透明的人一样，刻意避开陌生人的关注，只沉浸在个人的感性生活里，也很少关心国事以及网络上的事。除非她有什么意图，非得那样做不可。

突然间，祝晓伟用力拍了拍自己的脑门，像是一股震颤的禅意注入他的精神中，假如那场意外与她有关，那位情人的去世很可能就不是意外，而是经过某种筹谋的；而妻子作为他的地下伴侣，又是巨额保单的受益人，将来某天被警察查到，自然是很难摆脱干系的。因此她把一个精心编排好的故事出版出来，以类似回忆录的方式倾诉和纪念那段经历，那么读者们会在不经意间自发地相信那场深沉、激烈而又悲伤的爱情，她冒着家庭破碎的风险，如此坦然地把它们交给大众审阅，或许就是为了先发制人地为自己开脱，这本畅销的小说将成为她最好的掩饰，人们会先入为主地相信那个故事。至于她内心藏着什么样的秘密，想要过什么样的生活；她是何时变成现在这样的人，她是一直如此，还是在漫长的婚姻生活中逐渐变成了这样，祝晓伟一无所知。

祝晓伟的这个推测虽然在逻辑上是可以说通的，但他多么希望这是他自己的臆想。他还是很难把妻子和那样心思深沉的女人联系起来。

　　这个秋风宜人的午后，本该是舒心且平静的，但对祝晓伟来说，却是人生中最难熬的时光，他在这么短的时间里发现了太多的事情，他从书柜玻璃上不经意瞥见自己的脸，看起来似乎青一块紫一块的，像是被人殴打了一般，气血紊乱，心脉极差。这个时候，和卢同学的见面已经很难平复他的心情了，但他还是决定要去接她，把自己的发现和想法都说给她听，看看她作为局外人能不能给出一些更加明智的分析，或许经过她一番思考和开解，他立刻就能明白所有的事情都是自己酒后胡想出来的，她的出轨，以及所谓的意外，都只是虚构和巧合而已。他不知道自己是在何时那么严重地伤害了妻子，他一遍遍地回想她面对一切都淡然无谓的笑容，想起两人多年以来在床上亲热时，她那顺从、娇羞的样子；只要回家，她会给他煮茶，给他洗袜子，没有提出过要管理他的钱财，也从不干预他工作上的事情。她曾是一个令他满意的妻子。他相信即便她暗地里真的对他失望到极致，她也不会是那样一个人。他内心矛盾重重，是愤怒，是不解，是羞愧，还是失落？他想知道真相，但又害怕真相的冲击。如今，她要的到底是什么？妻子在他眼中一直是那个默默无闻的女人，她在家庭中扮演着平凡的角色，他从未想过她还有另一个充满激情、深藏秘密的生活。于是他打开柜子，把盒子放了回去。他看到旁边那个用来装花瓣的盒子，在念头闪动的顷刻之间，他决定把它也拿出来看看。

　　那里面早就没有了任何花的踪影。盒子正中间躺着一份合同，几乎和刚才那份一模一样，受益人仍然是赵知晚，然而受保人的名字那栏，赫然写着：祝晓伟。

　　他从兜里拿出昨晚酒桌上受潮的香烟盒，今天一直忘记重新买一包。他点了一支，好不容易才点燃，可能是昨晚没有睡好的缘故，他拿烟的手有些颤抖。昨天的发布会似乎已经成为一场梦境，他静静地走到窗前，看着对面旧楼房窗台摆放凌乱的晾衣架，龟裂的外部墙皮漏出了一些砖头，盆里的植物荒蛮地活着，鸦群从头顶愉快地飞过。

秋末澡屋

楔　子

眼前这个姑娘让我目眩。我或许应该知道自己到底是在何方，可是我不记得了。我一定是喝醉了，可是，我们明明只喝了茶。

我想我很清醒，怎么能被女人的一句话给唬住，尽管她的样子不像是开玩笑。我想开口说点什么，却不知如何来缓解眼前的尴尬。她站在离我不到两步的地方，我们愣了半分钟。我想，如果没有发生接下来的事情，那么我们在这稍稍发愣之后，应该能够继续回到正常的谈话当中来的。人们说话就像谱写一首曲子，偶尔会有对不上节拍的时候，实在无奈的话，只要先跳过它就好了。

当她身上那件修长的黑色连衣裙从身上滑落下来，奄拉在旁边那棕色的宽大雪袍上，当我看到连衣裙突然落在地上，垒成一个小山丘的时候，我下意识地低头往下看，除了衣物，还有一双白嫩的腿。

我看见，她赤裸的胸前，挂着一个精致的貔貅坠子格外醒目。

一个炸裂开来的音节，奏出一段震颤不已的旋律。我忘记了一切是如何开始的，她洁白细腻的脖颈和胸脯，如同幻境一般，让我迷失其中，与现实世界的感受彻底分离了。她的表情经历了从迷惘到痛苦的变化，最后终于放松，似乎也不知自己究竟居于何方了。

"很久没有做过，我几乎忘记这是什么感觉了。"她抱着猫坐在地毯上，赤着身子倚在壁炉旁边的沙发背后烤火时，依旧是用淡淡的语气说。

这个女人的举止优雅而神秘，拥有让人融化其中的魔力，却又使我感到陌生和冷漠。

我穿上棉质睡衣，静静站在她身后，几乎脱口而出一个愚蠢至极的问题。

炎　一

秋天，我从北方出发。

但凡人要在这世间活着，总是要干点什么营生才行。至于这行当的品类，便光怪陆离、无所不包。寻常工作者便不提。我曾在江苏见过一个在乡间行走，混迹在各个养鸡场，被称作"小鸡性别鉴定师"的人，专门通过观察小鸡肛门的形状，区分小鸡性别，以便有针对性地饲养小鸡。我也在内蒙古见过叫作"扶羊人"的村民，其工作就是在下雨天之后满农场转悠，看见倒在地上的羊，就过去扶起来，然后把羊毛上的水挤干——因为有些羊身上厚实的毛吸收了太多雨水，身体沉得站不起来。

除了谋活着的人之外，便是流浪者。流浪者分两种，一种是颇有些家世的人，不愿为世俗凡务所累，故而流浪，游戏人生，或周游列国或翻山越岭或诗情画意或酒色音律皆无可厚非。另一种，则是双手空空又全无牵挂的人；从一个地方，去到另一个地方，但无论他去到哪里，对他自己还是对那个地方而言，似乎都不会带来什么不同。

后者便如同我。

在来到这里之前，我已经把自己折腾得非常疲惫了。我不知道自己是否真的像身边所有人说的那样，把愚蠢这门学问发展到了登峰造极的地步；但是不管怎样，我最后还是找到了这个看起来需要我到来的地方，这鼓励让我发自肺腑地松了一口气，几乎就抽泣着跪倒在这海边了。

曾经庄严的威海卫守护在大陆海岸线的最东，东海的腹地，除了不大的港口之外，有新城老街两个部分，吐纳着既古老又现代、既淳朴又繁杂、既亲切又遥远的复杂空气。我途经那城市，在可以喝酒的地方流连，又在几辆小巴士之间辗转了数次，最终才来到这座小镇；稍微恢复一些清醒意识的我，再一次迷失了方向。

小镇紧靠着大海，背后有几座高低不一的山，这些山脉离小镇都很远，在天气极其晴朗的时候，才能从镇上勉强眺望它们的样子——而大多数时候，它们都显得十分模糊。

我刚来到这海边小镇的时候，镇上人并不多，也就几百来户人家。那时候还是初秋的时分，很干净，偶尔会有暖日悬在海上，傍晚的时候最终会落在"生气崖"那边的沙滩后面。那时候这海边的风还不像如今这深冬的风般寒冷透入骨髓，因此那会儿我并没有像现在这般意识到，在这里定居下来，也是一件多么愚蠢的事情。

我会像这样说那是因为，窗户外面的风呼呼地吹个不停，客厅里那扇大玻璃窗看起来很精致，可是有一面窗沿的缝结合得不够严实，风吹到那里"呜呜"地响。多亏小镇的煤卖得便宜，我把屋子里的暖气烧得很足，所以我在厨房煮空心粉的时候，还会有闲心看窗外几根粗壮的竹子被风羞辱着，以至于恼羞成怒地在空中胡乱鞭打。

我居住的屋子在镇子不起眼的一角，这里以前是所小小的私人院落，从外面看起来只是一般的农家院子，只是院内被原主人精心布置过，这屋子里造型古朴，有我喜欢的传统味道，干净而且典雅，可以看出原主人的品位。可这里除了那只猫以外，就我一个人住。小客厅里的老时钟嘀嗒乱响，我身体和内心疲惫又痛苦，若不是带着些许的使命而来，我也许会怀疑自己在经历长途的旅行跋涉之后，又独自定居在这里，忍受这番孤独，到底是为了什么。

为了不总是想起我曾经的妻子，我有时会刻意想着那女人。我不仅仅想着和她做那个事，尽管她曼妙而湿润，而我又十分落寞。我有些思念她坐在很高的高脚椅上，对着画板，光着脚，左脚轻轻搭在右脚踝上，一手握着画笔，一手抱着猫的样子。

那女子上一次来找我，已经是一个星期前的事了。按照之前的惯例来看，这算得上是一件反常的事情。她总会来把她的猫带走，因为不知何故，那只猫总喜欢遛弯到我家里来，它那么胖，以至于来了之后就懒得走，一直到女主人来把它带回去为止。

两个月前她第一次来我这里的时候，还是一个温和的午后，听她自己说，找猫已经找了好几天。

"不好意思，给您添麻烦了。"她淡淡地盯着我。

"是猫自己来的。"我解释着。

她穿着赭红色的大外套，戴着蓝白相间的大围巾，穿着高跟鞋。她的气质看起来一点也不像是本地人。

"我知道，"她温和地说，"这猫最近有些奇怪。它很爱我，但就是不喜欢待在我家里。"

"很爱您？"

"是的，我知道这听起来有些矛盾，但是事情就是这样。"她说的话有些奇怪，但是她说话的样子一点不让人感到奇怪。

"您从哪来？"我把她请进屋子里，她在茶几旁边的天鹅绒地毯上坐下，猫跳到了她的肚子上。

"我就住在镇子上，离这儿倒不算远，只是我没想到猫会跑到这里来。"

"猫是很随性的动物，猫走丢也是常有的事。"

"这话是真的，不过我觉得它或许喜欢你这地方。"

"是吗？"

"院子很别致。"

"也许吧。其实这里并不是我的家，这是房东留下的屋子。"

她点点头。

"喝点葡萄酒暖暖身子？"

"谢谢。"

我从书柜旁的酒橱里取酒的时候，借着机会看了看这个二十三四岁的女子。她眉目舒展而清秀，一副无所忧虑的样子，让我感到亲切。

她把外套轻轻脱下来，放在沙发上，同时在沙发上坐下来。在这个过程中，她的头随着身体微微抬起，毛衣下面露出洁白的脖子，她姿态优雅，举手投足间有种淡然和内敛，她身上的气息让我觉得，这是一个优雅温和浸入到了骨子里的女人。

她呷了一小口酒。"您知道吗？"她抚摸着猫。

"嗯？"

"到了下雪的天气，您这里会被雪给埋起来的。"

"您以前来过这里？"

她想了想说："没有。但是我能看出来。"

屋子放着约翰·施特劳斯的曲子，自从搬进来，我陆续听着几百首各国的交响乐。在这么寒冷的冬天里面，我最喜欢暖气和音乐这两样东西，它们给我厚重的生活体验，让我浑身舒畅。

"您是怎么看出来的？"

"您这座屋子后面几十米，就是无遮无挡的海边悬崖，这边的庭院又靠着一座不小的山丘。屋北面的小土坡把裹挟着大雪的海风驱赶到这里来，而您屋子正好是山下蓄积大雪的理想位置。"

"您分析得很有道理。"

"可是您这里环境不错，也十分清静，是个搞创作的好地方。"

"创作？"我有些吃惊。

"您不要见怪。刚进门的时候，我就觉得您看起来很像一个落魄的小提琴家。"

"莫不是因为我家里一直放着音乐？"

"我觉得您给我的感觉像某个人。"

"民国时期那个拉二胡的瞎道士阿炳？"

她听了之后，轻轻抿嘴笑了一下。

"阿炳很不错，哈哈。他创作了《二泉映月》这样高水平的作品，可是跟他的外形相比，你的眼前少了一副墨镜。我说的是小林大悟。"

"电影里那个后来去给死人化妆的小提琴手吗？"

"那也是件美丽而严肃的事。人生就是为一次顿悟做的铺陈，当一个人真正理解生命和死亡的时候，即使每日跟死人打交道，他身上的生命气息也会渐渐浓郁，足以媲美他所创造的艺术的程度。"

"《入殓师》是又美又有哲理的电影。可我不是像小林一样的艺术工作者。跟您的气质比起来，我只算是个粗人。"

她对我的话感到些许意外。或许她没想到我能看出她身上不经意流露出的艺术气质。

继而她说："会选在您这样地方过冬的人，除了暴发户，就是艺术家。"

"或者是疯子。"

"您说得没错。"她微笑着的样子，让我的脸上似乎又感到了夏日的温和海风。

"今天打扰您够多了。"她看了手表后突然说，"非常感谢您帮我照顾猫，它好像很喜欢这里，但很抱歉我不得不离开了。"

我站起来把她送到门口。她怀里的猫斜着眼瞪我，我猜其实是因为它脸上肉太多，眼睛挤得只剩下一条小缝。

"您有空一定要到我那里去坐坐。"她告别说，"在毛冬青路上有间叫'秋末'的澡屋，天冷的时候，您可以过来泡个舒服的温泉澡。"

我在那时候才知道，镇上唯一的一家澡屋原来是她开的。

我从小在遥远的南方的城市里长大，那里有长江和苍翠的大山，而我也总是在家里洗澡，没有去澡屋泡澡的习惯。再者说，就我目前颓靡的状态来看，我恐怕也没有什么去外面溜达的闲心。那个时候，我并不知道她发出这个邀请，是真诚地出于我为她照顾猫的感激，还是一句客套话。

因此，在接下来的一个星期里，我只有一次短暂的外出。我坐公交车去镇上杂货店购物，几大包的东西让我有些狼狈，但是我买回了足够的食物和必需品之后，其他时间可以一直待在家里。我并不会感到寂寞，因为在这里住了一个月以后，孤身一人对我来说，已经是一件习以为常的事情。

我曾是个外科大夫。我从国外的医学院毕业以后，在哈尔滨的一家医院工作。可我后来失了业。我不仅失了业，更是再也做不成医生；原因是，我差一点聋掉了。

尽管我如今不愿轻易承认，但那次医院把我推荐到医疗队去阿富汗做志愿者的时候，我是很兴奋的，因为这让我作为一个年轻医生，在单位里的存在感大幅度提升。但在那个中东国家的首都喀布尔，我在一次不回避平民的空袭中受了伤，接着又在条件恶劣的临时医院感染了恶性细菌，后来虽然治愈了，但我的听力明显下降，还导致我的双耳间歇性失聪。这突如其来的祸事，的的确确摧毁了我，并且改变了我的人生轨迹。这耳疾因为并不常犯，因此对我生活的影响还不算太大，可是，一旦身体感官存在缺陷，便失去了继续做医生的资格，甚至连我在医学院继续读博士的进程也终止了。

他们说，我的脑子也感染了。

你若问，我是一个残疾人吗？这些年来，我心里几乎默认了这个事实；可我若不知道也罢，如果有人当着我的面这样评价，依然会难以避免地伤害到我。

在从医院离职以后，家人替我申请劳动仲裁，之后又跟医院打了一场旷日持久的官司。在这期间，我极度消沉，甚至想做一些蠢事毁掉自己。终于，官司打赢了，我那时起，开始领着医院付给我的长期疗养金。我现在不能执刀，但又领着钱，可我却过得如此空虚，这是我始料未及的。

可每天例行检查自己耳朵的时候，我又会有些感谢这种空虚，它和我的琴一样，让我从苦恼中暂时逃避。

从那以后，我一直蛰伏着。我只是在等待时机做一件很大的事情。或许这被当成了自我安慰，但是对我来说这无关紧要，毕竟我现在很享受这样极其简单的生活。

一个人待得太久，心境往往会变得清澈起来。其实说起来，如果按照正常人的标准来看的话，我算是一个不怎么成功的伙计，当然，如果眼光更加苛刻一点，如果遇上多嘴的亲戚或者喜欢攀比的邻居多问上几个问题，那么我可能就要想办法躲开了。我当然不喜欢跟人家的儿子比来比去，这也可以说是一个借口，因为我除了已经失去用武之地的医术之外，的确没有什么可以拿出来比的东西。

我曾经做过一些不合乎寻常的事情，那使得我的生活像一团胡乱缠绕的线般没有章法，还给我带来了相当多的麻烦，直到现在仍不堪其扰。尽管我过得如此颓废和单调，但是感谢清醒时分的自己，我没有让自己跟着生活一起堕落，至少没那么彻底。只是当下这种无进无退，看什么事情都同冷眼闲人一般，令我的理想也皆泯然。

我带来了两个箱子，其中之一是满满一箱书，还有一把琴，虽然我更喜欢午后到无人的海边岩石上拉小提琴自娱自乐，那真是美妙的时刻，但我的听力时好时坏，所以有时我能尽兴而归，而很多时候我却不得不放弃这个想法。因此在无事可做的时候，我只能看书，抑或去院子里的小健身房里锻炼，我胸前和腿上的肌肉有了初步成型的线条，正是那时候才开始的。

我没有那么着急去找工作；在过了一段慵懒的生活之后，因为有些固定收入，再加上长期心情不佳，阴郁烦闷，我对工作的事情也显得有些意兴阑珊。至于我什么时候会做出改变，我没有想过；兴许到了囊中羞涩的时候，经济压力会迫使我去赚钱喂饱自己吧。又或许，这些都只是我懒惰的借口罢了。

平日里看书看累的时候，我会去山崖边看蓝色脖子的大海鸥。海鸥父母拼命地想要锻炼子女长途飞行的耐力，以及长时间在海上生活所必需的捕食技巧和高空滑翔本领。它们疯狂地进食，蓄积着脂肪和力量，时刻在准备着离开。

有一天中午，我把洗好的床单和风衣晾在海涯前的岩石上。倘若不是我年轻的身手还算敏捷，不期而至的一阵大风就要把灰色的风衣刮进苍茫的大海里去。

陆地上已经开始变得比海里冷了。

冬天就快要到了吧，我想。可是我还没有找出我在这风雨飘摇的世界中存在的意义。

炎 二

那个女孩第二次来我家之前，这只猫已经在我家住了一个星期了，但是女主人似乎没有来领走它的意思。当然，如果考虑到外面那持续糟糕的天气的话，这似乎也不是不能理解的事情。

我一个人食量不大，自己做饭的动力也不大，家里全是方便食品，煮点空心粉拌肉酱，对我来讲便是改善伙食了。这次由于好几天没有出门，家里的空心粉剩得不多了，可我不得不分给猫一份，这个奇怪的家伙爱死了这种食物，尤其是拌上了肉酱以后。这又懒又胖的猫理所当然地要吃掉其中的大部分。然而更过分的是，这伙计爱吃糖拌的空心粉。甜的空心粉！我简直无法想象，可是猫腆着肚子，半卧在厨房对面的红木酒橱上，眯着眼瞅我，似乎在想，这奇怪的生物居然会在好吃的空心粉上浇番茄酱和胡椒粉，真是傻透了。

把食物放进它的餐盘里，我又往里丢了几片鲔鱼干，它才稍稍有了点兴趣，吧唧两下嘴，懒洋洋地靠过去。

把它打发了之后，我在计算机上点开 Keane 乐队那所谓的钢琴摇滚乐。我平常什么类别的曲子都听，客厅里的音箱振动起来，按照常理来分辨的话，这声音大得有些离谱了，不过对我来说，这种环境是再安谧不过的了。

天已经黑了，在这种阴冷的天气，连星星的眼睛也睁得懒洋洋的，海风不吝啬自己逼视的目光，看得夜空也不得不遮起自己的面纱来。

家里音乐照例放得很大声，多么和谐的乐声。因有了音乐陪伴，尤其是交响乐，空旷的屋子里就像有整个乐团同我共进退，同忧伤。我以前是个沉迷医学实验的人，没有如今这么热爱音乐；可我愈是听力不好，愈是沉溺其中。

而划破和谐声波的是轻柔的敲门声。这么大的声音，我能听见敲门简直是奇迹。打开门看到她，我一点也不奇怪。因为猫在这里，故而她迟早是要来的。

"看来您自己在家似乎过得很好。"她微笑着盯着我，并没有对我家里吵闹的音乐表现出不满。

"还好。"我一边请她进来，一边伸手把音箱的音量调低了四十分贝。

"喏，猫在那。"我开门见山地说。

她在门外抖了抖身上的雪，弯腰脱掉高跟鞋，踏进门里。我站在她身后，她的发香淡淡的，那香气轻轻扫到我的脸上。

"无花果。"她半蹲下身子，摊开双手。

听到她的呼唤，那只名叫无花果的胖猫扭捏着身子从沙发扶手那里走过来，快到主人身前时加快了步伐，最后一个箭步，跳到了她的怀里。它脑袋的形状像个大馒头，此刻正惬意却面无表情地享受主人摸弄它头顶上的毛。

她把脸贴到那张馒头脸上跟它亲昵了一小会儿。

"我可以在这里坐一会儿吗？"她指了指沙发。

"当然。"我这才发现自己依旧站在门口，"我去给您倒杯热茶。"

她冻得有些发红的两手轻轻地捧着小茶杯，脸凑到跟前时，热气漫起来，让她的鼻子看起来有些模糊了，柔软的眼神也显得更加湿润。

我在她侧面的沙发上坐下来。

"那镇子外面有座海草盖的屋子被雪压塌了呢。"她说，"不知道那老奶奶有没有事。"

"是海草吗？"我觉得有趣。

"从前建的那些海草屋，用石块砌起来，木头梁顶上铺着半米厚的密实海草，四周也有晒干的海草围起来，冬暖夏凉，住起来是非常舒服呢。这种屋子本来应该是很结实的，可能年岁实在太久远了吧。"

"现在还有人用海草盖房吗？"

"早没啦，只有故时的一些老屋，散落在镇上各处。镇上的街道早就是一栋栋的小楼了，除此之外，一些木头搭的房子，一半建到海上去，每天在清澈的海里洗脚，伸手就能摸螃蟹呢。倒是，要说起屋子与院落的别致程度的话，都及不上您这里。"

"上次您说，我这里会被雪埋起来。"

"哈哈，您想说：'你的想象力不错，可是下了这么久的雪，我不是还住得好好的吗？'没错吧？"

"还没到雪最大的时候。可是后院已经被雪完全盖住了，石头桌子、凳子和篱笆里种的月季，包括那个小健身房，都看不见了。"

她并不吃惊地看着我，依旧是淡淡的语气："不过您这里这样下去也不是办法。"

"房东是我的老朋友。据他讲述，这院子、房子还有悬崖那边的亭子、老树、回廊，都是他亲手设计的，他在这里住了许多年，我今年来这里的时候，他倒没有特地嘱咐我什么，所以我觉得再不济也是能勉强住下去的吧……"

她不作声，我们也没就这个话题再讨论下去，因为我发现她突然安静地站起身来，在屋子里漫无目的地踱了几步。

我以为她又要像上次一样，在说话的时候突然就要告别。然而她又向我靠过来，一句话让我有些摸不着头脑。

她用奇怪的眼神看着我，就像我是一只奇怪的动物。

她说："你知道吗？你会突然出现在这个地方，真是一件不可思议的事。"

"我?"

"我不是说你本身，而是说你的出现。"

"我还是不明白。"

"你住的，这是我外公的房子。"

我感到惊讶："这确实是一个老人的屋子，可他并未提过有一个外孙女。"

"他什么时候给您的钥匙呢?"

"大概半年前。"

"您刚才这个问题我有些吃惊，不过仔细想想又并不奇怪。我刚来的时候就在想，您外公看起来是一个跟我一样的流浪汉，当初他给我钥匙，让我到这里来住，我还半信半疑，没想到他却真有这么一所好院子，虽在一个边远的镇上，但安家是非常适宜的。您外公呢?"

她陷入了沉思。她说："外婆走后，他一直很消沉，去年他说，生前一定要出去再到处走走看看，一去就是大半年，谁也联系不上他。回来不久，他身体突然垮掉，得了一场重病，去世了。"

片刻她又问道："是我外公让你来的?"

"是的。非常抱歉，我在哈尔滨流浪时遇到他，听口音的确不像东北人，当时身着有些陈旧，我还以为他是个跟我一样的……我没想到……您……"

"没关系，既然是我外公让您来的，您就安心住下好了。不过，这只猫原是我外公养的，下次它若再到这里来，请您务必好好对它，尤其别再给它吃黑胡椒了。"她对我笑笑，抱着猫走了。

待她走后，我有些发蒙。我尽力在脑海中翻看有关那个老人和这个女人的一切信息，这些色块随着画布的纹理恣意浸透，交织融合，成为不可辨识的形态。

她的存在，让我对女人的认知再一次模糊了，虽然在我这一生里面，似乎对这个概念从来就没有真正地清晰过。那虽只是某种感觉，但却有强烈的画面感，犹如在油画布上，被水晕开了的色彩。

色彩。在那很久以后的一次对话中，她曾经给我聊到过关于色彩的事情。

"按照感知的原理，你的听觉不大好，这样的话，视力上应该变得对色彩更加敏锐才对吧？"有一次，她说。

我不知道她是否说到了重点。可是，我在小镇上的日子里，的确存在着这么一段时间，我生了一场病：在那期间，我眼里的整个世界，那样子是完完全全由碳素墨汁、留白和干涸的颜料所勾勒组成的，所有东西，都只不过是或定格或移动着的复杂色块而已。

当然，我生的这么一场怪病，和几天之后的自然痊愈，这都是在她出现之后发生的事情了。

炎　三

一成不变的生活有时候就像病入膏肓的患者，需要一剂猛药来彻底改变那种沉闷、晕眩的状态。

在和她认识以后的日子里，我孤独的生活总算发生了些变化。她也算是我在这个小镇上真正结识的第一个人。

许多人有一种本领，可以在一个新的地方、新的圈子里迅速地认识几个人，并证明自己的到来是有意义的，从而让大家接受他，至少能默认他的存在，而不感到突兀。

很不幸，由于我自身的一些问题，我并不是这类人当中的成员之一，至少现在不再是了。而这个姑娘，当我第一次去她的澡屋里做客时，我才发现，她是一个人缘极好的女孩。倒不是她善于交际，就只是，跟她打过交道的人们，不管是大妈还是婴童，都会觉得轻松。

不过自从认识她以后，我总算是有了能说上一些话的人。因此她也像给我打开了一扇门一般，我终于渐渐有了跟镇上人打交道的兴趣和勇气。

这种变化是自然间发生的，连我自己也没有意识到。直到有一天，我衣柜的薄衣衫再也扛不住严寒，非得去买一件御寒的大衣才行。

我几乎是被她强行拉出去散步的。

那时候雪刚晴，虽然现在仍是初冬时节，应该一天比一天冷才对，但天气却出乎意料地暖起来。

因为我住的地方在镇子的偏角，人不算多，从家里到商场，前几天曾彻底被雪埋上，公交车来的时候晃晃悠悠，非常谨慎的样子。我肯定相信，他总有一天会把车轮开到路边的小排水沟渠里卡住，因为那里塞满了雪，和路面看起来完全一样。只有冬青和柏树在路边很有精神地站着。

"这条路线的司机师傅已经在镇上开了十几年车，怎么可能像你说的那样。他现在恐怕光凭记忆也能把车开得四平八稳。"她温柔地嘲笑我，"你脑子里总想些奇怪的事情，我看你是自己待得太久，憋出毛病来了，就像个小孩似的。"

我没有否认。

我们走过了站牌，而她没有停下来等车的意思。

"再往前走走，我们走几站再坐车，这么暖和的天气，多走走路有好处。"

我们俩踏雪而行，很少说话。走得很慢，我不时地侧目看她，但她微微低着头看前面，从不看我。

就这么一直走。直到公交车从身后驶来，我们走到一处缓缓的拐弯处，出弯的地方，有一个农家小院和石头篱墙，旁边一棵大枣树，上面的雪被阳光晒化了许多，正顺着叶子往下滴水。

我们在的地方根本不是车站，然而她只是招了招手，司机便停下来让我们上去了。这个偏僻的地方，小镇的人大都相互认识，司机师傅也不在乎那些规矩。

车里的人不多。她在靠后面的地方找了个靠窗的位置坐下。我跟在她后面，有些犹豫，但最后还是在她旁边的位置坐下来。

在公交车上的这时候，是我们第一次真正肩并肩地坐在一起，而我甚至不知道她的名字。

她如此安静，微微向窗户那边侧着脸，半仰着头，窗外的阳光和树影洒在她的鼻子上，忽明忽暗。长发很自然地懒懒地披在肩膀上，只有寥寥几根逃脱了耳郭的束缚，奔在她的侧脸上。发香隐隐袭来，皮肤如蛋白般光泽，窗外投下的米色阳光让她看起来洁净极了。

坐在我身边的是一个看起来极真实、极率性的女孩子。

可我已经快三十岁了，我结过婚，早已不是不经人事的少年。与眼前这个小女子近距离带给我的幸福感，被心里那巨大的悲凉感死死地压住，丝毫冒不出头来。

我曾经受过巨大的挫折，那让我一直以来十分抵触疑惑这种东西，因此，若是有机会，我一定要把这疑惑了解得清清楚楚。而一个男人若是到了三十岁还是缺乏安全感，那么这个男人三十年来的努力也算不上有了什么理想结果。

当然，在那个时候我是不会思考这个的，就像后来我和她聊起挫折这个话题时，她有些不屑地对我说："挫折？跟很多吃苦的人比起来，你的行径简直堪比纨绔子弟，说真的，你当下的境遇也算不上太坏。"

我一向不太会说话，而心里又装满了问号。因此为了不说傻话，我坐在她旁边，默默地不说话。

公交车没开几站就到了。我们到了她的秋末澡屋，正好是中午的时候。

澡屋的招牌上，用很有力道的笔法写着"秋末"二字，不像是出自女孩子的手笔，定是个练书法多年的、腕力十足的男子所写。那字被旁边伸来的树叶掩了些许，却看起来并不破落，反倒有些雅致的味道。

镇上有一个五米高的石拱门，过去应该是连着城墙的，可是现在已经完全见不到城墙的痕迹，连断壁残垣也没有，只剩下经过修缮的石拱门孤零零地立在那里。它的脚下是窄窄的街道，我们在它的胯下走着，而它却像是凝望着大海的将军，身边已经没有了一个战士，只有几根旧的水泥电杆立在旁边——它如今是丑且落魄的。电线交错其间，城墙上还能杂乱地看见附近住户私自搭的电视天线。

小镇不大，总共就三条街，澡屋就在小镇中心靠海的这一边，即使是中午，来这里洗澡的人也并不少。人们穿着厚厚的冬装进来泡澡，出去的时候一脸轻松，看来他们和身上灰尘一同被洗去的，还有疲惫的心情。

她跟店里的一个姑娘嘱咐了一些琐事，这个时候我正在澡屋的大厅里踱来踱去，漫无目的地观察着。

这房子是木头结构的，后面有一个大庭院，庭院中有大屋子，大小不一的数个温泉澡池就在里面。

我刚走进这个大厅的时候，便有一种温暖的感觉扑来，里面算不上装修得很豪华，但出离地别致，屋四周的小灯正好照亮每一个角落，使大厅里面显得出离地干净，光线却又很柔和，让人觉得舒心。天花板的吊顶和屋子四周的墙只用木料简单雕刻了一下，木头的铺陈精心设计过，而木头纹理大多裸露着，和家具陈设一样，都显得有些老旧，却上了透明的新漆，丝毫看不出陈腐的味道，反而由于墙上挂了许多幅色彩鲜明的油画，整个屋子都显得有活力起来。看得出来，主人非常细致地设计了每一个细节。

"你可以进到里面去泡个澡，这里的水都是从山里森林公园引过来的温泉水，在里面坐一会儿，能消除你许多烦恼。"这时候她走过来对我说。

"听起来不错，可我不习惯跟许多人一起洗澡。"

"那好吧，有些遗憾，本来有几个单间，但是现在都有客人了。"她说，"那你可以坐在大厅的壁炉边烤烤火。我一会就让人把饭菜送来，我们就在这里吃饭。你有什么想吃的吗？"

"没什么特别的，就随便吃点好了。"

"对了，我叫苏木。"她出去的时候，回头告诉我。

"我叫肖炎。""嗯。"

总算知道了她的名字。这之前竟然没想过问她叫什么。

和我们俩一起吃饭的，还有店里的那个小姑娘，只有十六七岁的样子。

"你是客人，本应该带你们俩出去饭店吃点好的。"苏木抱歉地说，"可是那样就没人看店了。"

"你不用客气。"我心不在焉地说。我的注意力在那个叫小河的年轻女孩身上。

"这个时候放寒假太早了吧？"我说，"这才十一月。"

那个女孩转头看了看苏木，没有回答我。

这个时候我还不认识她。

我沉默不语，只是悄悄地观察她。

我看这女孩一副中学生模样，可是却不上课待在这个小镇上，神态也很落寞，好像有点奇怪。

苏木淡淡地看了我一眼，我知道不方便再问下去了。

吃饭的时候，有几个客人进出大厅，小姑娘不时地起身招呼客人。客人大都很和气，相处起来很自在。他们看到我，似乎觉得有些稀奇，就好像发现了被忽略的客人，这时候便忘记了他们自己也是客人。

"镇上的人似乎对我的到来颇有些兴趣啊。"为了打破三人沉默的氛围，我开玩笑说。

"这张桌子上除了我和苏姐姐、苏爷爷，从来没有别人坐过。"女孩说，"除了苏姐姐和我以外，还有一个清洁澡池的阿姨，每隔一天会过来。况且，在这个镇上，苏姐姐从来没有和男人在一起吃过饭。"她朝我挤弄了一下眼睛。

说到这里，我才明白为什么她看到苏木带我进来的时候，眼睛里会有些惊讶。

苏木听着我俩的对话，对此无动于衷，依旧不声不响地吃着饭，就像刚才讨论的话题跟她完全无关一样。

我看见她眼波流动，可是我们都埋头吃饭，没有做任何交流。

"您好，您介意我和您的大猫玩吗？"一个几岁大的小女孩洗完澡，在等她的母亲换好衣服出来。

"当然不介意。"苏木温和地说，"不过我不知道它的心情如何，我可指使不了它。"

果然，女孩抚摸它脑袋的时候，猫还很顺从的样子，但是她伸手想要抱起它的时候，胖猫抖了抖脖子，大摇大摆地跑开了。女孩脸上掩饰不住失望。

"该走了，小宝。"她的母亲带着她出门前，对苏木点头笑了笑。

"希望您满意，慢走。"

苏木收拾完桌子，去院子里流动的温泉边洗了洗手，披上大衣就往外走。

"走吧，我们也出去转转。"她对我说。

我们走过一个小小的公园，穿过一片积满了雪的小树林，有一搭没一搭地聊着天。

"没想到你居然是一个医生。"

"从去国外的医科大学开始算，到回来工作，进入这个行业前后也有十年了。"我说，"不过，我是个医生，同时也是个病人。"

"你该不会是为了救自己才去学医的吧？"

我摇摇头。

"我学医是为了帮助别人，至少初衷是这样的，那时候我还很健康。"

"那很不错。"她说，"好过很多人学医，只是因为这是一份不错的职业，稳定、高收入。看来你算是一个践行理想的人。"

"那又如何？到头来却治不好自己的病。"

我们沉默下来，这种沉默让我感到很不适。但看她欲言又止的样子，我也没打算再说话。

走在林子里的小路上时，我便闻到空气淡淡的腥咸味道，果然，从小树林出来就是海边。

林子其实很小，只是两条马路交叉处的一片杂树林。我们走到马路上，马路对面是一个码头。

码头上有一大块用泥土夯实的平地，停着几辆小汽车，十几个渔民正在忙碌着。

"老伯，今天要出海吗？"苏木问道。

老伯回头朝她招了招手。

在阳光下远远可以看到，老渔夫的白发已经完全占领黑发，取得了压倒性的优势，皮肤则晒得很黑，这巨大反差反倒给人一种精神矍铄的激励。

"没想到这两天突然晴起来啦，我们趁着没有风雪下海捞点鱼上来。"他凑过来一些，降低了一点音量说，"冬天出海的人少，鱼和海鲜的价格也比其他季节高好几成。我们几个人估摸着，这出海三天，我们几个加起来大概能挣上四五千块呢。"

"真是不少呢！"苏木说。

渔民是很实在的人。从他时而高亢时而故作神秘的语气当中，我能看出他的高兴，因为天赐了这几天的好天气，也就是赐给了他们获得一份额外收入的机会。

这个时候我看见有两条渔船的马达已经开始嗒嗒地响起来，因为已经停渔一段时间了，发动机的声音似乎有些迟钝。这两条铁家伙有十几米长，甲板污迹斑斑，船舷上还挂着枯掉的海草，似落非落地垂着。

船员们已经在准备出海。

我们俩坐在码头旁边的水泥台阶上发呆，看着那些桅杆渐渐远去。

码头以及附近一直有一股淡淡的鱼腥味从未散去。现在港口显得凄冷，但在繁忙的时节，深海鱼、浅海虾、各种贝类，都会在这里堆积成山。海风有些凉，夹杂着鱼的味道，让我深深感受着海的气息，就跟人血液的气息一样，神秘而又腥甜。

身边这个女子，长发随海风飘散着，散发出洗发水的淡淡香气。

她身子很单薄，脸色苍白，不知不觉间把她的大衣裹紧了些。

我思前想后，还是隔着她的毛线手套捧住她的手，想要传些温度给她。

她不动声色，只是转过头来看着我，对我说："难道你没有觉得困惑吗？"

"什么？"

"你没有过生活在困惑中的感觉吗？我们俩现在的样子，我们为什么出现在这个地方？以后的生活会是什么样子？"

我听罢哑然，这个问题如此明显。我是一个南京人，曾经是一个外科医生，却在哈尔滨防洪纪念塔广场偷一块羊角面包时遭到毒打。那天我本是想偷广场角落一家画廊里的油画，我在画廊里故作沉稳地转悠时，看到旁边一个架子上的半成品，那画上只有一个女孩，手里拿着一个羊角面包。我摸了摸肚子，我想吃羊角面包。于是我去隔壁的面包店拿了一个。

在发现了我，又确认我没打算给钱后，那老板直接给了我一个响亮的耳光——估计他觉得为了这点小钱报警太浪费工夫。

我摸了摸滚烫的脸，愣住了，随即一拳招呼上去，店里的两个小伙计见状，上来就是一顿拳脚招呼，三个人一共踹了我至少十七脚，这不是最让我难过的——隔壁画廊的老板闻声出来看热闹，画是偷不成了！当然，这段往事过于不堪，我至今没有跟苏木提起过。

也就是因为苏木这个关于困惑的问题过于明显，我反而不知道该说什么好，只能苦笑着简单地反问："你觉得呢？"

她站起来。

"这里好冷，我们回去吧。"

她已经静静地迈开了步子。看我没有动静，她又说："我不是要卖关子。等你了解，你就会慢慢明白，让人费解的事情背后总有复杂的脉络，往往并不是仅靠言语就能说得清晰的。别人能用如此轻松的语气跟你说话，而你却浑然不觉，那是因为你错过了他的某段时光。"

"你说得没错。我想，我被岁月抛弃了，所以我现在孤居。"

她微微笑了笑。

她的宽容和隐忍，突然让我有一种强烈的不舍。我站起来，跟了上去。

看着那个女人越来越远的背影，我耳鸣阵阵，像是进入了幻觉，回去的时候，似乎看见小河远远地跑过来，微圆的小脸，扎着小辫，和苏木的苍白比起来，她脸色红润极了，泛着像是地平线上朝霞般的温暖光泽。

她浑身上下散发着蓬勃的朝气，神情快乐而兴奋，小跑着，忽然又在海岸的石棋边停下来，舵手手里挥舞着水手帽，不知朝着我们两个还是那艘离港的渔船喊着："嗨！——"

像是回应似的，那汽船鸣笛一声：

"木！——"

木　一

小道落满了雪，雪下面是秋天落下来的枯叶，到这深冬现在还没完全腐烂掉。头顶上的参天大松树如华盖般把厚厚的雪高高地举起来，小道上便只漏下一层薄的雪，脚踩过这层薄雪时，脚下踩得"嘎吱嘎吱"，会把下面冻得发脆的落叶踩得粉碎。

今天是小河那孩子的公历生日，一大早，她还在睡觉，我从澡屋出来，去镇上给她买蛋糕和礼物。

还记得第一次在她家见到她时，她还在读初三，她眼睛里充满了漠视。

她父亲说："小河，这是苏姐姐。"

她没叫我。

我对她笑笑，她父亲也没说什么，让我坐下，他去倒茶。

小河没有看我，径直去了她的卧室。他们家有很多很多画，有油画也有水墨画，还有一些精心裱起来的国画和书法，那些多是国内的名家之作，除此之外也有西方的作品，比如他的师父——一个意大利旅华的画家的遗作。

除了画以外，他的家本身就是个艺术作品。

"老师。"我曾经问过他为什么把家安在重庆黄桷坪郊区这荒芜的树林里，并且不愿意搬走，在一大片社区和高楼的背景之下，就像个钉子户一样。"主要是离学校近，去美院讲课只要两站就到了，想要锻炼身体的时候，还可以跑步去。"

"你的教学态度是出了名的慵懒，你说这个理由，我是断然不信的。"我笑他。

"这房子在长江畔，又在大桥下；江岸有清风，桥上有车流。在如今高楼林立的重庆，我这房子既有工业文明粗糙繁杂的质感，又有古典主义的浪漫气息，这是别的居处无法带给我的。"

"所以这房子外观如此陈旧也就无所谓了是吗？"

"自然。"

"可我觉得你只是懒得搬家而已。"

老师是美术学院的副教授，我是他的学生。他这幢两层的小楼，是祖上留下来的，它所在的地皮价值千金，屋子本身却饱经风霜，相当陈旧了，很多开发商和官员早就看不下去，找他谈过很多次，但他对拆迁和巨额补偿这种事从来都是不屑一顾的。

他虽然慵懒，但也不缺钱花；学院给他支付的薪水不低，同时，他虽然并不靠卖画为生，但他的画也曾经在拍卖行里卖出去几幅。他才四十岁，在画家圈子里尚属年轻，但依靠着他在学术界的独特地位和声誉，行情还是不错的，若是他再老一些，他卖画，无论数量还是价格，兴许都还能更好一点。

尽管教授身上的缺点重重，但他向来举止优雅，生活精致，是个拥有高雅趣味的男人，跟那些在整个生命中都只能依靠低级趣味聊以消遣的男人比起来。这无关是否富有，若是说得残忍一些，这是一个关于男人层次的基本差异，而这一点对女人拥有天然的吸引力。

她父亲从厨房烧好开水出来后，敲她门，说，我们出去饭店吃饭。她说，不吃，一会跟同学吃。她父亲也没多说什么，领着我往外走，我走时回头看了看卧室门，那是我最后一次，也是唯一一次去她家。

"这件事情太可怕了。"我曾对她父亲说。当他第一次进入我的身体的时候，我的整个身体都完全紧绷住了，我仰起头，又偏过头，疼痛得想要竭力嘶喊。但是我不能，强烈的羞耻心包裹着我，让我无法大声叫出来，我尽力地忍住，只轻微地哼了一下。

"放轻松。叫出来，苏木，只管大声地叫出来。"他怂恿我。

我没听他的，但还好他很温柔，用最温柔的言辞在我耳边低语，握画笔的柔软双手轻轻滑动着安抚我的全身。我尽管疼痛得难以忍受，但至少心灵上得到了洗礼般的慰藉。

窗帘外面的阳光就如宝石般润泽，床单上的落红和枫叶一样凄凉和滚烫。那画面就像出自拉斐尔前派画家们笔下，是死亡和新生的终极表现。

自从读研究生时拜入他门下，尤其是跟他走到一起之后，拉斐尔前派对我的影响至深。我在上中学的时候曾经接受过油画教育，但是由于频繁地更换老师，而且老师的水平、风格参差不齐，我一直没有形成自己的创作风格，这对于我是一个巨大的约束。

"你拥有非凡的天赋。"教授曾经非常欣喜地告诉我，"这天赋让人难以置信，尤其你并不从小就学画，而是到了中学以后才开始系统地学。我刚看到你的画的时候，这一点我是绝不相信的。"

"可是后来在大学里又学了这几年，我的进步并不明显。"

"我知道原因。"教授说，"到了你这个年纪，绘画的基础已经基本确立了，创作的功底是完全没有问题的。但是你若想迈进更高的殿堂里面，你需要确立自己的风格。"

他用紫砂壶倒了两碗乌龙茶，这两只茶碗是孪生的，一只光洁如玉，釉下有丹青，小巧玲珑；他给了我一只，色泽相似，可是底部有一小块赤粉色，形状像是红唇，在清澈的茶汤中分外优雅。

"那块粉色是最为精巧的窑变，可遇难求。它让这对茶碗价值连城。"教授说，"可是这也不能和这个茶壶相比。"

他掌心抚摸着茶壶。

我并没有仔细地看他的茶壶。我捧着茶闻了闻，其味如兰，我品尝了一口，就像喝下了整个春天的长寿湖。

"请您继续说下去。"

"每一个成功画家的作品都有自己鲜明的风格和态度，至少在一个年龄阶段里，这种风格是基本统一的。比如毕加索，在年轻时作品曾以蓝色为主，是蓝调时期，后来相继进入充满天马行空想象和偏执浪漫的立体主义、古典主义时期，在每一个阶段里面，他虽然不断挑战不同的创作手法，但是作品的表现力是统一的。

"再比如，莫奈终生的创作，都是在为印象主义的发展和现代绘画的突破竭尽心力，印象主义虽不为他所创，但是却深刻地贴着他的标签。"

"我想我大概明白您的意思了。"

"所以我向来主张学生们的眼光不要拘泥于学院的教育，你或许会接触许多的流派，但你需要深入地钻研其中一两种。你得有自己的理念和抱负，或者把现有流派发扬光大，或者吸取前人的丰富技巧经验，确立自己独特的风格。这样才能成为杰出的画家。"

"可是要创立自己的风格实在太难了。"

"艺术若是没有风格，是没有持续的生命力的，无论是绘画、音乐还是文学，都是这样的。人们会喝很多茶，就像这茶叶一样，若想被人铭记，就得有独特的口感。"

他的话我虽不完全认同，但在那之后，的确引发了我很多思考。

我后来曾问过他："您对您所坚持的前拉斐尔画派感到自豪吗？"

"说不上自豪，但是这种感觉非常奇妙。"

"怎么个奇妙法？"

"打个比方，就像你找到了一位真正合适你的丈夫，你或许并不会处处以你丈夫而感到自豪，而且还会在争吵的时候厌烦他；但在你摔门离开一段时间之后，你会希望他来接你回家，然后庆幸找到了这么一位丈夫，并且愿意终身都和他在一起。"

"这么说，您是把艺术当成您的妻子？"

他只笑了笑，没有回答我的问题。

木　二

那天小河到我的学校来找我，说她遇到了麻烦。那天她父亲没上我的课，她专门在这时候来找我。

我收到她的短信，课还没下，赶紧下楼。

"你怎么会有我的手机号？"

"早先在我爸手机上找的。"

"找我什么事？"我开始猜想她会找我借钱，又或者经历小女生那个阶段会遇到的青春小小烦心事。但我下楼时大脑一片空白，直觉告诉我，她真遇到什么事情了。

"我要钱。"她说，"而且你不能告诉我爸。"

她脸色看上去非常苍白，眼睛里有股深红。

她父亲在学校旁边租了一所小房子，一室一厅，给我住，我从学生宿舍搬出来，有了自己安静的地方可以画画。每周，他有课的前一天晚上，他会过来，指导我的创作，第二天早上再去上课。早上我带着早点去学校，而他总是悠闲地吃掉我做的早餐，然后再走。其实我们俩心照不宣，他是故意晚一点到学校，有时候也会选和我不一样的路线。我相信，在我们这段平凡的感情当中，有不平凡的阻碍；作为老师，他比我辛苦多了，承受的压力也更大。

那真是一段令人怀念的幸福。

当然这并不能影响他在事业上的春风得意。

有一次，他参加一个酒会，都是有名气的艺术家和收藏家。他喝了些酒，情绪有些激动，回来的时候，他依然非常兴奋。

他对我说："我告诉他们，这幅《嵇康和吕安》是我一位学生的画。如我所想的那样，他们都非常惊讶，认为它技艺精湛，在你这个年纪，能达到这个高度的作画者实在是越来越少。大家都认识了你，你离成名不远了。"

我很理解他的感受，可是我淡淡地告诉他："我不想成名。"

他酒劲还没过去，再加上他有些兴奋，因此他当时对我说的话并没有太在意，就当我是在表现自己的谦虚。

可是后来有一天，他再次谈到这个话题的时候，他说要把我的画推介到展馆里去。

"我不想去展出，也不想成名。"我依然这样说。

"你这是什么话？"

"其实我并不想让太多人了解我。我画画，只是因为我爱画画。""你爱画画是很好的。"他似乎很明白我的意思一般，根本不在意我在说什么，"明天你放学早点回来，把你近期的作品全都整理一下，给……给我，还有你申请保研时候的那幅《栖霞寺外》，当时正是它让我决定留下你的。至于其他的事情，你就不用管了。"

"你没有在听我说话。"

他已经转身进了我的卧室，听我这么说，他回过头来，对我笑了笑，摸了摸我的头，说："你太年轻了，这些事情你想得还不明白。不要让自己以后后悔，乖。"

他很温柔。但是我把我的画都悄悄藏了起来。我们因此对峙了好长一段时间，直到最后几天，我也没有把画给他。

展会快开始的前一天，他对此事似乎有些焦虑，也有些疲惫。

"就把你自己的画拿去好了。"我说。

"我不用你来担心。"他说，"但是你这样偏执，还是因为你对这个社会认识得太浅。人生不会反复给你机会，你懂吗？"

这话我太熟悉不过了。每当大人们跟我发生意见争执，而无法说服我时，总会说：你不了解这个社会。

这就像个真理一样让人无法辩驳。除了我外公。

"或许是我对人生没有概念，对社会也理解得不够，但是我有我的坚持。"我说。

那时候我因此让自己觉得自豪，也许在别人看来，那是无可救药的愚蠢。

他摇摇头，说："你不想成名，可以；但是既然你是一个作画者，那么你就应该让人们来了解你，还有你的作品，这不是作为一个画画的人的天然的需求吗？"

我能理解他的苦心。抛开和生活在一起这一点不说，首先我是他这些年来最得意的弟子，我若是他，定然也会有一种恨铁不成钢的愤怒。我甚至有些同情他。

于是我同情地看着他。

"你本科毕业以后，就可以凭借你的功底和文凭，去找一份不错的工作，就像我教过的大部分学生一样。"他说。

"嗯。"

"他们发展若干年后，有的做了高端家居品牌的设计师，有的做了杂志社的主编，也有的后来去做网络游戏，成为核心设计师，每年的分红都是天文数字。从挣钱来讲，他们都比我挣得多，虽然我并不提倡将艺术创作当成挣钱的工具。但不管怎样，只要持之以恒地去做，总能在这个社会上找到自己的位置。"

他开始给我上社会大学的课。我并不反驳他，只是静静听着。

"可是你既然选择了继续上学、深造，每日在家和画室之间往返，跟颜料和画板做伴，忍受着枯燥的生活和颜料难闻的气味，心外无物，就只是盯着画笔。你的青春就在画室里度过了。我从未说过这样不好，相反，我非常支持你的想法和选择。但话说回来，你的作品就是对你所付出的青春的回馈。"

我打断他。

"首先，我这样的生活虽然枯燥，但我之前说过了，我爱画画，跟画板做伴，我觉得非常心安，这样不够吗？为什么非得……"

"你就是笼子里的鸟。"他摇摇头说。

"其次，关于工作的事情，我当然认真想过，也曾经跟家人讨论过学习和工作这两者之间的关系。尽管我从来没跟您提过，但是简单来说，我只是想在读完研究生之后，去学校里谋一份教师的职位。"

"你到我门下来如此刻苦地学油画，只是为了当一个老师？"

"当老师有什么不好？何况您自己也是老师，您这样的语气让我觉得好笑。"我也有些生气了。

"我不反对你的职业选择，但当老师和成名并没有任何矛盾，你可以二者兼得，你简直在浪费自己的天赋。"他不停地摇头，"上帝不会对每个人都给予这样珍贵的礼物的。"

"也许在我死后，会让人看到我留下的作品，让人们认识这个时代的世界，了解曾经有个画者，为了艺术默默奉献了一生。若我能做到这点，也不算是浪费天赋吧。而我生前只想过属于我自己的生活。"

"幼稚。既然身后可以，为什么现在不能？"他说，"你不过是绕不开你的自卑——那已经快让你自己窒息的、如影随形的自卑，如此罢了。"

这段谈话已经让我感到非常不愉快了，我也不想再继续下去。我转头回了房间，锁上了门。

我这种态度显然激怒了他，他摔门而去，很少会有人用这种态度对他。

当然，小河是个例外。

我跟小河讲："遇到什么事了，你跟我说说。"

她想了想，说，你不能告诉我爸。

木 三

七月。

乡下田野外，是疯长的草，遥远处与之相对的，是城里街道上锦衣玉食的狗。又过了一个月，已经是北方的初秋了。雁鸣了数晚。早上起来，庭院里坠了许多蛾子。

肖炎背着琴包走在镇子上的时候，差点踢到一只聋狗，那狗的主人住在澡屋隔壁的院落里，它这次两耳不闻地突然冲出来，避开了肖炎，却几乎绊了我一跤。日黄天高，雁行是最孤寂的生机。早先的这个时节，与那些南迁的候鸟相对的，是北飞而来的我和小河。那时候小河已经中考完，放假了。

"我喜欢秋天的风从教室的窗里吹进来，凉凉的。"从医院做完检查出来，小河对我说。我难受极了。

我们坐在小河学校对面的奶茶店，一人手里捧着一杯热奶茶，我望着最后一个走读的学生补完课，从校门出来，高高帅帅的，背影清冷，骑着自行车离开。

"是他吗？"

"是的。"

"他是个什么样的男孩子？"我故作平静地问她。她打开了话匣子，谈论起他来，她很轻松，若无其事的样子。

带我来看看那个男孩子，这是我的条件。来看看也没有别的目的，我只是心情沉重，同为女生，小河才十五岁，这个年纪，懂得太多，却又什么都不懂。我答应周末带她去医院做人流手术。

"你不要去。"她很抗拒，"你给我钱，我自己去就行了。"

"你应付不来。"

"你对此很有经验吗？"她犀利地反问。

"我先回去了，"我说，"周末我来接你。"我理解她的自尊心，但我没有给她反驳的余地，因为我知道这个过程对女生来讲绝不容易。

回家的路上，我去了一趟菜市场。最近老师的低血糖症总是发作，头晕起来脾气就会变坏。医生说，他太瘦，食量也少，让他多吃肉。可他不喜欢吃肉，也就东坡肉能吃上两口。

连续几天，我憋在家钻研做东坡肉的高阶技巧。对生活有着极高热情的苏东坡，曾写有一篇《猪肉颂》，里面写道：

> 净洗铛，少著水。柴头罨烟焰不起。
> 待他自熟莫催他，火候足时他自美。
> ……

其实就是两个字：莫急。照着这个法则，我试了几次，自己也连着吃了几天猪肉，后来闻到猪肉味便感到厌烦。

做成那天，我叫老师来吃饭，他尝了尝，给出了十六字评价：绵软滋润，香气四溢，既简且净，然味甚佳。我听了十分高兴，他也吃了不少。但即使在他最为放松惬意的时刻，我还是不敢把小河的事情告诉他。我瞒着他，这会是一个错误，显而易见。可我不知如何开口。

我的存在，就如约翰·米莱那幅《奥菲利雅》里面头顶戴着花环的奥菲利雅一样，只能带着许多幻想，平静地溺亡在水中。

他说这句话的时候，是前年的十一月。我走在秋末澡屋外的落叶小道上时，不时会想起这话。

中山陵外，那一千三百株民国时栽种的法国梧桐，巴掌大的树叶在炎热的盛夏里养得丰腴无比；在这个季节却纷纷以萎靡的姿态做了大道上的垫脚石，只有那百年的躯干还挺拔着，稀疏的枝叶也显得冷肃。

在人烟最稀少的时候，教授坐飞机带我来走走，这时候身旁只有两行气派的大树，以及不远处的中山陵的庄严。

这个时候，我的心情是惬意的、放松的。由于我爱上了自己的老师，同学间已经有闲言碎语传出，而我最大的包袱是自己的负罪感。这种身旁没有他人的时刻，我有了十足的安全感。

我旋转着身子，在徐徐飘落的落叶和秋风中享受着世界的善意，把来自世俗社会的恶意通通埋在不远处的陵墓之中。

那为了人民耗尽一生的、伟大的孙文先生，似乎也笑纳了属于我的那一份苦难，要带给我安详。

教授站在离我五步远的地方看着我，看着那幼稚地旋转着的我，眯着眼睛真诚地笑着。在这种时候，我能感受到，他身上是温暖的。

他从公文包里拿出一个玉坠，递到我眼前。

"给你的。"

我疑惑地接过来，握在手里观察。是一个和田玉雕刻的貔貅坠子。

"自从你跟着我画画，连我自己的创作也是更上了一层台阶，最近这种感觉越发强烈。我的灵感像是被你身上的才气和天赋击垮了，但是更受激励了一般。"教授说。

后来有一次和小河我们三人在餐厅吃饭，她看到了我的坠子，不冷不热地说："貔貅啊，你就是我爸的貔貅吗？他把你带在身边真能辟邪吗？怕不是要惹祸才好。"

老师当即训斥了她，我还是笑了笑。可我心里怎么能真的不当回事呢？

我甚至毫无来由、毫无联系地想起，老师曾摇摇头，嘴里说我："你啊，就是笼子里的鸟。"

炎　四

小寒的时节，我的手指拨弄琴弦有些困难了，空余时间便不再去海边闲逛。

"那个时候，你到那兵荒马乱的地方做什么呢？"小河问我。

澡屋的屋檐下的橡木，悬着两个麻绳系在一起的小铃铛，此时像是冻住了，和屋檐下参差排列的冰挂们成了伙伴。

不知道为何，也不知后来我的心态究竟发生了何种变化，总之苏木突然地闯入我的生活里，使独自一人的生活突然变得不那么惬意了，我原本围绕自己建立起来的那种脆弱平衡，就这么被打破了。

我的思维陷入了停滞，就在我和小河说着话的时候。

"难以相信，到了这个年代，你居然不用手机。你来这个镇上以后，从来都不跟外人联系吗？"小河对我说，一副啧啧称奇的样子。

"在来这里的路上，我从石家庄坐火车中转，我靠在火车连接处的过道墙上睡着了，醒来的时候却发现手机被人偷走。在路上那时候，我心情非常差，觉得手机对我来说也没有多大意义，索性都没去找。我到这镇上之后，买了个便宜的新手机，可是新手机里面没有任何资料和联系人信息。新手机用了一段时间之后我发现，除了我妈，几乎就没有任何人会找我，而我又不太想接我妈的电话。因此我也就变得意兴阑珊，懒得带手机了。"

我们坐在苏木的画室里，今天是周一，苏木每周这时候会照例歇业一天。这天中午，在店后的庭院里吃完午饭之后，我第一次被带进她的画室里，这房间足够宽敞，大约四十平方米，两面墙上有两扇落地的大窗，收拢进来充足的阳光，窗外就是澡屋背后的庭院。

庭院里有个大池塘，池塘外都是白雪，池里是跟澡池里一样的温泉水，正腾腾地冒着热气，池中央有座小假山，上面开着白色的仙客来。虽说仙客来本就是秋冬季开放的花，但我想，若不是这从未间断的热气保护着这花，恐怕它们早就在严寒之下凋谢了吧。这水汽还让花更加迷蒙。

画室里的物品摆放很有条理，墙角有一大摞画布和木头画框，都是很简单的式样，长方形的大书桌随着一面墙铺开，她就坐在书桌和墙的中间。我有些难以想象她需要这么大的一张书桌。书桌的一侧有一面大书柜，上面摆满了画册和杂志。

我这才知道，原来她平时都是在这屋里作画的。

自从那次见面之后，苏木很少主动来找我，我也不知道是为了什么缘故。但让我感觉还好的是，我也没有十分想念她，这着实让我松了口气，因为现在很多事情还没有搞明白，我有些害怕就这样陷入那种单方面的相思中去。

不过我也不再一直闷在家里，在待得心烦的时候，我会出去散步，有时去那不远的一处农庄，到那被雪稀疏埋上的田野里闲逛，去麦垛边看看结了霜的巨大蚁穴；也有时会去镇上找苏木，看她画画。

在亲眼看到她在大桌子上摊开宣纸，临摹元代顾安那幅《幽篁秀石图》之前，我一直以为苏木画画只是为了打发闲暇的时间而已，因为我从来没在她的澡屋里见她拿起过画笔，只是曾听小河说起，苏姐姐是一个在绘画的时候极其有灵性的人。没想到她的画技竟是如此精湛。她行笔流畅，竹子清幽高挑，溪、石与渔者各有神态似的，画面意境悠然。

我看得出小河是个机灵的姑娘，这段时间里，她似乎有意在我和苏木中间当一个中间人的角色，所以当时她这样在我面前称赞苏木，在我看来是十分正常的事情，因此我那时也没有把这称赞太放在心里。

苏木在那天晚上之后，从来没对我表现出任何的亲密或者疏离。她一如往常一样，一直是那么淡淡的样子，对任何事情都是那样，不远不近，保持一种距离感。

不过这种距离恰到好处，让人感觉她对身边这一切事情的包容和宽和，这反倒使人感到舒服。

正是由于她的这种性格，那天我和她晚上发生的事情，如果被小河知道，她一定会感到震惊，更何况我和她发展的步序本就有点紊乱。

苏木画得十分专注，一直没有顾得上和我们说话。

当那幅《幽篁秀石图》的摹本已经画了一半，她才慢慢放下毛笔，嘟着嘴，自顾地喃喃说了句"今天就到这吧"。她开始收拾画具。

"您还没回答我的问题。"小河对我说。

"什么问题？"

"您似乎一直在走神，我已经说了三遍了。"从小河的表情，我能看出她觉得我很奇怪。

"不好意思，我的耳朵有些问题。"

她有些吃惊地看着我。

"我不是在开玩笑。"我指了指我耳朵，表明我是认真的。

"那……"

我倒是很坦然。

"时好时坏，对于各种声音，大多数时候能全部听得很清楚，有时则只能听见一部分，偶尔也会出现彻底失聪的情况，不过这种情况不常发生。"

"那您能听到一部分声音的时候，是指能听到什么？"

"我也不是很清楚，可能跟声音的频率有关，当然这只是猜测。"

我完全不像在谈论自己的病情，就像在聊中午吃的香喷喷的煎鱼一般随意。

她听到这里居然笑了起来，还轻轻盯着我的耳朵，仔细观察了好一会，看起来她对我充满了好奇。

"居然会有这么奇怪的病，看来耳朵也还蛮可爱的。"

自从被人当成聋子以来，第一次有人说我的耳朵可爱。

"真算得是个天真可爱的女孩。"我对苏木说。

"别看她才十六岁，"她刚才在忙着，似乎没有认真听我们说话，但她现在听我在对她表扬小河，就笑笑说，"她很懂事，跟着我挺长时间了，很少给我添乱。"

"真好。"我笑着点点头。

虽然听了我们俩的夸奖，但小河却也并不脸红，只是坐在沙发上，抿着嘴看着我俩笑，那样子虽然腼腆，却也机灵极了。

"你们俩可以出去走走，店里有我守着就可以了。"她说。

"你自己在店里不会太寂寞吗？"苏木问。

"一会陆阿姨就过来了，您放心吧。"小河清脆地答应。

"那好吧，正好调颜料用的亚麻仁油没有了，我们去街上逛逛，顺便也买些晚上吃的东西回来。"

在街上走路的时候我问她："怎么，你还画油画吗？"

"我最初就是学油画，水墨画是近些年才慢慢开始摸索的。"

我有些惊喜。

"我的母亲就是学油画出身的。"

"那你应该也懂美术咯？"苏木侧着头说。

"其实不怎么懂。"

"多少也耳濡目染一些吧？"

"说实话，我一直对艺术保持着尊重和崇拜，况且我的母亲也勉强算得上是个艺术家，所以我照理应该懂一些才对。但是我从小立志学医，走的完全是另一条道路，而且受到的艺术教育很少，所以完全不敢说我懂它。"

"你太谦虚了。我觉得你的小提琴拉得挺不错，这种乐器没有从小长时间的练习，是不可能熟练掌握的。我上学时曾经尝试过，发现那是很难学的，哪怕只是在琴弦上拉出几个简单准确的音调来，也是需要数月时间练习的。"

"小提琴不过是我用来打发时间的玩物而已，可你是专业的艺术家。我看了你的画，画技真是非常了得。山水很有神韵，而且让我惊讶的是，你居然还不是专门学水墨画的。"

她轻轻摆摆手。

"算不上好，更别提什么艺术家了。而且水墨画我也跟人学过一段时间，只是不大成功。"

"我真想看看你画油画的样子。"

"那样的话就太献丑了。"

"美的东西就应该用来分享嘛。"我笑了笑。

"美不美的，那就到时候请您来鉴赏一下吧。"

"不要嫌弃我在旁边会打扰就好。"

"怎么会。"

"我和小河坐在你旁边的时候，一直在说话，我都担心会打扰到你，不过看你倒是一直挺专注的。"

"不会打扰到我的。而且你话并不算多，你身上有种安静的气质，一看就不是那种聒噪的人。"

"估计是耳朵不好使的缘故，话也自然就少了。"

"看你的样子，恐怕你本来就嘴笨笨的，不太会说话吧？"她笑着说。

"你说对了。"我也笑着承认道。

在一个大叔的杂货店里，我们顺利买到了亚麻仁油，不过苏木认为这油的质地不算太好，有点发稠，因此希望能买些松节油，在调颜料的时候中和一下。

"太稠的话，颜色虽亮，但是油干得慢，而且色调会刻板一些。"

"因此希望松节油来加强挥发，让油干得稍快一些对吗？"

"没错。"

"那我们去药店看看。"

后来我们发现，镇上仅有的两家药店都没有松节油出售。

"哈哈，上次我来买的时候就没有，现在依旧没有卖啊，看来这个镇还是太小了嘛。"

苏木搓搓手说。

街上的雪还没化完，天有些冷。

"那我们去城里买。"

"哪有时间呢？"

"小镇上节奏这么慢，时间总是有的嘛。"

她很释怀地说："若单是为了买调色油而去，倒是也不必了。"

"那你怎么作画呢？"

"这个不是很重要啦。"她说，"其实我也很久没画了，最近都在练习水墨。"

"总会用上的嘛。要不这样好了，下周一休息的时候，我们去城里散散心，顺便带小河那小姑娘也去玩玩。她那种还在上学的年轻女孩，总在乡下待着也是不大好的。"

"若她不愿意去，我们也不能强迫她嘛。"

"不强迫。不过我觉得她会乐意的。"

"那好吧。"苏木有些犹豫，不过最后还是同意了。

我们去市场买了些鸡肉和蔬菜，苏木说要自己下厨做饭，然后又去最近的便利店买了些啤酒。

便利店的胖奶奶，慈祥地对着所有客人笑，我心情顿时明快起来。

回到澡屋，陆阿姨正在清理澡池，小河在旁边帮忙。

每一个温泉澡池里的水都被放空了，阿姨穿着青色的大褂子，踩着廉价的塑胶高筒靴，在池底清扫客人身上清洗下来的垢泥。那些污物在有的池底的瓷砖上沉积着，有的在池底没放完的一点剩余的水里漂浮着，随着阿姨的脚步荡漾着。

若不亲眼看到这一幕，我是断不会相信，总是打扮得干干净净、妥妥帖帖的人类，身体竟是如此污秽的。

我忙着帮她们一桶接一桶地把污物搬到庭院外，倒在那辆小皮卡上的大桶里。

这活虽简单，体力却也不轻松，尤其对于女人来讲，我的棉袄里很快便出了一身汗。我想几个女孩子平日里做这类粗活，必定是不容易的。

我们忙碌了三个小时，清理了九个澡池，身上都出了汗，而且有些疲惫，直到苏木清脆的声音传来："开饭了。"

我们围坐在一起说笑。在体力劳动过后吃饭，一粒一粒饱满的米饭都变得香甜，何况还有苏木大厨亲自做的蘑菇烧鸡。

大胖猫无花果在冒着热气的池塘旁边，背靠着一个花盆坐着打盹，看起来就如同在坐禅一般，然而馋意都写在了它的脸上。

木　四

下了一场小雪，院子里温泉池塘还默默地吐着热气，那仙客来在假山上孤芳自赏。世界安静极了，向远方的群山看去，白茫茫的一片大雪起伏着，没有温度的冬阳被海风刮得睁不开眼睛。

我的灰色羊绒大衣上落了许多雪，有几片雪化了，透过肖炎送我的围巾的缝隙，渗进我的脖子。

触感有点凉凉的，我想起他说过的一句话：

这个小镇啊，一到冬天就没有了什么色彩，除了黑就是白，还有大海的深蓝，蓝得发黑；这样非黑即白的简单人生，有人珍爱得如瑰宝一般，有人却视之如囚笼。

我慢步地走，打开画室的门。自从去年回到这里，曾有上百个夜晚，我在这里开一盏幽暗的灯，画画度过漫漫长夜。这里幽静的生活，以及可以肆无忌惮作画的平和，让人忘却烦恼。可是每当我老师打电话过来关心和询问小河的情况，我就觉得黑暗扑面而来，这感觉几乎每次都有。就像当初小河来找我时，我看见她那失神的双眼，她浑身上下那股无法抑制的、往外喷薄的恐惧与绝望。

小河打来电话的时候，是晚上八点。因为已经放暑假，学校里几乎没人，我从画室里出来，背着小拷包准备回我的出租屋。她语气慌乱，含含糊糊说了两句就挂断了。我赶紧打回去，她接了，带着哭腔，有些语无伦次，我听完，惊讶得说不出话来。我一路小跑出学校，在一个角落的路灯下面见到她，她见到我，竟转身就跑，但她步履蹒跚，我追上她时，她已经泣不成声了。她衣服弄脏了，但也不敢回家，不敢面对她爸爸。我来到她面前，她再也忍不住，似乎在咆哮，嘴张得像头小狮子一样，脸上颤抖，却又几乎哭不出声，随即双腿一软，跪倒在我怀里。

"啊……！那帮……他们……就因为我没有妈妈，竟然像这样……欺负我……"她哭得没有力气了一般。

我的大脑一片空白。我当即报了警，然后打车送她去医院。我一边安慰小河，一边给她父亲打电话。这件事情有些突破了我对世界那粗浅的认知，直到在我身边发生，我也完全无法相信，三个十六七岁的少年，面对一个十五岁的小姑娘，竟真能做出这种事。

瘫坐在出租车里，街灯在眼角一盏一盏地往后晃过去的时候，我就在想，当她父亲看到这番情形，会是怎样一种心情？况且，那刻只有我知道，小河肚子里，原本还有个未成形的孩子，等这事到了医院，她父亲也一并知道了。

小河娇嫩的下体受了持续伤害，她年纪太小，又做手术拿掉孩子，身体亏耗巨大，在医院住了一段时间，出院后，还需要在家休养数月。小河说怕黑，坚持不回老师那所老房子住，于是我们三个都住进小小的出租屋里，我和小河睡房间，他睡沙发。那是一段由愤怒、委屈、焦虑、自责等无数种强烈情绪编织、裹挟而成的、令人心碎、令人恐惧、无法名状的时间，尤其是对小河的父亲而言。我一直陪着老师跟小河，每一天都像是窒息一般，我亲眼见证了一向儒雅的美术学院教授，如何在短时间内变成一个脾气喜怒无常的魔鬼。好在他是一个真正有修养的人，绝大部分时候他都懂得如何克制自己的情绪，不波及身边无辜的亲人。

直到两个月零六天后的下午，国庆节后的一天，法院开庭审理这个案子。因为犯罪人嫌疑人和受害人都是未成年人，法院出于保护当事人的原则，执行了非公开审理。仅有我和老师，以及三个男孩子的父母等少数几个人被准予出庭，小河拒绝出庭，她还无法面对这一切。由于我们很好地保留了证据，三个高中男孩一直低着头，其父母全然没有早先叫嚣的气焰；整个审判的过程和结果没有任何不公正的地方，种下罪恶的人得到应有的惩罚——但如同我们所有人预先就默认的那样——这结果，并不能让在场任何人好受一丁点。老师本来就瘦，如今更是形销骨立。庭后，有两个男孩的父母满脸疲惫和痛苦，过来向老师道歉——五分钟前，他们亲眼见证了自己还在读书的儿子被法警带往监狱。另一个男孩的父母，一直远远地看着我们，一副欲言又止的样子，最后匆匆离开了。

开庭的那一天，老师很早就起床了，还给小河煮了面条。但是直到庭审结束，回到家里，他也没有说过任何一句话。他全程神情冷漠地看着所有人，法官、律师、男孩、男孩的父母、我。

我俩回到家，他把东西放下，转身又出了门，我心想他一定是要出去散散心，便什么也没问他。

但他许久没有回来。我悄悄走到楼下，看见他一个人靠在老式小区旧花坛边的墙上，抽烟。看着他在月光下的影子，我难过极了，泪水几乎就要涌出来。我躲在暗处，看他。他抽了一根又一根。他表情沉重，他坚实的拳头在自己的胸口狠狠地捶了几拳，发出几声闷响，头低下去，突然开始大哭。看到他哭，我飞奔过去，扑到他怀里，抱住他，我本想安慰他的，没想到自己也不争气地哭起来。他下巴抵着我的头顶，弄湿了我的头发。

后来反倒是他先平静下来，右手轻轻揉弄我的头发。我也乖了，不哭了。

去年冬天，也就是我和小河刚到小镇度过的第一个冬天，我曾在澡屋院子的树根下，找到一只冻在冰块里的萤火虫。很神奇。原来若是躯体和灵魂都置于突如其来的严寒当中，夏虫也可以语冰。

木 五

就在这个案子结束后没多久，生活处在短暂的沉寂之中。但网上很快对于这件事出现了不同的说法。跟小河同学校的一个女孩，发布了一条微博，她这样写着：

"我们学校那个女生，就是前段时间被人轮流上了的那个，有什么资格告人家强奸？大家还同情她，你们不知道她多么不知羞耻吗？这件事情的起因是，她用见不得人的手段抢我男友，有一次她跟他趁着体育课教室里没人，就在教室里搞，真是恶心，这事我们身边人都知道。我那三个哥们儿都是为了给我出气才去搞她的，不然谁愿意去碰那破鞋。"

这微博起初是我的研究生同学转给我看的。我看了这文字，无比震惊，接着大脑又是一片空白。我根本不想去追溯她说的这件事情是不是真的。我又胡乱翻看了几页人们的评论，有一些，是骂小河的，言辞粗鄙不堪；有一些相对中立的网友说，如果抢男友这件事是真的，那她确实有错在先，然而违法就是违法，无法开脱。更多的，几乎全是对发微博这位女生的谩骂。

我心里很难受，全然无法想象这些不堪的言语针对的竟是两个中学女生，我深感当今的校园环境复杂，也不敢让小河和老师看到这些东西。老师从不看微博，身边同事也很有默契地保持缄默。在我的建议下，他思考再三，给小河办了一年休学。他请了心理医生定期上门给小河进行心理疏导，并且暂时性地中断了各种社交。渐渐地，她变得比以前更加孤僻。我每天抽时间陪她看书、学习、画画、打游戏，偶尔也出去逛逛街，吃些小吃；过了一个月，我感觉到小河的心智正在慢慢恢复——尽管有些伤害是永远无法彻底磨灭的。在这个网络时代，许多事情发生的时候，信息总是会像潮水一般涌来，然而一旦热度减退，却像从未发生一样无人问津；也许事情从未被忘记，但可以不再被提及。我希望这整件事情可以慢慢淡去，不要有人再去揭这伤疤。

我时常和肖炎漫步到外公屋后的悬崖边看海鸥。

两月前新产下的那些小海鸥已经长大了不少，脖子上的羽毛开始渐渐长出同它们父母那般的蓝色，体形也壮实了不少，有些甚至能飞到这悬崖的上面来了。

这些日子以来，悬崖边那个名字一直悬而未决的小亭子，成了它们嬉戏和排便的乐园，回廊和槐树的阴凉处则成了小海鸥和同伴们捉迷藏的去所。

它们并不怕我，但只要我手里没有拿着食物喂它们，它们自然是不会轻易让我靠近的。尽管我很想跟它们亲近，但却很少喂它们，因为再过不久，它们就要随父母迁徙，必须强迫自己学会捕食的本事。不喂养它们，反倒是因为我太爱它们。

到时候，随着西伯利亚寒流南下的，还有西伯利亚的海鸥，小镇上的这些蓝脖海鸥或许会加入它们的队伍，往南一直跋涉到远在云南的、温暖的滇池里去。

重庆这挂角的地方不会有海鸥来，所幸我生在海鸥出生的地方。

"您真觉得让我带着小河去我的家乡，是个妥当的办法吗？"我问老师，"您一定舍不得她离开身边的。"

"你家太美了，又安静，相比城市里无法躲避的喧嚣，这可能对小河有好处。"他说话的时候也充满了犹豫，"其实我也没有拿定主意。说到底，你也还是个孩子啊！"

可是没多久，老师就被人举报了。

学院开月度例会的那天早上，平安无事。会后，院长把他叫到办公室，问，有人到我这里来实名举报，说你跟你的女学生乱搞男女关系，有没有这回事？

老师坐在院长对面。他在到院长办公室的路上便设想过这种可能，所以他对此也并不是全然没有准备。他反问："那您认为呢？"

院长起身，把门关上。他说："你女儿的事情，我听说了，我非常遗憾……"

"我女儿她很好，不管以前在她身上发生过什么，在我看来她依旧是一个单纯美好的姑娘。"

"是、是，我没别的意思。"院长答应道，"可你现在这个事情，是非解决不可的。"

"您想怎么解决？"

院长站起来，在办公室里踱了几步，然后看着窗户外面的树，说："你呀，'红七条'的严令你是知道的，你怎么能去碰这个底线，又怎么能让人知道？我也不想问你这事情是真是假，但既然有人到我这里来说了这事，我就必须得查。现在这环境你也知道，我不查，他若是再去找了上级单位举报，你我都过不去。"

老师不说话。院长接着又回过身来盯着他说："我很欣赏你的才华，我也不希望我学院有老师因为这种事情栽跟头，这事传出去，对学院声誉的影响呀，太大！"

老师还是不说话。

"不过我跟你讲，这事也不是没有回旋的余地。"

"什么余地？"

"这种事情，说白了就是人的事情，只要当事人不认账，调查组也很难去找什么证据。你明白吗？"

"我明白。"

院长盯着他的眼睛看了几秒，饶有兴味地说："好，那你去吧。"

老师站起身，走了。

临出门，院长又嘱咐道："记住，断得干净点，你亏了人家，多给人家女孩子些好处，嘴封死了，别留下什么祸根。"

老师欲言又止，打开门，出去了。

山上的野狗尾草长得最丰满的时候，山下的麦子也将要开始由青转黄了。拥有土地的人们渐渐开始忙碌起来，有需要腾出自家小仓库预备收成的，也有要去农机站预租农用机械的。与此相比，小贩们和服务业者则显得清闲许多。

我和肖炎走在小街上，穿过镇子去登山。

当他跟我提起我外公时，我愣住了，我回想起他离世时的场景，又想起那麦熟的季节，无数的蝗虫从山那边铺天盖地而来，草木和作物都狼狈不堪，农户叹气连连，但不知怎的，那年溪里的鲤鱼却是长得极肥美。我的眼泪不住地往下掉。

肖炎说："你不仅身体单薄，走路的步子也显得轻忽，我甚至能想象你在许多夜晚哭泣时瑟瑟发抖的样子。"

"那是香菇吗？"他问。

密集的几朵褐色小伞，长在灌溉麦田的沟渠边漂浮着的一小块湿木头上，那木头随清澈的水波上下起伏，却陷于洄流当中，无法脱身。那些小伞也随之起伏着。

"虽然像，但不是。在城里长大的人已经连香菇都不认识了吗？"我轻轻地笑。

"你不也是在城里长大的吗？"

"我是镇上长大的。"

"你没想过回去吗？"

"回哪？"

"回城里去。"

我说，城里的人太多了，所以像我这样的无用之人，要到乡下来。

"小河怎么办？"

"说好了，过年就送她回去。"

"相处这么久了，舍得吗？"

"不舍得。可那又怎样。"

肖炎要我做东坡肉给他吃，我犹豫了一下，答应了，心里却泛起了当初那股对猪肉味的反感。

我们沉默着下山。一点风都没有。半山腰时已近黄昏，天空金黄金黄的，可是群山如墨。

看着这墨色，反倒让我想起了雪。

炎　五

苏木曾跟我讲过，她的母亲是在这个小镇上出生的，父亲不是，父亲是纳西族人。那年她母亲十八岁，跟着县卫生队支援边区建设，去了西藏芒康县，那里有数百口大盐井，还有几千块大盐田。她父亲遇到她母亲的时候，二十岁。他读过书，是乡里画地形图的测绘师，有文化，画画好看，皮肤虽然黑黑的，但也是个五官长得特好看的小伙子。她父亲姓木，妈妈姓苏。

木姓是纳西族的贵族姓，后来他们生了女儿，跟着爸爸姓木，又用妈妈的姓做名，于是有了个好听的名字叫作木苏。

由于那时候小木苏太小，父母工作的地方条件又十分艰苦，她从小便是跟着外公外婆在镇上长大。后来听说，父亲跟纳西本族的一个姑娘好了，妈妈愤而离家出走，再没回去过，也没有回到镇上来。

小木苏上学以后，镇上小学的人们都没有见过她父母，又因为大家都管她外公叫苏爷爷，因此也就顺理成章地以为她姓苏，每天叫她"苏木、苏木"。时间久了，她自己也习惯了这种叫法，干脆就改成了外公的姓。

快过年了，白从我和苏木一起去市里，把小河送上了飞往重庆的航班以后，澡屋里只剩我和苏木两人，或者说只剩苏木一人，她的根在这里，而我不是属于澡屋的。

大红灯笼们像冻红了的猪头，它们被人们纷纷挂在门口的时候，小镇的雪夜里就又亮堂多了，每户人家的门口都被通了电的灯笼照得红彤彤的。

苏木又说，我可能过年的前一天就得走了。

我一惊。去哪？我心里想了，却没说。

"好。"我说。

镇上的人们开始准备新年的装束和货物的时候，有些人从外地陆陆续续地回来。连日大雪，被安静的银装包藏了许久的小镇，又慢慢变得热闹了，出门的人也多了，那条古街上，开门营业的商铺也多了起来。

但苏木突然说，我明天就得走了。

"好。"我说，其实我无话可说。

离腊八还有八天。腊月的第一天，苏木走了。

澡屋关了门。

我又是孤身一人在小镇上。我偶尔会到澡屋门外看看。

那几天又时断时续地下了几场雪，雪都不大，可是由于无人扫雪，澡屋的院墙和门口堆了半米高。

我感觉心里也落了雪，堆在心门那，难受。

腊八那天，街上很热闹。我去外面客栈要碗腊八粥喝，晚上七点来钟，镇上灯火通明。许许多多在外地工作的人，都涌回到小镇过年啦。

小镇的中心是旧时的府衙。这府前有条老街，都是些商铺，老老的、旧旧的，但是那里有家专门卖纸的纸户，老板四十来岁，是难得的家族手艺的继承人，造的那宣纸叫作"七尺金榜"，远近闻名。除此之外，还有卖木梳子的，有做马蹄铁的，有缝补渔网的，也有卖藤制家具的，还有羊汤、糖人、豆腐脑等，都是自家产的手工品。以前也算是挺热闹的地方，现在是冷清许多了。

镇上那道"将军"拱门和树上都挂上了灯，拱门大街搭了戏台，还堆了一大堆木柴，镇上的人都聚在了一起。造手工艺品的商店们生意好得出奇，许多从城里回来的人都说，这些东西在城里都能卖出好几倍的价钱，不过他们买去却并不打算都卖掉，自己留一些在家里，也是对越发稀少的原生态乡镇的怀念，现在任何地方，哪怕是山沟子里，也满满的都是千篇一律的工业制成品、旅游纪念品。带着镇上这些看起来土气的东西回去，反倒还能在朋友面前显摆一下。

甚至有一个中年男人，买了二十四只马蹄铁。

"您买了去，莫不是因为您在城里养了六匹马？"我开玩笑地问他。

"哈哈，打算钉在墙上的做装饰的。"

"哦？"

"看这款式多么复古，我把它们钉在贮酒间的墙上，却能反衬出一种后现代风格，你相信吗？"

"我相信。"我傻笑着。和好多好多东西一样，马蹄铁的功用早就不是用来钉在马掌上的啦。

"看啫！"随着一声高吭的男声唱起来，街道上喧哗的人群注意力都转移到了戏台上，神情专注的样子。

从城里回来的人们开来了各式的车，不乏名车。然而让我意外的是，没人在意那些车。终究就是些铁壳子，就像苏木说过的。

十几米高的巨型篝火点起来了。有警察给在场的每个人发消防安全传单。

"请注意消防事项。"

巡警在警车里用警用喇叭不停地强调。

"请注意消防事项。"

我在台下的后排坐着，离篝火远，有点冷。但是一晚上，又唱又闹的，气氛很欢快。

有个矮子可以原地起跳腾空，在空中把身体蜷成一个球，转了三百六十度之后双脚落地。这算不得什么，可是他站稳之后，抓了抓屁股，从内裤里掏出一枝花来，把它送给了前排一个露着半边乳房给孩子喂奶的观众。那女士不要，小宝贝却一把抓了过去，端详了起来。

"真是太他妈俗了。"我说。

我和大家一起笑得前仰后合。

笑完，开始唱跳起歌舞的时候，我觉得无趣，便走了。走到府后那条酒吧街，那是年轻人待的地方。

有人在酒吧里打架子鼓。我不知道点了一杯什么名字的酒，唱歌的人走时，我还有半杯酒没喝完，我一口干了它，走出了酒吧。这个装酷的姿势是做给自己看的，但是进展得太快，我立马被烈酒冲得头晕眼花。

酒吧外面就是海边，白色的小木栅栏分割了马路和草坪，冰凉的海风扑到脸上，我浑身一个激灵，但醉意却始终驱散不了。

我肆意妄为。"咻——"一段长而不间断的口哨，曲调变幻，时而敞亮，时而低沉，忽远忽近，忽高忽低，响彻山野和海堤。

后来我去找女人，我原本是不想去的，可是喝多酒，加上心里憋屈，还是摸黑找着一个店。这么说来，心里其实还是想的。男人一旦说什么原本是不想的，那他心底里一定是想的。

这店人不多，客人和姑娘都不多，这镇上陪客姑娘的质量数量远不及我在哈尔滨流浪时睡的，那时候连买面包的钱都没有，都拿去买酒啦。我走近了看，吧台那还有另一个客人。

"姑娘们都看节目去了吧？"我醉醺醺地想。墙上挂了些不雅的照片，那个客人瞪着眼，目光到处搜寻着姑娘，就像能从墙上把人挖出来似的。

这时候，楼上正好下来几个客人。

木楼梯踩得嘎吱响，我恍恍惚惚地定睛看过去，四个姑娘都姿色平平，但各有特点，其中有一个看起来很斯文，很干净，可我直视她眼睛的时候，她没有丝毫害羞，而是好奇地盯着我的眼睛。这个女孩子对我来说，还不是那么让我反感。于是这姑娘就领着我也上去了。不过也许是不胜酒力，也许是我潜意识当中对此还是有诸多排斥，抑或是心里还惦念着苏木，即使姑娘十分温柔地用手帮了我许久，可我的兄弟终究是没有力气的样子，办不成事。

"去哪？"我问她，"去哪！"

后来我更是兴致全无，一阵酒意上来，便在姑娘身边沉沉睡过去了。

第二天早上我醒来，头痛欲裂，头也不回，赶紧离开。

我啊。苏木她早把我看得清清楚楚吧。

苏木去哪了呢？我曾听她提到过她心爱的老师。但她是回到他身边，或者去找她母亲父亲，或者她已经把老师当作父亲，又或者她是去了另外何方。这并不确切。

我不知道，我的直觉一向不准。

天域飞军

一

那趟旅途之后的行程里，没有人再提起这件事。但每个人的心中都装着这个心照不宣的秘密，曾经梦想走完祖国三万里边境线的一群老兵，在旅途中带回了两条人骨，这不失为一桩奇事。

儿子不知道老石是否有足够清醒的意识，感知这一切。

老石尤其不敢照镜子。哪有这样形貌丑陋的军人？衰老、凋敝，头浑圆，不仅四肢短小，而且身体蜷缩在轮椅上，连话也说不出。他手里捏着一张老照片，那是他和已故妻子的合照。那个女人正在领奖台上，双手捧着一张"最美军嫂"的奖状。那女人美吗？外表属实不美，方形脸，全身骨架很大，个子很高，比她矮小的丈夫高半个头，看起来很强壮的样子。就是这么怪异的搭配，两人仍旧过了几十年。

由于他亲身经历那场旷世的大雪，充盈山谷，满溢而出，那日他如同大侠出世，踏雪腾空，一步登上雪山的半腰，居高临下，指挥若定，拯救军民于困顿，因此在老石日渐模糊沉沦的黑暗世界里，那片灰白是他第二常梦到的颜色。一想到灰白，他又想到小时候在新疆生活的十几年——他四岁的时候，便跟随向来在重庆乡下种地为生的父母，响应国家的征召，坐上了开往新疆建设兵团的绿皮火车。那个叫作北屯的小县城，离布尔津很近。那里的冬天，矿场驻地外面满地都是羊屎蛋子，风吹过的时候，雪开始滑行，世界不是白，也不是灰黑，后来他上美术课的时候才知道，那是颜色最浅的铅笔的颜色。雪地是铅的质感，泛着些许的荧光。运送矿石的汽车每天都会沿着笔直的石子路在戈壁上进出，但是运送蔬菜的车辆两个月才会来一次。送蔬菜的卡车不像运矿石的车那样全身都是矿灰，而是刷了绿色的漆，冲洗得干干净净，顶上还有深棕色的篷布罩着，一般有六七辆车子排成一线进来，上面拉着各种补给品，除了蔬菜，还有肥皂、布鞋、药品等。父亲说，那些都是军车，给部队送物资的，当然，也给在矿上干活的老百姓送一些。家中平日里吃的东西很少，有时候，他母亲会去戈壁上采一些沙葱来下黄馒头，或者采一些看起来不那么干枯的芨芨草，用盐水煮熟以后剁碎，拌在面条里吃。因此老石作为一个南方小孩，却是吃野草和面食长大的。但那草外皮坚硬，且有股涩味，并不好吃。只有军车来的时候，大家都去路边等着，父母大概率会领到一些茼蒿、胡萝卜和荠菜，有时候还有大白菜、洋葱和蒜，但是量很少，即便全家人省着吃，也顶多能吃上两周，剩下的两周便继续吃野草拌面。老石和比他大几岁的哥哥，总爱转着圈地绕着那些车子看，越看越喜欢，慢慢地，他总盼望有绿色的军车开过来，甚至想象自己有一天能够成为开军车的兵。后来他长到十八岁，应征入伍，又坐上和小时候记忆几乎没有区别的绿皮火车前往西藏，不同的是，这次车上全是茫然的新兵蛋子和崭新胶鞋的味道。父母这些年来虽然跟着部队一起干活，但成分上始终还是农民，他们并不满意自己的人生；如今，他们的儿子总算当了一个兵。

从一个有雪的地方到另一个有雪的地方，老石回想起自己小时候的特殊能力，那时他因为观看了香港电视剧里的"铁掌水上漂"，便突然习得了轻功，可以行走在场外三尺深的雪地上，如履平地，就算脚步停下也不会沉下去，可谓有立雪不陷之功。因为有这个奇妙的本事，他在那些腿陷进雪里的小伙伴当中总是高出一头，因此他虽然个子不高，长大了连一米六都不到，小时候则更矮，但是自信心却极强。

　　火车开到西宁，大家都下了车，又坐上部队里派来接新兵的卡车。接他们这批人的，一共来了两辆车，一前一后，每辆车上大约坐了二十人。这是老石第一次坐上卡车的车厢，由于路况不好，加上车子的减震效果也差，他在车厢里被晃得七荤八素的，和好几个战友轮流趴在后挡板上往外吐。每到了一个专门给路过部队做饭吃的兵站，能吃到白菜炖粉条，里面加了酱油，他觉得香极了，就着混土豆蒸的米饭，他可以吃三大碗。待到上了路，他又接着吐。这种情形直到过了格尔木以后才有所好转，但是他紧接着又陷入高原缺氧的不应期当中。他呆望着路两旁无垠的草甸和随处可见的垫状点地梅，整日晕头转向的，大白天也只得靠在车厢的边缘上昏睡着，身边的每一个人都像在和他争抢着空气，令他烦闷极了，好不容易熬到晚上停靠兵站，洗一把热水脸，总算舒服了些，他坐在铁架床上，一躺下总觉得喘不上气，于是他第一次整夜无法入眠，就那样坐到了天明。所有的新兵还没到达驻地，便已经切身领会了做一个高原兵的折磨，而这些东西，在他来之前并没有人告诉过他。这样辗转了四五天，他们走完了青藏公路，来到拉萨城外，可车子并没有进拉萨城，而是从城郊的小路直接走上了川藏公路，他们这支连队的驻地是一个他从未听过的名字，叫作鲁朗，是川藏公路上靠近林芝的一个地方，是一个汽车运输连，主要负责在高原的险路上来回运送物资。当两辆车子来到驻地时，老石忍不住惊呼起来，这里实在太美了，自从他上了高原，就很少看到树，树木是高原的稀缺物种。可这里全是树，不仅谷里是树，连山上也满是大树，一直铺到天边，丛林间不时飘过一些白云或者雾气，他抬头看着那些高耸的山，顶上像是通到仙界里去了。这里氧气充沛，新兵们没有丝毫的不适，军营伙房的饭菜虽然单调，但比家中略好一些，偶尔还能得到一个午餐肉罐头，可以和三个战友分着吃，这是极大的福利，所以老石几乎立刻就爱上了军营的生活，新兵的训练再累，也并没有让老石觉得有多苦。当新兵的第一年过去，他结识了几位一生的挚友。等到新一批的生瓜蛋子到来时，他也成为一个"老兵"，终于获得了一位师父，以及可以和师父一起练习开车的资格。在汽车连，每个人都是要开车的，包括连长在内；每车配两人，实行老带新的方式，新兵就在旁边副驾驶位置上给老兵当助理，老兵一边开车，一边给新兵传授在高原的各种险路上行驶的经验。老石很幸运，因为他学习开车很有天赋，他被分配给了郑连长本人当徒弟。

其实，除了有天赋，也和他当新兵这一年的良好表现有关系。他写字好看，班里战士需要写信，都找他代笔，他总是笑着答应，除此之外，整理班务最勤快的就是他。每当轮到他清扫营房时，他不仅把自己班的内务做好，还顺便把隔壁班门口的地也拖了。隔壁的战士问他缘故，他说，打一趟水，拖两块地正合适，只拖一块地，就浪费了，都顺手的事。有一天，隔壁班的班长黄科发现了这事，跟他聊天后，拍了拍他的肩膀，发现他和老石的父母是同乡，他是重庆来的兵，跟石达祥一口带着重庆腔的混合普通话不同，他说一口标准的重庆话，普通话是一点不会。

"听说你字写得不错，前阵子连长身边的书记员转业了，他正缺个人手，我推荐你去试试。"

于是他这才进入了连长的视线，他也和这位黄班长结下友谊。

后来他才发现，这位黄班长是个大才子，他戴着眼镜，一脸斯文，不仅书法写得好，而且作画也颇有功力，他画连队在九十九道拐穿行的《奇路劲旅图》把师以下的各级文化大奖拿了个遍。石达祥做了连部书记员之后，就离开之前的班，但他非常尊敬这位老兵，知道他看书多，自己却是个半吊子，经常向他请教问题。老石调到连部以后，变得比以前更忙。他平日兼职连长的书记员，也须参加正常的新兵训练，同时要给政委当勤务兵，另外还得管理连里的仓库。他清早给政委剪报纸，把政委打钩的部分剪下来，分门类整整齐齐地贴在本子上，每个月一天也不能少。然后打扫卫生，泡好茶，就回库房开始一天的库管工作。但他有个习惯，每天早上给连长的脸盆打热水的时候，也顺便给黄班长打一盆。那时候新兵期还没有结束，连长还没有收石达祥当徒弟，黄班长身边的人都起哄说，干脆你把他收做徒弟算了。黄班长只是摆手。直到有一天石达祥亲自提出，想让黄班长当他师父，他才把自己的顾虑告诉老石。

"你才来不久，对这里还不够了解。这是在汽车连，大家的任务就是开车，运货，或者运人。在这高原上开车不容易，到处都是隐患和危险。但我呢，我驾驶的技术太差了，眼睛也不是很好，这是天生的，无论我怎么练习，我驾驭不了那些大卡车，可能是它们的魂儿跟我不搭。你懂我的意思吧，就像战马一样，它有自己的脾气，有些人一辈子都没办法当一个好骑兵的，我就是这样的人，好比在一个骑兵队，却只能当一个步兵，这很丢人，我永远不可能得到真正的尊重，你当我的徒弟，也不可能得到真正的尊重。即便我在某些方面有些特长，但那始终是锦上添花的东西，做不了雪中送炭的事。"

黄班长的一番话令石达祥陷入了沉思，的确，作为新兵的他，还没有开车出任务的资格，但是，作为一个汽车连，那些冒着风雪和烈日，开着大车前往青藏高原各地运送物资的兵，才是队里真正主心骨的兵，而要想成为这样的兵，就得憋着一股子劲，狠练驾驶技术，胆大心细，成为技术过硬的"铁骑兵"。之后，石达祥在一个战友那里听说了黄班长曾经的故事。

他说，连队里就算喂猪煮饭的兵都会开车，从厕所随便抓一个人出来都会开车。不会开车是件丢人的事。黄科以前跟了好几位好师父，都学不好开车，总是这里撞一下，那里擦一下。后来有一次上山，他开车撞了一头牦牛。大家问他原因，他说按了喇叭，牛不让他。又问为什么不让他，他说是因为两头牦牛在路上站着交配。他把公牛的腿撞断了。

"那你为什么不停车？"

"因为在坡上停车以后，我不会起步，所以我不敢停车。"他满脸委屈。那牦牛的主人是个藏民，后来那藏民听说当兵的撞残了他的牛，于是骑着马找到然乌兵站，要部队赔钱。这事传到连队里，连长非常愤怒，说要按军规处分黄科，黄科跑去见连长，竟跪下求饶。这事被全连笑了一年。

尽管在黄班长真诚地点拨下，石达祥明白了他的用意，但这并不影响两人之间的情谊，老石反而更加尊重他了，两人往来密切如初。后来石达祥当了郑连长的徒弟，大家很意外，都以为老石早就拜了黄班长为师。黄班长遇到这样的疑问，总说："在重庆话里面，黄师父是形容技术不过关的人。人家连长是正（郑）师父，我是歪（黄）师父，比不了。"大家听了，纷纷大笑。于是黄班长就有了一个"歪师父"的外号，除了他自己班上的人以外，其他人都叫他歪师父。不得不说，石达祥和歪师父是真的很像，两人最大的爱好就是吃饭，别看歪师父斯斯文文的样子，但他吃起饭来是非常投入的，他俩一吃饭就满脸流汗，有时候鼻涕也跟着涌出来，像是涕泪横流似的，吃得荡气回肠。

饭是吃得多，他活干得也好，随后那两年，他在连长亲自的鞭策下，见识了不少路段的奇峻，驾驶技术也进步飞速，他的军旅生活，充满了挑战，但他乐在其中。直到有一天，他那位在银川郊外油田上当工人的哥哥托人带来一封信，告诉他，父母如今已离开新疆，回到老家，种起了橘子和柠檬，但父亲回乡后，很快就病倒了。没过多久，石达祥请了探亲假，回去看望父母。他没想到，这一回去，在母亲的张罗下，竟然给他娶了个媳妇。

二

数月前，几个从高原上退伍多年的老兵相约要去青藏公路、川藏公路来一次久违的自驾游。几个人想要叫上老连长石达祥和他们一起去，于是大家带着白酒和一些礼物到石家来，大家嘻嘻哈哈地喝酒叙旧，若是有人领头唱起过去的军歌，周遭的人都附和起来，那便是喝得基本到位了。席间提到旅行的事，石达祥只是静坐在那里，一动不动，没有表态，像是没有听见。春日的午后，儿子把这件事转告给石达祥，一边给他梳头，一边询问他的意见。石达祥睁着眼，没有摇头反对。那便是默许了，这是父子俩间的默契。

然而石家的汽车又老又旧，开着它上高原并不妥当，若是出什么故障，有安全隐患不说，还会耽误大家的行程，所以石达祥的儿子跟媳妇合计了一下，打算买辆新车。儿子买车的时候，询问石达祥的意见，轮椅上的石达祥嗯嗯呀呀，表达不清。于是儿子便推着轮椅，带着石达祥一起去看车，一连看了几辆，石达祥除了从喉咙里挤出"哦……"的模糊声音，便是微微晃动白发稀落的脑袋，用来表示自己的不满。他脑袋圆圆的，肚子也圆圆的，四肢却很细，看起来很不协调，自从患了脑梗死以后，他的身体和精神肉眼可见地坍塌下去，早已没有了当年从军时的那种气魄。石达祥对那些造作的车型和鲜艳的车漆颜色非常不满，但是看到那辆灰黑色的越野车时，尽管他依然双眼空洞，但却突然安静了下来。那辆车造型很硬朗，线条干净简洁，底盘很稳固，看起来颇有些军人的架势。儿子明白父亲的意思，他看了看价格，恰在预算范围以内，于是立即买了下来。

几个月后，一辆灰黑色的汽车在宽阔的高原公路上追逐着疾驰的火车，几辆同行的越野车跟在几百米外的后面。两条路时而相交，时而平行，但那列车时而被掩入树林中，时而突然跃出，青藏铁路的轨道与青藏公路相距不过二十多米，并肩而行一段距离之后，又迅速消失，像是一场嬉闹，更像是高原精灵间的玩笑。

雪山在远处默不作声。

"回到这里的感觉如何啊，老爸？"儿子侧过头问后座的父亲。他长得跟父亲极像，个子不高，脑袋又圆又大，相貌憨厚平和。他看见父亲仰在椅背上，还是一言不发，便不再多说。

儿子已将近三十岁，去年刚结了婚。不管对石达祥还是他儿子来说，这是一件幸事，因为他恰好在最后的清醒意志当中，把全身心的真诚祝福，毫无保留地献给了儿子和儿媳，突然有一天，酒喝得正酣的石达祥从桌上骤然倒下，随后，他便开始逐渐陷入无边的寂静之中。那天以后，脑卒中令他失去对绝大部分身体的控制权，包括面部也只剩下小部分阵地可以坚守。更严重的是，他的记忆逐渐衰退，仿佛脑海中的历史被橡皮擦慢慢抹去，过去的清晰变得模糊，甚至消失。他身处熟悉的环境，却可能感到越来越陌生，甚至连最亲近的人也渐渐无法识别。他还经历着心绪的波动、焦虑、困惑和孤独，他不仅要面对记忆的丧失，还要应对这种丧失带来的生活能力的下降；更难过的是，一个坚毅的灵魂，眼睁睁看着这些事情在自己身上发生，最后变成一个脆弱且无知的累赘。医生说，他以前在高原工作了几十年，长期处于缺氧的环境，出现血管疾病的概率比别人大很多。他是一个汉人，并不像从小生活在高原的藏人一样，先天拥有更强大的心肺，以及强壮的血管和先古神灵的祝福。

别人都以为，中风以后的石达祥已经是一个没有什么想法的傻老头，实际上他虽然大多数时候迷糊，但内心偶尔还是能想明白一些事情的，只是完全没有办法控制身体，把这些想法表达出来。有少数时候，他觉得自己的头脑完全正常，尽管身体无法移动，但他耳朵没聋，眼睛没瞎，他可以把当下正在发生的事情弄得清清楚楚。但大多数时间里，他会深深陷入过去的世界当中，那些往事层层叠叠，有时候是一整个事件完整地浮现在他面前，有时候却只是某个片段忽然闪过；有些事情是真实发生过的，他记得非常清楚，有些记忆又很模糊，回想到关键时刻的时候，会出现好几个假设，他也拿不准哪一个才是当时的真相。这种事物的断裂感和时空的交错感，很多时候令他心神紊乱，疲惫不堪。在日复一日的挣扎中，他的日子也过成了一种假设。

由于他的世界只剩下假设，所以他拥有无数个假设。

假设他回到暴雪前夜。那天勤务兵廖子夫站得像一只直立的土拨鼠，腰背绷得像水泥板一样直，饿狼般的眼睛直勾勾地盯着那辆朝着雪山远去的大巴，以及车上的年轻姑娘，尤其是其中一个穿粉衣的女子，看起来也和他年纪相当，也就不到二十岁，廖子夫从未觉得女子会有如此之美，笑容温暖明亮，纯真而娇艳，就如雪域莲花，清雅脱俗，纯洁无瑕，他多么希望车上的人可以在兵站里多停留一些时日；而站长石达祥则像一只海豹，蹲坐在兵站营房的门口，看着远方的道路，若有所思。

两人不经意间，看的都是同一个方向。文工团的大巴把轮胎下的尘土和干燥的雪同时卷起，抛向半空，形成一个迷幻的结界，很快便消失在烟尘的结界当中。寒风凛冽，夹杂着冰冷的雪粒，像刀刃一样割过脸颊，带来微微的刺痛感。呼吸间，寒冷的空气仿佛能凝结成冰，刺入肺腑。远处，雪山巍峨耸立，云雾缭绕其间，似乎天地之间最为纯净。

　　回过神时，廖子夫已经走到跟前。

　　"站长，我有个思想要跟您汇报。"

　　"讲。"

　　"我想请假去巴塘一趟。"

　　"不行。站里就这么些人，你六月份已经休过今年的假了。我要是再放你出去，其他战士怎么想？"石达祥当即拒绝。

　　"再待下去，我想犯罪了。"

　　石达祥抬起头，看着廖子夫的眼睛。他的眼睛里不知道装了什么，令石达祥感到一震。石达祥也瞪大了眼睛："小兔崽子，您想干什么？"

　　廖子夫脸被冻得有些红，他微微低下头说："站长，你有老婆，你理解不了。我……我从来没有摸过女人。我出去，哪怕看一眼……"

　　听到廖子夫这么说，石达祥被他直截了当的话弄得哭笑不得，但他一下子就明白了他的心思。这高原上，每隔两百公里，才有一个兵站，兵站里面十几个士兵，大多都是十八九岁或二十岁出头的小伙子。他们这个小兵站，地处偏僻，兵站平日里很少有人经过，即便有人经过，也多是执行任务的部队，途经这里，来吃住一晚。接待过往的部队，给过路兵员提供补给，这也是兵站的主要职责，偶尔上级会派文工团、慰问队之类的队伍路过，也会在这里借住。

除此以外，几乎没有老百姓的影子。

"小廖，我懂你的意思。"石达祥一边敷衍着，一边往营房里面走。

"这里实在太憋闷了，精神上的空虚非常要命。"小廖追在他后面说，"我受不了。"

"当兵就是这样，在高原当兵更是这样。你来了才不到一年，我都来高原七年了。你的那些想法我都明白，说明你们还是太闲了。精神空虚，我看你就是没什么精神。你去通知副站长，把话传下去，明天开始，全站每天加练三小时体能，强健体魄，强壮精神，我亲自带队。"石达祥坚定的语气中带着些愠怒，廖子夫听罢，也不敢再多说。回应一声之后，便传话去了。

当晚石达祥躺在站长室的小床上很久都没有睡着，天实在太冷，深夜屋子里的气温只有零下二十摄氏度，电炉已经坏了好几天，他没告诉战士们，也不忍心把他们大通铺的炉子拿过来用，心想自己受冻好过几个战士一起受冻。他和妻子四妹把棉被外面的羊毛油毡布紧紧裹住，不敢漏出一点缝隙，同时也把躯体蜷缩起来，紧紧抱着对方，控制自己身体发抖的振幅，生怕微弱的热量悄悄跑了出去。"一个站长混成这副模样，真他妈操蛋。"他心里默默地想，幸亏两个人的热量互相传递，足以熬过漫漫长夜。他之前还在连队当运输兵的时候，就经常怀疑自己的生活，思考自己为什么会在这个鬼地方，过这种苦日子。都是血肉之躯，所以他非常理解小廖的想法。这个小伙子平日非常勤快，对人也有礼貌，是个好战士，但他还是感到生气，部队里每个人都是这么挨着，心理的平衡都很脆弱，要是有人说出那种话，做出什么不好的事，打破了大家心理的平衡，那造成的影响将会是很恶劣的。他在思考中，终于睡着。

石达祥很早就起来了，天际线还是一片漆黑，雪花有一出没一出地往下掉，在黑暗中像是铁屑坠落。没想到，廖子夫竟然起得更早，照例把石达祥的开水烧好，把洗脸的水放到厨房的灶上温着。石达祥把双手放进温水里泡着，一股暖流涌遍全身，不禁打了一个冷战，浑身上下瞬间都舒坦了很多。他听见门外有动静，于是擦干了手，走出去，看见一个黑影，正是小廖，他正拿锥子敲着门口地板上的冰。

"站长。"小廖看见他，憨笑着，"暖水瓶又冻在地板上了。"

"小廖。"石达祥走过去，拍了拍他的肩膀，"你起得这么早。"

"站长您说得对，这地方每天的事情重复又琐碎，但是能一直把琐事做好，也是一种修炼。所以我不能偷懒。"

石达祥没想到这个毛头小子嘴里能说出"修炼"这个词，哼笑了一声，说："睡了一觉起来，觉悟就增加了这么多，看来昨天没有白批评你。"

小廖递了根烟过来，石达祥含住，小廖恭敬地给他点上，说："站长境界高远，我虽然愚笨，但经您一点拨，那肯定也是马上就通。"

"油嘴滑舌。"石达祥严肃地说，"再过半小时，你去把战士们叫起来，准备早训。"

"遵命。"小廖转身离开。

"给你说过很多次了，抽烟的时候躲着点，你还好意思在我面前抽！"石达祥做出一个凶狠的表情。

尽管石达祥一脸严肃的样子，但他其实很喜欢这个小兵，脑子灵光，长得清秀，做事也麻利，可刚到站里时连一身军装都穿得皱皱巴巴，很像当年他的样子。石达祥的连队尽管驻扎在鲁朗，但隶属于拉萨郊外的第十八团。那时候他很幸运地在连队里待了一年，不像这个小兵，一来就被分到连队下属的偏远兵站。这里冬季严寒，夏天的苍蝇和蚊子就像云一样围着营房。这时的石达祥已经当了站长，按级别来说，算是连队里的一个排长。而他的妻子，此时已经辞掉了镇上银行的工作，到站里做随军军属，同时也临时当起了管家婆的角色，负责清理站里的账目和可怜的物资。

雪下个没完，营房区外面的坝子上又铺满了雪，营房水缸的表面上也结了冰，炊事员若不用火把冰面烤二十分钟让它融化，是没办法用到里面的水的。

石达祥望着那口水缸，沉默了很久。然后他又回到休息室，问四妹："还有几天你就要回家去了，站里的东西你清点好了没？"

"早就清点好了，就那么些东西。"

"最近站里缺不缺什么物资？"

"大家日常生活需要用的物资倒是不缺，前几天补给车来，把提供给过往战士的伙食材料也补充得差不多了。"

"药品呢？"

"那要看哪种药品。你晓得的，药品是一直都缺的，除了一些基础的消炎药，基本上各种药品都很紧缺。像冻伤药之类的，消耗很大，昨天那些客人来用了一些，加上之前那些战士，手上、脸上冻伤的很多，到兵站以后，找我们要的也多，现在一点也没了。"

"那明天去买一点。"

"明天？你是说我去买？"

"我打算让后勤的司机和小廖去县城里看看，看那里的药店有什么药，把紧缺的各种药品买些回来。

"怎么突然想带着小廖去买药？"

石达祥想了片刻，把小廖昨天向他请假出去散心的事告诉了四妹。

"你是想既派他出去，又不坏了规矩。"四妹立刻懂得他的心思。

"确实也是公事，补给下次送来还有些时日，我们这个前后几十公里无人的地方，若是遇到些什么突发状况，连应急的药品也没有。"

四妹也不再多说什么。第二天早上，石达祥果然派了站里唯一一辆旧式吉普车带着小廖去县城。小廖像是领会了站长对他的关爱，看起来十分高兴。车很快驶入山崖和雪的融合处，离开了石达祥的视线。今日的早操之后无事，也没有车队预约来就餐，他便在办公室里看书消磨时光。过了大概两个小时，电话突然响起来，是郑连长打来的。

"你把你们站里所有吃的东西，还有能用的燃料、柴火全部打包好，锅碗瓢盆也带上一些，我们车队一到，马上装车，立即就走。"

"遵命。什么事这么着急，连长？"

"刚接到的消息，你那边有座无名的山谷雪崩了，就在四六幺道班那附近。我们连队奉命前往救援。"

石达祥非常震惊，因为按照时间和车程来算，小廖此时应该正好走到四六幺道班那座巨大的口袋形山谷附近。

"收到连长。"石达祥语气镇静，但他来不及多想，立马冲出办公室，把站里所有的十几个人叫来，开始准备。他非常清楚，按照以往的情形，被雪崩埋掉的人几乎很快便会因为窒息或者严重失温没命；那些侥幸没有被埋住的人，兴许会被困在某处，好几天也出不来。

大概又过了两个小时，连队二十几辆汽车在山路上排成一线，全都开了过来，其他的车早先出其他任务不在连队驻地，连长是把连里所有剩下的车都带来了。他面色凝重地指挥战士们把东西七手八脚搬上车，大家动作很麻利，只花了十几分钟的时间，便全部装好了。所有物资加起来只装不到三卡车，后面的车全都空着。

"你上我车。"连长对石达祥说，"站里其他人留下待命。"

上了车，石达祥和连长、副驾驶三人挤在一起。他见这么多空车跟着，于是石达祥试探地问道："是不是有很多老百姓困在谷里？"

"是。道班的房子目前没有被雪冲击，他们那里发电报给团部，说有老百姓的汽车在路上被雪冲到路旁的沟里，有一些没有被冲下沟，但人还困在车上。"

石达祥听罢，心中更加焦急。连长在前面带头把车开得很快，雪越下越大，二人一路无话，直到一个多小时后，车队开到谷前，才发现早已没了路，巨大的雪堆挡在面前，把沥青路掩盖得密密实实，分不清哪里是路哪里是沟。

"所有车上的副驾驶跟我下车铲雪前进，司机在后开车跟随。"

为了车队前进的安全，每车上下来一个人，一共二十几个，跟连长一起拿着铲子在前面铲雪。石达祥接替了连长的位置，开起了带头的车，跟随着连长的背影。雪下得太大，明明是白天，天空却像傍晚一样昏暗，车子都打开了大灯，照在漫天的雪花上，像是有一些落进了石达祥心里。过了大半个小时，连长在前面招手让停车，石达祥下车后，连长大口喘着气说，铲不动了，换人。在高原上，人的体力消耗极快。于是铲雪的人去开车，开车的人到前面来继续铲雪。这样来回轮换着。

由于步行铲雪进展缓慢，总共花了两个半小时，才前进了四公里，这时候，道班的屋子出现在大家面前。道班是军队里专门负责维护道路的小团队，每个道班都有自己负责的路段，这个路段的道班由于冬天经常面对大雪，夏季遭遇山洪，因此驻地选在谷中一座凸起的山坳上，这是谷中地势相对最高的一段路，这回也幸免于雪崩。

车队抵达四六幺道班的时候，班长正和班里的战士从雪崩那边的路上，探查了情况回来。

"那边有多少人被困？"相互介绍认识之后，连长问班长。班长则详细地给他讲述目前的情况。

"雪崩的区域分了前后两部分，大概冲了一公里的路，中间还有十多公里的路被前后堵住。这路上被冲进沟里大概有七八辆车，我们暂时没办法实施营救。更多的车是进入谷中之后，由于前后的路都被埋住，进退不得，只能在路上等待救援。这里面大概有五十辆车，其中包括十几辆挤满了乘客的中巴，粗略估计总共有三四百号人。"

"能不能铲雪自救？"

"目前不具备这个条件。一来是老百姓手里没有足够的工具，还有雪崩那边的情况不像你们过来的时候，你们那边只能算是路上有积雪，但雪崩的地方雪非常厚，堆起来有几米高，你把下面的挖了，上面的雪支撑不住，又会继续塌下来。我们从沟下面冒险绕路徒步走进去，看了里面的情况就回来了，由于沟下面危险，我们不敢带老百姓从下面走。"

"看来情况很棘手。雪这么下，山顶上的雪越积越多，我担心里面会出现新的雪崩。"

"是的。"

"你说沟下面有条路。那路具体有什么危险？你带我去看看。"

于是连长和班长开了一辆卡车，往那边现场去看。这时候，石达祥也挤了上来，问那班长："同志，你们这路上有没有看到一辆吉普军车？"

"没有。同志。"

三个人到了那小路出口停下，果然十分险要难走，山沟在公路的下方，沟里有一条当地樵夫捡柴走的小路，路极窄，只有半米宽，路一面是直立的泥坡，一面就是深不见底的悬崖，路上有很多干枯的树枝，混着雪与泥，很容易打滑。

连长左手捂着脸思考，食指捏了捏额头。

"这里离被雪崩困住的地方有多远？"他问班长。

"这里过去已经不远了，顶多三公里。"

"也就是说这条小路大概三公里。"

"是的。"

"我们先回道班。"连长一边说，一边爬上卡车。

三

军区举办"最美军嫂"的评选，四妹荣居其中。她被邀请到成都去参加授奖仪式，石达祥则被获准陪同。他人生第一次参加授奖仪式，是陪老婆领奖，这被部队的兄弟们拿来开了很久的玩笑。大家之所以开他这个玩笑，还有另一层原因，四妹得奖之后不久，石达祥也从站里被提拔回了连队，当上了副连长。因此连里的老哥们儿，见了他都说，你娃命真好，娶了个厉害的媳妇，你也跟着升官了。大家开这样的玩笑，无非就是想让他掏钱出来请喝酒，并没有什么恶意，他也从不计较，听到这样的话，就嘿嘿地傻笑。实际上，很多战士都是光棍儿，羡慕他是真的，但没有人真正认为他是靠媳妇才升官的。自从新兵期结束以后，连长只带了他一年，就又收了新的徒弟。那以后石达祥就拥有了一台自己的卡车，开始真正当一个驾驶员，很巧的是，不善于驾驶的歪师父，被安排来当他的副驾。石达祥开车开得极好，这是战士们普遍认可的。要知道，在这个以开车为主业的部队里，不缺乏技术精湛、经验丰富的老兵，在这方面，大家平时谁也不服谁，谁要说开车技术比另一个人好，那人大概率是不会认账的。只有郑连长的技术，大家是认账的。他有极强的责任心和过硬的技术，带过的徒弟都开始带徒弟，他的徒子徒孙很多，因此在连队里辈分老，资历老，说话很有分量。

除此之外，便是石达祥的技术最好。他脑子聪明，又善于钻研，他在很短的时间里，对连队里清一色的东风卡车变得极其了解。但凡有车坏了，他靠耳朵听就能大致判断哪个零件出了问题，从螺丝的声音可以听出松紧的程度。假如车子出现动力不足的情况，需要判断油路或者电路哪里有老化和故障，他每次都能做出相应的诊断，拆开以后检查，十次大概八九次都能说中。这种天赋和善于学习的劲头，是无可指摘的。

在石达祥去兵站当站长之前，有一次出任务，几个班的人马要开车去义墩，在那里装了水泥之后，送到理塘去修发电厂。那是一个夏天，雨水充沛，那时候高原上很少有水泥路，大部分都是石子路，路上很多地方都被雨水浸泡，加上一些老百姓私挖金矿，那些运矿石的车把路压得稀烂，开起来颠簸极了。由于负重很大，兵车上用的又都是旧轮胎缝缝补补制成的翻新胎，因此在颠簸路途中最常见的事情就是爆胎。石达祥曾经遇到一个战友，本来是开着在他前面很远的一台车，却停在路边。见那战友坐在地上哭，他便下车来问。那战士说，车子爆了胎，他便下来补胎。可是地上的土很松软，千斤顶质量也不好，刚顶起来一点点就垮了。好不容易顶起来，战士把轮胎卸下来，拿出车里常备的火补胶，用火烤化补胎，补好以后继续出发。没开出多久，又爆胎了。就这样，路上总共补了六次胎，由于耽误了行程，被前面的队伍落下，已经两顿没吃饭，完全没了气力。如今他在路边守着车哭，是因为这次同时爆了两个胎。他心理的防线彻底崩溃了。在部队里，这种一爆就是两个胎的情形，被戏称为"双胞胎"，若遇到两个胎在同一侧的情况，则最为棘手，因为车子会严重地向一方倾斜，一台千斤顶根本顶不起来，若是没有众多战友前来帮忙，车上的一两个人是根本没办法解决的。石达祥见此情景，也只好把车停到路边，和歪师父一起帮忙修车。这本是一件小事，但这件事却在后来给了他一个启发，使得他成为车队里的传奇。

那时车队运着水泥行进在一条狭窄的路上，右侧是坚硬的石壁，左侧是不见底的深渊，道路仅供一辆车通行，轮胎几乎齐着路沿前进，路面又不平整，抖动起来，方向盘非常难以控制，就是在这种状态下，但凡方向盘往左打十厘米，边缘的石子路就可能承受不住车的重量，连人带车一同跌下去。于是这条小路被称为"天堂高速"，这条路非有极大胆识者不敢擅入，除了军车，平日里几乎没有其他车来这里，这条路也被设为单向通行，只能进，不能出。山路上云雾迷蒙。这条路是以前的筑路队冒着生命危险从山腰上硬生生凿出来的，石壁凿得极为平整，有些地方甚至在太阳下闪着微光。

此时已经有几个战友开着车过去了，石达祥也全神贯注地开着车，一摇一晃地前进。突然，前面的三十七号车后轮扑哧一声，然后车便停了下来，于是石达祥也停下来看。前面那车的司机十分谨慎，由于驾驶员这边几乎没有地方可以落脚，而右车门外过于狭窄，根本打不开，于是他像一只灵敏的猴子，整个身体吊在卡车的边上，脚悬空着，一点点爬到后面，再跳到地上。然后他们发现，卡车的左后轮，也就是靠悬崖这侧的后轮爆胎了，车子已经有些微向外倾斜。这情形，即便是最勇敢的驾驶员也不敢往前开了，车子在爆胎的时候，很难控制方向，如果遇到稍剧烈的颠簸，这么重的车子，驾驶员肯定架持不住，如若掉进崖底，必是尸骨无存。

"只能用千斤顶顶起来，试试把胎补一下。"三十七号车的战士说。可是石达祥看了以后，却说不行。

"千斤顶不像轮胎那么软，而且受力面积大；它相对来说，很细，又硬，容易把这块地方压塌下去，这个位置离路的边缘太近了，路又不够结实，很危险，一旦压塌了，那你的车子就会翻下去。即便没有塌，我们后面的车再经过这里，隐患就更大了。"

歪师父也下了车，站在他们身边，看了这情形，觉得石达祥说得有理，可他也想不出什么办法来，他走到悬崖边，看了一眼下面的云海，立马闭上眼，回头退到石壁这边来。大家一筹莫展，假使这辆车抛锚在这里，后面的所有车都将无法前进，往后倒着走更是不可能的。

此时石达祥一拍脑门，一股热血涌上来，他想出一个令人咋舌的主意，他要去把车靠石壁这边两个轮胎的气都给放了。照常理来讲，这种行为纯属瞎胡闹，好端端的，这样岂不是让卡车只有一个轮胎可用了吗？他把这个想法说出来以后，几个人都愣住了。石达祥解释说，唯有这样，才能让车倾斜的方向从向外转为向内，即便车厢靠在石壁上也没关系，只要车速够慢，留下一个左前轮控制方向即可。等过了这段窄路，前面找个宽些的地方，把胎补上，把气充好便是。

他的这个想法似乎有些道理，但又太过胆大，太反常规了。对于三十七号车的驾驶员来说，这样能不能把车开出去，他心里更没底。

天色渐晚，见大家犹豫不决，等天黑了就更没法开车，于是石达祥自作主张，果然爬到车下面，去把右侧两个轮胎的气放了，慢慢地，随着轮胎逐渐干瘪，车的重心开始倒向石壁，从观感上，给人一点点的安全感。

"你去开我的车，我开你的车。让你的副驾驶也到后面去，我自己开。"石达祥对三十七号车的战士说。本来临场换车是大忌，但那战士见石达祥一意孤行，已经给他的车胎放了气，于是也便只好同意他的要求。

石达祥用那人同样的方法，吊在车边爬进了驾驶室，仅这个动作就已经令旁观的人汗毛倒竖，他自己也压根不敢往下看。他紧紧地抓住方向盘，深吸一口气，发动了汽车，以每小时五公里的龟速试探性地往前开。车还算平稳，由于速度缓慢，即便遇到路面凹凸不平的地方，车身也只是缓慢地起伏，然后车厢在石壁上碰撞出叮咚的闷响。他看了一眼后视镜，后面的车没有跟上来。他知道，所有人都在注视着他，也担心着他，那个年代没有汽车侠的说法，可他此时只能在高原不平滑的胸口上，做一回实实在在的孤胆英雄。不知过了多久，车子转过一个急弯，他紧张地估算着左前轮和路边缘的距离，一分一毫也不能有差池，终于，车尾过了急弯，此时汗已经渗透了他全身。

石达祥已经回忆不起他在开完那段路的过程中是什么表情。只知道最后把车开到开阔地带的时候，他一直悬在天上的心才放下了半分。他还担心着后面的战友能否平安过来。直到所有的车都开过来，天已经马上就要黑了。他这才发现，自己仍旧紧握着方向盘没有松开，等他松开，手掌因为对抗颠簸时太过用力，已经磨出了血，和汗水混在一起，把方向盘滋润得油光水滑。后来这事传到团部，团长称赞不已道：我团的汽车连，天域飞军，真豪杰也。

由于天色已晚，而前路漫长，战士们商量了一下，准备找块平地，大家聚在一起原地扎营。所谓扎营，也只是起锅烧水，歪师父拿出一个午餐肉罐头，放进去煮到完全化开，再放进一些萝卜、土豆、白菜，加入面条，做成一锅烩。由于煮了午餐肉在里面，又因为实在太饿，就连锅里的面汤都被分食得干干净净，也不再提起平日总抱怨的话题：八十年代却吃的是六十年代生产的罐头。

吃完饭，为了第二天早起继续出发，战士们立即开始休息，大家熟练地住进了"东风旅店"——自己卡车的后车厢。拿出毡布和睡袋，两人铺好便钻进去，睡在拉的货物上，拉水泥就睡水泥，拉钢筋就睡钢筋，拉木材就睡木材，夜晚的风吹得篷布哐当哐当响，他们像这般不知度过了多少个晚上。

夜幕降临，盛夏的星空如撒满钻石的黑绒布，闪烁着微弱却坚定的光芒。月光洒在山地上，形成一层淡淡的银色光泽，宛如珍珠粉末般细腻，为这片孤寂的高原增添了一丝神秘与浪漫。石达祥迟迟睡不着，他仰头看天，那晚的星空格外明亮，星辰流转，天地像是颠倒过来，世间竟有如此奇景。雪崩那晚，也有这样的星空。

连长、道班班长、石达祥三人回到道班以后，便和大家讨论起连长的计划，他准备带着大家去把公路下方那条小路挖一挖，扩宽一些，方便被困的老百姓出来。那里的确太窄，半米的宽度容不得半点意外，假如有老人和小孩不小心绊到树枝或者脚底打滑，那就会掉到山沟里去。大家说干就干，顶着夜色，二十几辆车就朝那边开去。走之前，连长特意安排了一下，让运着物资的三辆车又赶回兵站去，因为那道班的地方小，住不了几个人，待兵车接着老百姓，就全部前往兵站，先暂时安顿下来。

几十个人穿着厚实的军大衣，在小路上小心翼翼地挖了整整一夜，仅有的两把手电筒向前方提供着微弱的光源。他们分成两队，前队负责挖靠山这边的泥坡，把土铲下来就直接抛到山下去，由于摸着黑，他们动作不敢太大，生怕惯性太强把自己也甩下去。他们硬生生把路又扩宽了半米。后队则尾随着，负责清理路面的障碍物，同时不停用铁锹猛拍地面，把路基夯得平整踏实些。

直到天光微明的时候，小分队总算到达路的那头，他们走上了公路。石达祥在前队，他远远看见前面的路上停着几辆车，地上积着雪，车顶和车窗上也积了雪。看到这个情景，他总算轻松了一些，可此时他只觉得头晕目眩。大家一边挖土一边行进了整整一晚，这一放松下来，才发现战士们都有些消耗过度，纷纷出现缺氧、呼吸困难的症状。郑连长对这个状况感到很担忧，因为他以前也见过这种情形，他们需要立马休息并且保暖。他找到一辆大巴，里面坐满了人，现在都在睡觉。他敲醒了司机，司机打开门跳下来，看到战士们，显得十分激动，车上的人们听到动静，也陆陆续续地醒过来。郑连长简要跟司机交流了一下，司机立即决定，让身体不适的战士们全都上车，石达祥等人上车以后，靠在座椅上喘粗气，全身疲乏极了，立即进入了半睡半醒的状态。那些老百姓则冒着严寒，主动下车把座位腾给战士们休息，剩下那些还能坚持的战士则和老百姓们挤坐在车边取暖。二排四班有一个兵，原本靠在椅子上睡觉，却突然吐了一大口鲜血。战友一下子围了过来。

"应该是高原急性肺水肿。"郑连长铁青着脸，他知道大事不好。他立即安排四个身体还算强健的士兵，抬着他先行往车队那边走。

"你们带着他回车上，然后先回兵站休息，那里有药。我们现在找一辆能发动的车，去把沿途所有被困的老百姓通知到这里集中，等天亮就带着所有人离开。"

"没药……"石达祥很想说，可他的意识早已陷入混沌之中，冷汗直冒，竟说不出话来。他开始出现幻觉。他感觉自己如同大侠出世，踏雪腾空，一步登上雪山的半腰，居高临下，调来天兵天将，指挥若定，移走雪崩的阻塞，拯救军民于困顿。然后便沉睡了过去。

等他醒来的时候，车外已挤满了人群，他立马往下四处张望。

连长带着班长开着百姓的一辆越野车，在被困路段间来回奔走，总算把被困的人全都叫到此处。这些人比之前设想的还要多一些，大概有五百人。郑连长拿着一个喇叭指挥，将五百多人排了一个阵列，井然有序地从小路撤出。总算回到卡车停放的地方，二十几辆车排成一线，装得满满当当，车厢里除了受困的群众，还有他们随身带出的行囊、背包、编织袋等东西，放得到处都是。好在雪停了。车队的所有人都又累又饿，在中午之前，总算顺利撤回了兵站。

在路上，郑连长一直担心这么多人的吃住问题。而石达祥还在想着小廖的生死。由于急着救人，他没和连长说这事，可他此时已经快憋不住了，甚至眼泪也在眼眶里打转。他把情绪强忍下来，他明白，既然小廖不在受困的人群里，那枉费时间到雪地里去寻找，也是徒劳的，那雪崩速度极快，很可能他早已被冲到山谷里去。如今妥善安置这些难民，才是当务之急。

一回到兵站，连长忙着指挥战士和百姓下车安置。副站长则急匆匆地冲过来，向石达祥汇报了三个消息。第一个消息是，四妹昨晚带着站里的战士一夜未睡，发面做馒头，做了一千五百多个大馒头，其中四妹手脚最麻利，力气又大，炊事员和面到手软，她却一直没停过，一个人就做了八百多个。现在用大蒸笼一屉一屉地蒸出来，来的人就着热汤，可以轮流吃饭。站里还烧了几大缸热水，都是四妹和战士们早上拿起锄头去冰原上凿冰，来回凿了五十几桶冰回来烧热的，那些身体不舒服的人，可以去洗个澡缓解一下。团部已经打电话来通知，大部队明天下午会过来，接这些老百姓到拉萨城里去，等待安置。第二个消息是小廖昨晚打来电话，他和司机已经到达县城了，幸亏他们昨天开车开得很快，雪崩之前就出了山谷，直到到了县城，才知道那里出了事。石达祥听罢，长舒一口气，心中顿时有千斤之石落地。

但第三个消息是，二排四班那个急性肺水肿的战士，还没到兵站，人就已经没了。

后来，四妹本只是随军军属，却因为主动承担照顾妇女老幼的责任，并在紧急时刻后勤保障有功，误打误撞评上了"最美军嫂"，她自己从来没想过有这样一个奖，更没想过自己会得奖。连队则因为掘路救人有功，荣获集体三等功。那位牺牲的战士，也得到了烈士的称号。

谈起烈士，石达祥想起来，在很久之前，歪师父曾经在办公室被郑连长骂过一次，因为他说，烈士，我才不想当烈士，活着不好吗？

郑连长用鄙夷的眼光斜眼盯着他，他不服气，又说："我要死也宁愿死在战场上，不想死在这个鬼地方。"

"胡扯！"郑连长终于生气了，"死在这里就不是为国捐躯了？我告诉你，死在这里一样光荣。"

歪师父听罢，没有继续说话，走出办公室，但他脸上和郑连长一样，仍是一脸不服。

石达祥又想起来，那天晚上挖路，他一直想看清走在最前面、挖得最起劲的是谁，是郑连长吗？后来手电筒的光晃过去，他才发现不是，是歪师父。

当了副连长的石达祥后来和郑连长聊起这件事，他说，歪师父明知道高原上运动过量可能会死人的，嘴上说着不想当烈士，干活却这么拼命，真是个奇怪的人呢。郑连长还是一脸不服，只说："这小子看着斯文，但是体格不错，那么多饭没白吃。"

那年连队评审，不会开车的歪师父，竟破天荒地得了先进。

四

几分钟前，自驾游车队路过波密县，即将经过通麦天险时，前方因为暴雨暂时封道，于是停在路边等待。石达祥突然嗯嗯啊啊地叫起来。儿子回过头来看，见一向安静的父亲，小眼睛瞪得很大，一直望着窗外，似乎情绪很激动的样子。于是他下车来到后排，仔细听父亲在说什么，他只能听清一个"谷"还是"骨"字，他无法确定。于是拿出对讲机，联系其他几辆车上的叔叔伯伯，不知他们是否曾在此地有什么故事。几辆车听罢，都靠了过来。

"这上面就是当年郑连长连人带车被冲下来的那段路啊。"石达祥的徒弟廖子夫指着头顶上一条废弃的公路说。但是时隔多年，大家也说不清这是否就是那段路。

"当年那条路居于峡谷险要处，经常被山洪冲毁，所以后来被禁止通行了，在下面我们这个位置重修了一条新路。"

儿子抬眼望去，上面满山都是灌木和杂草，但在某处确实有一条看起来曾经像路一样的狭窄通道。

"应该是那条路。"曾经在石达祥手下做副连长的叔叔说。

"路应该是那条路没错，但是不是郑连长被冲下来的那段路，就不好说了。"

"石连长反应这么大，莫非是他有什么感应？"

于是一行人都过来看他。石达祥还是说着"谷""谷"。这时儿子又开始怀念他的母亲，她因为心梗走得太早了，若是四妹还在，她或许能明白石达祥的心思。目睹身边的人死亡，最终自己走向死亡，这是每个人的宿命，这点对于一个军人来说尤甚。

石达祥死死望着郑连长死亡的方向。这时候，小廖说："师父好像没有望那上面，他盯着的是路边那块有些塌方的土坡。"

大家顺着他的目光看去，发现果然如此。难道他看到那里有什么东西？儿子想着，他往前走了几步，看那土坡的表面本来长有一些草，但经过雨水冲刷，坡的表面向下流动了一些，有一大块内部的泥土露了出来。儿子慢慢地走过去，土里有一些褐色的石头。他用手掰出几块来，都是石头，都是山里平凡无奇的石头。他往回退了几步，这下他的视野比刚才宽了一点，然后他发现那些石头的上方，有一根形状不像石头的褐色物体，他走上去，那个位置有些高，他身体趴在土上，沾了很多泥。他终于够到那块物体，用力把它拉了出来。他仔细看了看这东西，头脑一激灵，立马跑到大家身边，递给大家看。

"这……这好像是一根骨头。"副连长说，"但不知道是什么动物的骨头。"

儿子记得，父亲曾对自己讲过，他当兵的时候，遇到有塌方的地方，按照惯例，所有人都要下车，然后由连长和副连长各开一辆车，亲自把所有车一辆一辆地开过塌方的那十几米路，再由士兵继续开车走。因为干部必须有最大的担当。那时全连集体出任务，六十多辆车的车队来到通麦天险，就遇到这样的情形。洪水冲毁了山路，在路中间形成一道三四米宽的豁口，水流仍从豁口处急促地往下流着，根本无法通行。若是普通人开车遇到这种情况，肯定就掉头回去了。但这是军队在执行任务，只有逢山开路、遇水架桥、继续前进这一个选择。这一次车里装的正好是从芒康的森林里伐来的巨木，要运到遥远的格尔木去。连长决定，从车上卸下几条，铺在豁口上做临时桥。木头非常重，大家花了很大的力气，从离得最近的那辆车上抬了十几根木头，并排支撑在豁口上，然后石达祥带着两个人爬到木头上去，用粗麻绳把它们两两地捆在一起，捆了两遍；木头的两端，则用了很长的铁链加固，最后再用铁扦穿透木头，扎进两边的地里。

郑连长、石达祥和几位排长在一起观察、讨论了许久，都认为这简易木桥是可以承受载重卡车的重量的。但石达祥还有一个顾虑，那就是山上仍在下雨，假如水流突然加大，还是非常危险。

"这石路都能冲毁，这木桥也是挡不住的。"

"的确有这个风险，所以我们必须尽快通过，不能耽搁。"

既然连长已经决定，所有人都服从命令。

"所有的车都由排以上的干部来开，你没有意见吧？"

"没有意见。"

"那好，我开第一辆，你开第二辆，四个排长跟上，我们交替着来。"

于是连长像一个骑马的英雄，本来很高的驾驶室，他伸手一个翻身便潇洒地坐了上去，仿佛这些铁家伙都只是被他驯服的小马驹。

过这种桥，最难的是上桥。因为木桥平放在路上，木头又比较粗，尽管士兵把两头砍平了一些，但仍比路面高出一截，等于上桥的时候实际上是上一个坎，这需要在上桥之前有一个小的加速，才可以冲上去，这过程中很难调整方向，因此在上桥之前就得对方向有很好的调整和把握。连长先是慢慢开，等他认为对好了方向，便加了一脚油门，一下子冲上了桥，其间他用铁一样的手臂，死死抓住方向盘，不能让它有丝毫的偏离，否则就可能栽下桥去。上桥之后，由于冲击力很大，车身一阵抖动，但连长开得很稳，顺利地渡过了豁口，来到对岸的路上，然后从桥上徒步走回来。石达祥见连长回来，也打火出发，顺利地开了过去，停到刚才那辆车的前面。他俩加上四个排长，一轮能开六辆车过去。第一轮、第二轮、第三轮……正是刚开到第三轮第一辆车的时候，连长看了看那辆车，然后过来拍石达祥的肩膀，说："这是你的那辆车。"

"是的。"

"你想不想开这辆，这辆你最熟悉。你开的话，这轮我俩换顺序。"

石达祥欣然同意。自从他在郑连长那里出师以后，便被分配到这辆车，除了他到兵站当站长那两年，其余时间里他都是开着这辆车，足迹已经遍布青藏高原大部分能通车的地方和个别不能通车的地方。这一次，他同样驾轻就熟地把车开了过去。由于每辆车过去以后，都停在上一辆车的前面，于是驾驶员返回时要走的路也越来越长。这时候，雨已经开始大了起来。等石达祥小跑回来，他趴在车边问连长，雨太大，视线是否清晰。

连长在车上把雨刮器开到最大，说，没问题。于是便开始过桥。他一脚油门，前轮刚上了桥，后轮正要上去，忽然轰隆一声巨响，山上的水流猛然涨起来，那水流裹挟着石头冲在木桥上，一下子就把固定的铁扦冲断了，木桥就像一艘小船一样，漂浮在水面上顺流而下，郑连长和车也一同坠入深谷。这是顷刻之间发生的事，山洪漫灌而来，声势浩大，所有人目瞪口呆。石达祥被惊吓到双手发抖，本能地赶忙后退，下一位准备过桥的排长也赶紧倒车，把车退到十几米外。

连长就这样消失在大家眼前。在震惊中，所有人高呼着，只有石达祥独自愣在原地。这突然而来的变故，令他手足无措，但这个状态很短暂，他随时记得连长的风范，做事果断，绝不拖泥带水。他思考了几秒钟，立即下令，全连后退三里，到上一个开阔地集合，原地扎营待命。车队撤到安全地带之后，他立即带了歪师父和两名随从，准备去山下探查，心想哪怕只寻到尸骨，也要把连长找回来。长官的牺牲令连队士气大损，有些人已经在议论起来，有人说被山洪冲走的人根本不可能找得到，有人说，本来被冲走那个人应该不是连长。石达祥当然知道所有这些话都是真的，但他没有时间自责，他回到刚才那个地方定睛望去，哪有下山的路，那水流滚滚而下，去往哪里根本也不知道。那豁口反倒已经被山洪冲得更宽了。有一瞬间，巨大的自我折磨将他压垮，他跪趴在地上，想随着这洪水流去，才能免了这愧疚。可如今他是连队的临时第一长官，他身上有责任，必须保证队伍的安全，也要择机完成运送任务，因此他必须留下自己的身躯，把所有的歉疚、可能到来的指责全都扛下，让自己的胸腔变得比以往更加厚重，直到能装下这里的一座雪山。

"我们再去找找，那里是否还有别的骨头。"

众人去那土坡翻找，花了一些工夫，果然又找到一根弧形的骨头。又找了一阵，没有别的了。

"看这形状，有点像人的肋骨。"

"如果这么说，那刚才那根则有点像臂骨。"

"现在怎么办？把这两根骨头丢下？"

"我倒是有个略显荒诞的想法。"一直没有讲话的歪师父，突然说。

"什么想法？"儿子问。

"我们把这骨头装好带回去，然后去成都找郑连长的儿子，取样本来做鉴定，假如真能合上，那绝对是一大奇迹。"

听了这个说法，大家都沉默了。在部队里，没有反对便是同意。儿子过去把这个想法告诉石达祥，石达祥没有任何反应，只是眼神逐渐安静、清澈下来。儿子找出一个干净的袋子，把两根骨头仔仔细细地密封好，装进一个纸盒子盖上以后放进防备箱。

自驾游车队再次出发，尽管那之后人人对此闭口不提，但每个人心里都像灌进了一些水银,不沉,但这不时流动的金属让你无法忽视它的存在。儿子总是看着如平常那样沉默的父亲,不知他在想什么。

车队先去了全国最后通公路的墨脱,在那里吃了松茸石锅鸡。随后返回,到了拉萨。老兵们陪各自的家人在拉萨游玩了几天,然后从那曲进入青海,穿过可可西里无人区,去了青海湖、察尔汗盐湖等等,他们当兵的时候,这些地方都还不是什么景点。到达西宁以后,儿子车上带的奶奶酿的柠檬酒已经被大家喝完,他们横跨河西走廊,到宁夏银川拜访了石达祥那位早已定居的哥哥。哥哥安排一行人喝了三天大酒,可惜石达祥无缘塞上的佳酿和多汁的羔羊肉,只能在旁观看,由儿子喂一些流食。随后车队又折返进入甘肃,途经天水,到达西安。在西安停留休整数日,车队南下汉中、巴中,最后回到重庆。漫长的驾驶,旅程疲惫且愉快。

旅途结束很久以后的某一天,翠雀花和山茶花盛开的日子,嘉陵江水清澈平和。小廖、副连长和歪师父来到石达祥的家中,他们习惯了每过段时间就来这里喝茶,然后和这个不会说话的老头聊天。歪师父喝了一口重庆南山产的老荫茶,不经意间提到那件事。他说,我们后来还真的去做了鉴定。

石达祥面无表情。

"鉴定结果出来,那果真是人类的骨骸,但不是郑连长的,和郑连长儿子的DNA一点也匹配不上。由于不知这位是何方人士,只得寻了块安静的地方,令其入土为安了。"

事实上,石达祥对这结果毫不意外。埋骨在那山里的人太多了,而且按常理来说,郑连长应该会被冲到更远的地方去。大家不知道石达祥是否听懂了他的话,因为他早就被困在了自己的世界里。但石达祥显然明白。他还明白,自己从来就没有过什么立雪不陷的本事，更不是什么大侠，那些都是他的臆想罢了。他小时候经常因为个子矮而陷进雪里，还被高年级的同学打得屁滚尿流，那时的他自卑极了。他人生出现转机，是那一身军装带给了他自信。他还明白，其实郑连长的尸骨在什么地方早已经不重要，或许在山谷里，又或许早就散落、破碎了，被混在筑路的沙石泥土中，掩埋在当前宽阔平整的新路的路基底下。军人的遗骨作为大路的基石，不寒碜。

　　在阳光灿烂的午后，石达祥呆望着远处雪山的方向，无声无息，久未湿润的、干涸的眼睛，有眼泪静静地流下来。

理所当然的一天

第一百三十日　归还

我从泳池出来，进到更衣室打开柜子，就看到手机屏幕上有两个未接电话。我拿毛巾擦了擦手，解锁手机，一个是吴鹏打来的，更早的一个是周雪，我沉吟片刻，给她回了过去。熟悉的声音接起来。

"哦，王越那小子要回来了。知道了。"

我又给吴鹏打过去。

"你不用说了，我和周雪现在在一起呢。"吴鹏用带着笑声的腔调嚷嚷着，"我刚刚跟周雪说过了，你肯定先回女人的电话，果不其然，你小子永远都是这操性。"

"她先打来的，我只不过按照顺序回过去。"

"行了，你别解释了，我还不知道你吗？是这样的，明天晚上有个事情要麻烦你一下。"

"你说。"

"王越的女朋友需要你去接一下，明天在七星岗的那个彭三老火锅吃饭，你晓得吧。他女朋友的地址他会发给你。"

王越去北京闯荡已有数年。我从未听说过他在重庆还有女朋友，不过我虽有些疑惑，但我还是很快应承下来。我情绪不佳，不太想听吴鹏在那叽叽歪歪地吵吵。

"王越，你女朋友你自己不去接？"我接起他的电话。

"哥，我明天下午五点从机场出来，再进城，再回家去开车，再去接她，那咱们几点才能吃饭呀？"

"行。那你准时来吃饭，每次都是等你小子。地址发来。"

"好嘞。"王越一口圆润的京腔。

印象里，盛夏的重庆几乎不掉叶子。然而今年雨水格外多，最近终于放晴，大风一刮起来，树上那些萎靡的叶子哗啦啦地斜着往下掉，一些被风卷起，去了更远的地方。这场景简直不像盛夏，而像是一场秋。只是树上留下的全是牢固的青绿。

走在闷热的老巷子里，火锅浓郁气味的最是饶不得人，不管你是多么汗流浃背地走着，那火辣的气息总勾着你进去涮两口，一边又热辣得人心里发毛、鼻孔冲天。

"瑶瑶？"

"是我。"

"好。上车。走。"

我和王越的女朋友一前一后走在巷子里，去吃彭老三火锅。刚刚在车上，她坐后排，我俩一路上没说一句话，十分尴尬。

进了店，我找到吴鹏他们的包间，把瑶瑶安排坐下，我就去了洗手间。顺便给王越发了信息：你女朋友已经到了。

没过多久他就来了。大家要求他必须罚三杯，白的。吴鹏帮他打圆场，说，他刚下飞机立马就奔过来，也很累，就别折腾他了。

"是，鹏哥说得对，而且，我这不刚从北京回来嘛，嘿，那群孙子酒量不行，又不如你们耿直，跟他们混久了，再跟你们几个大哥放开喝，那肯定得被放翻。"

"这小子还挺会说话。"我说。

"一来就认怂，你怕是担心喝醉了，晚上照顾不好你女朋友吧。"周雪说。我看向瑶瑶，她倒是挺开得起玩笑，接了话说："对啊，你们要是把他灌醉了，就得负责把他背回去，我可背不动。"

"怂，必须怂。"王越打着哈哈，嬉笑着。他还是那个样子，一点没变。

刘金海大哥开始跟我聊他最近认识的重庆本土诗人。我说，诗人好，都是搞艺术工作的，只有诗人最不讲究，同时又最讲究，跟诗人一起混，至少少不了酒喝。

"听说你这次回来就不去了？"周雪问王越。

"对，回来找个工作吧。北京太难混了，一言难尽。"

"你家里这么多资源，都说难混，那还好我当时没跟你一起去哟，我恐怕连地下室都住不起。"吴鹏说。

大家都以为王越家里很有钱，或者家里有人是当什么领导的，因为他总是找到很漂亮的女友。其实只有我比较清楚他的实际状况，因为我和他住同一个街区，很清楚他的境遇，他家境平常，甚至和我家的条件比起来，他还差那么一些。至于他为什么能找到很多漂亮女孩当女朋友，其实原因也很简单：他就是能做到。这是种天赋，难以言说。很多男人不相信，甚至不知道有这种独特天赋的存在，他们主要的精力在于财富、权力，以此来获得女性青睐，虽然这偶尔有用，但对大多数女性来讲，那都不是致命吸引力。我十分确定这种天生吸引女孩的天赋的真实存在，外表是一部分，但不仅仅是外表，还有一种更深层次的秘密。尽管这种能力无法传授也很难自证其成立，但我知道它确实是存在的，因为我很了解王越。

酒喝到很晚，将近十一点了。在这期间，大概九点的样子，我们提早放王越和他的新女友走了，我们继续喝着酒聊天。不管他身在哪一个城市，都会找一个女朋友。他现在说要回来，但人还没回来，女朋友倒是先找好了。

"女人是我的血液，我的粮草，我这叫兵马未动，粮草先行。"这是他说的。至于是如何找的，什么时候找到的，他没说，我也没问。

回家。从火锅店里出来，刘金海大哥喝得有点多，我和吴鹏挽着他。周雪缓步跟在我们后面，数月未见，她身形比之前瘦了些，抑或是夏日清凉的装扮的缘故。上次见她还是初春。

"雪哥，你看人家越哥，人还没回来，就已经脱单了，咱俩还单着，要不然我们试试呗。"

"不行。"周雪淡淡地说，"你明明知道这个答案是和以前一样的。"

"还是王越好啊，有钱。有钱了，就会失去烦恼。你看，这就叫有得必有失。"吴鹏感叹，"这小子玩弄过多少女性了？"

"对。有钱人终成眷属，没钱人亲眼看到。"刘金海醉着，还在接我们的话，只是口齿不太清楚。

我们从巷子里走出来，到了小街上，路边靠人行道摆着四五家烧烤摊，还有两个小推车支的小面摊，也煮些馄饨。我看刘大哥醉得昏昏沉沉的样子，怕他回家被老婆骂，于是提议坐下来吃点烤串，等他清醒一点再回去。

"我是吃不下，坐会倒是可以。"周雪说。

"那个红油抄手看着还不错。"吴鹏说，"我去端两碗过来。"

"我要清汤的，"我把刘大哥放进塑料大靠椅里，靠好，说，"刚才吃火锅，肥牛和腰片吃多了，有点腻。"

"我不要，你就买两碗就好了。"周雪说。

"好。我这就去。"

吴鹏走后，我看了看周雪。她盯了我一眼，露出一个假笑，然后开始玩手机。

"雪哥，我的插画你帮我画好了吗？"

"还没有。"

"你画好了我请你吃火锅呀。"

她头也不抬："你以为我想和你吃火锅吗？"

她这么一说，我的胸中立即有一股愧意夹杂着些许怒意涌上来，再不敢多言了。没有，我没有这么正直，只是在这种情形下，我需要假装很惭愧。

倒是周雪先换了面孔，从包里拿出几颗独立包装的腌渍橄榄，递给我，说："嚼一嚼，解酒。"

"谢谢你的青梅。"

"你分得清橄榄和青梅吗？"

"分得清。"

"口蘑和香菇呢？"

"分得清。"

"你明明分不清，上回大家一起喝口蘑汤，你非说是香菇。你知道你外公外婆的名字吗？"

"不知道。"我努力回忆，是否在哪些角落见过他们的名字，比如那些陈旧泛黄的笔记本、证件之类的，但是没有，我不知道他们的名字，抑或见过，但我忘记了。

"不过，他们死的时候，我会从墓碑上知道。到时我一定，会记住。"

"你刚刚点烤苕皮了吗？"

"点了。"

吴鹏买回来的抄手很好吃，汤很鲜，我喝了这汤，又来了胃口，吃了几串烤排骨，还有一些土豆。而周雪一晚上除了吃几块剪开的烤豆干和苔皮，一串烤肉也没吃。

"你开始吃素了？"吴鹏问她。

"没有啊。我只是吃得太撑了。"她说，"其实吃素和吃肉没有差别的。"

"怎么讲？"

"就是没有差别啊。不管是素食还是肉食，人总得吃掉其他生物的身体，才能活下去，这难道不是一种宿命吗？人把会自己动的生物叫作动物，把靠着风吹才会动的生物叫作植物。这在本质上也没有什么差别嘛。"

我看一眼这城市的夜色，夜晚的街道也没有那么干净，一尘不染的城市没有烟火气。我觉得水泥世界和空中楼阁也没有什么具体差别。

无名日一

"我们过几天去看红叶吧。"阿邱说。她的声音就像一阵带着茶香的秋风。

"山里都红了呢，若是近一些看，就像整片整片的山都着火了一般。"

第二日傍晚开始，镇上起了薄雾。第三天清晨，我穿着登山鞋，带了登山杖、旅行包和水壶去找阿邱。

"你带着这么些东西，是要干吗去啊？"她问。

"不是要去爬山吗？我想兴许能用到。"

"你若是不嫌沉的话，那就拿着吧。不过我们并不会到山里去啊。"

"不是去山里看红叶吗？"

"我们是去看红叶没错，但并不是要进去山里看嘛。不是说：不识庐山真面目，只缘身在此山中吗？若是置身其中，虽是把某一片具体的叶子看得贴切，但反倒无法被那种浩大的气势感染到。我们只在远处观望便好。"

"原来这样。"

听她这么说，我便扔下背包，帮阿邱背上了她的画板，她自己则背了一个帆布挎包，里面装了一些画具。

阿邱领着我，越过一座小山丘，走了几里崎岖难行的山路之后，便下了坡。我看到一条小溪，一直顺着那溪走，绕过一小片枣林，便接近我们要去的那山下。

山火如同倾轧一般。

我们所处的是两山之间的盆地。远处那开满红叶的大山，中间巍峨，两翼逐渐平缓，如环抱之状，守护着我们所在的这片盆地。目力所及之处，无不红艳彻骨，沁人心扉。

"果然是个妙不可言的天气。"阿邱说。

镇上清晨的薄雾，到了山中，因为水汽更足，还要浓了一些，但又很稀落，总是只同时遮住山的一些部分。那些雾随山风移动，形状无法捉摸，到了中午的时候，才慢慢开始散开。

正是那些雾的存在，使山上密密层层的红叶显得缥缈不定，层次鲜明，本身却又像是焚烧而出的烟气——使那红，更像是山神盛怒之下燃的火。

"去溪边坐吧。"我帮着她一起把画板立好。

这盆地是平坦的原野，树木稀疏，和那山上对比鲜明，那条小溪从山上缓缓流下，横贯了整块草地。

"去那边捡红叶呀。"在溪边安置好后，阿邱便小跑并着小跳，朝山那边走了。我也跟过去。

她很快就有了收获。

"这几片形状、颜色都很耐看，放到布袋子里带回去，晒干了可以当书签呢。"

"现在谁还用这个做书签。"我温柔地笑她。

"我喜欢嘛。"

还在说着，回到溪边的她已经开始准备画画了。

我坐到她后面，两腿伸直，双手撑在身体后面，懒洋洋地看她画画，一边呼吸着凉爽清新的空气。

她之前来过几次，因此早就绘好了草图。

"一星期前就描好了山的轮廓，等的就是这时候呢，"她说，"要到山色彩最鲜丽的时候，过来涂色块。"

"我记得油画大都是描绘人或者场景，你却画山水。"

"哈哈，你说对了，我正准备这几天都再过来呢，把这油画完成，便画一幅水墨。"

"在同一个地方画两幅画吗？很有诗意的想法。"

"我在学校虽学的是油画，但是这些年一直偏爱有意境的中国画嘛，这次我在同一个地方画两幅不同的画，若是我的水墨技艺能说服自己，那么以后就多画些水墨，先描绘黑白的意韵，然后再慢慢学习带色彩的中国画。"

临近中午，太阳从山那头高高挂起来，雾也渐渐散了。深秋的太阳没有多少温度，但还是给了我足够的舒适。不知不觉间，我躺在半枯萎的草地上睡着了。

我醒来的时候，已经是下午了。刚睁开眼时，感觉自己似乎被大火团团包围了，那火一直升到云霄上面去。然而不仅没有热力，我反倒睡得身上有些凉意。

我看了看表，四个小时，阿邱这段时间里一直在画画。山里那些枫叶，有的红，有的黄，但都随着秋风，齐刷刷地点头。

第九十一日　小桃子

到了一个年纪你会发现，时间流动的方式是不规则的。这个年纪大概率会在二十几岁的时候出现。这就像是，当你度过一段平庸的生活，你也许并不会认识到这段时间的流逝；你能记得的，只是漫长生活里闪耀着光的那几天，以及格外痛苦的那几天。

吴鹏、王越、周雪和我，有一个四人小群。我们有时候会在群里发起一些邀约，比如一起去唱歌，吃饭。有时候一些邀约根本就无法成行，但还是会有人发出来。

有一次听说周雪的好姐妹搬家，我在群里问她，小姐妹单身吗？搬家这种事情需要劳动力吧，鹏哥可以。周雪说，可以，鹏哥你来吧，小姐妹长得不错，家里还有三只猫。我说，我喜欢猫，我可以来吗？她说，可以。

尽管大家都知道，到最后她并不会真的叫我俩去，因为我们不认识那个女孩子，她不可能替人家做主邀请我们去她的新家。但这不影响我们像这样子聊天。

这天，我在群里发消息说："我今天要带小可爱去海边玩咯。"

吴鹏发了一个"？"。

我：自从跟十九岁的小少女谈恋爱，每天都甜得要死，感觉自己年轻了五岁。反正明天是周末，飞出去玩玩。

王越：这次又是哪一个？

吴鹏：上次的女生二十一岁，你这又找一个十九岁的。比你小九岁，厉害。

我：不说了。昨晚才临时决定要去的，我现在去接她，一起去机场。到了再晒照片出来。

我撒了谎。那个女生不是重庆的，她正是我要去的那个美丽的海滨城市的当地人，是我在网上认识的女孩。但出于尊严的考虑，我并不会那么讲。

认识这个女孩有将近半年了。H州这座城市与重庆相隔千里，我还是决定去找她。和许多一步步逐渐熟悉并且产生好感的情侣不同，我和她是在网络游戏里面偶然结识，后来又添加了社交账号，交换了手机号。我们每天早上醒来都会打电话问安，夜里会打电话聊天，短则半小时，长则三五个小时，几乎是从刚认识开始不久，便立即进入暧昧，没多久就演变到了热恋的状态。不知这是当下年轻人普遍的恋爱节奏，还是我与她特殊的缘分。在与她认识第三天的时候，我和她已经能做到无所不言；尤其是她，每天都有许许多多多的话题与我分享，从每日的情绪到童年时的小故事，从与家人的关系到大学校园里女生间的瓜葛，甚至说到她与前男友的幼稚爱情。她的话匣子一旦打开，便事无巨细地将自己现在的、过往的整个生活向我展开。渐渐地，我能从她的话语当中，隐约勾勒出她的生活环境、生活状态、朋友圈子、每日的轨迹等。在现实与虚无的交接之际，我一边觉得这一切十分荒诞，一边又想着，我一定要去找她，哪怕一次。

到达H州机场的时候，飞机已经比预定落地时间晚了一个小时。我在飞机上一直有些隐隐的担心：尽管我登机时，她说她已经在梳洗打扮准备出门，会到机场接我，可若是她最后不来怎么办。

取了托运的行李，我走到大厅，给她打电话："我到了，小可爱，你今天穿什么颜色的衣服呀？"

"哈哈，你要不然自己猜一下。你能在人群中认出我来吗？"

H 州机场很小，整个航站楼也不过只有重庆江北机场旧的 T2 航站楼的三分之一大小，更无法与规模巨大的 T3 航站楼相比。机场小，且人也不多，我举目四望，来接机的年轻的小姑娘很少，孤身一人的更是凤毛麟角。经过我目光的搜寻，在靠近国内到达 3 号出口的角落里，看见一个穿着白色长裙连衣裙的女孩，手腿纤长，一看便是少女细滑的皮肤，但不算特别白。她站在那里，看上去有些紧张。别说是她，就连我也十分紧张，我走过去，对她说，不好意思，飞机晚点，你久等了。我此时不知道是否应该上去抱住她，因为我在和她聊天时说过：当我第一次见到你时，将会给你一个拥抱，浅浅的，不使你局促，却能读我体温。

然而此时此地，我觉得不妥。她看了看我，眼神有些躲闪，说："走吧，我叫了车。"

酒店是我订的，在网上看评论，房间有大阳台，躺在床上就能看海，没想到这酒店竟有些偏离市中心。我和她到了酒店前台，拿出身份证登记入住，她要看我身份证，我以照片太丑为理由委婉拒绝了她。

打开房门，一股腥咸、潮湿的海风猛地扑出来。卧室和阳台间的落地玻璃门开着，房间一打开，形成了对流，海上来的风便穿过那阳台鱼贯而出。进了屋里，我把行李收拾一下，她坐在沙发上，两手交叉着，显得很拘谨。我轻轻走过去，她见我过去，静静站起来，我抱了抱她。

那天下午我们哪也没去。我叫外卖送来两杯奶茶，还有几瓶罐装鸡尾酒，一些点心。我就和她仰坐在阳台的大椅子上，面朝着海，喝点东西，看楼下沙滩上吵吵闹闹的人群，听着海浪的轰鸣声，阳光洒在那上面。我们一直聊着天，就像我们在电话里面的时候一样。一个十九岁的女孩，她如果真的很爱你，会跟你讨论好多关于未来的事情。比如她想要在二十二岁的时候结婚、要生两个宝宝，还有好多好多的事情要和你一起去做，要去看南极星辰，要一起赡养父母，要一起走完一生。她的话里面有很多东西显得幼稚，她会有那么多不成熟的点子冒出来，然后过几天又会变掉，甚至和之前的想法自相矛盾；但是只要你不曾真正地伤害她，那么她就会一直爱着你。这种真诚和热烈，看起来是那么可爱。而这个世界上最珍贵的事情，就是一个十九岁快乐美丽的少女，向你敞开她纯真无邪的心事。

　　从机场见面到这时候，我虽然表现出年长者的稳重，但我似乎一直没有缓过神来。这种慌乱，体现在对切身体验的麻木当中；当我看到她的那一刻，当梦想照进现实的时候，只有不真实感是真实存在的。

　　我吻了吻她。她搂着我的脖子，我把她抱到床上，褪去她的连衣裙的上身，亲吻她的乳房。她胸很小，倒不是年龄的关系，有些女孩子在这个年纪也有着发育丰满的胸，她就是单纯的瘦弱，她的手臂只有我三根手指粗细。我并不焦急，在她身上游走，她咬我的耳朵，她的呼吸很急促但很温柔。当我试图完全褪去她的裙子时，她说，不要，我来姨妈了。我不信，我说，你都没戴姨妈巾。我用手隔着她的内裤摸了摸，那里没有东西。

　　"刚来的，真的。我还没来得及去买姨妈巾。"她有些紧张，"你运气太不好了。"

　　"好的。"我半信半疑，但她既不愿意，我也不便多说什么，心里自是不甘。

　　等到天黑了，我们俩穿着拖鞋，到楼下餐馆吃了点东西，她胃口极小，吃得很少。然后我们沙滩上散步。沙子湿漉漉的，直往脚趾缝里钻。

"住在有海的城市，你感觉幸福吗？"

"幸福。而且这边工业没那么发达，海水很干净。"她说，"不过重庆也很好啊，有山有长江的城市，而且那么热闹。"

海滩上有一些小贩在向偶尔路过的情侣兜售烟花。他们主动凑过来，我想买一点，她却说，我不想放，看看别人放的就好。零零散散有些小烟花从沙滩上升起来，点亮天空两秒。我知道她不喜欢这样急速消亡的事物。

那天晚上，我继续在她身上探索。窗门半掩，窗帘虽然拉上，但窗外除了深不见底的海水，没人会往里面窥视，反倒是风不时地进来，让窗帘像个气球一样鼓起。

第二天黎明之前，我拉着她起床，陪我在阳台上看太阳从海面上升起来。她睡眼惺忪，姿态慵懒。

我发了一张照片在群里。照片里是日出时她的背影，一只手向上高高举起，比了一个"耶"，上身套着一件我的黑色 T 恤，在她身上显得特别宽松，甚至遮住臀部，她看起来却更加瘦削了。

过了几个小时，八九点钟的样子，朋友们陆续起床，群里开始有了动静。

"你他妈还真拐了一个小女孩。""长得好看吗？""叫什么名字？""说真的，我从没见过比你更渣的男人。"……我统统置之不理。直到周雪看到了，问：她叫什么名字？

"小桃子。"我说。

因为她喜欢吃桃子，手机屏幕背景是桃子，连发圈上也是桃子。更因为她整个人充满着阳光，像夏日饱满的水蜜桃一样鲜嫩多汁。

无名日二

"你结过婚吗？"我问马跃进。他的名字真的很跃进。

"没有。"

"我看你一个人住着，倒是应该考虑结婚。"

他不屑一顾。

他说："像你这种自卑孤僻的人，虽然沧桑忧郁的气质和耐看的脸，尤其是好看的眼睛，有时候很能吸引到一些女人，让她们想要去了解你，但生活不是童话，她们终归会离你而去的，因此我第一次见你，就知道你离过婚。"

"我是在说你应该……"我没想到引出他这么多话来。

"不过你以前应该不是这个样子。"他直接打断我，"至少比现在有热情多了。"

"不管你猜得对不对，你是怎么知道的？"

"我比你大几岁，但你也知道，人们都称我年轻，面相看起来和你一般大，我从二十来岁开始，相貌就没怎么变过。尽管我看起来如此，但我见识的比你想象的还要多得多。像你那样结了婚再离婚，这种事我是绝懒得做的。"

我无言。

"不过你身上有一点定是从没变过。"他补充道。

"什么？"

"愚蠢。"

又多了一个这么说的人。也罢了。可是我想，阿邱是不是也这么认为呢？

五月。

乡下田野外，是疯长的草，遥远处与之相对的，是城里街道上锦衣玉食的狗。

"这是段童谣吗?"

马跃进在他新书的新章节里,写下了这么一段话。

"这是讲什么的书?"我问。

"是本童话。我现在只会写童话,其他啥也不会写了。这本是由各种童谣拼凑起来的童话,没有主题。"

"我第一次见到这个样子的童话。"

"是城市和乡村结合的童话。"

"哦?"

"这整个时代都是属于城市的,出于各种原因,人们情愿或者不情愿地纷纷迁往城里去居住。这样也好,把那些木屋、森林、老巫师、野兔、野花、野鸭、野溪还有帆船都留给童话,至少让孩子保管着一份纯净的美。"

"很美妙的想法。"我说,"可你恰是从城里迁出来的人呢,这就更有意思了。"

"城里已经太满了,所以像我这样的无用之人要到乡下来。我从前生活在一座有千年历史的城市里,年少的时候,每当看见城里有古建筑被拆掉,然后在原地又建起仿古的建筑,我的眼泪就几乎簌簌往下掉。我这个人心眼不够活,见不得那些见证了历朝历代鲜活旧事的老家伙,变作废弃的砖块和木头被倾倒掉。"

马跃进摆摆手说:"罢了,这种愚蠢的事情就不再提了。大多追求声名的人都会失败,因为这个时代太擅长遗忘了。"

他给我倒了一小碗清茶,我小口地呷着茶水,在他家里坐了一会儿之后,便向他告辞了。

第一日　进城

早上六点半，天还没完全亮，偌大空旷的火车站前广场，一个小孩在踢易拉罐。他踢远了，又追着、跑着，靠近了又是一脚，发出巨大的噪声。人来人往的火车站，站前广场却空空如也，我感到有些不真实。

吴鹏来接我，他先是跟我一起把我的行李送回家，然后等我洗了个澡，又带我去吃火锅。

"一会儿去做个按摩吧。"他说。

我整个人浑浑噩噩，脸色青白，也没有什么交谈的欲望。

"兄弟，你这几天又回那镇上，有没有什么新的收获啊？"他看我状态不好，也便不多说什么，"回来就好，回来就好。"

我回家睡了一觉，一下午都昏昏沉沉，周雪给我打电话，把我给吵醒了。

"明天，我……要去你家附近那里的四季酒店搞培训，公司组织的。培训一周。"

"挺好。"

"嗯。"

"那你什么时候过来？"

"明天早上开始培训，不过今天晚上就可以去办理入住。"

"那晚上我请你吃饭。"

南滨路的夜色像是解剖学家的刀具，肢解许多外来年轻人的幻梦，两条江水却在这里合体。

我带着周雪吃日本烤肉，喝了些精酿啤酒，在路上走着，经过一家螺蛳粉店，她说："欸我一直想吃这家。"于是我们又进去，一起吃完同一碗粉。在影院看完一部叫作《南方车站的聚会》电影，回到她酒店房间时，她已经变得湿漉漉了。周雪曾经特别喜欢我家里养的猫，两只，一只银渐层，一只英短蓝猫。可她从未去过我家，因为我还没和青儿分手。我发照片给她看，两只睡在我的床上，一动不动，就像是从被子上长出来的一样。我告诉她，你不是喜欢猫吗，春天到来的时候，一定记得勤给被子浇水，这样就会长出猫来了。

"你今天心不在焉的。"她趴在我怀里说。

"给了你三次，还不够吗？"

"我不是说这个。"她打我，"你有心事。"

"我哪天没有心事？"

"你和你女朋友过得好吗？"

"挺好。"

"你到了新的岗位，感觉怎样，还能适应吗？"

"工作没什么问题，就是领导挺傻逼的。不过这不算什么事儿。"

"你今晚回去吗？"

"不回去。"

"那不行，明天同事看你从我房间出去，我怎么说。"

"逗你呢，哪能不回去？青儿下了夜班还得回来呢。"

她玩弄我的器官。我也使劲弄她的。

"你把我弄疼了。"

"我得走了。你停一下。"

"过一会再走不行吗？"

"那你替我洗澡吧，就像上次一样。你挺会洗。"

那晚我回家的时候，青儿已经独自睡着了。一蓝一白两只猫，在她身前伏着，两米宽的大床，她看起来孤独极了。

第一百一十八日　微光

有个叫作许微微的姑娘，我在酒吧里和她相识的时候，她正与其他两个女孩在一个隐秘的卡座里同几个壮年男子磕泡泡。所谓磕泡泡，就是一男一女用语言挑逗对方，配合一些类似"你好大""进来了"这样的词汇，加上喘气和语气词，模拟二人的媾和，从精神上得到快乐，却并不进行身体上的接触。我曾隐约听说过这种事情，但从未见过；像许微微这样，一个女人同时与几个男人进行这种事，那个场面更是令我惊叹。

许微微身边坐着一个叫作瑶瑶的女孩，看起来比她端庄许多，嘴里吸着抽了半根的女式细烟。瑶瑶脸上一副冷漠戏谑的神情，斜着眼睛看他们表演，偶尔配合着他们的起哄，闹上几句，但男人们想要跟她口头玩的时候，她是绝对不同意的。

那天我带许微微去私人电影院开了一个包房。这所谓私人电影院，就是民宿改建的，每个包房就是一个大房间，里面有一面墙做成了投影屏幕，电影库里有的电影，可以任选着来看。房间里有很大的、足以容纳三人平躺的沙发，中间是一个榻榻米，甚至还有一床小凉被。这影院虽然私密，却不能播放什么见不得人的片子，全都是正经的，无非就是一些已经下了院线的老片，还有一部分同步院线的盗版片子，尺度最大的，也就是国外的一些 R 级片。这私人影院可以按小时交费，也可以买断整夜，它的门可以锁上，便成了私密的空间，在里面呼呼大睡也可以。再加上不用登记身份证，且灯光昏暗，有电影看，有饮料喝，不显得单调，堪称调情绝佳之地。

我随意点了个片子《萨利机长》，可我的注意力完全不在电影上，以至于电影播完了，我除了知道有一架大飞机停在河面上以外，对其他情节一无所知。我一直在挑逗许微微，或者说，互相挑逗。可是许微微却不让我进入她。

"跟你说过了，我只接受口头的性，你可以用各种剧情、各种角色，来跟我玩扮演，你甚至可以在我面前自己解决，但你不能碰我。"

"行了吧，你这江水都淹上朝天门了，还装呢。"我丝毫不客气地说。

"这样吧，你把你那玩意拿出来自己弄，我看着，我还可以叫给你听。"她用又甜又短促的气声说话，"声音可一直都是我的长项。"

"许微微，你可是真骚啊。"我说，"但我今天必须要操你。"

"去你大爷的。"她站起身来，作势就要往外走。

她的反应在我意料之外。我知道女人的种类有千千万，但其中，又细分成许许多多品种，其数量还是远超我的认知。

"微微，早知道你这么贱，我还不如找瑶瑶呢。"我有些无奈，故意说这话气她，我心想着女人最烦被男人拿去跟其他女人相比。

谁知道许微微听罢却笑了起来。

"钟哥，你别说，你要真找瑶瑶就对了。她不跟我一样玩虚的，图个口舌之快。她操男人可狠，一般人真玩不过她。不过近些日子，她的眼光越来越毒，她只玩渣男，玩得对方彻底输掉，方才罢手。"

我愣住了。

"我走了，钟哥。你自己接着看电影吧。"许微微果真开门就出去了，"你要想跟我玩带角色的磕泡泡，可以拨语音给我，如果你不太会，我还可以教你。"

来这的时候，我就已经交了一晚上的费用，打算在这住一夜。我躺在刚刚强迫许微微时，被我弄得很凌乱的榻榻米上，本来心绪难平。可我转念一想，这个姑娘倒有点特别之处，她工作不错，身材样貌也好，她的爱好虽然奇怪，但人却有些说不上正经的底线。这反倒令我产生了很强烈的兴趣。

"刚刚对不起。"我发信息给她道歉。

"没事。忘了。回见。"她说话时的声音极度魅惑，文字却是冰冷如水。

那夜我没想到，这么一个在我看来十分不靠谱的小浪蹄子，她的肉眼可见的光亮和隐藏得极深但真实存在的包容，却成了我往后很长一段生活当中的唯一慰藉。

我甚至和她结过婚。这座城市给我生活带来的奇幻安排，不止于此。

无名日三

听说马跃进作为交流学者，前段时间去了趟台湾。因为他在学术界的一个朋友在台湾有项目要谈，又因为蔡英文刚赢得选举，很多人预言两岸的关系会变差，所以他们趁着她就任之前，赶紧去了一趟，这才刚回来。

今天虽是周末，但是老板付了我一小笔加班费，让我下午去他家的院子里，帮忙晒红薯淀粉。这笔钱非常少，只有几块钱，可我只是抱着帮忙的心态过去搭把手。我并不知道如何做这种简单手工艺活，但正因为我不知道，所以反倒很想去试试。

老板的家在镇外一座叫梵音的小寺庙附近。

我去的时候，勤快的老板娘已经把熬好的三大桶红薯糊糊搬到院子。老板去书店了，老板娘一边教我，一边把桶里的糊糊拿到筛子里过滤。后来我又帮忙把过滤好的湿淀粉铺到院子里晒成白块。我手脚很笨效率不高，最后弄出淀粉的数量只及老板娘做的一半。

从他们家里走的时候，还差点撞倒了院里晒着被子的晾衣杆。我对自己的拙笨有些懊恼。

"小钟哥哥。"

我干完活，正要去车站坐公交车回镇上，走路经过梵音寺门口的市集的时候，阿邱声线清脆地招呼我。她和朋友正好来这寺庙参观。

"别看这庙小，听说很灵验哦。"她说。

"我下次有空一定进去拜拜。"

"若是明天下班早的话，你就过来吧，我做饭给你吃。"

"你亲自下厨吗？没问题，我一定去。"我爽快地答应。

这是阿邱第一次主动让我去找她，我仔细想想，好几天没去艺术村了，不知道阿邱自己过得怎么样，过去陪陪她也是应该的。

反正无事，我想不如拉琴给她听听，或许能为她解闷。

第一百零三日　黑海

我曾经并不相信，海的颜色有三种。小桃子过生日的前一天，我向领导请假，又去了一次 H 州，但请假时，我没有告诉他我要去外地。小桃子是学生物工程的，前些日子，她不经意跟我说过，她的显微镜坏了。于是我买了一台新的、更贵的显微镜，准备到时候送她做礼物。

不过这显微镜虽说是一个很务实的礼物，从女孩子的心思角度出发，显然还缺少一点带着浪漫情调的东西在里面，于是我还给她写了一首诗：

献给小桃子

在七月无法愈合的夜　夏是被允许拆开的果

两半，一半慌乱、炽盛

还有一半来自　荒诞的出走

斯特里克兰画出了　画中的斯特里克兰

课室铃声　夏夜迷香

无所依偎如同我的颈

我在九街不朽烂醉的欢颜背后

成群结队、痛饮、两手空空

然后深居简出

普洱茶和琴弦里的花蕾　嘉陵江的侧颜

恰似月牙与冽泉的相逢

人间苍白　桃是最清甜的唇

　　我把这诗写在小卡片上，和显微镜一起装进礼品盒子里包起来；由于担心显微镜的部件会受损，我寄了最贵的快递。我计算好快递到达的时间，在飞机到达 H 州的时候，是她生日当天的下午，她已经收到礼物了。我打开手机，收到她的感谢信息。这次我没让她来接我，而是自己从机场打车去了市里，到酒店安顿好，把地址发给了她。

　　不到半小时的工夫，敲门声响起，她来了。

　　"呀！你真的来啦！"她看到我，立马张开手臂，跳着脚环住我的脖子，给我一个大大的拥抱。一股清香涌入我的鼻腔。

　　我搂着她进到屋里，把门关上后，却发现肩膀上的衣服湿了一块。

　　"小可爱，你怎么哭啦？"我温柔地哄她。

"没想到你真的飞过来陪我过生日。我太高兴了。"

我替她擦掉泪水，她破涕为笑，傻傻地看着我。忽又迅速地偏过头去，又搂着我。

"你不准看我！"她撒娇道，"人家妆都没化，就跑来了。"

"不化妆不是一样很好看吗？"

这时候她妈妈突然打电话过来，叫她晚上一起吃饭，要给她过生日。

"不用了妈妈，我和宿舍的人说好了一起过，今天就不回家啦。"

说罢，她又告诉我，她要赶回宿舍一趟，跟姐妹们交代一下，还要拿点换洗的衣服和梳洗的东西过来。

"你等我哦，我回去化个美美的妆，晚上我们去逛街，你陪我，好吗？"

"好。那我跟你一块去吧？"

"不用啦，你这么远过来，先在这休息一会吧，我很快就回来。对了，你要答应我，这次一定要多玩几天，不要像上次一样，来了就走。答应我，好不好？"

"好。"

她都走出去十几步远了，然后又冲回来，亲我的嘴。那美貌令我动容，那吻令我大脑溶解，她的秀发像匕首，在我的心口上划动。

晚餐的时候，她喝了一点点酒。看得出来她情绪极佳，这次见面完全没有初次那般紧张和羞赧，我看见她眼里的星辰闪烁。我想要少女的第一次，这是一个非理性的执念，在我之前所有的女友当中，没有哪个女孩把初夜留给我。我在第一眼看到她时，断定她是处女，可我发现她竟已不是。尽管如此，她却未得到开发，我进入她时，她的身体依旧有些许颤抖，并且动作十分青涩，手都不知道应该放在哪里。她除了第一次给了那男的以外，身体几乎还是原始状态。我想，那男的或许也是初次，经验缺乏，技术拙劣，只知蛮力，并未充分激活她。因此我推想，少女是不是不太适合交予少男，也不适合交予油腻的中年男人；因此像我这样依然年轻，又懂得宠爱女孩的人，方才是最佳。

这样一想，我又觉得我做的一切都是理所当然的。

"其实，上次我说姨妈来了，是我紧张，而且不想那么快，第一次见面就那样，实际上并没有来。"她向我坦白。

"我知道。"

"我还很担心……你会介意，我不是处女。"

"我知道。"我真的知道，她的这些心思我非常了解，"我不介意，你也不必介怀。"

其实我心中是有些失望的，但不太强烈。不过这种失望的情绪本身，反倒令我更加失望，我十分瞧不起我自己，我自己是个什么样庸俗的废物，我很清楚，我竟对她有这般幻想。

"哥哥，我真的很喜欢很喜欢你。"她说。

"我知道。"

"那你还不吻我。"

我在 H 州住了六天，她每晚都陪我睡在一起。我们的手在深夜里总是紧紧握在一起。不到二十岁女孩皮肤的触感，无论你如何保养，用多少钱的化妆品，也换不回来。那几日，我每个白天都觉得疲乏，每天都要叫服务员来更换床单。我在重庆城里生活时的精神孤独和内心的浮躁，到了 H 州竟消散了许多。

有一天晚上在街上吃完饭，我让她带我去她家附近转转，这样即使我回去了，也能记住她家周围的样子，想她的时候，就能想起更多的细节。夜里和她经过桥上的时候，看见有人在跳河。

警察把他按在地上，他脸上有血，好像是警察按住他的时候在地上擦伤的。医生和救护车在旁边等着。

两三朋友蹲在旁边低声劝他，但没用。他一直哭喊着什么东西，使劲挣扎，警察只好把他双手铐住。

她家旁边有一个小公园，我们在里面散步的时候，周围黑极了，她告诉我她平日里是不敢独自来散步的。

"看，萤火虫。"她很开心地指给我看。

只有孤零零的一只。我甚至不确定那是否真的是萤火虫。

回想到第一次和她见面那晚，我和她都失眠了。我们在阳台上，倚着栏杆吹风。不知不觉，我们说了很多话。

"你的手好好看，好适合弹钢琴。"

"我会啊。你要娶我的时候，去我家，我弹给你听，好不好？"

"可是你爸妈要是不相信我怎么办？"

"我相信你呀。"

她告诉我，她曾在同学家门口拔了一棵草莓苗，种在爷爷家苗圃，爷爷为了给我种这棵草莓，周围都不种别的，以前种的蒜苗也不种了。这棵孤零零的草莓长了三年，每年都结一两颗草莓。

第四年，由于过于孤独，草莓蔫了。

她告诉我，她很喜欢读《月亮与六便士》。

她还告诉我，她爸爸小时候穷，带馒头出去卖，要经过一条小河。那小河上没有船，只能游泳，于是他一只手举着馒头，一只手笨拙地游，到了对岸时，馒头湿了一半。

我明明比她大了九岁之多，她在我面前理应像个小孩子，但她没有，她在我面前丝毫不像，反倒有时候是我的表现显得幼稚。有人说，女孩和自己同龄的男人谈恋爱是件很辛苦的事情，因为女孩都比同龄男孩的心理年龄要大，所以我比她大一些，才能更好地宠她，我于是更觉得理所当然了。

这种理所当然是真的理所当然吗？我欺瞒了她太多事，我心里充满了飘忽不定的感受。世界上从来没有扑朔迷离的真相，只有一双双装聋作哑的眼睛。

在深夜，屋里的灯光亮着，恍惚中，我看见那海水有三种颜色，深蓝色、黑色和深红色。那深红色我反倒不觉得离奇，但是黑色的海令我感到恐惧。

无名日四

我背着装小提琴的包去上班，中午休息的两个小时，我在店外吃了便餐之后，照例去找马跃进聊天喝茶。

"哟，今天居然背着琴来了。"马跃进打趣我，"是要去拉给那个姑娘听吧？"

我未领会他的意思，只说："是的。"

"那个小姑娘叫什么名字，阿邱？我看你经常到那里去，不光是顺路这么简单吧。"

"我只是受人之托照顾她而已。"

不过马跃进这算提醒了我，这倒是件要紧的事。

我赶紧问他："不会是有什么风言风语传出来吧？"

"暂时应该还没有，至少我不知道。"

"那就好。"

"第一次看你那么紧张。"他点了根烟，不紧不慢地说。

"在我倒是没什么要紧，可是她还是个小姑娘嘛。"

他吐了口烟，似乎没把我的话听进去，倒是转了话题。

"你的琴拉得怎样？"

"差强人意吧。"

"拉一曲听听。"

"还是别脏了你耳朵的好。"

他大笑。扬了扬手，把烟掐掉。

"你每天都来白喝我的茶，如今不过要听听你琴声罢了，你就……"

我也笑了，想着每次都来他家蹭好茶喝，也不便再推辞。一想着他刚去过台湾，于是拉了首《外婆的澎湖湾》。

他起初很认真地听着，想必没听出来这是什么曲子，后来他渐渐被我逗乐了。

"你怎么拉了首童谣给我听？"

"你最近不是在写童话吗？我给你应个景。"

澎湖湾　澎湖湾

外婆的澎湖湾

有我许多的童年幻想

阳光　沙滩　海浪　仙人掌

还有一位老船长

曲的尾段，我随着旋律轻哼了几句词。

"哈哈，仙人掌这里是万万不会有的。你琴艺不错，用这西洋乐器拉奏中国的旧童谣，倒是有一番特别的体验。以后若是有闲心，再来给我拉拉琴好吗？"

我默默点点头。我想到阿邱还在等我吃饭，于是我微微一笑，站起身颔了颔首。

他已经对我这个动作很有默契，知道我是要告辞了。他动作干脆简练，抬抬手说："回见！"

"嗯。"我应了一声。抽身而去。

下午在书店上班的时候，老板仔细把玩我的琴好长一段时间，从他的样子可以知道他并不懂琴。

但从他的表情看出来，他似乎对我会拉小提琴这件事情很满意；而我不过是他的一个佣工，这让他更加满意。

临走的时候，我在旁边的书店里挑选了一本《千只鹤》，打算送给阿邱。

从镇上出来走路二十分钟，就到了艺术村。村子的名字就叫艺术村，这是个不太艺术的名字，是县政府起的。这里原先出了好几位知名的农民版画家，因此县政府还出钱在村上修了一座农民版画展览馆。现在村子里住的都是来自全国各地的画家，每个画家都有一个自己的工作室。所谓工作室，是一个个独立的小院子，院内顶多只住三两人。每个小院子造型各异，位置也不同，有的在山坡上，可以观云，有的在谷地里，可以傍水；院墙有的是木头的，有的是石头的，有的五颜六色，有的质朴优雅，还有一所房子整体全是玻璃做的。这些小院子展现着每个画家不同的审美情趣，所以人们也把这里叫作画家村。但是听阿邱说，这里的画家大都不是画版画的，他们是被这景色吸引来的移民画家，主要画油画、水墨、素描；而那些最早在这画版画的土著画家，已经迁去了县城，由文化部门出钱养着，摆脱了农民身份，只留下几栋小房子成了贴上名牌的故居。

我背着琴包走在艺术村的时候，差点踢到一只聋狗，那狗的主人住在阿邱隔壁的院落里，它这次两耳不闻地突然冲出来，几乎绊了我一跤。

"它定是喜欢你身上的味道。"阿邱说。她正在修理院子门外满溢的花枝。

那些花枝从院子里长出来。院里原本有两株繁茂非常的梧桐，在初夏撑起一大片阴凉，这几天更是开了花，花和叶遮天蔽日，使得其他的花枝为了得到阳光，不得不越过墙头，伸展到了外面去。

这被遮蔽的行列当中，就有几棵石榴树，树枝只冒出个头来，那叶边却已生出了五六朵红色的花，色泽明亮却一点也不招摇。

前几天有个老画家从这个院外经过的时候，看到那石榴花，拿阿邱开玩笑，明明杏花早已开过了，他在跟同伴说话时，故意将那认作杏花：

"你看那杏花都已长出了墙头咯！"

我那时正在屋里，阿邱虽没立即羞得脸红，只是不理他。但是今天我来的时候，正好见她独自把那些红花轻轻地摘去了。

晚上，阿邱在院子里用特制的石头锅炖鲜肉丸子汤和蘑菇给我吃，那石锅的石材是这山里特有的，富含特别的矿物质，炖汤的时候，虽然简单，却很鲜美。

天色暗下来的时候，或许是空气潮湿的缘故，村上渐渐降下了大雾。但我发现院子里有萤火虫，住在树顶上，还有木头的屋檐下面。在旁边的草丛里，还有纺织娘的叫声。

"你这些日子，每晚都和这些萤火虫一起生活吗？"我心里某个地方被触动了。

她并不直接回答我。

"它们最怕光，白天都躲在树洞里和屋檐下面的缝隙里，晚上才肯出来。它们如此卑微，不敢被光明发现，却又不甘心的样子，即使在黑暗中，也要默默地把自己的光彩放出来，哪怕满天迷雾，不为人知。"

"可是萤火虫生命太短暂了。"我说。

"刚到镇上来那两年，我总觉得，这些萤火虫就像是漫天漂泊的魂魄，也不知哪些是人的，哪些是野兽的。它们发的光是冷的，没有温度，也几乎没有能量，就像是灵魂之间在相互倾诉一般，虽然是魂魄，好像也有伤感的时候。"她说，"后来我和邱姐姐夜晚在郊外的树林散步，还有阿邱边上，看到成群的萤火虫。在春花盛开的时候，它们就像夜的使者一样，在树间和花间嬉戏，似乎只有柔和的月光从来不会伤害它们。"

"所以你觉得死后若是魂魄变成萤火虫，那么生命的短暂也是可以得到弥补的是吗？"

"那要看是成为快乐的萤火虫，还是伤感的萤火虫。"

"或许做一个伤感的魂魄也没有那么不好。"我说。

当我把《千只鹤》给阿邱的时候，她似乎很喜欢，借着萤火虫和月亮的光，立马就开始看。

"这光线还是太暗了，还是等会儿进屋子里看吧。"她看了几页之后，合上书说。

"你先前看过川端的书吗？"

"看过一部，尽管这种既唯美又阴郁的风格有时候会让我难以承受。但话说回来，总好过你送我一部《国富论》。"

"那么下次我捎一本《资本论》过来。"我开玩笑说。

"哈哈，好啊。"她说，"那么你逐句讲解给我听，看你有多大的学问。"

"哈哈，其实我对资本那东西的理解非常浅薄，至于资本的价值如何实现，资本在这世间是如何运作，我更是一窍不通。"

"什么样的人就什么样的命，所以你跟我们一样挣不着什么大钱嘛。对了，我师姐今天发信息说，她快回来了。"

"什么时候？"

"下周。"她说，伸了个懒腰，"哎呀，终于不用自己一个人在家了。"

"对，在这一个人住未免也太孤单了。"

"现在已经好晚了。"阿邱突然说。

"九点了。"我看看表。

"没错。"

"那么我也该告辞了。"

"我不是这个意思。"她站起来，跑到屋子里，"请稍等我一会儿。"

我看着她小跑时的背影，似乎有萤光，在雾中，就像一只迷途的萤火虫，甚至让人产生错觉，觉得那光时远时近，明暗恍惚，像随时要熄灭一般。

她捧着一瓶酒出来。

"是要请我喝酒吗？"

"你拉琴给我听的话，便请你喝。"

"你想听什么？"

我看那酒，由一个小巧的锥形玻璃瓶盛着，虽不知滋味，但我看见那酒的清澈，没有杂质，又像是陈过的，想必是极醇厚的酒。

"你想听什么曲子？"

"你拿手什么就拉什么嘛。"

"果真是太晚了。"

"你就不想尝尝？这可是我师父去世前亲手酿的樱桃酒，只剩下这么些了，他在时每天总要喝点酒。他走后，我师姐并不让我独自喝酒，这还是我偷偷藏起来的。"她晃了晃那个精致的小瓶。

"想。可我不能喝酒。"为了更合适地表达我的意思，我顿了顿又说，"我一喝就醉，醉了就走不动路。"

她看了看我。不说话。

"也罢。"她突然笑了笑，"那么我送你回去吧。"

"不用送了，谢谢今晚的招待。"

我站起来，朝她点点头，往外走。

她目送着我走。

"其实是水。"

我刚迈出两步，她突然说。

"啊？"

"山上接的泉水，就看你肯不肯喝。"

"这样啊，哈哈。"我挠挠头，女孩的心思有时候的确是无法捉摸的。

在浓雾当中，不能清楚地看见月亮。我走在无人走动的村子上，夜晚算不得特别孤寂。灯光从各家的窗里散落出来，进入浓雾里之后，就像到了夜间巡视时间的猫，出没于墙与月球杂乱交错的角落，虽黯然地投出些影像，但人类并无法准确追踪它的形迹。

我在马路上往镇子走着，因为有我做伴，所以马路上偶尔的路牌，没有显得过于孤独。我静静地走着，脑子胡乱想着马跃进的新派童话，还有他那些听起来奇奇怪怪的哲学观念。

那个时刻，虽然无人做伴，但温度恰到好处的夜风使我安心，那风似已浸入我今后生活的每个缝隙。

第一百五十五日 理所当然的一天

最寻常的早晨，当我从一个无边无际的昏沉幻梦当中醒来，发现自己成为一个失去语言的人。除了无法张嘴说话以外，我无法识别文字，也听不懂别人在对我说什么；我写不了任何表述真实想法的文字，张嘴也只能吐出没有意义的杂音。于是我选择闭嘴。

这种症状就类似于被关进一个充满了和谐音符的密闭笼子里。人们对我说话，我知道那是在对我表达着什么，但我无法明白确切的意义，只能从语气和表情上大概读出一些情绪，别的一无所知；若是此人在语气平和地对我布置什么任务、讲述任何不需要表达情绪的事情，或是在精确传达某些信息的时候，我对这场景带来的信息全盘不解，只能识别到说话者嘴唇的嚅动。正是从这个时候起，我开始恐惧那些无论说什么，都不带表情和情绪的人，以及那些故意用假的情绪来掩藏真实情绪的人，那使我感到困惑和悲伤。

但因为我善于伪装，加之人们并未真正尝试理解我的处境，因此，甚至没有人知道我所面临的症状。我没有想要与之沟通的对象。但我也做了一些尝试，我试图用画画的方式来记录我想说的话——如果无人知晓我的心灵世界，我自己也不把它记录下来的话，那我的存在就如同空气一样毫无痕迹。可我失败了，凡是我意图在画中精准地表达些什么东西，那就根本落不了笔，再加上我只在上学时候学习过一些基础的绘画技巧，因此我所涂抹出来的不均匀色块，仅仅被我称为"没有具体指代意义的涂鸦"罢了。不过也许数十年之后，会被称作艺术，也许不会，谁知道呢。我看不懂电视，无法上网，只能在手机上玩一些消除类的游戏；后来过于孤独，我开始听歌，听那种没有歌词的歌。或许有人认为没有歌词的歌，应该叫作纯音乐，但不是，有些歌的确既没有歌词，又不是纯粹的音乐。我只是希望能从中感受到情绪，无论是哪种情绪。这种病症使我只能和内心里自己说话，连对着墙自言自语都无法做到。我开始思考关于语言和人类的辩证关系，是因为人类的存在才出现了语言？还是因为有了语言，人类才称之为人类呢？可仔细一想，我是否又真的需要语言呢？

自从和青儿分手，她从家里搬出去以后，我就没怎么跟别人认真说过话。但这期间我还是忍不住和领导吵过一架。我在做发放高温补贴的人员名单时，把单位里所有的外聘职工都列进去了，赵主任因此把我痛骂一顿，说我这是把国家的钱拿去乱发。我说，我们这些坐办公室吹着空调的人拿着这补贴，真正在外面顶着太阳干活的人却没有，这合理吗？他听罢，轻轻起身把办公室的门关上，换了张脸，语重心长地对我说："所以你这不是更应该庆幸你父母把你搞进了编制里面，尽管这之前你还去那乡下挥霍了几年时光，但最后回城里来，不是还有了这么好一个安身之处吗？你把自己的工作做好就行了，管这么多干什么，这是你管得了的事情吗？再说了，你工作做得也不好。"

这话使我感到羞愧。这话像是在说，你当初非要去乡下混日子，拍那什么无人问津的纪录片，最后不也回来听父母的安排了吗？然而最让我无话可说的，不是因为别的，而是我平日里做工作确实做得很糟糕。无论是工作的积极性、责任心，还是工作的业绩，都乏善可陈，我太没把工作当回事了，这也使我没有发言的资格和底气。

除了赵主任，周雪也在这期间骂过我。我曾哄骗她，说我和女朋友青儿分手后，就和她在一起，甚至许给她一个浪漫前景，说要把她当成宝贝一样重新追她。可我却去和小桃子在一起快活，而且那姑娘那么小、那么天真纯洁，也是我靠着欺骗得来的。我从 H 州回来之后，在朋友圈发了和她的合照，里面的她笑容璀璨，眼睛里满是幸福的星星。我发的时候还配上了写给她的那首诗，那天不知道为什么，我不想屏蔽任何人，有点破罐子破摔的意味在里面，同时，尽管我和青儿已经互相删除了对方，我却又希望她的朋友能够看到。赵主任看到以后，有一次我拿文件去找他签字，他问我：你女朋友看着还是个学生吧？我说是。他笑了笑，提笔签字，过了半天，才阴阳怪气地说：你呀，年轻真好。周雪看到那照片之后，把我拉黑了半个多月，我一开始不以为意，可她发来的最后一条消息依然让我有些难过，她说，以前欣赏你的时候是真的欣赏，什么事情都真心地护着你，但现在开始你在我这里什么都不是了。我们那个小群里的人，除了王越以外，都不知道我和周雪的关系。王越他最早知道的时候，还在北京未归。而吴鹏当下依然还在追求着周雪。

直到刘金海大哥带我去九街深处的一家夜猫子酒吧那晚，我偶遇了许微微。我开始频繁地约她，却把小桃子丢到脑后——这也是异地相恋的最大弊端。小桃子意识到什么变化，不仅增加了每天给我打电话的频率，还寄她亲手做的饼干和马赛克画给我。她一边拼命想要留住我，我则一边苦求着许微微。我曾认为我是一个心中有理想，且见过世面、胸怀从容的人。可所有的一切在这灯红酒绿的庞大城市里什么也不是。

长江和嘉陵江，就像小学数学题里的两刀，把重庆城这座奶油蛋糕切成三份。这夜晚最是迷人，江水是所有光影和布景的反光板，街道是城市里所有故事脉络的显影仪。任何事情都在理所当然地发生着。

对我而言，只有这失语且自言自语的一天，才是唯一理所当然的一天。

无名日五

初冬的午后，我搂着阿邱躺在床上打盹，她乡下木屋的卧室，不算宽敞，木窗半掩着，一些光进来洒在我们的脖子上。

"这些日子你快乐吗？"我在她耳边问。

"快乐呀。"她洒脱地说。

我抚摸着她几乎没有瑕疵的脸。

她只顾着埋头在柔软的枕头中傻笑。

我挠她脖子，她感到痒痒，头扭来扭去躲闪着我的手，哼哼哼地清脆笑着，只是不说话。

"我想永远和你在一起，"我在她耳边轻语，"若有一日我回了城里，你嫁给我好吗？"

"就不。"她娇嗔道。

"你必须答应我。"我突然袭击她的腰，她受激，顺势立起身来，跪在床上用枕头打我。

"让你闹。"她嬉笑着，一边躲闪着我的反击。

我投降了，躺在床上求饶。她不依不饶，每当我挠她，她一下一下掐着我腰上的肉。

我微笑着，只想任她闹着，安静地看着她笑。

没想到她越来越用力。

"噢好痛！"我说。

然而她竟突然哭着，使劲把我扑倒，又钻到我怀里来，扯过被子把她自己的上身和脑袋裹成一个圆鼓鼓的球。

"你这个变态，一次次逼着人家说，多么难为情啊。"

这个大球压在我肚子上，还不忘从里面伸出个小拳头不时地揍我。

"邱先生饶我！"

"谁是先生？"

"'先生'是对有学问的人的尊称嘛，林徽因也曾被称作林先生呢。"

她不语。

"那天你为什么会跟我睡？"我问，"时至今日我也觉得那有些突然。"

"唔，那你为什么不拒绝我？"她机敏地看着我的眼睛。

我不知如何回答，本是随口一问，却像是输了阵势一般。

"你说……"她犹豫着。

"什么？"

"男人跟女人睡过以后，是不是心思便不能持久？"

"你指的是什么心思？"

"迫切想要得到她的心思。"

"是吧。"我承认。

"在你眼里我还迷人吗？"

"当然迷人。你是我见过最迷人的女子了。"

"骗子。"她扫了兴，在球里扭过身去。可她转头又说，"不过照理说，女人问这样一个问题的时候，你也只能这么回答。"

"那你就不要问嘛。"我笑她。

"过几天，陪我进城好吗？我得买些质量好一点的颜料，好些东西在镇上买不着。"她从被子里温柔地伸出头来，就像破壳一般。只露出一个脸蛋的样子，让人很有抚摸的冲动。

"好。"我说。

那天晚上我们吃了很香的蘑菇。睡了一个很好的觉。那是一个真正安睡的夜晚。是所有故事的开始，也是终结。

图书在版编目（CIP）数据

永恒海岸的夏天／周睿智著. -- 北京：作家出版社，
2025.9. -- ISBN 978-7-5212-3496-1

Ⅰ. I247.7

中国国家版本馆 CIP 数据核字第 2025ZQ6821 号

永恒海岸的夏天

作　　者：周睿智
责任编辑：田小爽
装帧设计：薛　怡
出版发行：作家出版社有限公司
社　　址：北京农展馆南里 10 号　　　邮　　编：100125
电话传真：86-10-65067186（发行中心）
　　　　　86-10-65004079（总编室）
E-mail: zuojia@zuojia.net.cn
http://www.zuojiachubanshe.com
印　　刷：北京博海升彩色印刷有限公司
成品尺寸：145×210
字　　数：293 千
印　　张：11.125
版　　次：2025 年 9 月第 1 版
印　　次：2025 年 9 月第 1 次印刷
ISBN 978-7-5212-3496-1
定　　价：58.00 元